Crónicas de Koiné, Vol. III
Salvación
Por: Álvaro Cubero

Versión original en español.

Portada y contraportada creadas por el autor, usando imagen de Pixabay de Enrique López Garre, bajo licencia gratuita para usos comerciales.

Mapamundis del planeta Koiné creados por el autor.

Primera edición: **Diciembre, 2019.**

Segunda edición: **Mayo, 2020.**

CronicasDeKoine   CronicasDeKoine   AlvaroCubero

www.koine.site | www.koine.store

A mi madre, que me sigue leyendo a sus casi ochenta,
enseñándome que el alma es eternamente joven.

A Marcos, mi primer lector,
que siempre se asombra, ríe, llora y hasta se enoja con lo que escribo.

A los que me han leído y recomendado,
gracias por disfrutar, sufrir, amar e incluso "padecer" mis historias.

Y a todos aquellos guerreros que, valientemente, enfrentan sus miedos
y descubren a diario que este mundo está lleno de magia por todas partes.

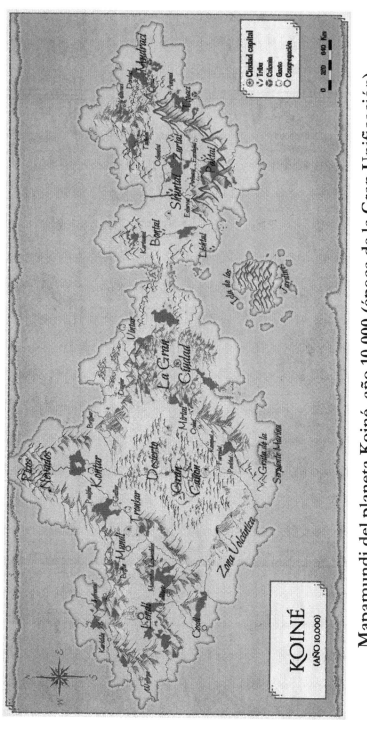

Mapamundi del planeta Koiné, año 10,000 (época de la Gran Unificación)

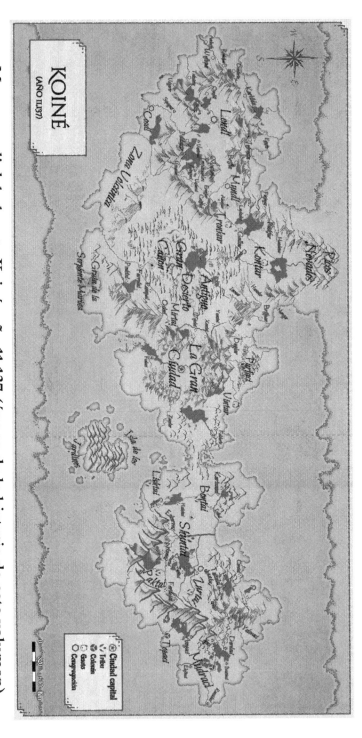

Mapamundi del planeta Koiné, año 11,137 (época de la historia de este volumen)

Una furia sin control desatará
un terror que yacía escondido
en las entrañas de un paraje perdido
y la más siniestra era iniciará

Un rencor ancestral saldrá de su letargo
cuando los seres de fuerza descomunal
tras sufrir abuso, hambre y mucho mal
decidan asestar el golpe más amargo

En varios corazones nacerá el perdón
que dará la llave para abrir la puerta
de una antigua profecía, que será redescubierta
y un espíritu compartirá una visión

El poder ancestral que oculta el cuadrado
tras montes impasables estará esperando
que la acrobacia y el valor tomen el mando
y el círculo elemental sea desatado

Una pacífica villa a orillas del mar
caos y destrucción comenzará a sufrir
y, pendiendo de un hilo su devenir,
solo un ser de luz y magia han de ayudar

Toda índole de abusos y vejaciones
la miríada de mentes que operan como una
detendrán de forma temporal y oportuna
causando a los guerreros alucinaciones

A la responsable de toda esta destrucción
le será dada una oportunidad sin igual
cuando dos lazos de amistad brinden el aval
para hacer en el tiempo una disrupción

Una alianza global brindará un favor
que permitirá olvidar los sinsabores
por años acumulados en errores
que causaron a Koiné tanto dolor

Los Cantos de Travaldar, Libro VI
(año 9515)

CAPÍTULO I:

Pista extraviada

«Valiente no es quien no siente miedo, sino aquél que, a pesar del miedo, lucha por aquello que ama» dice un antiguo adagio Pensante. Y es que nuestra Raza nunca se ha caracterizado por ser peleonera o confrontativa, pero eso no quiere decir que seamos cobardes. La valentía se manifiesta de muchas formas y, en todas ellas, la energía que la impulsa es el amor, ese sentimiento que es capaz de trascender tiempo y distancia, incluso la muerte. La influencia del amor es mucho menos evidente que la de esa otra extraña fuerza invisible a la que llamamos *gravedad*, aunque sus efectos son mucho más contundentes y poderosos, extendiéndose como una onda expansiva a lo largo de generaciones, ya sea en su manifestación armónica tanto como en su expresión a la que muchos consideran antagonista, pero que no es sino una manifestación inarmónica de la misma energía: el odio. El verdadero antagonista del amor es, en realidad, el miedo. El miedo reprime la expresión del amor, lo anula y lo elimina, constituyéndose en una energía igual de poderosa, cuyos efectos también trascienden el tiempo, la distancia y la muerte misma. De esa creencia proviene nuestro adagio: quienes enfrentan su miedo, están ejecutando el más valeroso acto de amor.

Históricamente, en este mundo ha habido épocas llenas de luz y crecimiento, así como otras de gran obscuridad y dolor. Este tercer volumen, mis amados lectores, os relata cómo Koiné logró superar su Segunda Era de Obscuridad, que fue mucho más devastadora y triste que la Primera –la cual algún día os contaré, si aún tenéis interés en conocer más de nuestra historia y nuestros orígenes. Pero la misión que me encomendaron los Ancianos de mi colonia se verá cumplida al finalizar este tercer escrito. Ya muchos de vosotros habéis leído los primeros dos volúmenes y ese conocimiento está logrando la toma de conciencia que pretendíamos. Sin más preámbulo, pues, procedo a entregaros esta conmovedora historia.

Cuando Niza le leyó a Fizz el poema que incluí como prólogo de este volumen –y que inicia el Libro VI de los famosos *Cantos de Travaldar*– Fizz sólo apreció la cadencia con que los sonidos del poema hacían parecer que las palabras fuesen música. Las poesías de Travaldar, a pesar de estar escritas originalmente en el antiguo idioma Consciente, tienen un particular efecto gracias a un conjuro que Travaldar impregnó sobre ellas al terminar de escribirlas: cualquiera que las escuche, las va a comprender y a recibir en el idioma que considere su "lengua nativa" –con rima y métrica incluidas– que, aunque no sean exactamente las mismas palabras del texto original, conservarán su intención y esencia para que cualquier mente reciba el mensaje. Una de las pasiones de Travaldar siempre fue lograr el entendimiento entre todas las Razas y esa pasión lo llevó a orientar muchas de sus investigaciones hacia la consecución de un objetivo que fue la cúspide de su más preciado sueño: difundir un único idioma común en todo el planeta, lo cual sucedió, como todos sabemos, durante la Gran Unificación.

El caso es que Fizz, como cualquier Lumínico, no era particularmente ducho en la interpretación de metáforas, pues su esquema de comunicación habitual es no verbal. No fue sino hasta hace pocos siglos que algunos de los miembros de esta Raza tan especial se comenzaron a interesar por el lenguaje hablado, gracias a los esfuerzos de Jantl, quien los "descubrió" de nuevo, después de que estuvieron viviendo al margen de las demás Razas durante varios milenios. Por este motivo, Fizz no comprendió que todo lo que decía ese poema narraba con bastante exactitud lo que había sucedido en los meses recientes.

De igual forma, cuando Niza le leyó el poema de Travaldar titulado *El falso consejero*, Fizz no logró dilucidar las implicaciones que esas palabras tenían en el contexto presente y sólo consideró que el poema era "muy bonito". Sin embargo, Niza sí comprendió perfectamente el significado que revelaba aquella antigua profecía, escrita hacía más de mil seiscientos años: su amado hermano, Lino y la Regente Suprema, Jantl, estaban en peligro inminente. La profecía, como cualquiera de las que había redactado Travaldar, no era específica en cronología o ubicación precisa en el tiempo, pero por la secuencia con que estaban presentados los poemas, era evidente que esto iba a ocurrir en algún momento en el futuro, tal vez no inmediato, pero sí cercano. Había que avisarles.

En ese entonces, Niza apenas había descontado en la prisión del gueto Kontar los primeros meses de su condena de veinte años, después de haber sido despojada de todo su poder. Rinto, su padre, había sido ejecutado hacía pocas semanas y ella aún no se reponía del todo de esta pérdida. Según le había comentado su abuela Mina, la ejecución fue rápida e indolora, aunque tanto Mina como su esposo Ulgier se habían recluido en casa desde entonces y una profunda tristeza se había depositado en cada rincón de aquel hogar, donde alguna vez habitara la felicidad: ningún padre debería sobrevivir a sus hijos.

Fizz, gracias a sus habilidades, había logrado ingresar a la celda donde se encontraba recluida Niza y podría salir de ella en cualquier momento, usando una abertura con rejas que daba al exterior, la cual estaba varios metros arriba del piso.

—¿Me puedes explicar qué es lo que te preocupa? —inquirió él, con su reverberante voz, sacando a Niza de sus cavilaciones.

—Sí, claro —respondió ella y explicó: —Este poema que te acabo de leer da a entender que alguien se acercará a Jantl y Lino fingiendo ser para ellos un consejero de confianza, pero en realidad oculta oscuros motivos y quiere causar un gran daño. Si Jantl, Lino o cualquiera que los apoye se interpone, pondrá en peligro sus vidas.

—Entiendo —dijo Fizz, sin ningún dejo de expresión en la voz, aunque internamente se había despertado en él una profunda consternación, que quedó evidenciada por el cambio en el color de la luz que emanaba, que pasó del blanco a un tono azul violáceo. Agregó: —No permitiré que nadie les haga daño a mis amigos —hizo una pausa—, pero no quiero dejarte sola.

—Estaré bien, mi amado amigo —dijo ella con ternura. —Por favor, esto es importante. ¿Le podrías decir a Lino y a Jantl que busquen en la biblioteca del Castillo el Libro VI de *Los Cantos de*

Travaldar? Diles que lean este poema. Ellos sabrán qué hacer con esa información.

—Está bien. Así lo haré —dijo él, solícitamente. —Hasta pronto, Niza. Te amo.

—Yo también te amo, Fizz. Gracias.

En un instante, la partida del Lumínico hizo que Niza sintiese que la celda había quedado a obscuras, iluminada tan sólo por una lámpara de aceite que colgaba del techo, parpadeando vacilante, mientras el sol ya había comenzado su descenso final del día, lo cual teñía las paredes de la celda con una tenue luz indirecta de un cálido color naranja. Niza tomó una frazada y se envolvió con ella, después de que un escalofrío premonitorio recorrió su espalda.

Entre tanto, Fizz estaba llegando al Castillo, donde ya había obscurecido. Un guarda Forzudo, que estaba posteado en el campo central interior del Castillo, se quedó viendo atónito cómo un destello de luz descendía del cielo y atravesaba el ventanal mayor de la habitación de la Regente Suprema. Salió corriendo en dirección a la habitación de su líder, a donde llegó pocos minutos más tarde, jadeando. Irrumpió en la habitación, con su lanza desenvainada y se quedó atónito al ver a una criatura de luz flotando al lado de la Eterna. Jantl, que ya se había levantado de la cama, volteó a ver hacia la puerta, asustada por el golpe con que el guarda la abrió de par en par.

—¡Kranko! —exclamó ella, con sobresalto. —¿Qué pasa?

—¡Disculpe, mi Señora! —dijo el guarda, aún agitado. —¡Pero vi a esa cosa entrar a su habitación y pensé que iba a hacerle daño!

Jantl sonrió comprensiva y le aclaró, llena de dulzura:

—Él es Fizz, un amigo mío. Es un Lumínico. Ya comenzarás a ver a algunos de ellos merodear por acá. No te asustes. Son seres muy nobles y pacíficos.

—Está bien… —dijo Kranko, dudoso. —Le pido una disculpa. Buenas noches —hizo una pausa y, mirando la puerta, agregó avergonzado: —Mañana le pediré a Chela que la repare.

—No te preocupes —dijo Jantl. —Muchas gracias por querer protegerme. Buenas noches.

El guarda bajó la cabeza, en señal de respeto y agradecimiento. Llevándose el puño izquierdo al pecho, se retiró de la habitación, cerrando la puerta tras de sí. Jantl volteó a ver a su invitado y dijo:

—Discúlpalos. Les tomará un tiempo acostumbrarse a vosotros.

—No tiene importancia —dijo él, tranquilamente.

—Muy bien. Entonces, ¿dices que hay un poema importante que debo leer?

—Sí, está en el Libro VI de *Los Cantos de Travaldar*.

—Ese libro nunca lo leí —dijo Jantl. —Aunque el autor me leyó algunos de los poemas, como el que se titula *El vuelo de los dragones*.

—Lo recuerdo —intervino Fizz. —Gracias a ese poema Los Cuatro Gemelos lograron evitar la catástrofe de Cosdl.

—Claro. Y también gracias a ti, que nos pusiste sobre aviso días antes de que ocurriera… Por cierto, ya no tuve tiempo de agradecerte como es debido el que nos compartieras esa visión premonitoria que tuviste.

—No podía permitir que te hicieran daño —dijo él, con firmeza.

—Muchas gracias, hermoso —dijo ella dulcemente. —Ahora debo descansar. Mañana a primera hora iré a buscar a la biblioteca el libro. Hasta pronto.

—Hasta pronto, Jantl —dijo Fizz, y se fue.

A la mañana siguiente, Jantl se dirigió al comedor principal, donde Tanko ya había colocado –como todos los días– un servicio espléndido y múltiples viandas para satisfacer los gustos de Eternos, Pensantes y Forzudos. Lino estaba sentado a la mesa, desayunando junto con varios miembros del gabinete, mientras discutían muy animadamente un tema que había quedado pendiente el día anterior. Baldr, el bibliotecario, también ya estaba desayunando y fue el primero en saludar a Jantl, interrumpiendo la conversación de los demás:

—Buenos días, Jantl. Bienvenida. Buen provecho.

—¡Buenos días! —respondió ella, animadamente. —Buen provecho para vosotros, también. —Y, dirigiéndose al bibliotecario, dijo: —En un rato más quisiera que me ayudaras a buscar un libro, Baldr.

—Claro, con todo gusto —respondió él.

—Muchas gracias —dijo ella. Y, viendo al resto, fijó su mirada en Lino y preguntó: —¿De qué hablabais?

—Buenos días, Jantl —dijo Lino, prosiguiendo: —Les decía a Fildn y a Vantr que en menos de dos semanas es el Día de los Eternos y que me gustaría que celebrásemos la fecha. Dado que ellos dos no están a cargo de ninguna comisión en estos momentos, podrían encargarse del tema, ¿qué opinas?

—Me parece buena idea —acotó Jantl, mientras ambos Eternos la observaban complacidos por la asignación de una tarea que consideraban muy importante y en la que podrían hacer gala de su creatividad y buen gusto.

—¿Qué libro necesitas? —inquirió Baldr, cuando vio abierta una ventana de oportunidad para hacerle la pregunta a Jantl.

—El Libro VI de *Los Cantos de Travaldar*. Necesito verificar algo —respondió ella.

—Sí lo tengo —dijo Baldr, sonriendo. —Está en la sección de Documentos Antiguos, subsección Ficción, apartado Poesía, estante seis, cuarta fila, vigésimo sexta posición.

Jantl sonrió con ese comentario.

—*Ficción*, ¿eh? Esos poemas han resultado más verídicos que cualquier escrito de historia que puedas tener en tu colección de libros, mi querido Baldr.

—¿En serio los consideras profecías? —preguntó Nuintn con tono incrédulo, quien hasta ese momento se había mantenido muy callado. Antes de la muerte de Kempr, el Eterno se había ganado la confianza de Niza y ahora Jantl le había asignado una tarea por demás importante: restablecer las relaciones diplomáticas con los Conscientes, en miras a reducir la sentencia de Niza.

—*Sé que lo son* —aseveró Jantl seriamente. —La única profecía que conozco de ese Sexto Libro es justamente la que nos ayudó a derrotar a los dragones. Hay otros eventos que aún no suceden y que, estoy segura, ese libro prevé. Me lo mandó a decir Niza anoche, por medio de Fizz —al decir Jantl esto último, Nuintn asintió y, bajando la mirada, no dijo nada más.

—¿Cómo está ella? —inquirió Lino, cambiando el tema de la conversación.

—Aún está muy triste por la muerte de su padre —respondió Jantl con un dejo de melancolía. —Pero Fizz me dijo que iría a visitarla diariamente, ahora que sabe dónde encontrarla.

—Qué bueno. Me alegra saber que ellos dos están en contacto de nuevo. Hablar con Fizz le hará mucho bien a mi hermana.

—Yo tengo reunión con Delor, me excuso —interrumpió Nuintn, poniéndose de pie. —Buenos días tengan todos.

—Que te vaya muy bien —dijo Jantl, cortésmente.

Nuintn le había comentado a Jantl que consideraba estratégico acercarse a Delor, por ser el director espiritual del Monasterio más grande de la Gran Ciudad, pero también por haber sido el mayor detractor de Niza durante su proceso de enjuiciamiento. Delor se había ausentado prácticamente todo el mes anterior debido a la celebración del Día de los Conscientes, pues por tradición cada habitante del Monasterio era enviado a pasar con su familia algunos días de recogimiento y reencuentro durante varias semanas antes y después de la fecha, lo cual implicaba en varios casos el traslado a sus guetos de origen. Delor, quien había nacido en Kontar y era el hijo de Astargon, el Anciano Hechicero del gueto, usó uno de sus días de descanso para visitar a Ulgier y a Mina después de que supo que Rinto –el hijo menor de la pareja– fue ejecutado. Apenas había regresado a la Gran Ciudad esa semana por lo que, según Nuintn le dijera a Jantl, quería aprovechar su regreso para darle prioridad al encargo que le había hecho ella, porque pensaba que la muerte tan reciente del padre de Niza podría ser un elemento a su favor para "suavizar" el tono de la reunión, con lo que Jantl estuvo de acuerdo.

Después de que Nuintn se hubo retirado, la conversación siguió un rato más en el comedor. Uno a uno, los miembros del gabinete fueron poniéndose de pie y retirándose a cumplir con sus responsabilidades, hasta que en la mesa quedaron solos Lino y Jantl, después de que Baldr se levantó de último. Tanko, que había estado muy atento a toda la conversación sin interrumpir en ningún momento, aprovechó ese instante para decir:

—Siento mucha pena por Niza. No me imagino lo que debe estar sufriendo. Quisiera poder llevarle algo rico de comer. Uno de sus postres favoritos, tal vez —y, viendo a Jantl, preguntó: —¿Ese Fizz no puede llevar consigo algo para ella?

Jantl sonrió y, negando con la cabeza, le dijo:

—No, mi amor. Los Lumínicos no tienen en realidad cuerpo. No pueden alzar cosas, ni llevar nada consigo. Pero no es mala idea. Creo que podríamos pedirle a Nuintn que use sus influencias para convencer a alguien del Monasterio de que nos ayude a "enviarle un encarguito" a Niza. Lo conversaré con él cuando regrese.

—¡Excelente! —dijo Tanko, sonriente. —Iré a prepararle algo.

—Gracias, corazón —dijo Jantl.

Cuando Tanko se marchó, Jantl le pidió a Lino que la acompañara a la biblioteca. Mientras llegaban a ella, Jantl le comentó a Lino que Fizz le había dicho que Niza estaba muy preocupada por lo que había leído en el poema titulado *El falso consejero* y que consideraba que las vidas de ambos corrían peligro.

—Ya lo leeremos con calma y veremos de qué se trata —dijo Lino.

Al llegar a la biblioteca, Baldr los recibió diciendo:

—Ya busqué el libro que me pediste, Jantl. No estaba donde quedó la última vez que le giré instrucciones a Niza para acomodar esa sección, hace dieciséis años, dos meses y treinta y un días.

—¿No lo leíste nunca? —preguntó Jantl esperanzada.

—Está escrito en su totalidad en el antiguo idioma Consciente —explicó el bibliotecario. —No conozco esa lengua lo suficiente como para leer un libro completo. Además, la ficción nunca me ha interesado mucho que digamos.

—¿Quién lo habrá tomado? —preguntó Jantl, sin esperar realmente una respuesta.

—No lo sé —contestó Baldr. —Es muy extraño. Esa sección hacía mucho que nadie la consultaba.

Jantl accedió a los recuerdos de su difunto hijo Kempr que le habíamos compartido los Pensantes –los cuales tenía registrados en su mente y recordaba con exactitud impecable, gracias a su memoria eidética– tratando de recordar si alguna vez su hijo había consultado ese libro, por casualidad o curiosidad, aunque no comprendiera lo que ahí había escrito. Nada. Lino y Jantl abandonaron la biblioteca, no sin antes agradecer a Baldr el apoyo, y se dirigieron al recinto principal del Castillo.

—Ya sé qué vamos a hacer —dijo Jantl, sonriendo.

—¿Qué? —preguntó Lino.

—Hace pocos días recibí un regalo de Ulgier. Creo que es momento de estrenarlo —y, al decir esto, cambiaron el rumbo y se dirigieron a la habitación de Jantl.

Entretanto, el libro que habían intentado encontrar había abandonado el Castillo hacía una hora en manos del consejero de más confianza del gabinete. Cuando Jantl y Lino iban camino a la habitación de Jantl, al pasar por el comedor principal, notaron que en el exterior del gran ventanal que daba al campo interior del Castillo una densa neblina estaba comenzando a descender cubriéndolo todo.

Capítulo II:

Protección dividida

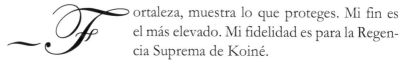 ortaleza, muestra lo que proteges. Mi fin es el más elevado. Mi fidelidad es para la Regencia Suprema de Koiné.

Lo que hasta hacía unos instantes habían sido unas espantosas ruinas, revelaron un magnífico palacio hecho de mármol. El atardecer teñía sus blancas torres de un cálido tono cobrizo y las vetas de la madera barnizada de la que estaba hecha la puerta principal adquirieron tonos aún más rojizos y hermosos.

—Gracias —dijo Goznar cuando él y su camarada hubieron ingresado al amplio salón principal. —Y gracias por acudir a mi llamado, Tertius. Sólo Luxo, Toran, Elek, Ziero y tú aún conserváis vuestro poder. Ninguno de nosotros es capaz ya de ingresar siquiera a la Fortaleza.

—Lo lamento mucho —dijo Tertius. —¿Para qué me convocaste?

—A finales del mes pasado recibí una carta de mi primo Rainier. Él vive en Kontar.

—Qué bueno. ¿Y…?

—Pues… Mi primo dice que es posible recuperar nuestro poder.

—¿Y eso por qué me habría de interesar? Yo no perdí el mío.

—Por favor, escúchame —dijo Goznar, con un tono que suavizó la impaciencia de su camarada.

—Está bien. Disculpa. Te escucho.

—Hay un Consciente que vive no muy lejos de aquí. Su nombre es Belgier y vive en Zandar. Me dice mi primo que ese hombre puede quitarle o devolverle los poderes a los nuestros a voluntad.

—Eso suena muy bien, pero… ¿Yo qué tengo que ver en el asunto?

—Es que ya hablé con todos. He estado en contacto con cada uno, ¿sabes? Hay muchos que me han dicho que quieren quitarse la vida. Les he pedido que esperen un poco más, que tengamos fe de que la solución vendrá pronto. Mis súplicas han sido escuchadas, por lo visto.

—Todos los de nuestra Raza tenemos, en mayor o menor medida, la capacidad de alterar la realidad —aseveró Tertius—, no me extraña que aún una parte de vosotros conserve algo de esa esencia —hizo una pausa—, pero aún no me explicas mi relación con todo esto.

—Para allá voy, si me lo permites —dijo Goznar, que tenía una paciencia significativamente mayor a la de su camarada.

—Es que le das muchas vueltas al asunto, Goznar. Llega al grano, por favor.

—Pues es que deseo darte todo el contexto, Tertius. Pero bueno, lo que quiero decir es que nuestros camaradas están interesados en ir a visitar a Belgier, pero les da temor salir de la Gran Ciudad a enfrentarse a peligros desconocidos, habiendo perdido su poder.

—Pues… qué cobardes —dijo Tertius con sonrisa burlona.

—Eso lo dices porque tu poder está intacto. Imagínate que vas por alguno de los senderos y te topas una bestia enorme que te amenaza con sus fauces llenas de filosos colmillos y no tienes tu poder… ¿Qué harías?

Tertius se quedó reflexionando. Se dio cuenta que no tenía habilidades para manipular armas, ni velocidad o resistencia para correr, ni puntería para lanzar una piedra o proyectil, y mucho menos disparar una flecha, ni tan siquiera la capacidad de camuflarse para que un depredador no lo pudiese encontrar. Sin su habilidad para causarle un dolor insoportable a esa bestia imaginaria, estaría indefenso y vulnerable. La idea lo horrorizó.

—Pero… Las rutas de tránsito habituales no son invadidas por bestias salvajes… —Tertius dudó. —O eso me han dicho.

—Exacto. Eso no se sabe con certeza —remató Goznar—: aún alguna bestia podría invadir un sendero y atacar una caravana —concluyó, mientras recordaba su terrible episodio con la bestia devoradora de miel y los insectos. El recuerdo le causó un escalofrío y, sin darse cuenta, comenzó a frotarse las manos, cuyos huesos habían desarrollado una leve artritis desde entonces.

—¿Y cuál es tu idea? ¿Que yo os acompañe? —preguntó Tertius, entre orgulloso e incrédulo.

—Así es. Si los demás se enteraran de que nos acompañará alguien con poder, estoy seguro de que accederán a aventurarse fuera de la Gran Ciudad.

—Está bien. Me has convencido. ¿Cuándo partiríamos?

—Pasado mañana.

—¿Qué? ¿Tan pronto? ¿Cómo les avisarás a todos en tan poco tiempo?

—No tengo que hacerlo: todos creen que ya habías aceptado acompañarnos —dijo Goznar sonriente.

—¡Qué seguro estás de tu poder de convencimiento! ¿Y si me retracto?

—Cuando te cuente mi plan, *sé que no lo harás*. Pero antes, quiero corroborar una cosa. Acompáñame.

Goznar se adentró en aquel fastuoso edificio, seguido por Tertius, hasta que llegaron a un amplio patio central, donde el gorgoteo de las cristalinas aguas de una hermosa fuente era bellamente decorado por la menguante luz del crepúsculo. Un símbolo dorado iluminado por aquella luz naranja adornaba una doble puerta negra en el extremo este del patio. Goznar empujó uno de aquellos accesos. El recinto, de paredes y pisos de mármol color negro, apenas se iluminó levemente con el tenue reflejo de luz solar que logró colarse en su interior.

—Supuse que la Reg… —Goznar hizo una pausa y entornó los ojos hacia arriba. —Quiero decir, Niza, había ejecutado el hechizo de reparación —parte de él aún sentía que era una falta de respeto decir el nombre de su antigua líder con tanto desenfado.

—¿Eso era lo que querías corroborar? —inquirió Tertius visiblemente molesto. —No entiendo tu punto.

—Ay, Tertius, tienes que controlar ese carácter, en serio —dijo Goznar tranquilamente. —Por supuesto que no era sólo eso. Te dije que he estado hablando con *todos* —hizo una pausa y sonrió.

Tertius arqueó las cejas, esperando que su camarada continuase. Goznar prosiguió: —Los que fueron convocados para la batalla con Ulgier. Los que siguieron de pie hasta el final y presenciaron todo.

Mientras decía esto último, Goznar se acercó a un pequeño armario que estaba a un costado de la entrada y, a tientas, sacó un yesquero y una pequeña lámpara de aceite. El aceite tenía un leve olor a rancio, pero aún era inflamable. Goznar encendió la lámpara y comenzó a adentrarse en el obscuro recinto, mientras miraba con detenimiento el piso, en todas direcciones hasta donde la titilante llamilla de la lámpara le permitía escudriñar con la vista. Tertius lo seguía de cerca, un poco intrigado. De repente, un leve destello que destacó entre aquella negrura captó la mirada de Goznar. Con ansias se acercó presuroso a ese punto y encontró, con gran júbilo, lo que había venido a buscar a ese lugar: *el Ojo Rojo de Travaldar*.

—¡Lo sabía! —exclamó, fuera de sí, con la respiración agitada. Alzó el hermosísimo cetro de oro con el enorme rubí incrustado y se volteó a ver a Tertius. Sonriendo, le dijo: —Anda, atácame con tu poder.

—No quiero hacer leña del árbol caído —dijo Tertius burlonamente.

Goznar le propinó a su camarada un fuerte golpe en el brazo con el cetro.

—¡Óyeme! ¿Qué te pasa? —gritó Tertius y, sin pensarlo dos veces, extendió sus manos hacia Goznar diciendo, lleno de furia: —*Bol*.

Del rubí comenzó a emanar una intensa luz roja que envolvió por completo a Goznar, quien se reía a carcajadas. Entre más intención ponía Tertius en causarle dolor, más brillante era el fulgor del rubí. Tertius no comprendía qué estaba pasando.

—Cálmate —dijo Goznar. —Sólo quería probar mi punto, aprovechando que tienes tan mal genio —y se rio divertido.

—Si esta es tu manera de evitar que me retracte de acompañaros a ti y al resto de *impotentes* a Zandar, es una pésima estrategia —dijo Tertius, bajando las manos. El destello del rubí se apagó totalmente.

—Tampoco me insultes —dijo Goznar incómodo. —Así no vamos a llegar a ninguna parte. Déjame explicarte mi plan.

—Desde que me anunciaste que lo ibas a hacer, siento que he envejecido por estarte esperando —dijo Tertius sarcásticamente.

Goznar se rio de buena gana con esa ocurrencia de su camarada. Poniéndose serio, le dijo:

—He entrado en contacto con un joyero, que me asegura que puede dividir el rubí en varios fragmentos y refundir el oro del cetro para crear pequeños prendedores que podamos llevar ocultos en nuestras vestimentas. La magia empotrada en el rubí y en el oro no se perderían con ese procedimiento, sólo sería dividida en partes iguales. Como el poder del rubí es inmenso, habría que partirlo *en miles de pedazos* para que cada fragmento tuviese un poder despreciable… —hizo una pausa. —Pero nosotros necesitamos dividirlo en tan sólo sesenta y seis partes.

—¿Qué me estás queriendo decir? —preguntó Tertius, lleno de expectación.

—Cuando ese tal Belgier nos regrese nuestros poderes, cada uno de nosotros portará un fragmento de este amuleto. ¡Seremos invencibles! Tomaremos la Gran Ciudad y reclamaremos el Castillo para nosotros. Mataremos al nuevo Regente Supremo y a cualquiera que se nos interponga. Recuperaremos lo que nos quitaron.

—Cuenta conmigo para el viaje a Zandar, socio —dijo Tertius sonriendo, mientras le estrechaba la mano.

Al día siguiente, Goznar estaría llevando el cetro con el joyero, quien le indicó que tendría los prendedores listos dentro de dos semanas. Con ese encargo ya en proceso, los Sobrevivientes sin poderes y Tertius partieron al día siguiente camino a Zandar.

El día que Los Sesenta y Seis se reunieron en la Fortaleza, después de que hicieron recuento de las habilidades recuperadas y Goznar hubo dado su discurso, todos aplaudieron muy efusivamente. Goznar comenzó a repartir los prendedores de oro que tenían incrustado un fragmento del rubí mágico, explicándoles para qué servían esos pequeños amuletos. Todos le celebraron esa iniciativa.

—Muy bien —dijo Goznar cuando la algarabía disminuyó. —Ahora os quiero explicar cómo atacaremos la Gran Ciudad y el Castillo.

Capítulo III:

El regalo

—Hola, mamá.

—¡Hijo! ¡Te he extrañado tanto!

—Y yo a ti, mami. Gracias por acudir a mi llamado.

—¡Tu cara! ¡Qué bello te has puesto!

—Todo mi dolor se ha ido. Y toda mi tristeza.

—No he dejado de llorar desde que te fuiste.

—Lo siento mucho.

—Gracias, mi amor. ¿Cómo has estado?

—Muy bien. Por eso te he llamado. Estoy feliz, Lirza me estuvo esperando todo este tiempo. Y nuestro hijo, Tito, es un alma pura.

—Mi chiquito… Te amo tanto.

—Y yo a ti, mamita. Dile a papá que estamos bien, por favor. Lirza y Tito son muy felices acá. Si lo hubiera entendido así en aquel momento, no habría propagado todo ese dolor, que ha desencadenado tantas pruebas tan difíciles para todos.

—¿Estás arrepentido?

—Lo estuve. Ahora no, pues comprendo que todos los eventos se han desarrollado con un propósito que trasciende a unas pocas almas y abarca todo nuestro mundo, mamá. Niza es una pieza clave. Debe recuperar su poder. Lo comprenderéis pronto. Ahora debemos despedirnos. Os amo a ti y a papá más allá de lo que jamás podréis entender. Sed felices.

Mina despertó sollozando. Ulgier abrió los ojos con sobresalto.

—¿Qué pasa, mi amor? ¿Estás bien? —dijo él, con ternura.

—Es Rinto. Acabo de soñar con él.

—Mi vida… —dijo él, mientras le enjugaba las lágrimas a su esposa.

—Pero esta vez fue diferente. Siento que de verdad hablé con su espíritu. No sé cómo explicarlo, pero no fue un sueño como los de siempre —hizo una pausa. —Estaba muy feliz y su cara era hermosa, llena de luz. Dice que Lirza y Tito están bien.

Ulgier pasó su brazo bajo el cuello de Mina y ella se acurrucó en su pecho, mientras sus lágrimas humedecían la túnica de dormir de su marido. Él se quedó mirando el cielorraso de su habitación a obscuras. Sus ojos verdes denotaban una profunda tristeza.

—¿Qué más te dijo? —inquirió al fin, con un suspiro.
—Que Niza debe recuperar su poder. Que pronto comprenderemos cuán importante es ella para nuestro mundo. Se despidió diciendo que nos ama y nos pide que seamos felices. Fue tan real…

Ulgier le dio a Mina un tierno beso en la frente y, sin darse cuenta, ambos se quedaron dormidos de nuevo. Para la pareja, los días habían transcurrido a paso lento desde la muerte de su hijo menor, ocurrida hacía varias semanas. Urso, su primogénito, los visitaba todos los días y siempre les traía algún detalle. Les relataba los eventos del día en su trabajo como profesor de la Academia, tratando con ello de desviar su atención del tema que los mantenía tan llenos de pesar. «Hay que darles tiempo» pensó más de una vez. En algunas ocasiones, Ulgier emitía fuertes opiniones respecto a decisiones que Urso les comentaba que había tomado con sus estudiantes y Urso, en vez de molestarse, tomaba esas opiniones con gran alegría como una señal de que su padre estaba saliendo poco a poco de su letargo emocional.

Mina, sin embargo, no participaba de las discusiones ni opinaba nada. La casa, que normalmente se mantenía impecablemente limpia y ordenada, comenzó a mostrar signos de abandono y desinterés. Una semana antes de que Fizz reencontrara a Niza en la prisión del gueto, Urso les propuso a sus padres que fueran a cenar a una pequeña y acogedora fonda que estaba en la zona oeste, para sacarlos de ese espacio que los tenía confinados en una rutina desgarradora y desgastante, de la que no lograban reponerse. Ese día les había traído dos frutos del árbol que estaba sembrado en el jardín de la casa de Nidia, la curandera del gueto. Antes de irse a cenar,

Urso había partido los frutos en varias rebanadas y, distribuyéndolas en tres platos, le entregó a cada uno de sus progenitores un plato de fruta.

—Se nos va a quitar el hambre, hijo —dijo Mina.

—Es un aperitivo, mamá —dijo Urso, dulcemente. —Cómelo, te hará bien.

Mina se quedó viendo a su hijo con detenimiento. Cada día se parecía más a su padre. Apoyando su mano derecha en el pecho de su primogénito y fascinada por el suave perfume de aquel curioso fruto sin semillas, accedió:

—Está bien. Gracias, hijo.

Ella y Ulgier comenzaron a comerse las rebanadas de fruta. Un leve estremecimiento dentro de ambos comenzó a tocar fibras que tenían mucho de estar abandonadas. Sin darse cuenta, Ulgier comenzó a silbar una vieja tonada que hacía siglos no pasaba por su mente. Mina lo volvió a ver y esbozó una sonrisa, mientras le decía:

—¿Aún la recuerdas?

—Por supuesto —dijo él, mientras le tomaba la mano con galantería y le daba un beso.

Urso sonrió al ver a sus padres felices de nuevo, después de tanto tiempo, mientras recordaba el consejo que le hubiera dado la curandera antes de marcharse con las frutas:

—Deja que la magia del fruto haga su efecto, lentamente. No fuerces nada. Cómete tú mismo un par de trozos cuando veas que comenzó a hacer efecto en ellos.

Así lo hizo y una calidez se le anidó en el pecho, junto con unas ganas irresistibles de abrazar a sus padres, quienes lo recibieron de brazos abiertos para corresponderle el abrazo. Partieron a la fonda, mientras tres platos vacíos quedaban sobre la mesa. La fonda era un lugar pequeño y acogedor, cuya dueña recibía personalmente a cada comensal y se encargaba de cocinar ella misma los platillos, lo cual hacía con esmero y pasión, motivo por el cual la fonda era muy frecuentada. Durante la cena, Urso les estuvo contando chistes y los tres rieron mucho.

A la mañana siguiente, Mina se había levantado desde muy temprano sintiéndose llena de energía y más tranquila. Se puso a limpiar y ordenar la casa. Cuando llegó al estudio de Ulgier, se lo encontró con dos hermosos cuadernos muy parecidos entre sí, que habían sido empastados muy cuidadosamente por él mismo. Cada cuaderno tenía doscientas hojas del más fino pergamino y él estaba a punto de recitar un conjuro sobre ellos.

—Buenos días, madrugador —dijo ella, de buen talante.

—¡Mira quién habla! —contestó él, divertido.

—¿Qué haces?

—Quiero hechizar estos cuadernos para conectarlos entre sí. Lo que se escriba en uno de ellos, aparecerá mágicamente en el otro. Es para enviar uno de los ejemplares a Jantl, ahora que volvió a ser Regente Suprema, por si necesita algo, que tenga una forma rápida de contactarme.

—Eres un amor. Me parece una idea genial. ¿Qué quieres desayunar?

—Tengo sed de tus besos —dijo él, con voz sensual.

—¡Ulgier…!

El fruto del árbol de casa de la curandera era un remedio maravilloso para levantar el ánimo. Ingerido en las circunstancias adecuadas y en la cantidad correcta, hacía milagros. Su efecto era muy sutil, pero básicamente ayudaba a quien lo comía a reconectarse con la energía que cohesiona el Universo, con esa energía que crea desde una flor hasta una estrella: el amor.

Pocas horas más tarde, Ulgier le dijo a Mina que quería que fueran a casa del Anciano Hechicero para contarle el sueño que ésta había tenido días atrás. Ulgier había comprendido que los instintos de su mujer eran infalibles y ahora los escuchaba sin cuestionar. Mina aceptó gustosa y se dirigieron al norte del gueto.

Cuando estaban cruzando el puente que lleva a la islita en medio del lago, el sol ya estaba en el zenit. Las quietas aguas reflejaban la casa del Anciano Hechicero y el bosque circundante cual si de un espejo de la más fina manufactura se tratase. En el aire se respiraba el aroma de coníferas y madera antigua. Se escuchaban trinos de pájaros.

—Buenos días, Astargon —saludó Ulgier, cuando el anciano abrió la puerta.

—¡Ulgier, Mina! —dijo Astargon, alegre. —¡Qué gusto veros! Adelante, adelante.

Hacía menos de dos semanas el anciano le había devuelto sus poderes a Ulgier. Cuando ingresaron, encontraron a Delor sentado en la sala.

—¡Buenos días! —dijo él, animadamente. —Por poco y no me encontráis acá. En un rato más regreso al Monasterio.

—Delor. Un gusto verte de nuevo —dijo Ulgier, mientras recordaba la visita que su viejo amigo les hubiera hecho a él y su esposa días atrás, cuando el tono de las conversaciones había estado más sombrío.

Delor abrazó a la pareja. Todos se sentaron. Se sentía en el aire el aroma de un té que estaba en una tetera sobre la mesita central de la sala. Astargon regresó de la cocina con dos tazas adicionales y, sirviendo té en cada taza, se las entregó a sus visitantes.

—Gracias —dijeron ambos.

—Con gusto —respondió Astargon, al tiempo que se sentaba en su sofá preferido. —¿A qué debo el honor de vuestra visita?

—Hace unos días soñé con Rinto —dijo Mina, queriendo llegar al grano.

—Muy bien… —dijo el anciano, con cara de pregunta.

—Fue más bien como una visita —aclaró Mina—: su espíritu vino a visitarme en sueños.

—¿Cómo sabes que fue su espíritu? —inquirió el anciano, curioso.

—Lo siento aquí —dijo ella, mientras se llevaba su mano derecha al corazón.

—Entiendo —contestó Astargon. —¿Y qué pasó?

—Rinto me dijo que Niza es muy importante para nuestro mundo. Que ella debe recuperar su poder. Que muy pronto comprenderemos por qué.

Astargon se acomodó en su sofá, mientras daba un sorbo a su té. Después de unos segundos, dijo con total delicadeza y con todo el respeto que podía externar en sus palabras:

—Comprende, mi querida Mina, que esa opinión, proviniendo de la abuela de Niza, acerca de una visita en sueños de su hijo muerto, plantea serios problemas de credibilidad.

—Yo lo sé —aseveró ella, con firmeza. —Pero estoy segura de que es importante. Te lo quería comunicar ahora, y no cuando ya sea demasiado tarde.

—Hay un pequeño problema con ello, Mina —dijo el anciano, al tiempo que su rostro se ensombrecía.

—¿Cuál? —inquirieron Ulgier y Mina, con preocupación.

—El Ritual de Anulación que ejecuté sobre vuestra nieta es permanente y definitivo. Es imposible regresarle su poder a Niza.

—Si algo debiéramos tener claro los Conscientes es que *no existen imposibles*, mi querido Astargon —aseveró Ulgier, sonriendo.

—Tienes razón, tienes razón —replicó el anciano. —Corrijo: no tengo conocimiento en estos momentos acerca de cómo regresarle a Niza su poder. En todo caso, meditaré al respecto y os mantendré al tanto.

—Te lo agradezco —dijo Ulgier, sentidamente.

—Nada que agradecer. Aún no he hecho nada —dijo el anciano, sonriendo.

Delor, quien estaba en total desacuerdo con la idea de liberar a Niza y mucho menos con devolverle su poder, no dijo nada para no polemizar con su viejo amigo y no destrozar las esperanzas de una abuela que amaba incondicionalmente a su nieta. Dio un último sorbo a su taza y se puso de pie, diciendo:

—Bueno, yo debo partir, pues en dos días retomaremos la actividad en pleno en el Monasterio y tengo mucho que llegar a hacer. Incluso, ya hay agendada una cita con el Asesor Adjunto de la Regente Suprema para el 5 de *Kut* —y, viendo a Astargon, dijo: —Papá, ¿me harías el favor?

—Claro, hijo —replicó el anciano, poniéndose de pie. Extendió un brazo, manoteando el aire y dijo: —Ven, despídete bien —se abrazaron. Astargon le preguntó: —¿Tu equipaje está donde lo vi por última vez anoche?

—Ahí mismo —dijo sonriente Delor.

—Muy bien.

El Anciano Hechicero subió sus manos delante de sí, arqueando los brazos de modo que los codos quedasen a nivel de sus orejas, mientras hacía un círculo con los dedos pulgar e índice y arqueaba los dedos restantes al tiempo que decía:

—*Glavni samostan Delor i prtljage pažljiv prijenos.*

Una luz envolvió suavemente a Delor y al equipaje que yacía en la habitación. Ambos desaparecieron. Ulgier y Mina se despidieron del anciano y se marcharon. Llegando a casa, Ulgier tomó uno de los dos cuadernos hechizados y, atándole una pequeña nota doblada en cuatro sobre la que escribió: «Para Jantl». Invocó un hechizo de teleportación que envió el atado al escritorio que estaba en la habitación de Jantl, quien se lo encontraría más tarde esa noche. En la nota, Ulgier le explicaba cómo hacer uso del artefacto para comunicarse remotamente.

Por su parte, Astargon llevó a cabo varias tareas muy tranquilamente el resto de ese día. Regó unas plantas que le había regalado una sobrina, revisó en su estudio varios papeles de peticiones que le hacían miembros del gueto para mejoras en la convivencia y en espacios públicos y, al final de la tarde, sentado en su sofá preferido se puso a leer un libro hasta quedarse dormido.

El Anciano Hechicero ignoraba que toda la sabiduría y el poder suyo y de sus homólogos serían puestos a prueba cuando su amado hijo lo contactara de emergencia una semana más tarde.

CAPÍTULO IV:

Un añejo rencor

A finales del año 11,137 Nuintn tenía una enorme descendencia. Ochocientos veintisiete mil quinientos veinticuatro descendientes, para ser exactos. Habrían sido muchos más, pero una gran cantidad de ellos ya había fallecido, por distintas causas, todas muertes violentas. De hecho, ninguno de sus cuatro hijos reconocidos seguía con vida, pues habían muerto a manos de La Orden hacía mucho. Sólo él los sobrevivió a todos y, por siglos, estuvo apartado del mundo, replegado en un escondrijo que había encontrado bajo las raíces de un inmenso árbol, lejos de cualquier asentamiento, de cualquier interacción con los demás, rumiando solo su amargura y su dolor.

Y aunque finalmente su tristeza había cedido, permitiéndole sentir un poco de paz, el rencor –en contra de la Raza causante de su insoportable y largo duelo– había encontrado cobijo en aquel corazón que latía siempre a ritmo perfecto. Su vida había sido sencilla y tranquila en ese pequeño oasis que había creado para sí mismo en medio de una zona montañosa, de clima templado, con bosques de árboles no caducifolios por doquier. En todos esos años, había descubierto cientos de plantas de las que podía extraer alimento y se había vuelto un experto en sobrevivir en medio del bosque con los implementos mínimos. Sin saberlo entonces, algunas de dichas plantas contenían componentes altamente venenosos que no tenían en él repercusión permanente, más allá de un leve malestar que le pasaba en pocos días, cuando mucho. En tales casos, evitaba de nuevo ingerir esas plantas.

Nuintn había amado a pocas personas, aunque con mucha intensidad. Su primera compañera, quien estuvo con él casi sesenta y cuatro años, había fallecido de vejez, cuando él estaba por cumplir los noventa y siete. Él mismo era, en aquel tiempo tan lejano ya, un anciano decrépito y cansado, por lo que esa pérdida lo sumió en una profunda depresión de la que no lograba salir. Hacía días que no lo visitaba un muy buen amigo suyo, un ser de luz que se autodenominaba *Whuzz*, cuyo contacto siempre lo reconfortaba y le llenaba la mente de locas imágenes, bellísimos paisajes y encuentros con otros seres de luz, mientras un sentimiento del amor más puro y profundo le inundaba el corazón. Su compañera nunca quiso tocar a aquel extraño ser, que le daba un poco de miedo, pero respetaba que Nuintn sí lo hiciera. «Un día de estos, esa cosa te va a matar» le había dicho ella. Pero fue ella la primera en irse. De viejita. Porque simplemente su cansado corazón se detuvo. Nuintn sintió que moría de dolor y se había encerrado en su habitación, sin querer comer, esperando que la Muerte fuese piadosa con él y se lo llevara pronto.

Cuando el corazón de Nuintn estaba a punto de dar su último latido llegó Whuzz, quien se había colado por entre las rendijas de una de las paredes de aquella sencilla cabaña, hecha de troncos viejos. Encontró a su amigo tan triste, que todo su brillo se "apagó" y cambió a un color azul obscuro. Se acercó a él y le tocó suavemente, para contarle lo que había visto hacía pocos días, pero su amigo no se movía. Lo envolvió completamente y le expresó todo el amor que sentía por él, en un cálido abrazo que transmitía un sencillo mensaje: «*Nuin tn, uik om. Sert il. Sera undn. Jar mosh*». Lo cual, traducido del antiguo idioma Eterno al lenguaje común, podría significar algo como: «Amigo fiel, aquí estoy. Somos uno. Sé feliz. Te amo».

Y con ese profundo e inmenso amor que sentía por su amigo, Whuzz cedió todo su ser a aquel cuerpo decrépito cuyo agobiado corazón estaba a punto de dejar de latir. Inmediatamente, el cuerpo de Nuintn recuperó la juventud y lozanía de las que había gozado cuando tenía apenas 21 años y sus orejas asumieron una forma levemente puntiaguda, mientras un inconfundible sentimiento de bienestar invadía cada partícula de su ser. Se sintió lleno de energía de nuevo y se levantó de su lecho, viendo maravillado sus manos tersas y sin manchas en la piel. Se tocó la cara y el cuello, y notó que ya no tenía arrugas. Se tocó la cabeza y descubrió asombrado que la calva —que había consumido casi toda su cabellera— ya no estaba, pues ahora un largo y sedoso cabello color negro obscuro sin una sola cana cubría su cabeza, cayendo suavemente sobre sus hombros y espalda.

La guapura que había conquistado a su difunta compañera estaba en él de nuevo, radiante, en todo su magnífico esplendor de antaño. Nuintn sacó ventaja de su recuperada juventud e hizo despliegue de su energía y virilidad con cuanta mujer hermosa se encontró en sus andanzas, quienes caían rendidas por su carisma y hermosura. A todas las embarazaba, de manera inexplicablemente efectiva, y comenzó a tener hijos que no llegó a conocer, pues se volvió un nómada. Curiosamente, con su difunta compañera nunca tuvo progenie. Nuintn descubrió fascinado que, por alguna extraña razón, todo lo que había comenzado a experimentar después de que había recuperado su juventud, lo recordaba perfectamente, segundo a segundo, imagen por imagen, palabra por palabra. Los recuerdos que había acumulado antes de esto eran difusos e irreales, casi como un mal sueño que cada vez parecía más lejano.

Por todas partes comenzaron a escucharse historias de gente que nacía con orejas puntiagudas y no envejecía al alcanzar la mayoría de edad. Esos seres de belleza perfecta y salud inmaculada comenzaron a encontrarse, a congregarse y a relacionarse entre ellos. Y así fue por algunos siglos hasta que, en una ocasión, Nuintn llegó a un pequeño poblado, ubicado en la base de unas espectaculares cataratas, donde conoció a Mirnl, la "flor más bella" que su memoria eidética hubiese registrado jamás: *Mir* significaba *flor* o *capullo* en su idioma y *nl* describía una cosa bella, muy apreciada.

Nuintn se enamoró profundamente de esa *bella flor* silvestre, como hacía siglos no había vuelto a sentir, y con ella formó una familia y se estableció en esa congregación, llamada Lendl en honor al hermoso paisaje que la rodeaba (*Len* significa catarata o caída de agua y *dl* es el sufijo en antiguo idioma Eterno que denota *grupo de personas* o *congregación*).

Nuintn y Mirnl tuvieron cuatro hijos: dos varones y dos hembras, quienes heredaron aquellas orejas de forma tan particular que tenía su padre y la salud impecable que ostentaba éste. Cuando Mirnl falleció, víctima de una rara enfermedad que comenzó a matar sólo a los seres de orejas redondeadas, Nuintn se juró a sí mismo nunca más volverse a enamorar. El consuelo de saber que sus cuatro hijos no morirían le dio la fuerza que necesitaba para seguir adelante y se aferró con todas sus fuerzas al inmenso amor que sentía por sus cuatro retoños, ocupando un lugar especial en su corazón la menor de sus hijas: la bellísima Frinjl.

Pocos años más tarde, la virulenta enfermedad que había dejado viudo por segunda ocasión a Nuintn había extinguido a los *orejas redondas*, siendo reemplazados por aquella increíble nueva Raza de seres de orejas puntiagudas que no envejecían ni enfermaban. En su proceso de expansión y búsqueda de nuevos territorios, unos cuantos siglos más tarde, los miembros de esta nueva Raza coincidieron con seres de otra Raza totalmente distinta: eran seres levemente más altos y delgados, con orejas redondas. Los varones tenían sus rostros cubiertos de pelos, ni hembras ni varones parecían tener el gusto estético tan refinado como los descendientes de Nuintn y hasta había gente *que se veía vieja*. Estos seres, además, podían ejecutar cosas inexplicables con sólo mover sus manos y hablaban una lengua que resultaba incomprensible.

Tal vez por esa falta de comprensión, o por el temor a lo diferente, fue que en uno de tales encuentros se suscitó un leve conflicto donde murieron dos personas, una de cada Raza. En ambos lados quedaron sobrevivientes, lo cual dio inicio a una disputa que duró siglos. Nuintn nunca se interesó en el conflicto hasta que, casi al final de éste, sus cuatro hijos perecieron en una gran confrontación que inició un líder extremista de esa Raza, cuyos miembros se denominaban a sí mismos en su lengua los *Svjestan* (en el idioma común se traduce como *Conscientes*, o los que saben que el mundo físico es sólo una ilusión) y que llamaban *Vječan* (en idioma común: *Eternos*, o los que no envejecen) a Nuintn y los suyos.

El colmo del dolor llegó cuando Nuintn encontró a su amada Frinjl a la entrada de su casa con una horrible quemadura que le había atravesado el torso de lado a lado. El sufrimiento fue tan intenso que estuvo a punto de perder la cordura. Ella, con las fuerzas que le había dado el deseo de ver por última vez a su padre, había intentado llegar a donde éste para despedirse de él. Murió pocos metros antes de alcanzar la puerta. A esto siguieron las noticias de la muerte de sus otros tres hijos, que terminaron de abrir una dolorosísima herida en su alma. Nuintn se alejó de todo y de todos y en su mente resonaba el nombre de aquel líder Consciente causante de todo: Mantikor.

Su hija menor había sido la que lo visitara con más frecuencia y la que lo había mantenido al tanto del conflicto. Esperanzada, ella le había dicho, la última vez que se vieron, que estaban ocurriendo grandes cosas, que una Eterna llamada Jantl tenía un aliado por demás ingenioso y que el conflicto pronto cesaría. Frinjl no pudo atestiguar ni disfrutar la maravillosa paz que vino pocos años después de su muerte. Y Nuintn, concentrado únicamente en su propio pesar, se replegó a aquella soledad y aislamiento autoimpuestos, pues el dolor no lo dejaba sentir nada más. Maldijo su eterna juventud y su memoria perfecta, que lo hacía recordar todo con insoportable exactitud. Cada día, cada minuto de vida, cada conversación, cada risa con sus hijos bebés, infantes, adolescentes, adultos, gallardos y altivos, tan increíblemente hermosos, con su amada Mirnl, la *flor más bella* que su ingrata memoria le recordaba continuamente.

Intentaba distraerse buscando mil cosas que hacer en el día, pero en la noche, los recuerdos lo invadían, implacables. Y en sus sueños, las memorias eran aún más vívidas, como si él estuviera de nuevo ahí, reviviendo todo, incluyendo a su amada Frinjl herida de muerte. Una y otra vez. Por años. Por siglos. Pero el dolor fue cediendo paso a la calma y Nuintn comenzó a sentir de nuevo aquella tranquilidad de antaño, y el rencor se convirtió en motivo para seguir viviendo y recuperar aquella energía que lo había embargado cuando recuperó su juventud perdida. Poco a poco, un día a la vez.

Y así habría seguido, como un ermitaño adusto, amargado y alejado de todos, de no ser porque una tarde de tantas, notó que un ser de luz —muy parecido al que alguna vez hubiera sido su amigo— estaba flotando encima de un pequeño estanque que se había formado al lado del árbol que usaba por casa. El ser de luz parecía estarse contemplando a sí mismo reflejado en aquellas diáfanas y tranquilas aguas. Nuintn, sin querer perturbar al bellísimo visitante, sacó una flauta y, permaneciendo dentro de su escondrijo, comenzó a tocar una suave y dulce melodía. El ser de luz, curioso de saber de dónde salía aquel hermoso sonido, se aproximó a la entrada y, ocultándose en un haz de luz con que el sol vespertino iluminaba el escondite, se quedó observando al ser que emitía aquellos sonidos tan dulces. Sin darse cuenta, el ser de luz comenzó a imitar los sonidos con un leve zumbido musical, antes de marcharse. Y así sucedió varias semanas, ciertos días a la misma hora hasta que, en una de tales ocasiones, Nuintn dejó de tocar el instrumento y le dijo «Hola» al visitante, quien se lo quedó mirando y, saliendo de su escondite de luz, comenzó a asumir el aspecto de Nuintn, con flauta en mano incluida.

Nuintn acercó tímidamente su mano a la criatura, y de inmediato comenzó a recibir muchísima información en su mente, comprendiendo que el ser se autodenominaba *Fizz*. De particular interés le resultaron unas imágenes donde se veía a un hombre delgado tirado en el piso, mientras una mujer robusta caía desmayada, justo antes de que una pequeña niña, que había visto en muchísimas escenas previas con los brazos más anchos y hablando en una lengua incomprensible, desapareciera sin dejar rastro. La tristeza que lo invadió después de esta escena, lo hizo soltar sin querer la flauta y el ruido del instrumento al golpear el piso asustó al ser de luz, que abandonó el lugar instantáneamente.

Esa visión reabrió en Nuintn viejas heridas y recordó en ese momento un poema que alguna vez le hubiera recitado Frinjl, mucho tiempo atrás, diciéndole que lo había escuchado de Jantl, quien había trabado amistad con un hombre que le había dicho que sus poemas eran *profecías*. El poema en particular que recordó Nuintn mencionaba a una "mestiza poderosa" que "un ser de luz amaría fielmente" y pensó que, si tal mestiza alcanzaba la "cima del supremo poder" que mencionaba el poema, esa sería la señal que indicaba que había que destruir de una vez por todas la maldita Raza de los Conscientes, por quienes albergaba el más denso y pútrido rencor que pudiese corroer un alma por tantísimo tiempo.

Y así, Nuintn decidió abandonar su antiguo refugio con el fin de reintegrarse a una sociedad que había cambiado enormemente para entonces. Al llegar a Lendl –que había aumentado su extensión y población considerablemente desde la última vez que la vio– se encontró con la sorpresa de que el mundo entero hablaba un nuevo idioma que él no comprendía (y que había escuchado en las visiones que le compartiera Fizz); que los Eternos se habían diseminado por una gran extensión del mundo; que aquella antigua disputa con los Conscientes había terminado hacía siglos, tras la muerte de Mantikor y sus seguidores, y que para comerciar ya no se usaba el intercambio, sino unos curiosos círculos de metal llamados *dinero*.

En su proceso de redescubrimiento del mundo, aprendió el nuevo idioma –gracias a muchos Eternos que sí hablaban la lengua que Nuintn conocía– y comenzó a comprender los nuevos usos y costumbres de aquella sociedad tan avanzada. Fue entonces cuando se enteró de que se había fundado una Gran Ciudad muy al este de donde él había habitado por tanto tiempo y que había otras dos Razas más en el mundo –al que ahora todos llamaban *Koiné* en esa nueva lengua extraña–: los Pensantes y los Forzudos. Comprendió entonces plenamente las imágenes que Fizz le hubiese transmitido aquella vez en el bosque: la "mestiza poderosa" era la hija del Consciente y la Forzuda que vio en una de las escenas. Pensó horrorizado qué clase de ser corrupto podría resultar de semejante aberración y eso reforzó su determinación de acabar con esa Raza tan odiada y temida, que ahora estaba comenzando a contaminar con su inmundicia a las demás.

Nuintn se dio la oportunidad de comprender cómo funcionaba ahora el mundo. Se enteró de que había un *Regente Supremo* que era un Eterno llamado Kempr, hijo de Jantl, y pensó que esto podría favorecer el acercamiento al poder que necesitaría para llevar a cabo su plan. Haciendo acopio de la paciencia que era inherente a su carácter, Nuintn se dedicó a comerciar, con mucho éxito, los cientos de plantas que había descubierto y comenzó a amasar una pequeña fortuna. Cuando empezó a aliarse con otros comerciantes que hacían tratos con Conscientes, descubrió que algunas de aquellas plantas que le provocaban malestares menores resultaban desde leve hasta sumamente tóxicas para los miembros de esa Raza, quienes ya habían descubierto sus nefastos efectos por su cuenta y no se interesaban en ellas. Muchas de esas plantas requerían consumir la toxina en grandes cantidades para causar la muerte o tenían un olor característico que delataba su presencia, por lo que Nuintn las consideró inadecuadas para lo que había venido ideando desde su regreso a la civilización.

Queriendo instruirse en historia, así como en usos y costumbres modernos, Nuintn comenzó a frecuentar la biblioteca de la congregación y, en una de sus visitas, cayó en sus manos un libro escrito por un Eterno llamado Rontr, donde narraba de una manera bastante jocosa y entretenida las aventuras de un personaje al que denominaba simplemente *El Iluminado* quien, según el autor, había sido íntimo amigo suyo. Al avanzar en la lectura, Nuintn llegó a un pasaje del libro donde se narraba el viaje que el Iluminado había tenido que hacer a la *Isla de los Jardines*, como parte de sus andanzas para alcanzar la Gran Unificación. Lleno de curiosidad e intrigado por la profusa descripción que Rontr hacía en el libro de ese apartado paraje, Nuintn se propuso ir a verlo de cerca, pues ahí podría estar la pieza clave que le hacía falta a su plan.

Y así, Nuintn llegó a la tribu Lishtai, el punto más cercano a la Isla de los Jardines. Los habitantes lo observaban con poca curiosidad, pues estaban acostumbrados a ver Eternos que llegaban cada cierto tiempo en los barcos. Sin embargo, cuando llegó al mercado, notó que un Forzudo en sus cincuenta, así como dos niños, lo observaban con detenimiento.

—¡Mira papá! —dijo la niña con asombro mientras lo señalaba.
—¡Qué raras orejas tiene ese señor!

—Sí, Sara. Ya lo vi —dijo el hombre, al tiempo que tomaba de la mano a su niño, que estaba manoseando las frutas del puesto frente al que estaban detenidos, mientras le decía: —¡Pilo! ¡Deja eso!

Nuintn se puso de cuclillas frente a la niña y le dijo:

—¿Nunca habías visto un Eterno, pequeña?

—No, señor —dijo Sara, tímidamente.

—Tu alegría me recuerda a mi hija menor cuando tenía tu edad —dijo Nuintn, nostálgico, mientras le tocaba tiernamente la nariz a la niña, que le dedicó una hermosa sonrisa. Se incorporó y, viendo al papá de los pequeños, dijo: —¿No sois de esta tribu?

—No, señor —dijo el hombre. —Vivimos en Shuntai. Pero quise traer a mis hijos en este viaje, para que conocieran a un pariente.

—Muy bien —dijo y, sonriendo, extendió la mano, mientras decía: —Encantado. Me llamo Nuintn.

—Tanko, señor —replicó el hombre, mientras le estrechaba la mano.

—¿Sabes dónde puedo conseguir unos guantes y unas botas impermeables, Tanko?

—Sí, claro. Acá a la vuelta hay una tienda de artículos de cuero. Son de muy buena calidad y a buen precio. Pregunte por Unka.

—Muchas gracias, Tanko —dijo Nuintn, sonriendo. Y viendo a la niña: —Adiós, Sara. Encantado de conocerte.

—Adiós, señor —contestó ella.

Después de hacer su compra, Nuintn se dirigió a aquella misteriosa isla, tras ofrecer una fuerte suma a varios pescadores que rechazaban su oferta al enterarse del destino, hasta que encontró uno que, más por necesidad que por otra causa, le aceptó el pago, no sin antes plantearle escenarios muy tétricos de lo que le esperaba en ese lugar que todos consideraban maldito. Varios kilómetros antes de llegar a la isla, Nuintn se quedó extasiado admirando la belleza de sus colinas multicolor, donde no se veía ningún tipo de vegetación que no fueran aquellos tapices floridos que lo cubrían todo. El pescador no quiso acercarse más allá cuando estuvo a unos cincuenta metros de la isla, por lo que Nuintn se vio forzado a recorrer el trecho restante a nado.

Cuando llegó a la orilla, desató un morral que había amarrado a su espalda, dentro del cual traía el par de guantes y de botas de cuero que había adquirido en Lishtai, así como varios frascos de vidrio que traía desde Lendl. También traía en su morral unas pinzas hechas de *Aoduntn*, de las cuales el herrero Eterno que se las vendió le había dicho que «no podría encontrar metal más resistente que ese en todo Koiné». Y así, debidamente equipado, se acercó delicada y lentamente a las plantas más cercanas a la costa y comenzó a arrancar suavemente las flores con las pinzas y las fue introduciendo una a una en los frascos, con gran cuidado para no esparcir el polen. Cuando hubo llenado cinco frascos, cada uno con flores de distinto color, los selló con un tapón de corcho que les quedaba apretado y los envolvió de nuevo con una suave y esponjosa tela que los había protegido durante el trayecto. Empacó todo cuidadosamente en su morral, que volvió a cerrar herméticamente.

Regresó al mar, nadando de vuelta los cincuenta metros que lo separaban de la embarcación. El pescador lo miraba curioso y preocupado, pero a la vez sorprendido de verlo aún vivo. Nuintn guardó celosamente esos frascos, sabiendo que el conocimiento que necesitaba para poder lidiar con su contenido aún no lo había descubierto.

Quince años más tarde, un Eterno llamado Wentn, investido con el título de *Asesor Principal del Regente Supremo*, llegó a Lendl buscando bienes y servicios innovadores que importar a la Gran Ciudad. Fue así como Nuintn se convirtió en un proveedor de varios comercios de la Gran Ciudad y supo de la existencia de la Universidad de Eternos que se preciaba por «impartir la educación científica y técnica de mayor nivel en el mundo». Durante sus conversaciones con Wentn, Nuintn se enteró de que una Forzuda, que era la asistente personal de su interlocutor, había demostrado una inteligencia muy superior al promedio de los de su Raza y que, gracias a su iniciativa, estaban teniendo esa reunión.

Nuintn logró convencer a Wentn de que dejara en sus manos la intermediación con varios de los comerciantes, lo cual le permitiría viajar con frecuencia a la Gran Ciudad, acercarse a la Universidad y establecer una relación más estrecha con Wentn. En pocos años, gracias a la amistad que trabó con un toxicólogo de la Universidad, Nuintn había adquirido el conocimiento que requería para manipular sus preciados y mortíferos especímenes.

Fue entonces cuando se enteró de que la Forzuda había sido nombrada consejera adjunta de Kempr. Para ese momento, Wentn consideraba a Nuintn alguien de su total confianza y le había comenzado a hablar a Kempr acerca de la visión estratégica y comercial que tenía aquel Eterno, a quien podría incluirse como parte del gabinete, debido a los intrincados hilos de influencia que tenía tejidos entre varios comerciantes, no sólo de Lendl, sino de otras congregaciones, incluida Mundl. Kempr aceptó gustoso la recomendación de su fiel consejero y así Nuintn conoció a Niza y comenzó a relacionarse con ella.

La primera vez que Nuintn vio a Niza, reconoció de inmediato a la niña que había visto en las imágenes que le transmitiera Fizz y dedujo que ella era, por ende, la "mestiza poderosa" de la que hablaba la profecía que le hubiese recitado su hija y comprendió, cuando supo de la aversión que Kempr tenía en contra de los Conscientes, que todos la tomaban por una Forzuda pura. Pensó que saber ese secreto podría ser de utilidad más adelante, por lo que no dijo nada al respecto.

Para una fiesta de celebración del cambio de año, gracias a una conversación que Nuintn estaba teniendo con otro invitado a la fiesta, Niza supo que aquél era experto en plantas. Ella le preguntó acerca de algunos ingredientes raros, sin explicarle por qué requería esa información. Nuintn, viendo abierta la ventana de oportunidad para ganarse la confianza de Niza, le compartió algunos de sus conocimientos con total naturalidad y transparencia, lo cual fue considerado por Niza como una excelente señal y motivo para que ella comenzara a conversar más seguido con él.

Cuando Kempr murió y Niza se autoproclamó Regente Suprema, Nuintn presenció la acalorada discusión que ella y Wentn tuvieron, sin emitir opinión alguna. A la mañana siguiente, todos en el Castillo se enteraron de que Wentn se había caído desde su balcón, estrellando la cabeza contra el piso, lo que le causó una muerte instantánea. Y así, Nuintn vio cumplida por fin la profecía que había estado esperando todos esos años, intuyendo que Niza era una persona muy peligrosa para tener de enemiga.

Para regocijo de Nuintn, Niza lo nombró su asesor principal y éste se comenzó a meter de lleno en el tema político, empapándose de todos los asuntos del gobierno. Nuintn observó, junto con el resto del gabinete, cómo Niza comenzó a rodearse de jóvenes Conscientes que cumplían al pie de la letra sus exigencias y caprichos y el odio añejo mezclado con el temor que sentía por esa Raza adquirió nuevos bríos. Cuando vio los cambios que Niza estaba haciendo en las rutas comerciales de los Forzudos, Nuintn comprendió que, en el largo plazo, esos cambios le harían mucho daño a esa Raza. Él, que había cultivado la paciencia por milenios, esperó para ver cómo desembocaban estos acontecimientos.

Nuintn –a diferencia del resto de los miembros del gabinete– no había abandonado el Castillo cuando Niza cayó en la depresión que tuvo después de la Ejecución de los Inocentes. Él notó los cambios en el clima y dedujo que esa mestiza era en extremo poderosa. Cuando Nuintn se enteró de que Niza había enviado a su Ejército de Conscientes como Inquisidores de los Forzudos, presintió que eso crearía una presión insoportable que desencadenaría una reacción violenta en esa Raza. Casi dos meses más tarde, Nuintn ayudó a convocar a los miembros del gabinete para que regresaran al Castillo como muestra de apoyo para con una Eterna a la que todos identificaron como *la Primera Regente Suprema* y así conoció a la famosa Jantl, quien había recitado aquel profético poema a su hija Frinjl, tantísimo tiempo atrás.

Un poco más de cuatro semanas posterior a que Nuintn y los demás miembros del gabinete se hubieron reincorporado a las actividades de gobierno —en una línea de tiempo que dejó de existir— todos escucharon un tumulto en las afueras del Castillo, pues la sala donde se encontraban reunidos tenía un ventanal que daba al exterior. Nuintn, comprendiendo que la reacción violenta que había previsto estaba sucediendo al fin, les dijo a los demás que iría a investigar, pero en realidad se dirigió a la biblioteca, donde Baldr le había contado alguna vez que existía un pasaje que llevaba a unos túneles debajo del Castillo, cuya entrada había sido clausurada hacía mucho. Nuintn, sin decirle nada a Baldr (quien lo saludó muy cortésmente sin sospechar que una turba de Forzudos estaba por irrumpir en el Castillo), accedió a aquel pasaje —rehabilitado por Nuintn mismo semanas antes—, el cual yacía tras un enorme mapa de Koiné que siempre colgaba de una pared de la biblioteca. Cuando los Forzudos ingresaron al Castillo asesinaron a Baldr y al resto de los miembros del gabinete, pero jamás descubrieron el pasaje escondido.

En la línea de tiempo que realmente subsistió, Nuintn no vio jamás concretarse sus sospechas, aunque sí llegó a sus oídos que Niza había conjurado junto con varios Conscientes un gigantesco portal protector que había salvado la Gran Ciudad de una invasión y luego supo del Ritual de Reparación que habían conjurado en todas las tribus, así como del veredicto que había destituido a Niza de su posición de Regente Suprema, en parte debido a los crímenes cometidos por los Inquisidores bajo su mando. También se enteró de que los dragones habían sido conjurados por Mantikor y estuvo al tanto de la gran amenaza que habían representado para el planeta, siendo sólo posible derrotarlos por medio de otros Conscientes que —según se decía— eran en extremo poderosos y vivían en un castillo flotante. Todo esto sólo sirvió para alimentar la férrea convicción que Nuintn tenía de que esa Raza era un peligro para todos, pues podían hacer y deshacer a su antojo con sólo el poder de su mente.

La destitución de Niza fue la oportunidad que Nuintn había estado esperando: les propuso a los demás miembros del gabinete convertirse él mismo en el Regente Supremo interino, en lo que se decidía otro destino para la Silla Magna, dado que él había sido el asesor principal de Niza. Los demás miembros del gabinete aceptaron aquella propuesta de buena gana y Nuintn sintió que por fin tendría el poder suficiente para vengar la muerte de sus cuatro amados hijos y de toda su descendencia. Su primer decreto fue sacar de la planilla del Castillo a todos los miembros del antiguo Ejército de Conscientes, pues ya no quería tener a ninguno de ellos cerca y mucho menos que el Gobierno Central pagase su manutención.

Sin embargo, a las pocas semanas, Jantl llegó al Castillo con la noticia de que venía a reclamar de nuevo la Silla Magna. Nuintn aceptó de mala gana ceder su puesto –que, en teoría, había sido sólo temporal– y se puso a las órdenes de aquella bellísima Eterna, con una sonrisa que Jantl interpretó como alineación perfecta con sus altruistas objetivos. Cuando Nuintn solicitó hacerse cargo de las relaciones diplomáticas con los Conscientes que Jantl tanto ansiaba restablecer, su sonrisa fue causada en realidad por el júbilo que sintió al pensar que su paciente espera estaba a punto de brindar los ansiados resultados. Días después, cuando Nuintn escuchó a Jantl preguntar por el libro de profecías, dedujo de inmediato que era muy probable que, si dicho libro había advertido acerca de los dragones, también advertiría de lo que él estaba a punto de hacer y decidió que era buena idea "extraviar" ese tomo de la biblioteca.

Por cuanto Nuintn había logrado finalmente –gracias a su paciencia, perseverancia y experimentos– dividir con éxito la proteína base del potentísimo veneno que yacía en las flores de la Isla de los Jardines en dos componentes que, separados, eran totalmente inocuos pero que podían recombinarse con alcohol y recuperar el letal efecto del veneno original que –según análisis que había hecho su amigo toxicólogo– era capaz de matar a 15,000 personas con tan poco como un solo gramo de la sustancia.

Nuintn había logrado extraer 300 gramos de la toxina, separada en sus dos componentes inocuos, cantidad suficiente para matar en cuestión de minutos a un número de individuos superior al doble de la población entera de Conscientes del planeta.

Capítulo V:

Ajuste de cuentas

—*Gluhoća* —dijo Aucufius, extendiendo sus manos hacia el edificio del Banco Central, mientras flexionaba los dedos, que formaron círculos con sus pulgares.

En el acto, todo el personal que estaba dentro del edificio –incluyendo dos guardas Forzudos posteados en la entrada– se llevaron las manos a los oídos, cuando un pitido agudo les causó una sordera temporal. El hechizo había sido potenciado al quíntuple de su poder habitual gracias a Buthermos, quien había conjurado su habilidad justo antes sobre Aucufius. Detrás de ambos se encontraban otros nueve camaradas suyos. Uno de ellos, Fuedilar, se colocó al lado de Aucufius y, dejando caer su capucha al piso, dijo: —*Maği*. De inmediato, Fuedilar se postró de rodillas, apoyando sus manos en el suelo al tiempo que su cuerpo asumía la forma de un enorme felino negro con ojos color naranja, de complexión maciza y gruesas patas armadas de filosas garras. Los guardas, que aún no se reponían del hechizo de sordera, vieron horrorizados cómo un gigantesco felino se abalanzaba sobre ellos y, a zarpazos, los dejaba tirados en el piso, malheridos y agonizantes.

La entrada al Banco estaba protegida por una gruesa puerta de hierro, cuya cerradura estaba reforzada con una maciza cubierta metálica hecha de *Aoduntn*. Polanko, otro de los once asaltantes encapuchados, se acercó a la puerta y, tocando con sus manos el refuerzo hecho de aquel metal de producción Eterna que era considerado inviolable, dijo: —*Raskraviti*. El durísimo *Aoduntn* se derritió como si fuese un trozo de mantequilla puesto al sol del mediodía, dejando en el espacio que la cerradura había ocupado segundos antes un agujero por el que podía verse el interior del edificio, que estaba ocupado por varios Eternos y una Pensante. Del grupo de once se adelantó Kiendo y, haciendo un ademán con sus manos, empujó la pesada puerta con el poder de su mente. Wirgon, que se había colocado a su lado, se adentró en el edificio. Louanne, la funcionaria Pensante del Banco, estaba sentada detrás de un escritorio que se había colocado en el área de recepción del edificio aun reponiéndose del intenso pitido en sus oídos y, al ver lo que estaba sucediendo, emitió de inmediato una alarma a nuestro Colectivo Mental. En ese instante, Wirgon extendió sus brazos hacia Louanne y, potenciado por Buthermos, dijo: —*Prijedlog*. Louanne se quedó estática, con la mirada perdida. Wirgon le dijo: «Todo está bien. Falsa alarma». Louanne transmitió a la Red de Pensantes este mensaje, cuya sensación artificial de tranquilidad causada por el hechizo de sugestión permeó las mentes de todos nosotros, haciéndonos olvidar incluso la incomodidad causada por el acúfeno, lo cual detuvo el operativo de seguridad que estaba contemplado para casos de emergencia como éste, en coordinación con Forzudos preparados para tal efecto.

Todos pasaron una puerta que estaba del lado derecho y entraron a un amplio recinto, lleno de escritorios donde varios funcionarios se pusieron de pie, alarmados. Oshier extendió sus manos en dirección a Fargn, el empleado más cercano a ellos y dijo: —*Bičevi*. Látigos invisibles comenzaron a azotar al pobre Eterno, mientras sus compañeros se estremecían horrorizados con los alaridos de dolor, que Fargn emitía con cada latigazo invisible, acompañado de una marca sangrienta en su piel. En cuestión de segundos la cara y brazos desnudos de Fargn estaban en un estado lamentable, y su ropa se había desgarrado en tiras que mostraban las heridas abiertas en el resto de su cuerpo. Oshier detuvo el suplicio y Fargn cayó al piso, desmayado de dolor. Dirigiendo su mirada al resto, Oshier dijo:

—Si no queréis pasar por la misma tortura que vuestro colega, nos ayudaréis a saquear la bóveda.

—Sólo Fargn sabe la combinación que abre el acceso a la bóveda —dijo entre sollozos la mujer que estaba más cerca de ellos—, pero lo habéis dejado inconsciente.

—No necesitamos la combinación, imbécil. Sólo ayúdanos a llegar a la bóveda más fácilmente, para no tener que partir el edificio en pedazos. Mi camarada Trinter aquí presente —dijo Oshier señalando a uno de sus cómplices— es capaz de provocar explosiones muy destructivas, pero preferiríamos no tener que sacar el dinero de entre los escombros.

La mujer, que se llamaba Jelfn, abrió los ojos de par en par, al igual que el resto de sus compañeros, que se volvieron a ver unos a otros, llenos de terror. Ella se puso de pie y les dijo:

—Seguidme.

Aucufius, Fuedilar (aún convertido en felino) y Trinter se quedaron vigilando al resto de los funcionarios, que temblaban de miedo. Trinter tenía una mirada perversa y una sonrisa burlona, mientras levantaba las manos en forma amenazante. Por su parte, los restantes ocho se fueron siguiendo a Jelfn. Durante el recorrido, cualquier pobre incauto que se encontraba con el grupo de encapuchados era violentamente lanzado a un lado por Kiendo con su hechizo de telekinesis, para caer inconsciente después de haber estrellado la cabeza contra alguna pared. Todas las paredes del edificio eran de mármol, por lo que el golpe era bastante duro. Jelfn sólo daba pequeños saltos de susto y emitía leves gemidos. Su cuerpo cada vez temblaba con más agitación. A la tercera vez que uno de sus colegas quedó tendido en el piso sobre un charco de su propia sangre, Jelfn comenzó a llorar aún más fuerte.

—¡Cállate! —espetó Oshier.

Jelfn guardó silencio, mientras sus mejillas se llenaban de lágrimas. Después de recorrer varios pasillos y bajar cientos de gradas, llegaron a un recinto que debía estar unos cincuenta metros por debajo de la superficie. Dos guardas Forzudos estaban apostados a ambos lados de aquella gigantesca compuerta redonda, detrás de un enrejado de gruesos barrotes de hierro y, al ver la extraña comitiva descender, se pusieron alertas y en posición de ataque con las hachas al aire. Imertius, uno de los ocho encapuchados, extendió sus brazos hacia los guardas diciendo: —*Magneti*. Las hachas comenzaron a zafarse de las manos de ambos guardas, quienes apretaron aún con más fuerza los mangos de aquéllas, en un inútil intento de sostenerlas. No lo consiguieron. Las hachas, libres de manos de sus portadores, rotaron sobre su eje, dirigiendo su filoso borde hacia ellos y se clavaron a toda velocidad en la frente de ambos, que cayeron al suelo, en estertores. Jelfn no soportó más el horror y empezó a llorar a gritos. Haciendo un ademán con furia, Kiendo la lanzó contra una pared, lo que la dejó inconsciente, con el cráneo partido y sangrante.

Rantor extendió sus manos hacia las rejas y dijo: —*Piljenje*. Una sierra invisible comenzó a cortar uno a uno los barrotes en la parte de arriba. Rantor dirigió sus manos hacia abajo y el corte se repitió en el otro extremo de los barrotes, que cayeron al piso con gran estruendo con un ademán de Kiendo. Polanko se aproximó a la compuerta y, tocándola, conjuró su hechizo de fundición. Se alejó unos pasos, mientras el *Aoduntn* de la compuerta comenzaba a licuarse hasta que se extendió como un enorme charco plateado por todo el piso cercano a la bóveda, cubriendo a los dos Forzudos muertos, donde quedó solidificado de nuevo.

Entonces Buthermos se acercó a Imertius y a Derleus y puso una mano en el hombro de cada uno, conjurando su hechizo de potenciación. Derleus, quien se había mantenido muy callado hasta entonces, sacó de entre los pliegues de su capucha un saco y, extendiendo sus brazos hacia ambos costados, dijo: —*Duplikat*. Una réplica exacta de sí mismo se separó de él, con saco incluido, y abrió el saco. Imertius, haciendo un ademán con sus manos, comenzó a atraer monedas de plata, oro y platino –gracias al componente de acero que era parte de la aleación de éstas– desde la bóveda hacia el saco del duplicado de Derleus, hasta que éste le hizo una seña a Imertius. Se retiró del recinto y Derleus produjo otra réplica de sí mismo, para que Imertius llenase ese nuevo saco y repitieron este procedimiento hasta que la bóveda quedó vacía, mientras trescientas réplicas de Derleus cargaban sendos sacos llenos de monedas, con los cuales abandonaron el edificio, encaminándose a la Fortaleza con toda tranquilidad.

Ya en las afueras, Fuedilar se aproximó a la capucha que había dejado tirada en el piso y, recuperando su forma original, se vistió de nuevo. Buthermos se le acercó y, tras entregarle un prendedor de oro con un rubí incrustado, le dijo:

—Te regreso tu amuleto de protección. Ya se los devolví a Aucufius, Wirgon, Derleus e Imertius. Sólo tú faltabas.

Al mismo tiempo que había iniciado el asalto del Banco, cuatro grupos más de once encapuchados cada uno estaban acercándose a los monasterios, ubicados en las cuatro esquinas de la Gran Ciudad. Hacía una hora Nuintn había salido del Castillo y ya estaba llegando al monasterio que dirigiera Delor. A raíz de las visiones que Fizz le hubiese compartido a Astargon acerca de una realidad que nunca ocurrió –en la que una horda de Forzudos invadía el monasterio y asesinaba a Delor–, Astargon le había sugerido a su hijo que construyeran un foso alrededor del monasterio para restringir el acceso a éste. El monasterio ahora contaba con dos enormes puertas de acceso: una interior y otra exterior. Esta última podía ser colocada en posición horizontal para hacer las veces de un puente que permitiera cruzar el foso.

Justamente cuando Nuintn estaba cruzando aquel puente levadizo, el agua del foso comenzó a alejarse y elevarse a ambos lados del puente, formando dos gigantescas columnas. Nuintn, sorprendido, volteó a ver hacia atrás y notó un grupo de once jóvenes altos y delgados que estaban parados cerca del puente. Uno de ellos tenía sus manos extendidas en dirección al foso. Reconoció de inmediato a los once: eran antiguos miembros del Ejército de Conscientes de Niza. El que estaba manipulando el agua se llamaba Moringo. *Y ellos lo reconocieron a él*. Antes de poder decirle nada, el Eterno vio horrorizado cómo el joven acercó sus manos, lo que causó que las columnas de agua envolvieran a Nuintn, quien comenzó a forcejear inútilmente dentro de aquella gigantesca masa de agua que danzaba al ritmo del movimiento de manos de Moringo. Cuando éste movió las manos en círculos, la masa acuática tomó la forma de una gigantesca esfera. Acto seguido, hizo un ademán como si estuviese empujando el aire y la enorme esfera líquida se estrelló contra la segunda puerta de entrada al monasterio, derrumbándola e inundando todo a su paso. Nuintn perdió el conocimiento y el torrente lo hizo estrellarse contra una pared de piedra que estaba al final de un largo zaguán, donde la misma fuerza del agua lo elevó por los aires y lo dejó colgado de una antorcha que se había extinguido.

Delor, cuya oficina estaba ubicada cerca de un ventanal que daba al exterior, estaba estudiando unos pergaminos cuando el estruendo causado por el impacto del agua en el portal de entrada lo sobresaltó. Escuchó un griterío proveniente de la planta baja, que era donde se encontraban los salones de clases de los estudiantes de niveles superiores, el comedor y la cocina, así como los aposentos del personal de apoyo y los maestros. El resto de los acólitos y el profesorado, que estaban en las aulas de los niveles segundo y tercero, salieron en estampida de los salones para encontrarse con una escena impactante: el patio interior del monasterio totalmente inundado de agua, sobre la que flotaban pupitres, sillas y otros objetos por todas partes, así como acólitos junto con profesores y personal de apoyo, mientras gritaban y luchaban por mantenerse en la superficie de aquel maremágnum, que comenzó a regresarse al foso del que había provenido, arrastrando consigo a todo lo que no lograba asirse de alguna saliente o columna.

Delor, asomándose por el ventanal de su oficina, divisó a los once individuos que estaban observando muertos de risa el desastre que uno de ellos había causado. Con tristeza, reconoció a los ex seguidores de Niza. La tristeza se transformó en furia. Abriendo el ventanal, Delor extendió sus manos hacia ellos y, con toda la fuerza de su intención, gritó: —¡*Guranje!* Los once rapaces fueron rodeados de un resplandor rojo y permanecieron inmóviles, ante un hechizo de onda de choque que los habría lanzado a varias decenas de metros, de no ser por sus amuletos de protección. Delor se quedó atónito, sin comprender qué estaba pasando. Los once voltearon a ver hacia el punto del que había provenido el grito y clavaron sus miradas en aquel hombre que los miraba lleno de estupor. Moringo volteó a ver a uno de sus camaradas y dijo:

—Enzandior, ya sabes qué hacer.

El muchacho sólo asintió y, extendiendo sus manos en dirección al ventanal, dijo: —¡*Bljesak*! De sus manos brotó una inmensa llamarada en dirección a Delor, quien se vio forzado a tirarse al piso, apenas a tiempo. El cortinaje del ventanal comenzó a incendiarse y el fuego se propagó a la alfombra y a unos estantes cercanos, hechos de madera. Delor se levantó rápidamente, viendo cómo su estudio era consumido con rapidez por las llamas, que seguían llegando inclementes desde las manos de aquel mozalbete.

Entre tanto, la marejada había sacado a varias personas del edificio. Waslier, uno de los atacantes, extendió sus manos hacia la entrada del edificio y exclamó: —¡*Snijeg*! De sus manos brotó una ventisca helada y nieve, que difundió su gélido toque mortal en el agua y las víctimas, congelando todo a su paso.

Varios de los profesores que estaban en los niveles superiores descendieron junto con Delor a la planta baja. En ese momento, Delor divisó al Eterno con el que había acordado reunirse ese día, colgando inconsciente de una antorcha apagada. Se acercó corriendo a él, mientras los profesores se aproximaron a la puerta de entrada y comenzaron a lanzar hechizos de ataque en contra de los invasores, sin afectarlos en lo absoluto. Entonces Moringo miró a otro de sus camaradas y le dijo:

—Elek, haz lo tuyo.

Elek extendió las manos y dijo: —*Oluja*. De la nada, un rayo cayó en medio de los profesores, carbonizando a varios de ellos instantáneamente. Delor, al escuchar ese estallido, miró horrorizado hacia la entrada y vio a varios de sus colegas tirados en el piso, totalmente ennegrecidos y humeantes, rodeados de muertos congelados y hielo. Una neblina comenzó a descender, reduciendo la visibilidad significativamente. Lleno de pesar y temiendo lo peor, alcanzó el pie de Nuintn y exclamó: —¡*Dug skok!* Ambos desaparecieron.

Simultáneamente, en los otros tres monasterios, más pequeños y con menos habitantes, escenas de terror similares estaban sucediendo. Y ese dolor que el antiguo Ejército de Conscientes causó a los miembros de su propia Raza es uno de los pasajes más tristes y desoladores en toda la historia de Koiné, que ejemplifica con perfecta claridad lo que es capaz de hacer el poder sin control en las manos equivocadas y lo que la falsa sensación de omnipotencia puede causar en las mentes inmaduras y poco evolucionadas.

Al mismo tiempo que iniciaron los ataques del Banco Central y los cuatro monasterios, un sexto grupo de once jóvenes Conscientes, encabezados por Goznar y Tertius, se aproximó a la entrada del Castillo. Los guardas de la entrada los reconocieron de inmediato.

—¿Qué hacéis aquí? No sois bienvenidos —espetó uno de ellos, al tiempo que colocaba la mano derecha en su arma, preparado para desenfundarla. El otro guarda se puso alerta, también.

—Ya lo sabemos, Kranko —dijo Tertius, al tiempo que extendía sus manos hacia ellos diciendo: —*Bol.*

Ambos guardas se llevaron las manos a la cabeza, y comenzaron a gemir de dolor. A pesar de eso, el guarda que los había increpado hizo acopio de sus fuerzas y, blandiendo su hacha con ambas manos, la dejó caer sobre la cabeza de su atacante, antes de que éste pudiese reaccionar, partiéndolo en dos con toda la fuerza que le daban sus potentes brazos. El dolor de los dos guardas cesó de inmediato.

Los diez jóvenes restantes, asustados, emitieron un grito ahogado y se echaron hacia atrás, sorprendidos ante este giro inesperado de eventos. Con urgencia, Goznar le gritó a uno de sus camaradas:

—¡Forrefir! ¡Protégenos!

El muchacho al que habían girado la orden extendió ambos brazos formando un semicírculo y exclamó: —*¡Polje sile!* Los guardas, que ya estaban prácticamente encima de ellos, descubrieron azorados que sus hachas se estrellaban contra una especie de muro invisible que causó que el metal de las cabezas de ambas armas se partiera en pedazos. Goznar colocó el dedo pulgar de ambas manos en contacto con los respectivos dedos índice y medio y replegó los brazos hacia atrás, para extenderlos luego con gran fuerza e impulso hacia el cielo, al tiempo que exclamaba: —*¡Magla!*

El aire se transformó de inmediato en una espesa neblina que rodeó el Castillo y sus confines y comenzó a extenderse por toda la Gran Ciudad. Los guardas, confundidos por la súbita pérdida de capacidad visual se quedaron inmóviles, extendiendo los brazos en todas direcciones. En silencio, otro de los muchachos se aproximó a ellos y los tocó al tiempo que decía: —*Zagušenje.* Ambos guardas se llevaron las manos al cuello con desesperación, cuando una inminente sensación de asfixia los invadió, impidiéndoles respirar. En pocos segundos cayeron al suelo, muertos.

Goznar separó los dedos y extendió ambas manos hasta donde ya no podía más y dijo: —*Vazduh.* La neblina se disipó. Viendo a los dos guardas muertos en el suelo, miró al que los había liquidado y dijo:

—Gracias, Sarfondir. Muy oportuna tu intervención.
—De nada —dijo Sarfondir, satisfecho.

Los diez se aproximaron a la puerta. Goznar miró la cerradura –que era abierta desde dentro por instrucción de los guardas posteados en el exterior– y le dijo a uno de sus cómplices:

—Kurfino, ¿nos ayudas? —y, mirando a Forrefir, agregó: —Prepárate.

Forrefir colocó sus brazos en forma de semicírculo de nuevo. Entre tanto, Kurfino se aproximó a la puerta y acercando sus manos a la cerradura dijo: —*Sumporna kiselina.* De sus manos comenzó a emanar ácido sulfúrico altamente concentrado, que deshizo la cerradura en cuestión de segundos. Al empujar la puerta, varios guardas Forzudos que estaban esperando detrás con sus hachas al aire, se abalanzaron sobre ellos. Forrefir apenas conjuró a tiempo el hechizo de campo de fuerza y los guardas comenzaron a estrellarse contra un muro impenetrable. Goznar le dijo al resto de sus compañeros:

—¡Atacad con todo!

Marnier extendió sus manos hacia el grupo de Forzudos y gritó: —¡*Vrtoglavica!* Una intensa sensación de mareo sacó de balance a todos los guardas. Forrefir disolvió el campo de fuerza, de manera que otros cuatro comenzaron a acercarse a los guardas, que no podían sostenerse en pie, para tocarlos, provocándoles hemorragias, huesos quebrados, asfixia y desgarres. Poderes terribles que usualmente los Conscientes habían reprimido y controlado cuando resultaban ser las habilidades innatas de alguno de los suyos. Niza las había aprendido todas, pues con cada nuevo discípulo que reclutaba para su extinta Secta, había agregado dicha habilidad a su "colección". Pero ahora había perdido todas… y a sus discípulos. En medio de aquella gran confusión, se escuchó una voz femenina emitiendo un grito desesperado:

—¡Basta!

Los jóvenes Conscientes voltearon a ver al lugar de donde provenía aquella voz que, a pesar de la intensidad, sonaba dulcísima. Se encontraron con un par de ojos color violeta, inundados de un dolor infinito.

CAPÍTULO VI:

Novatos versus Veteranos

—¡Papá! ¡Ayúdame!

El Anciano Hechicero abrió la puerta de su casa, para encontrarse con su hijo de rodillas, llorando, con un Eterno desmayado en el regazo.

—¡Delor! —exclamó Astargon, alarmado. —¿Qué pasó?

—Un grupo de ex miembros de la Secta de Niza atacaron el Monasterio. Fue un ataque brutal y sin ninguna contemplación. Han muerto muchos acólitos y profesores.

—¿Y este Eterno? ¿Por qué está contigo?

—Su nombre es Nuintn. Es el Consejero Adjunto de la Regente Suprema. Quería reunirse conmigo hoy pues el Gobierno Central quiere retomar relaciones diplomáticas con nuestra Raza.

—¿Y qué quieres que haga?

—De entrada, ayúdame a sacar de ahí a todos los que aún están en el Monasterio, por favor. Los asaltantes están protegidos por algún tipo de conjuro muy potente, ten cuidado.

Sin esperar segundas razones, Astargon subió sus manos delante de sí, arqueando los brazos de modo que los codos quedasen a nivel de sus orejas, mientras hacía un círculo con los dedos pulgar e índice y arqueaba los dedos restantes, diciendo:

—*Veliki samostan pažljiv prijenos.*

Una luz lo envolvió suavemente y desapareció, reapareciendo en medio del patio central del monasterio que dirigiera su hijo, para encontrarse con una caótica escena. Cientos de acólitos estaban gritando alarmados en los pasillos de los niveles superiores, mientras once encapuchados ingresaban al edificio por la puerta principal, que se encontraba llena de hielo, al igual que el piso y alrededores. Cuando divisaron al Anciano Hechicero, Elek y Enzandior levantaron sus manos en actitud amenazante hacia él, quien extendió su brazo derecho hacia ellos, con la mano abierta, mostrando su palma. Cuando los dos jóvenes conjuraron sus hechizos, el rayo de Elek y la llamarada de Enzandior se toparon con una esfera invisible contra la que se estrellaron, sin hacerle daño alguno al anciano. Los acólitos se quedaron mirando estupefactos la escena. Waslier, apuntando sus manos hacia el estudiantado, conjuró su hechizo de ventisca nevada. Astargon, con un rápido movimiento de su brazo izquierdo, levantó una muralla de piedra que surgió del suelo del patio, lo que bloqueó el paso del gélido vendaval. La muralla comenzó a llenarse de escarcha rápidamente. El Anciano Hechicero hizo un ademán con su mano izquierda como si estuviese dando un leve golpe a la parte superior de la muralla y ésta comenzó a volcarse en dirección a los atacantes, que se vieron obligados a apartarse para evitar ser aplastados, lo cual distrajo a Elek, Waslier y Enzandior lo suficiente como para detener sus ataques mágicos. En ese instante, Astargon conjuró su hechizo de teleportación cuidadosa enfocando su intención en toda persona viva que estuviese en los alrededores y una luz los envolvió a todos, junto consigo mismo, desapareciendo sin dejar rastro. Los amuletos de protección evitaron que los once invasores fuesen afectados por el hechizo y se quedaron ellos solos en aquel edificio destrozado. Segundos después, cientos de personas estaban reapareciendo en la plaza central de Kontar. Los transeúntes que estaban en la plaza se sorprendieron con aquella súbita aparición, que no le hizo daño absolutamente a nadie.

—¿Estáis todos bien? —preguntó el anciano, con cara de angustia. Jamás había transportado a tantísima gente a la vez y se notaba visiblemente extenuado.

Los acólitos que estaban más cerca de él lo abrazaron, agradecidos, mientras muchos lloraban, sin lograr reponerse aún del susto. Entre los transportados se encontraban también algunos profesores y personal de apoyo, más un par de azorados proveedores Forzudos que se encontraban dentro del monasterio cuando comenzó el ataque. Varios de los maestros se movieron entre la multitud hasta acercarse a Astargon y se pusieron a las órdenes de éste.

—¿Cuáles de vosotros domináis hechizos de teleportación? —preguntó el anciano.

Cinco profesores indicaron que ellos sabían teleportarse.

—Excelente, excelente. Vosotros tres id por favor a las casas de los Ancianos Hechiceros de Vintar, Tronkar y Galkar —dijo, mientras señalaba a tres de ellos al mencionar el nombre de los guetos. —Les diréis que es *urgente* que rescaten a los sobrevivientes de los otros tres monasterios y los lleven a sus respectivos guetos hasta nuevo aviso. Explicadles que los atacantes no serán afectados por hechizo alguno, por lo que pueden invocar la teleportación cuidadosa concentrándose en toda persona viva que esté dentro del edificio.

—De inmediato, noble Anciano —dijeron los tres maestros solícitamente y desaparecieron.

Los ancianos Palladium, Gorantha y Ranvier pasaron grandes aprietos para cumplir con esta misión, teniendo que enfrentarse contra flechas mágicas, espinas lanzadas a toda velocidad, hordas de insectos fuera de sí y gigantescos trozos de roca que estuvieron a punto de aplastar a uno de ellos, entre muchas otras vicisitudes, de las que lograron escapar apenas con vida, llevándose consigo a los sobrevivientes del monasterio que le había correspondido rescatar a cada uno.

Pocas horas más tarde, cincuenta y cinco jóvenes Conscientes estaban en la Fortaleza celebrando con júbilo la destrucción desmedida que habían causado y la fortuna que habían logrado saquear del Banco, mientras los cuatro monasterios, por primera vez en siglos, yacían abandonados.

En el Castillo, tras la intervención de Jantl, Goznar se acercó a ella y le dijo:

—No te interpongas. Vinimos a derrocar a Nuintn.

—¿Nuintn? —preguntó ella, extrañada. —¿De qué hablas?

—Hace unos meses —explicó Goznar—, cuando él asumió el cargo de la Silla Magna, tomó la decisión de descartarnos como si fuésemos un desperdicio indeseable, sin considerar nuestras necesidades, ni las de nuestras familias. Hemos venido a demostrarle cuán errada fue su decisión.

—¿Y pensasteis que haciendo una matanza desmedida probaríais vuestro argumento? —preguntó Jantl indignada.

—¡Los guardas comenzaron! —espetó Goznar. —Si no me crees, afuera encontrarás a uno de los nuestros partido en dos —concluyó. Se le humedecieron los ojos.

—Lo lamento mucho —dijo Jantl, con sincera tristeza. —Pero ésta no era la forma. Mirad lo que habéis causado con vuestra represalia —dijo, mientras señalaba a los pobres guardas muertos, desangrados, fracturados y desgarrados. Algunos de ellos aún seguían vivos y emitían tenues quejidos de dolor. Viéndolo a los ojos, inquirió: —¿Cómo te llamas?

—Goznar, mi Señora —contestó él, sin poder resistir el encanto y suavidad con que aquella bellísima Eterna se dirigía a él. Le preguntó: —¿Vos quién sois?

—Mi nombre es Jantl —dijo ella. —Y yo soy la Regente Suprema —Goznar y sus camaradas abrieron mucho los ojos, asombrados. Jantl prosiguió: —Nuintn sólo estuvo a cargo de la Silla Magna unas pocas semanas, después de que Niza fue condenada a permanecer en la Prisión de Kontar. Él es tan sólo mi asesor adjunto. Si a alguien vinisteis a derrocar, *es a mí*. Aunque quisiera explicaros que muchas de las decisiones que Nuintn tomó durante su brevísima gestión ya las estoy modificando. Sin embargo, posterior a la salida de Niza, había tantísimos temas pendientes y urgentes de resolver, que no había tenido oportunidad de revisar vuestra situación. Os pido una disculpa.

Los diez muchachos, un poco confundidos por aquella dulzura que no se consideraban dignos de recibir, y arrepentidos de haber hecho tanto alboroto, se voltearon a ver unos a otros, apesadumbrados. En ese momento, ingresó al recinto Lino, quien había estado escuchando todo de cerca. Jantl lo presentó:

—Él es Lino, mi Asesor Principal.

Los diez invasores se tensaron un poco al notar que la persona que acababa de ingresar era un Forzudo, pero notaron que no estaba armado y su vestimenta era distinta a la de los guardas.

—Hola, señores —dijo Lino, tranquilamente. Mirando a Jantl, agregó: —Hay que hacer algo por los heridos —y, viendo a Goznar a los ojos, inquirió: —¿Nos lo permitiríais?

Goznar asintió, bajando la mirada. Lino volteó hacia el pasillo del que había salido e hizo una seña. Varios Forzudos que eran parte del personal de apoyo del Castillo –entre ellos Tanko, con cara de angustia– comenzaron a entrar al salón, y alzando uno a uno a los guardas heridos, se los fueron llevando camino a un salón cercano, donde otros miembros del personal se encontraban acondicionando algunas camas, en lo que Jantl conversaba con los invasores.

—¡¿Qué haces, Goznar?! —el súbito sonido con alto volumen de una voz proveniente de la puerta sobresaltó a todos.

Goznar se volteó y se encontró con Oshier, cuya mirada de furia le desencajaba el rostro.

—¡Oshier! Ella es Jantl. Nos estaba explicando que Nuintn sólo fue Regente Supremo temporal. Ella nos quiere ayudar.

—¿Ayudar? ¿Y cómo es que Tertius está partido en dos ahí afuera? ¡¿Qué clase de ayuda es ésa?! —Oshier estaba fúrico.

—Espérate. Déjame explicarte —dijo Goznar.

—¡Qué estúpido eres! —gritó Oshier. —Yo sabía que no tenías el carácter para codirigir el ataque al Castillo, pero confiaba en que Tertius marcaría la pauta. Y claro, al haberlo matado, perdisteis todo el valor que se necesitaba. ¡Te estás dejando manipular por una

Eterna! ¿No entiendes que eso es lo *único* que esa Raza inútil sabe hacer?

En ese momento, ciego de ira, Oshier levantó sus brazos en dirección hacia Lino y Jantl, presto a infligirles la dolorosa tortura de sus latigazos invisibles.

Antes de que pudiese pronunciar el conjuro, en medio de todos se materializó un anciano Consciente de aspecto noble y mirada serena. Oshier dio un respingo.

—¡Salmerion! —exclamó Jantl, cuando reconoció al Anciano Hechicero del gueto Paskfar.

Salmerion, con la presteza que sólo da la experiencia, hizo el ademán requerido para conjurar el hechizo de teleportación cuidadosa y recitó el encantamiento. El Castillo entero quedó vacío, a excepción de varios guardas muertos y de los invasores, que fueron rodeados por un destello rojo, cuando sus amuletos de protección contra la magia surtieron efecto.

Capítulo VII:

Amor… en plural

*L*as matronas Forzudas son la base del núcleo familiar más común entre los miembros de esa Raza. Se les llama *matronas* a aquellas mujeres que sienten deseos de procrear, mas no de tener un compañero fijo a su lado. Las matronas experimentan su sexualidad de manera muy libre y, aunque pueden llegar a ser muy cariñosas con sus múltiples amantes, no establecen apegos con ninguno, por cuanto su principal objetivo para relacionarse con ellos es tener hijos, a quienes sí llegan a amar profundamente.

Este tipo de núcleo familiar ha hecho que muchos varones Forzudos tengan descendientes de cuya existencia no se enteran del todo, si resultan ser habitantes temporales de la tribu donde vive la matrona. Una matrona nunca le exigirá nada al "donante de esperma" como lo denominan ellas jocosamente, pues la característica primordial de una matrona es su independencia. Aun así, en algunos casos, los vínculos afectivos que se establecen durante esos encuentros fortuitos hacen que el padre mantenga cierto interés por el devenir de algunos de los vástagos que ha ido desperdigando por todas partes.

Entre los Forzudos, son raras las relaciones enteramente monógamas, pues la filosofía de vida de esta Raza es que «la vida es muy corta y hay mucha gente guapa». A pesar de ello, algunas familias de Forzudos establecen un vínculo afectivo que mantienen exclusivo entre dos, todo de mutuo acuerdo, por supuesto. Los Eternos, por su parte, tienden más a explorar la sexualidad sin compromisos durante varios siglos antes de "sentar cabeza" como se dice vulgarmente, y es raro que rompan el vínculo una vez establecido, pues han tenido suficiente tiempo para tomar la decisión. Los Conscientes, por otro lado, sí prefieren establecer relaciones enteramente monógamas y sus procesos de cortejo toman varias décadas.

Nosotros los Pensantes tenemos una mentalidad mucho más libre y relajada con esos temas, por cuanto es muy fácil saber si alguien se siente atraído por uno –y viceversa– por lo que los procesos de búsqueda, tanteo, intriga y duda que son tan característicos de las demás Razas, para nosotros son incomprensibles y hasta risibles. Sí estamos dispuestos a establecer relaciones monógamas, aunque se maneja con mucha apertura el que alguien emparejado se sienta atraído por otro, como parte de la experiencia sexual natural de cualquier individuo y, en algunas ocasiones, se acuerdan de manera consensuada "licencias" de "probar" algo diferente o, incluso, de crear un vínculo afectivo con más de una persona a la vez.

Para el resto de las Razas de seres físicos, debido al velo que oculta sus emociones y pensamientos, es mucho más difícil establecer una relación de amor plural o *poliamor*, como también lo denominamos los Pensantes, aunque por supuesto hay excepciones, que normalmente son favorecidas por ciertos factores hereditarios.

Los Lumínicos, por supuesto, son un caso aparte. Dada la naturaleza intrínseca de su mera existencia, los Lumínicos no se rigen por las ataduras y convenciones de relacionamiento que establecemos los seres físicos. Curiosamente, a pesar de ser seres asexuados, los Lumínicos han optado por identificarse desde que nacen con uno de tres géneros: masculino, femenino o neutro –tal vez sea un asunto de cómo es percibida su energía por los demás, o quizás sea la reminiscencia de su antiguo pasado como seres sexuados– y establecen vínculos con intención de procrear exclusivamente entre miembros del género complementario, siempre y cuando su género no sea neutro (en cuyo caso no procrean), aunque cada individuo mantiene diferentes tipos de vínculos con muchos otros de sus congéneres. El concepto de *familia*, que es más concreto en las Razas físicas, tiene entre los Lumínicos un aspecto difuso y plurinominal totalmente incomprensible para las otras Razas –excepto la nuestra, que ha dedicado tiempo considerable a estudiarlos. Todo Lumínico mantiene un fuerte lazo afectivo con su descendencia directa, pero ese lazo se disuelve dentro de la generalidad de la comunión global de la Raza para las subsiguientes generaciones.

Pero regresando al tema de las matronas Forzudas, hace muchos años una adolescente llamada Magda, por ejemplo, decidió que quería ser mamá cuando acababa de cumplir los dieciséis. A Magda le encantaba sentir que la brisa marina le traía el aroma de especias y animales ajenos a la tribu, pues eso significaba que un nuevo barco había atracado en el puerto de Lishtai, lo cual presentaba la oportunidad perfecta para conocer hombres nuevos. Se acercaba a los muelles y ayudaba a los marineros a descargar cosas de los barcos, con lo cual se agenciaba algunas monedas, pero su principal objetivo era lanzar una mirada por aquí y una sonrisa por allá.

La primera vez que sus devaneos resultaron realmente efectivos, fue cuando un mozalbete un año mayor que ella –que había dejado su tribu de origen para probar qué se sentía andar en el mar– le correspondió las sonrisas con un guiño y una invitación para verse más tarde en la taberna que estaba por la plaza. Conversaron y rieron por horas, hasta que ella hizo la invitación que él había estado esperando con ansias: «Vamos a mi choza». Desde que Magda había decidido ser mamá, se había independizado de su núcleo familiar. Unka, tía de ella dedicada al curtido y venta de pieles, le facilitó algunos retazos con los que construyó una muy rudimentaria primera choza donde vivir separada de su madre y sus hermanos.

Así que esos dos adolescentes le dieron rienda suelta a una pasión desenfrenada que sólo es posible a esas edades, cuando las hormonas abundan y el deseo está siempre a flor de piel. En su primer encuentro sexual, Magda puso en práctica muchos de los consejos que le hubiera dado su tía, quien también era su cómplice y su confidente. Y el joven marinero fue el bendecido receptor de toda esa experiencia transmitida por tradición oral (el doble sentido no es intencional), como ha sido costumbre entre los miembros de esa Raza. El muchacho, que también estaba experimentando los placeres carnales por primera vez, sintió que se había enamorado perdidamente de aquella robusta moza de mejillas coloradas y bella sonrisa y le propuso que se fuera con él en el barco, que zarparía en tres semanas. Magda le dijo que lo iba a pensar, pero durante ese tiempo, siguieron viéndose diariamente. Y copulando, por supuesto. El día que el barco había de zarpar, Magda se arrepintió en el último minuto y dejó al enamorado marinero esperándola, subido en el barco, con su corazón inflamado y sus esperanzas deshechas.

A las pocas semanas, Magda notó que su vientre empezaba a abultarse, coincidiendo con la desaparición de su menstruación, que había comenzado a llegarle con periodicidad matemática hacía poco más de un año antes. Unos meses más tarde, un robusto bebé estaba naciendo. Magda decidió llamarlo Tanko, en honor al marinero aquel, que con tanto ahínco y desbordada pasión había contribuido para su concepción.

Por su parte, el marinerillo pronto renunció a su iniciativa de surcar los mares cuando, al desembarcar en la tribu Corotai, al otro extremo del continente, conoció a una mujer varios años mayor que él, que tenía meses de querer embarazarse de su segundo crío. Esta mujer le dijo que ella había escuchado que en Ochankai estaban contratando mineros sin experiencia, por lo que ella quería ir a probar suerte allá y él, enamoradizo como era, se fue con ella a vivir esta nueva aventura. Sin embargo, ya instalados en Ochankai, fue más que evidente que sus caracteres eran incompatibles y el joven Tanko decidió ir a probar suerte con su nuevo oficio de minero a la tribu Shuntai, donde había más opciones que sólo extraer estaño, que era el fuerte de Ochankai. Cuando llegó a Shuntai, en la mina de hierro, el capataz le vio potencial para mucho más que sólo trabajar en ese sitio y lo presentó con un herrero, que se especializaba en la fabricación de armas. Aunque hacía muchos siglos no había guerras entre los Forzudos, la costumbre de hacer armas se mantenía como un viejo legado de sus antepasados, debido a que muchos seguían prefiriendo comer de vez en cuando carne fresca y experimentar la sensación que daba la adrenalina corriendo por las venas cuando se perseguía una presa particularmente peligrosa.

Y así el ya no tan joven Tanko se volvió herrero y "guerrero" (o *cazador*, como le decía su esposa Mara para enojarlo). Tanko conoció a Mara cuando él ya tenía 40 años y ella 26. Y, por primera vez, sus afectos fueron cien por ciento correspondidos, después de llevarse uno que otro "golpe de amor" a lo largo de esos años. Con Mara tuvo dos hijos fuertes y robustos: Sara, la primogénita, y Pilo, el menorcito, que nació cinco años después de Sara. Una parte de él seguía añorando a su primer gran amor de juventud, aquella muchacha de mejillas coloradas y bella sonrisa, a la que fue a buscar seis años antes de conocer a Mara, para descubrir sorprendido que era el papá de un muchachón de dieciséis años que llevaba su nombre y que tenía fama de ser un excelente cocinero. Magda se rio divertida cuando Tanko padre le propuso, con un romanticismo que a ella le pareció un poco infantil, que se fueran a vivir los tres a Shuntai. Magda no se imaginaba lejos del mar… ni de los marineros. Tanko padre se regresó un poco cabizbajo a su tribu, pero orgulloso de saber que era el papá de un muchacho tan sano, fuerte y habilidoso y fue entonces cuando finalmente "soltó" a Magda y conoció a Mara, con quien terminó casándose.

Cuando Sara cumplió once años, su padre le dijo que quería llevarlos a ella y a su hermanito Pilo a conocer un medio hermano que vivía en Lishtai, aprovechando que tenía que ir a dejar un encargo que le había llegado de esa tribu. Una vez en Lishtai, Tanko padre llegó a la casa donde hubiera encontrado a Magda la última vez que la visitó, pero la casa parecía no estar habitada hacía mucho. Buscó a la única persona que Magda le había presentado de su familia durante aquellas tres semanas de pasión juvenil: la tía Unka, que trabajaba con pieles y que ahora tenía un negocio muy bien establecido donde vendía artículos de cuero de diferentes usos y para todas las Razas que visitaban Lishtai. Unka le comunicó, muy a su pesar, que Magda había fallecido hacía como quince años y que su hijo Tanko se había ido a probar suerte a la Gran Ciudad, junto con Jalina, su hermanita menor y no los había vuelto a ver desde entonces.

Tanko padre nunca volvió a ver a su hijo, ni tuvo noticias de él. Por su parte, Sara jamás imaginó que conocería a su hermano mayor hasta muchos años después de aquella visita a Lishtai, bajo las más extremas circunstancias. Meses antes de conocerse, el 24 de *Fos* del año 11,137, Sara había dirigido las tropas que habían intentado invadir la Gran Ciudad sin éxito, regresando a su tribu y a su casa, que ahora le parecía enorme y vacía, con la ausencia tan palpable que su amada Gurda había dejado al morir, pocos meses atrás.

Por su parte, Jalina, la segunda hermana de Tanko hijo —y la única con la que él sabía en aquel entonces que tenía un lazo de consanguinidad— para ese mismo año ya contaba con cuarenta y seis años de edad y una muy exitosa carrera como acróbata que ya estaba pensando seriamente en dejar, para cumplir su sueño de regresar a la tribu que la vio nacer. Esa idea de retirarse le había surgido a raíz de una proeza que ella y su amado Karkaj habían llevado a cabo junto con el resto de la tropa de acróbatas, cuando escalaron la ladera de una de las Montañas Impasables, para ayudar a una Eterna —cuyos ojos violeta jamás olvidaría— a llegar al castillo flotante donde habitaban los Cuatro Gemelos. Esa experiencia la había marcado profundamente y la hizo entrar muy en contacto con el sentido de finitud de su vida y pensó que quería retirarse cuando aún se sentía con fuerzas y energía, para disfrutar de un merecido descanso después de tantos años de andanzas. Jalina añoraba el sonido y el olor del mar, que era lo único que su memoria infantil había preservado de su corto tiempo viviendo cerca de él.

Después de que Jalina, Karkaj y los demás acróbatas hubieron descendido a la ladera este de las Montañas Impasables, atravesando un *agujero mágico* que había abierto Kayla —una de las gemelas— toda la tropa y el personal de apoyo dirigieron sus pasos hacia Vintar, un gueto de Conscientes que quedaba a orillas del mar, en la costa septentrional del Territorio Occidental, al norte de la Gran Ciudad y al este de Parfaci (la colonia de Pensantes donde se producía el mejor vino de Koiné).

Vintar era un gueto relativamente grande —el segundo más poblado después de Kontar— y Palladium, el Anciano Hechicero de ese gueto, era muy afecto a los actos de acrobacia, en particular, y a cualquier manifestación de habilidades impresionantes que no requiriesen el uso de magia, en general. Palladium había aprendido a admirar a las demás Razas desde que terminó la Gran Unificación y, en especial, le maravillaba la resistencia y perseverancia de los

Forzudos, cuyas vidas le parecían tan cortas, pero tan productivas, pues lograban desarrollar grandes talentos en muy corto tiempo. Fue Palladium el que hizo una reservación en la apretada agenda de *Los Voladores sin Alas* —el nombre con el que se identificaban a sí mismos los acróbatas— para involucrarlos en las actividades de celebración del Mes de los Conscientes. El nombre había sido idea de Karkaj muchos años atrás, cuando conoció a su amada Jalina, durante una "noche de inspiración poética", como él mismo denominaba con cariño esa velada.

La tropa de acróbatas tenía agendado hacer una presentación diaria durante una semana completa en Vintar, por lo que iban a requerir montar un escenario más fijo y resistente, lo cual les tomó un par de semanas después de que hubieron llegado. Usualmente, cuando llegaban a una tribu de Forzudos o a la Gran Ciudad, conseguían mano de obra de muy bajo costo que les ayudara a montar los complejos escenarios rápidamente. No era el caso con los guetos de Conscientes, ni con las congregaciones de Eternos, ni con las colonias de Pensantes, en donde todo el trabajo de montado y desmontado lo tenían que hacer los mismos acróbatas y parte del personal de apoyo.

Y así fue como, del 1 al 6 de *Sop*, Los Voladores sin Alas hicieron gala de un espectáculo acrobático impresionante, que Palladium presenció gustoso cada uno de los seis días, aplaudiendo como un niño, a pesar de contar ya con 1,907 años de edad: era el segundo Anciano Hechicero más viejo, después de Astargon. Palladium había sido el primer Anciano Hechicero al que Niza y Lino habían tenido que convencer de que aceptara que nuestro Colectivo Mental se enlazara a las mentes de los habitantes del gueto, cuando les ayudamos a sincronizar los conjuros necesarios para llevar a cabo el Ritual de Reparación que revivió plantas y animales en las tribus de Forzudos, entre otros portentos que logró el Ritual.

En la Oficina de Correos de Vintar, Jalina se encontró con la grata noticia de que su hermano había depositado en el banco la mitad del dinero que había conseguido por la venta de la casita en la que ella había nacido —y que no recordaba en lo absoluto, pues había dejado de vivir en ella cuando tenía apenas dos añitos— después de que la casa había quedado como nueva gracias a las *Reparaciones Milagrosas*, como todos los Forzudos llamaron a esos mágicos acontecimientos desde que los presenciaron extasiados. Jalina hizo cuentas y, junto con los ahorros que ya tenían acumulados ella y Karkaj, más lo que se ganarían en las presentaciones que debían hacer en Shuntai unas semanas más tarde, tendrían suficiente dinero para comprarse una propiedad modesta y bonita en Lishtai.

Al salir de Vintar, la tropa de acróbatas dirigió su caravana rumbo a Shuntai, donde tenían igualmente ya reservada una semana completa para presentar su maravilloso espectáculo. Para cuando arribaron a Shuntai, faltaba sólo una semana para que hubieran transcurrido dos meses desde que sucedieron las Reparaciones Milagrosas en esa tribu. La idea de invitar a los famosos acróbatas había sido de Lojmet —quien siempre se había caracterizado por tener un fuerte sentido práctico—, como una forma de relajar los ánimos y recuperar la alegría que alguna vez caracterizó a esa tribu, antes de la masacre que perpetraron los Inquisidores de Niza.

Sara, quien se había hecho cargo de dirigir la tribu tras la muerte de Gurda, aceptó a regañadientes la sugerencia que le hizo Lojmet, sin saber cuánto regocijo traería esa decisión a su corazón pocos días más tarde.

El día que llegaron los acróbatas a la tribu, sus líderes se dirigieron a la Casa de Gobierno a presentar sus respetos y a pagar los tributos requeridos para hacer uso de un espacio público, pues el espectáculo se llevaría a cabo en la plaza central de Shuntai, que era suficientemente grande para albergar una audiencia bastante numerosa. Había mucha logística que coordinar para tramitar el pago de las entradas, limitar los accesos a la plaza para asegurarse de que cada asistente al evento hubiese pagado su cuota, entre una miríada de detalles para los que el personal de apoyo de la tropa resultaba invaluable y contaba con vasta experiencia.

Cuando Sara vio entrar a su despacho aquella pareja de Forzudos en extremo musculosos y atléticos, vestidos con trajes tan coloridos y alegres, no pudo menos que sentir una chispa de deseo fundida con admiración por aquella mujer y aquel hombre que mostraban una condición física envidiable. Y ese sentimiento tan inesperado comenzó a correr suavemente la cortina que había estado impidiendo la entrada de luz a su agobiado corazón. Sara se mostró particularmente atenta con la pareja y ella misma los acompañó a la plaza central para decidir la forma en que limitarían los accesos de las bocacalles y quiénes se harían cargo de montar el escenario, los andamiajes, los trapecios, las cuerdas y demás implementos que la tropa utilizaba para "hacer su magia", como alguna vez hubiera dicho Palladium, en tono jocoso, pero con sincera admiración.

La noche de ese primer día, Sara invitó a la pareja a cenar a su casa que, al igual que el resto de las edificaciones de la tribu, había quedado como nueva gracias a las Reparaciones Milagrosas. El espacio que por veinte años había compartido con Gurda era hermoso, acogedor y lleno de detalles que Sara y su difunta compañera habían ido recopilando a lo largo del tiempo.

Jalina y Karkaj se sintieron muy a gusto en aquel espacio, donde se respiraba una mezcla de melancolía y tranquilidad. Las paredes estaban decoradas con distintos tipos de escudos y armas que Sara misma había elaborado y que exhibía orgullosa de su arte y habilidad para manejar el metal. Sara había heredado de su padre, al igual que el hermano que no conocía, una habilidad culinaria que ella no decidió explotar profesionalmente, pero que sí resultó ser el deleite de Gurda durante los veinte años que estuvieron juntas. Cuando Jalina probó uno de los guisos que Sara había preparado en su honor, no pudo evitar evocar uno de los platillos que más le gustaba de niña que le cocinase su hermano mayor.

—¡Este estofado de *gantor* está sencillamente espectacular! —dijo Jalina, con total sinceridad.

—Riquísimo —secundó Karkaj, haciendo cara de gusto.

—Qué bueno que os ha gustado —dijo Sara, complacida.

—Mi hermano lo prepara muy parecido —dijo Jalina. —¡Ay! Si algo he extrañado desde que me uní a la tropa son sus guisos.

—Qué lindo que me digas eso —dijo Sara, sonriendo, visiblemente conmovida. —¿Hace mucho no lo ves?

—No tanto. La última vez que nos vimos fue… —se quedó dudando y, viendo a Karkaj, preguntó: —¿Hace cuánto fue que vimos a Tanko, mi amor?

—Hace como dos meses, amor.

—¡Cierto, cierto! —confirmó ella. —¡El tiempo pasa volando!

—¿Tanko? —inquirió Sara. —Qué curioso, así se llamaba mi padre.

—¿En serio? —dijo Jalina, divertida. —¡Qué coincidencia! Ni mi hermano ni yo conocimos a nuestros papás. Nuestra madre era una matrona que amaba los marineros, según me cuenta mi hermano.

—¿En serio? —dijo Sara, riendo. —Qué bien. ¿De qué tribu sois?

—Lishtai —contestó Jalina.

—Paktai —dijo Karkaj.

—¡Yo visité Lishtai cuando era pequeña! —dijo Sara, emocionada. —Fue la primera vez que vi a un Eterno. Nunca olvidaré la amabilidad que había en su mirada, y como una especie de tristeza.

Y así siguieron conversando el resto de la velada, sin llegar a deducir en ningún momento que Sara y Jalina tenían un hermano en común –aunque ellas dos no estuvieran emparentadas entre sí– pues Sara ya no recordaba que, cuando ella tenía once años, le había preguntado a su papá que cómo se llamaba su medio hermano y que él le había contestado: «Igual que yo». Tampoco sabía que su padre había sido algún tiempo marinero, pues su mamá se ponía celosa cuando él tocaba ese tema. Los días pasaron y la semana de presentaciones acrobáticas fue todo un éxito. Eran días de fiesta y cientos de hombres y mujeres habían armado puestos improvisados para venta de comida y cachivaches en todas las bocacalles que daban a la plaza central. A un visionario emprendedor se le ocurrió preparar unas placas conmemorativas que decían: «Yo vi a *Los*

Voladores sin Alas en Shuntai», las cuales se vendieron como pan caliente.

Para cuando la tropa hubo desarmado y recogido todos sus armatostes, Sara ya había establecido un fuerte lazo afectivo con Jalina y Karkaj, quienes le correspondían plenamente ese sentimiento, el cual consumaron en varios muy impetuosos e intensos actos de amor tripartita que dejaron a los tres añorando más. Tanto, que cuando la pareja le comentó a Sara que esa semana había sido la despedida de Jalina –pues ella y Karkaj iban a retirarse a vivir cerca del mar–, Sara pensó que era el cambio de aires que su maltratado corazón había estado añorando desde hacía mucho y les preguntó que qué opinaban de incorporar a una viajera más en su proyecto. Ellos, que nunca se habían planteado extender la relación para incluir a alguien más, vieron con buenos ojos ese nuevo respiro que les podría dar una novedad de esa magnitud y aceptaron gustosos la propuesta. Lojmet casi se vuelve loco cuando Sara le dijo que dejaba todo y se iba a vivir cerca del mar, aunque una parte de él celebró tomar las riendas del mando de la tribu y que su amiga –y viuda de su prima Gurda– estuviese activamente buscando por fin sanar las heridas del alma.

Mientras la recién formada *trieja* iba llena de ilusión camino a Lishtai, en la Gran Ciudad se estaba gestando un intenso conflicto y, a poco más de cinco mil kilómetros al oeste de ahí, unos dragones bebé estaban aprendiendo muy rápidamente a alimentarse.

Capítulo VIII:

Ordenando el caos

Niza se sobresaltó cuando la puerta de su celda comenzó a abrirse. Era aún muy temprano para que comenzaran a dejar salir a los prisioneros al comedor para desayunar.

—Buenos días, Niza.

—¿Astargon? —dijo ella, sorprendida, pero llena de alegría. —¡Qué gusto verte!

—Gracias, gracias, muchacha. A mí también me da gusto verte. Disculpa que no haya venido a visitarte antes.

—No te preocupes. Yo entiendo que pasas muy ocupado, noble anciano —dijo ella, con respeto y cariño.

—Sí, sí… —dijo él, mirando al suelo. Agregó: —Y bueno, esta no es sólo una visita social, lamento decir —su mirada se ensombreció.

—¿Qué pasa? —inquirió Niza, alarmada.

—Son tus antiguos discípulos. Están fuera de control.

—¡¿Cómo?! —dijo ella, casi con un grito.

—Debimos saberlo… —reflexionó el anciano para sí mismo. —Son tan jóvenes y no tuvieron acceso a la educación que normalmente recibimos todos los de nuestra Raza.

—Pero… ¿qué hicieron? No me tengas en ascuas, por favor —suplicó Niza, llena de angustia.

—Han asaltado el Banco Central, atacaron los cuatro monasterios de la Gran Ciudad e invadieron el Castillo. Muchos perecieron.

Niza tuvo que sentarse en su lecho para poder asimilar la noticia. Sus ojos se llenaron de lágrimas, causadas por una mezcla de profunda tristeza, furia, desencanto… y vergüenza. Sí, vergüenza era el sentimiento más intenso de todos. Vergüenza de haber llevado a ese grupo de jóvenes a creer que podían abusar de sus habilidades a tal extremo. Vergüenza de saber que ella misma se había creído omnipotente en algún momento. Vergüenza de comprender que su propia soberbia aún le seguía haciendo tantísimo daño a Koiné.

Pensó que Fizz tal vez podría ayudarles a "deshacer" todo el mal… ¿Y si se negaba? Ya ella había tenido una discusión muy seria con él al respecto. *Manipular el tiempo era hacer trampa.* Tal vez ella necesitaba sentir esa vergüenza para terminar de madurar y erradicar de una vez por todas la soberbia que creía ya prácticamente eliminada de su carácter. Sí, esa vergüenza la hacía sentir una gran humildad. Comprendió que el costo de su aprendizaje era demasiado alto. ¿Hasta dónde pagaría el planeta por sus errores? Pensó en su amado Lino y en cuánta falta le hacía su sabio consejo y su cálido abrazo. Sus palabras, que siempre la tranquilizaban. Se dejó inundar por el sentimiento de amor que tenía para con su ese Forzudo al que consideraba su hermano –no de sangre, pero sí de vida. Y, con ese sentimiento en su corazón, miró a los ojos a Astargon, que se había quedado ahí parado viéndola cavilar sentada en su lecho. Poniéndose de pie, le preguntó:

—¿Sabes si Lino, Jantl y Tanko están bien?

—Salmerion me reportó que logró sacar del Castillo a casi todos sus habitantes. Sé que Jantl y Lino están bien, pero no sé quién es ese "Tanko" que comentas. Sí te puedo decir que hubo varias bajas entre los guardas.

La expresión de Niza se apagó. Respiró hondo y explicó:

—Tanko es el cocinero del Castillo y amigo mío —se quedó pensando un instante. —¿Dices que Salmerion logró rescatar a casi todos? Tengo fe de que él haya estado entre ese grupo —concluyó optimista.

—Así es, muchacha, así es. Tengamos fe de que vamos a resolver esto pronto —dijo Astargon, haciendo una pausa. Viendo fijamente a Niza a los ojos, prosiguió: —Por eso justamente vine a verte… Los Ancianos Hechiceros de todos los guetos del planeta estuvimos reunidos ayer gran parte del día, deliberando respecto a esto… Y creemos que es importante involucrarte.

Al decir esto último, el anciano recordó la visita que le hubieran hecho los abuelos de Niza días antes. Por prudencia, él no había mencionado el asunto a sus homólogos, pero sí fue un factor que le dio los bríos que necesitaba para defender la idea con la pasión suficiente requerida para convencerlos a todos.

—¿Y qué podría yo hacer? —dijo Niza, extrañada. —Ya no tengo mi poder.

—El verdadero *poder* tuyo con ellos no es mágico, muchacha —aseveró Astargon, levantando una ceja.

—¿Qué quieres decir? —preguntó intrigada.

—Ellos te veían como a su líder. Como la que les marcaba el rumbo y les decía qué hacer y qué no… Y estamos seguros de que aún te ven así.

—Es muy arriesgado —dijo ella. —Ellos saben que parte de mi condena fue perder mi poder mágico. Yo los liberé a todos del ritual de vinculación… —Niza se quedó pensando y, de pronto, sus ojos se iluminaron. Esbozó una sonrisa y dijo: —Tengo una idea.

—Te escucho —dijo el anciano, con ansiedad.

—Mi amuleto de vinculación —dijo ella. —El día que ingresé a la prisión fue uno de los "efectos personales" que entregué antes de recluirme acá. Nunca llevé a cabo el ritual para quitarle su poder.

El amuleto al que ella se refería tenía imbuido dentro de sí una pizca infinitesimal del inmenso poder de Niza gracias a un Ritual de Fuego, el cual había sido sellado con un Ritual de Sangre. El hechizo que Niza había empotrado en el amuleto era de vinculación, lo cual le permitía "atar" mágicamente a quien ella quisiese, siempre y cuando el individuo estuviese cerca de ella. Como cualquier objeto de oro con un hechizo empotrado, el amuleto de Niza podía ser usado por una persona no mágica. Por ejemplo, Lino había sido capaz de usar en una ocasión un amuleto con un hechizo de fascinación para cambiar su apariencia. En el caso del amuleto de Niza, sin embargo, el Ritual de Sangre restringía la obediencia del amuleto exclusivamente a Niza que, aunque en ese entonces fuese un ser no mágico, podía acceder al hechizo empotrado en el pequeño pendiente gracias a esta característica tan particular de ese dorado metal.

—Tus antiguos discípulos han aprendido a invocar un poderosísimo hechizo de protección —explicó Astargon. —Son inmunes a cualquier ataque mágico, lo que incluiría el poder de tu amuleto.

—Eso no puede ser —aseveró Niza. —Yo misma me aseguré de que sólo desarrollaran una habilidad. Ellos no saben conjurar otros hechizos… —se quedó cavilando. Exclamó: —¡Claro! *¡El Ojo Rojo de Travaldar!*

—¿Qué dices…? ¿Cómo es eso posible? Nadie ha visto ese artefacto desde que concluyó la Gran Unificación —dijo Astargon, intrigado.

—Mi padre logró dar con el paradero de la última morada de Travaldar y obtuvo ese cetro.

—¿Hace cuánto fue eso? —preguntó el anciano, inquieto.

—No hace mucho. A inicios de este año, entre los meses de *Enk* y *Tol.*

—¿Será que…? —dijo Astargon, con asombro.

—¿Qué sucede?

—A finales del año pasado —inició explicando Astargon— Porthos, uno de los profesores más antiguos de la Academia, anunció que en los tratados de Travaldar acerca de las propiedades místicas del oro había encontrado ciertas pistas para dar con el paradero de la última morada del antiguo vidente, donde encontraría un elemento clave para su investigación… No se han tenido noticias de él desde entonces. ¿Rinto no te contó cómo fue que se apropió del cetro?

—No hubo oportunidad —respondió Niza, mientras recordaba con tristeza el terrible altercado que había tenido con su padre aquel fatídico día.

—Pero bueno, nos desviamos del tema, muchacha —sentenció el anciano, como si no hubiera sido él mismo quien había causado la distracción.

—Claro —dijo ella, sin inmutarse. —Lo que comentaba es que mis antiguos discípulos han de estar usando de alguna manera *El Ojo Rojo de Travaldar* para protegerse, pues ese cetro quedó abandonado en la Fortaleza después de que yo reencontré a mi madre.

—Esto nos regresa al punto inicial de mi reflexión —dijo Astargon, añadiendo: —El verdadero poder tuyo sobre ellos no es mágico.

—Puede ser… —dijo ella, dubitativa. —Aunque creo que el amuleto podría tener una especie de *efecto placebo* en ellos.

—¿Qué quieres decir? —preguntó él, curioso.

—Por años, para mis antiguos discípulos ese pequeño pendiente representó mi control y poder sobre cada uno de ellos. Les daba sentido de pertenencia… Pero también era el recordatorio continuo de que su vida estaba en mis manos. Eso, según pensé yo en aquél entonces, me aseguraba su lealtad ciega. Y así lo vivían ellos, que sentían por mí una mezcla de respeto, admiración y temor.

—Comprendo… —dijo él. Agregó: —¿Tú crees que, si te ven con ese pendiente, evocarán ese sentimiento y bajarán la guardia?

—No sólo eso —dijo Niza. —Si alguno de ellos me pidiese que le demuestre que recuperé mis poderes, no tendría más que ejecutar el Ritual de Vinculación sobre él, después de que haya renunciado a la protección que le brinda *El Ojo Rojo de Travaldar…* Voluntariamente.

—Yo te acompañaría, ocultándome gracias a mi cadena de invisibilidad… —dijo Astargon. —Así podría sacarte de ahí en caso de emergencia o de que algo no resulte como esperamos.

—Si ese va a ser el escenario, entonces podrías ayudarme a montar un pequeño "espectáculo mágico" para ellos … —dijo Niza, levantando las cejas.

—Parece que tenemos un plan, muchacha —dijo él, complacido. Añadió: —¿Desayunamos? Siempre he dicho que, antes de cualquier actividad mágica intensa, es mejor comer.

Niza sonrió con ese comentario.

Capítulo IX:

Hábitos alimentarios

*U*nos 640 kilómetros al sureste de la congregación de Eternos llamada Cosdl, en una playa desolada al sur del Territorio Occidental, cuatro enormes huevos que había desovado la hembra dragón varios días antes de morir habían eclosionado hacía tres meses y medio. El calor proveniente de las cenizas incandescentes —que quedaron como residuo final de su progenitora después de haber sido destruida por el poder ancestral de Los Cuatro Gemelos— había ayudado a acelerar la maduración de los embriones. Habían nacido dos machos (color negro) y dos hembras (color blanco) de dragón bebé, que se alimentaron sus primeros días de los enormes montículos de ceniza que habían quedado de sus dos progenitores, los cuales habían pesado en vida unos 9,000 *faldars* cada uno. La presencia de esa gran cantidad de alimento durante esos primeros días fue una bendición para las criaturas, pues sus colmillos estaban apenas saliendo, por lo que la comida suave ya "preparada" era lo mejor para esas primeras etapas de vida. El día de su nacimiento, los dragoncitos medían alrededor de 15 metros cada uno, pesaban aproximadamente 900 *faldars* y requerían ingerir diariamente un tercio de su peso en ceniza para quedar satisfechos. Eso quiere decir que los residuos de sus progenitores les ayudaron a subsistir apenas un par de semanas y media.

En esos primeros días, las criaturas comenzaron a darse cuenta de que podían expeler fuego por sus bocas y experimentaron provocar pequeños incendios quemando algunas plantas, sólo por jugar con su nueva habilidad recién descubierta y comprendieron que eso les proveía de nuevas fuentes de alimento, con otros sabores y texturas. Una de las hembras fue la primera que comenzó a batir sus alas y a dar saltitos, para descubrir con júbilo que podía mantenerse en el aire por algunos segundos, recorriendo pequeños tramos. Sus hermanos quisieron experimentar lo mismo y tuvieron algunos intentos fallidos, hasta que la perseverancia pudo más que la frustración. Cuatro bellísimos reptiles alados comenzaron a surcar los aires, emitiendo tiernos rugidos de celebración. Sus durísimas escamas parecían hechas de cristal y relucían con el sol. Una de las dos hembras –la que comenzó a volar de primero– tenía un carácter más dominante y marcaba la pauta de qué hacer y a dónde ir.

En su proceso de descubrimiento del mundo, los cuatro dragones se adentraron al océano. Era un espectáculo deslumbrante verlos volar a ras del agua con el sol a un costado, mientras rozaban con sus cuartos traseros la superficie. Con el instinto heredado de su ancestro, la Serpiente Marina, aprendieron a amarizar y a quedarse reposando tranquilamente, mientras la ondulación continua de aquella sábana azul profundo los hacía mecerse suavemente al ritmo de su vaivén. Gozaban inmensamente el agitar sus alas en el agua. Despegar de ella resultó todo un reto las primeras veces.

Con cada día que pasaba, los pequeños dragones crecían un poco más, a una tasa aproximada de 20 centímetros y 12 *faldars* diarios. A ese ritmo, cuando cumplieron los dos meses de edad, ya habían duplicado su longitud y peso y, por ende, sus necesidades alimentarias. Justo ese día que cumplían su segundo mes de vida, la hembra dominante tuvo la curiosidad de incinerar un grupo pequeño de mamíferos peludos que estaba bebiendo agua tranquilamente en una quebrada. Los árboles circundantes, así como el pequeño hato de infortunados animales, quedó reducido a cenizas en cuestión de minutos. Los cuatro dragones paladearon aquel nuevo manjar con gran gusto y, a partir de ese día, comenzaron a incluir en su dieta más animales, aparte de las plantas que ya consumían con regularidad. Por azares del destino, los cuatro dragones habían iniciado un desplazamiento por todo el borde austral del Territorio Occidental del Continente, alejándose poco a poco de Cosdl. Sus patrones de desplazamiento eran bastante erráticos y realmente respondían más a la facilidad con que encontraban nuevas fuentes de alimento y a la presencia de cordilleras muy altas al norte que no les apetecía escalar.

Gracias a ese proceso de exploración y vuelo llegaron a la bahía donde se hallaba la Gruta de la Serpiente Marina, cuando ya habían cumplido tres meses de edad. Para ese momento, requerían consumir 750 *faldars* de ceniza cada uno por día, por lo que les llamaba más la atención incinerar presas de mayor tamaño, pues requería menos esfuerzo hacerse de su alimento siguiendo esa estrategia. Fue un muy agradable descubrimiento para los cuatro dragones cuando divisaron un grupo de enormes serpientes reptando sobre el agua saliendo de aquellas cuevas, seguidos por otros de menor tamaño. Desde la última vez que Eleazar hubiera robado crías a esas criaturas hasta el momento en que los cuatro dragones se encontraron con ellas, la población se había triplicado.

La primera vez que los dragones intentaron incinerar a un grupo de Serpientes Marinas, descubrieron que sus llamas no tenían ningún efecto… Si las presas se hundían bajo el agua. Así que tuvieron que aprender a desarrollar técnicas para capturarlas, inmovilizando aquellas feroces mandíbulas que representaban una verdadera molestia, a pesar de ser incapaces de penetrar las duras escamas de los dragones. Las batallas eran en extremo violentas y agitadas, pero la capacidad de volar de los dragones y sus patas armadas de filosas garras les daba una ventaja táctica sin igual frente a esas codiciadas presas. Las escamas de la Serpiente Marina adulta son mucho más duras que las de los especímenes más jóvenes, así que las primeras veces los dragones buscaron presas más fáciles de incinerar y de comer. Aun así, en el lapso de tres semanas, los dragones habían logrado extinguir una especie que había subsistido por milenios en un ciclo ecológico perfectamente equilibrado.

Su frenética búsqueda de alimento los llevó aún más hacia el este. Dos semanas después de que hubieran diezmado a sus ancestros, cuando ya medían 44 metros y pesaban 2625 *faldars* cada uno, los dragones estarían encontrándose con el primer poblado de una de las cinco *Razas*: el gueto Zandar.

Capítulo X:

Conocimiento en manos equivocadas

En la Gran Ciudad, la mañana parecía avanzar lentamente, mientras una suave brisa cargada de humedad era entibiada por el sol que aún requería de dos horas más para alcanzar el zenit. Las torres del Castillo resplandecían con la claridad matinal. Cualquier observador que ignorase los hechos que habían acaecido pocas horas antes, se habría quedado extasiado contemplando a lo lejos aquella majestuosa edificación, cuyo interior ahora albergaba el caos y la inmadurez de sus nuevos sesenta y cinco ruines moradores. Eran sesenta y cinco jovenzuelos Conscientes, a quienes fácilmente se les podría haber aplicado el epíteto contrario: *inconscientes*, por su estrechez de mente, frialdad de corazón y miope punto de vista acerca de lo que realmente es importante en la vida.

Después de que Salmerion se había llevado a Jantl, Lino, el resto del gabinete y el personal de apoyo del Castillo, Oshier se había enfrascado en una intensa discusión con Goznar. Olvidando que todos estaban protegidos gracias a sus prendedores de oro y rubí, Oshier había intentado azotar a Goznar con su hechizo, sin éxito. Este último, riendo con sorna mientras un rojo destello lo envolvía, le propinó a Oshier una sonora bofetada que lo hizo recordar gracias a quién habían logrado ingresar al Castillo, en primer lugar, y gracias a quién habían sido capaces de recuperar su poder. Goznar les dijo a los demás que habría preferido que las cosas se hubiesen manejado en forma diferente, porque ahora eran enemigos declarados de la nueva Regente Suprema y su gabinete. Algunos de ellos quisieron recordarle a su inexperto líder que sus amuletos los hacían invencibles, a lo que Goznar les recordó que no eran inmunes a los ataques físicos, sólo a los ataques mágicos y que la prueba de ello era el cadáver partido en dos de Tertius que aún se encontraba en las afueras del Castillo, cual si se tratase de una grotesca decoración de la fachada por parte de un retorcido artista.

Algunos de ellos insistieron que con sus poderes combinados podrían enfrentarse a cualquier ataque, ya fuese físico o mágico y le recordaron sus "hazañas" del Banco y los monasterios, por lo que le propusieron relajarse un poco y disfrutar de su éxito recién conseguido. Al fin y al cabo, ahora todos eran inmensamente ricos y tenían un Castillo completo para disfrutar a sus anchas. Asaltaron la cava y los estantes de la cocina –que Tanko siempre se aseguraba de mantener perfectamente abastecidos– y, en medio de gritos, risas y algarabía, prepararon comida y bebieron hasta caer borrachos, desperdigados por todos los rincones del Castillo, mostrando total desconsideración por los muertos, que seguían estando en donde habían exhalado su último aliento.

En el recinto principal, Oshier se había quedado dormido al lado de la Silla Magna, cerca de un charco seco de su propio vómito que se había impregnado en la alfombra, después de que el exceso de vino y el abuso en el comer le habían provocado una indigestión mayúscula. Había botellas de vino vacías y platos con restos de comida tirados por todas partes. Parecía como si Oshier se hubiese entretenido invocando su hechizo de látigos en los jarrones y otros elementos decorativos de la estancia, pues todos los adornos yacían en pedazos. Comenzó a despertarse, sintiendo un fuerte dolor de cabeza, una sed desesperada, y muchas ganas de orinar. Percibió el agrio olor del vómito y sintió un poco de náuseas. Se sentó y sus ojos aún vidriosos lograron enfocar una robusta figura muy familiar. Cualquier residuo de sueño que le quedaba, desapareció inmediatamente y se incorporó de un salto, abriendo mucho los ojos.

—¡¿Niza?! —exclamó, ahogando un grito.
—¿Cómo que "Niza"? ¿Ya olvidaste cómo dirigirte a tu líder?

Oshier se sintió totalmente confundido.

—¿Wirgon… eres tú? —preguntó tontamente. —¿Me estás sugestionando?

—No, no soy Wirgon, imbécil. Soy la *Regente Suprema* y he regresado a reclamar la Silla Magna… Y *tú* estás comenzando a exasperarme —dijo la femenina voz, cargada de autoridad.

Mirando a Oshier de arriba abajo y el resto del recinto, Niza agregó, con la voz destilando desprecio:

—Mira nada más. Qué asco. Habéis hecho un desastre en *mi* Castillo.

Oshier bajó la mirada, lleno de vergüenza. Niza extendió los brazos en direcciones opuestas, con sus palmas hacia afuera y los dedos tensamente flexionados y dijo: —*Popraviti štetu*. Detrás suyo, Astargon –que tenía colgada en su cuello la cadena de invisibilidad– había repetido los mismos ademanes y pronunciado exactamente el mismo conjuro en susurros. Todas las cosas que estaban fuera de su sitio comenzaron a acomodarse: los jarrones y demás adornos recuperaron su estado intacto, los platos con restos de comida y las botellas de vino se acomodaron sobre la mesa en perfecto orden, recuperando el contenido completo, y el vómito desapareció de la alfombra, que quedó como nueva. El mármol del piso se veía reluciente. Oshier se orinó del susto.

—¡Regente Suprema! Le pido una disculpa —dijo, poniéndose de rodillas sobre su propia orina.
—¡Qué inmundo eres! ¡Ponte de pie!

Oshier obedeció en el acto, con la mirada clavada en el piso.

—¿Qué habéis hecho con *mi cetro*? Lo fui a buscar a la Fortaleza y no lo encontré —aventuró Niza, sin que la más mínima duda se notara en sus palabras.

Oshier buscó entre sus ropas el prendedor mágico y se lo mostró a Niza, sin poder verla a los ojos.

—¿Lo partisteis en pedazos? ¡Qué atrevidos!
—¡Fue idea de Goznar! —reclamó Oshier, casi llorando.
—Goznar… ¡Ya me va a oír ese *inútil*! ¡Dame eso!

Oshier le entregó el prendedor. Le temblaba la mano.

Niza colocó su mano izquierda sobre la frente del joven y dijo, en antiguo idioma Consciente:

—Te vinculo a mí, Oshier, con tu sangre. Que la muerte sea tu castigo si me traicionas.

De varios poros de la frente del muchacho comenzó a brotar sangre, hasta que se formó el símbolo que representaba el amuleto que Niza traía colgado del cuello. Oshier puso los ojos en blanco y comenzó a levitar. De la mano derecha de ella brotó una llama que ella acercó al pecho del joven. Un olor a piel y pelos quemados llenó el recinto. El trance del joven era tan profundo que no emitió ningún quejido. Del lado del corazón, quedó una herida en carne viva con el mismo símbolo de la frente. Ella bajó las manos. El joven regresó al piso y recuperó la consciencia. Sentía un intenso dolor en la frente y un inmenso ardor en el pecho. Sonriendo, dijo:

—Soy tuyo, otra vez.
—Nunca dejaste de serlo —dijo ella.

Las horas que siguieron, Niza fue recuperando uno a uno los prendedores mágicos y sometiendo de nuevo a sus antiguos discípulos que, entre azorados y contentos, se sentían aliviados de que hubiera regresado de nuevo el orden a sus convulsas vidas. Cuando Niza hubo recuperado los sesenta y seis fragmentos de *El Ojo Rojo de Travaldar* (el de Tertius lo habían recuperado de primero directamente de su cadáver y lo había portado Niza escondido entre sus ropas todo ese tiempo) y todos los jóvenes estuvieron con las marcas de sangre y de fuego en sus cuerpos, Astargon desactivó el hechizo de invisibilidad de la cadena que traía en el cuello. Dirigiéndose a Niza, dijo:

—Muchas gracias por tu apoyo para capturar a estos malhechores. Koiné está en deuda contigo —y, extendiendo los brazos hacia los incautos jovenzuelos, dijo: —*Otkazati*.

Los sesenta y cinco muchachos sintieron que un chorro de agua helada les caía por la espalda, al tiempo que el poder de todos era anulado permanentemente en virtud del conjuro que pronunció Astargon. Niza entregó al anciano el saco donde había ido colocando los prendedores encantados y se removió el que ella misma se había puesto encima. Astargon conjuró su hechizo de teleportación cuidadosa y las celdas de la Prisión de Kontar se llenaron con aquellos nefastos ciudadanos, que tan poca consideración y falta de respeto habían demostrado por su prójimo. La sentencia para todos ellos fue Cadena Perpetua.

Niza regresó a los encargados de la Prisión su amuleto de vinculación y volvió a su celda, con el corazón satisfecho de haber ayudado a poner fin a tan terrible amenaza.

Los días que siguieron, fueron de duelo y tristeza. De honras fúnebres entre familias de Eternos, Forzudos y Conscientes. La magia de estos últimos hizo lo posible por reparar los daños hechos. Incluso, varias curanderas Conscientes, entre las que estuvieron Nidia y Helga (junto con su amada Tiglia) fueron convocadas de emergencia para atender a los heridos, pero muchas vidas se habían perdido inútilmente. En las familias de Conscientes hubo mucho dolor, tanto en las de los Sesenta y Seis, como en las de los acólitos, profesores y demás personal que habitaba los monasterios, fallecidos durante los ataques. Una terrible herida quedó abierta en la consciencia colectiva de esa Raza —y de las demás— por muchísimos años, por causa del inmenso dolor que causó el haber puesto en manos equivocadas la *Plamen Znanja* (que es como los Conscientes llamaban antiguamente a su poder, lo cual se traduce literalmente a lenguaje común como *Llama del Conocimiento*).

Las semanas que siguieron, Jantl, Lino y el resto del gabinete y personal de apoyo del Castillo regresaron a su cotidianidad, así como los sobrevivientes de los monasterios y del Banco regresaron a la suya. Los funcionarios Eternos del Banco Central revivieron la terrible experiencia por años, debido a su memoria eidética, y Louanne, la funcionaria Pensante, prefirió jubilarse anticipadamente para regresar a la colonia de sus ancestros a vivir el resto de sus días en paz. La vida comenzó a retomar su curso habitual poco a poco, mientras las heridas del alma sanaban lentamente.

Nuintn –quien había recibido atención médica de emergencia por parte de Nidia el día que Delor lo teleportó a Kontar– se había hospedado en casa de Astargon para recuperarse completamente. Había estado a punto de morir ahogado y todo este incidente lo único que logró fue reafirmar su propósito y la férrea convicción de que la Raza de los Conscientes debía ser erradicada de la faz de Koiné. Al día siguiente de que los Sesenta y Cinco hubieron sido encerrados en Prisión, estaban Nuintn, Delor y Astargon desayunando en casa del Anciano Hechicero. Delor se sentía terriblemente apenado con Nuintn por todos los inconvenientes que había pasado. Cuando estaban comiendo, Delor tenía impaciencia por saber todos los detalles de la forma en que Niza había logrado convencer a sus antiguos discípulos para que le entregaran los prendedores de protección. Astargon les relató toda la situación con lujo de detalles y los tres rieron mucho cuando Astargon imitó la fingida soberbia de Niza frente a sus exdiscípulos. En cierto momento de la conversación, Delor se dirigió a su invitado y le dijo:

—¿Cómo te sientes?

—Ya más tranquilo —mintió Nuintn. —¡Jamás me imaginé que iba a tener días tan agitados! —dijo, mientras reía hipócritamente.

—Lo lamento tanto —dijo Delor, lleno de angustia.

—¡No te preocupes! Es parte del "riesgo ocupacional" —dijo Nuintn sonriendo. —¡Nadie me tiene metiéndome a la política!

Todos rieron de buena gana con ese comentario.

—¿Qué planes tienes para la Noche de Cambio de Año, hijo? —preguntó Astargon a Delor.

—No lo sé aún, papá… ¿Por qué?

—Quisiera que nos reunamos todos, la familia completa, como hace mucho no lo hacemos. Nos hace falta, hijo, ¿no crees?

—Sí, papá —dijo Delor, con ternura. Añadió: —¡Pero que este año el *Novogo Kruh* lo haga mi tía! A ella le queda delicioso.

—Está bien, yo le digo —dijo Astargon, sonriendo.

—¿Qué es eso? —inquirió Nuintn, con genuina curiosidad.

—Es un pastel que se prepara sólo una vez al año en cada hogar Consciente, para recibir el Año Nuevo —explicó Delor. —Cada miembro de la familia debe comer una rebanada, con la convicción de que el nuevo año va a ser mejor. Es algo simbólico y muy significativo de nuestra Raza —concluyó.

—No lo sabía —dijo Nuintn, mientras arqueaba las cejas. Inquirió: —¿Qué otra costumbre tenéis para esa fecha?

—Bueno, por supuesto que no puede faltar un buen vino, que bebemos junto con el *Novogo Kruh*. Es la primera comida del año y se hace mientras elevamos una plegaria al Universo, pidiendo prosperidad y abundancia para el año que inicia. Nos abrazamos y nos perdonamos nuestras faltas del año que queda atrás. Es un momento muy emotivo para nosotros.

—Qué bonito —dijo Nuintn. —Los Eternos no tenemos nada parecido.

Departieron un par de horas más, hasta que Delor y Nuintn anunciaron que ya debían marcharse: Delor de vuelta al Monasterio y Nuintn al Castillo. Había mucho por hacer. Astargon los teleportó a ambos a sus respectivos destinos y se recostó a dormir una siesta: los eventos de los últimos días lo habían dejado totalmente agotado.

El Anciano Hechicero y su hijo no imaginaron jamás que, sin querer, acababan de brindarle a su peor enemigo el conocimiento que le hacía falta para exterminar a toda su Raza.

Capítulo XI:

Una cruzada altruista

—uenos días, Jantl.

—Nuintn. Qué temprano. ¿Insomnio?

—Disculpa que te moleste a esta hora en tus aposentos, pero es importante.

—No te preocupes, no es molestia. ¿De qué se trata?

—Qué amable. Mira, redacté esta petitoria. ¿Qué te parece?

Jantl leyó el escrito. La caligrafía de Nuintn era impecable, así como su redacción. Muy diplomático. Todo un digno representante de su Raza. Cuando hubo terminado de leer, Jantl dijo:

—Me parece excelente. ¿Y crees que lo firmen todos?

—Esa es la idea —dijo él. —Creo que debemos aprovechar el momento, ahora que está tan "fresco" en las mentes de todos el agradecimiento para con ella.

—De verdad que estás dando la talla con creces para la misión que te encomendé —dijo Jantl, complacida. —Imagino que irás a recolectar las firmas personalmente.

—Así es —dijo Nuintn, sonriendo. Añadió: —Por eso te busqué temprano, por si deseabas sugerir algún cambio, poder hacerlo ahora mismo, para salir cuanto antes. Anoche le pedí al capataz que me preparara el *kunitro* más veloz que tenemos.

—El documento me parece perfecto tal como está. No tengo ninguna sugerencia. Me encanta el sentimiento que transmite. Se nota que la aprecias mucho.

—No sólo la aprecio, la admiro. A pesar de sus errores, la considero una persona muy perseverante y en extremo inteligente. Merece una segunda oportunidad.

—Me alegra que pienses así. Tienes mi bendición —dijo ella, firmando el documento. —Suerte con esto. ¿Te vas de una vez?

—Ahora mismo. Gracias, Jantl.

—A ti.

Tan sólo el día anterior, Nuintn había sido teleportado por Astargon de regreso al Castillo, tras reponerse de su desafortunada aventura de los ataques por parte de los exdiscípulos de Niza. El Eterno debía actuar rápido: faltaban menos de dos meses para el cambio de año, por lo que tenía que mover sus hilos de influencia lo antes posible, o se cerraría la ventana de oportunidad y sería necesario esperar todo un año más… Y ya no quería esperar más. Haber estado viendo cara a cara tan de cerca su propia muerte, le había impregnado una sensación de urgente inminencia que no había sentido antes. Y su memoria eidética lo sabía con exactitud perfecta.

Nuintn le había hecho creer a Jantl que iría a recolectar las firmas de los Ancianos Hechiceros de todos los guetos, finalizando con la firma de Astargon —el líder del gueto más grande de todos— con el propósito de solicitar que a Niza se le otorgase un perdón total que la liberase de prisión, en agradecimiento por su apoyo invaluable para la rápida resolución del Incidente de los Sesenta y Seis. Sin embargo, Nuintn no se dirigía raudo en su *kunitro* camino a ningún gueto. No. Él iba encaminado hacia Lendl, donde era el propietario de varias empresas administradas por personas de su entera confianza, con las que había trabado lazos de amistad hacía mucho. El recorrido a galope desde la Gran Ciudad hasta la congregación más importante de los Eternos le tomaría cuatro días por lo que, considerando la diferencia horaria, estaría arribando a Lendl al anochecer del cuarto día.

Por su parte, Jantl, Lino y demás miembros del gabinete se abocaron a brindar asistencia en las actividades requeridas para la recuperación de la tranquilidad posterior al Incidente de los Sesenta y Seis, que incluyó el brindar apoyo económico para solventar los gastos inesperados de honras fúnebres, reparaciones al edificio del Banco Central, así como asistencia y consejería terapéutica para las familias afectadas por los decesos tan repentinos o por los ataques.

Por ejemplo, los dos proveedores Forzudos que habían estado en el Monasterio que dirigiera Delor en el momento del ataque, habían quedado sumamente afectados por todos los eventos, incluida su transportación súbita a otro sitio, por lo que era menester ayudarlos a "sacar" toda esa congoja para que pudiesen retomar sus vidas con el ritmo habitual.

Los mismos guardas del Castillo, que habían sobrevivido al despiadado ataque por parte de Goznar y su grupo, aunque habían sido asistidos oportunamente por Nidia, tenían un dolor en el alma que era muy difícil dimensionar: toda su vida se había desarrollado alrededor de la idea de que su fuerza era su mayor virtud y esa virtud no había servido de nada contra ese pequeño grupo de agresores mágicos. En cuestión de segundos, habían visto perecer de forma inexplicable a colegas que habían conocido por años, con el simple contacto de individuos que habrían quedado inutilizados por cualquiera de ellos con un solo puñetazo. El miedo que vivía siempre escondido en algún obscuro rincón de su mente había salido a la luz con todo el protagonismo de un loco desquiciado que quisiera arrasar con todo. Lino fue de crucial importancia para ayudar a sus congéneres a recuperar la paz perdida y a reconstruir la confianza en sí mismos que había quedado devastada.

Jantl hizo lo propio con el personal del Banco, cuya sensación de impotencia y terror había dejado una profunda huella en todos ellos, pero en particular en Fargn y Jelfn. El primero, como gerente general del Banco, estaba muy consternado al sentir que todas las medidas de seguridad del edificio habían resultado inútiles y que él mismo había sufrido en carne propia un dolor inenarrable que lo había sumido en la inconsciencia, quedando a merced de los asaltantes. Jelfn, por su parte, aunque se había recuperado de la terrible fractura de cráneo –gracias a la afortunada genética Eterna, combinada con la atención médica oportuna que le diera Helga– no podía dejar ir la terrible sensación de indefensión absoluta que sintió durante el asalto. La visión de las caras de aquellos dos guardas Forzudos con sus propias hachas clavadas en sus frentes la perseguía todas las noches, haciéndola despertar en medio de gritos y llanto.

Con el apoyo de Delor –quien estaba más que dispuesto a retomar las Relaciones Diplomáticas con el Gobierno Central después del Incidente– lograron regresar a la bóveda del Banco Central todo el dinero incautado, así como envolver el edificio en un manto de protección contra la magia, idea que luego fue replicada en el Castillo y, por supuesto, en cada uno de los monasterios. El hechizo de fascinación que había tenido la Fortaleza desde que finalizó su construcción fue anulado finalmente y sustituido por un hechizo de protección contra la magia similar al que se había aplicado en el Banco, el Castillo y los monasterios y ese edificio fue convertido, años más tarde, en un museo donde se recordarían todos los hechos acaecidos, como una manera de mantener viva la convicción de que tales cosas no deberían volver a suceder jamás. Dicho museo se llegó a convertir en visita obligada para todos los miembros de la Raza de los Conscientes e, incluso, se instauró un día festivo en todo el planeta, al que se denominó el *Memorial de los Caídos*.

Previo a proteger mágicamente los edificios, Delor había convocado a todo el profesorado y el estudiantado de los cuatro monasterios a sesiones para reparar entre todos las construcciones, usando una versión modificada del Ritual de Reparación que alguna vez ayudó a los Forzudos a recuperar la paz en sus tribus. Haciendo uso de la alianza que en aquel entonces se había establecido con los de nuestra Raza, se acercó a la Universidad de Pensantes a pedir apoyo para sincronizarlos a todos. Esto ayudó a crear entre los acólitos un sentido de unidad y bienestar, que cosechó hermosos frutos años después, cuando muchos de ellos dedicaron sus vidas a misiones de servicio y apoyo a los demás.

Pero me estoy adelantando a la historia, os pido una disculpa y prosigo. Llegó el Día de los Eternos. Fildn y Vantr habían logrado retomar las actividades de la comisión que haría los preparativos para la celebración de ese festivo, después de que Jantl les confirmó que siguieran adelante con la iniciativa, pues no podían permitir que la tristeza dominase sus vidas. Había mucho que celebrar, a pesar del Incidente. Al fin y al cabo, el optimismo de Jantl era lo que la había ayudado siempre a salir adelante, incluso en los momentos más sombríos.

Ese día, en medio de las celebraciones que se estaban llevando a cabo en el campo interior del Castillo, Jantl sintió la necesidad de replegarse a su habitación un momento. A pesar de insistirle a todos que había mucho por lo que estar feliz, ella misma se sentía terriblemente atribulada. Repasaba una y otra vez la conversación con Goznar, justo antes de que Oshier los hubiese interrumpido tan abruptamente con aquella actitud prepotente y tan poco racional. Lamentaba la muerte bajo circunstancias tan perversas de cada uno de sus guardas. Conocía a cada uno personalmente, sus historias de vida y a sus familias. Siendo como era ella, no era para menos. Era una mujer sensibilísima y muy amorosa. Y el sufrimiento sin sentido de tantos a quienes amaba la tenía muy afectada. Sentada en su cama, se puso a llorar en silencio, tapándose la cara con sus manos.

—¿Por qué estás triste? —dijo una reverberante voz familiar.

Descubriendo sus hermosísimos ojos color violeta, Jantl se encontró con un ser de luz flotando frente a ella, que destellaba un tono azul "apagado". Sólo dijo:

—Abrázame, por favor.

Fizz se acercó a ella y la envolvió por completo, transmitiéndole aquel amor tan puro e incondicional que sólo eran capaces de sentir los Lumínicos. Jantl se entregó a aquel sentimiento que tanto bien traía a su alma y se dejó arrastrar por él. Fizz le compartió los lugares que había visitado recientemente: un hermoso lago en medio de unas montañas, un frondoso bosque donde los pájaros inundaban el aire con sus trinos, una isla cuyas colinas estaban cubiertas en su totalidad de flores de todos colores, el castillo flotante de los Cuatro Gemelos y sus Montañas Impasables, una playa donde el oleaje rompía con monótona insistencia dentro de un agujero en las rocas, causando que un chorro de agua saliese disparado hacia arriba de cuando en cuando, el Gran Volcán emanando fumarolas, entre muchas otras imágenes maravillosas. Y amaneceres y atardeceres, desde lo alto, contemplando el mundo desde aquella perspectiva que sólo era posible para esa Raza tan especial. Días lluviosos en parajes habitados sólo por plantas y animales, de vegetación exuberante y muy distinta a la que se veía cerca de las zonas pobladas.

De particular atención resultaron para Jantl dos escenas: en una, las gotas de lluvia se veían caer lentamente, y el contacto con la superficie de un calmo lago iniciaba una hermosa secuencia de círculos concéntricos que se alejaban muy despacio del punto de impacto para cada gota. Los círculos se encontraban unos con otros, produciendo un enrejado de ondas de agua. Ninguna gota tocaba la superficie exactamente al mismo tiempo, pero aquella bellísima danza de la Naturaleza parecía estar siendo ejecutada con una sincronicidad magistral por un talentoso director invisible. La segunda escena que dejó a Jantl extasiada, fue la de un bellísimo pajarillo de plumaje multicolor que se estaba alimentando del néctar de varias flores. El pajarillo parecía estar suspendido en el aire y cada detalle, cada plumita de sus diminutas alas se veía con claridad perfecta. Las alitas se movían a una velocidad tan increíblemente lenta que era imposible que lograsen mantener a aquella avecilla suspendida en el aire, pero a pesar de ello, lo hacían. De repente, la escena recuperó la velocidad habitual y las alas del pajarillo se volvieron invisibles de lo rápido que las batía el animalito y, casi de inmediato, se alejó de las flores, cuando hubo vaciado su dulce contenido.

Luego, vio a Niza en su celda y su corazón se llenó de un amor tan puro e intenso, que Jantl exhaló con asombro, fascinada por aquel sentimiento que ella no había sido capaz de experimentar con esa pureza y sencillez por nadie, ni siquiera por su hijo, que era la persona a quien más había amado en su vida. Esa imagen y sentimiento finales, antes de que Fizz se separase de la Eterna, la dejaron en un estado de felicidad y lucidez que era justo lo que estaba necesitando. Con el corazón agradecido, miró a su amigo —quien ahora brillaba con una intensa luz blanca— y le dijo:

—Gracias, mi amor.

—Con gusto. Cuando quieras —dijo él. Agregó: —Ahora que vi a Niza me pidió que os preguntara si habíais podido leer el poema. Me dijo que estos últimos días pasaron muchas cosas que podrían haberos distraído. Y ahora que nos tocamos vi qué fue lo que sucedió y comprendo por qué estabas tan triste.

—Sí, fueron cosas muy fuertes, pero tengo fe de que saldremos adelante. La vida sigue —dijo ella, reflexiva. Y luego le explicó: —Sí busqué el libro en la biblioteca, al día siguiente de que me lo dijiste, pero el libro se ha extraviado.

—Comprendo —dijo Fizz. Se quedó pensativo y añadió: —Niza me leyó el poema en voz alta. ¿Te serviría si te comparto ese recuerdo?

—Por ahí hubiéramos empezado —dijo Jantl, sonriente.

CAPÍTULO XII:

Estrategias comerciales

—Muy bien, Martn, entonces agregaréis el componente que os entregué, diluido en las proporciones que acordamos, en esta etapa del proceso —dijo Nuintn, mientras observaba con el gerente de producción un diagrama que detallaba los pasos para elaborar los empaques de la harina que se consumía entre los Conscientes.

—Sí, señor —dijo el Eterno. —La diagramadora comenzará a trabajar en el cambio del diseño exterior, apenas acabe la junta, para resaltar esta edición especial. Cuando esté listo el cambio, giraré instrucciones a la imprenta. Ello debería coincidir con la producción de los primeros lotes del material mejorado hoy al final de la tarde.

—Excelente —dijo Nuintn satisfecho. Miró a la gerente de ventas y dijo: —Karmn, es *crucial* que les expliques a nuestros clientes que esta mejora en el empaque está usando una tecnología secreta que mejorará significativamente el sabor y la textura del *Novogo Kruh*.

—Sí señor —dijo la Eterna. —Terminando la reunión elaboraré una lista detallada de las ventajas. La propuesta del diseño exterior la revisaré yo personalmente. Mañana temprano partiré a Kontar con las muestras del empaque que estarán listas al final de la tarde y las muestras impresas del nuevo diseño. Yo misma me aseguraré de preparar uno de esos pasteles, si es necesario, pero *te garantizo* que no me regresaré sin ese contrato firmado.

—Así me gusta —dijo Nuintn, satisfecho. —Este negocio dará un muy bienvenido empujón a los ingresos. Si nos va bien este año, podríamos repetirlo como un tema de temporada todos los años.

—La idea de que este componente secreto mejore el sabor de su pastel tradicional creo que hará la diferencia —aseguró la mujer. —Ya sabes que soy buenísima convenciendo.

—Lo sé, mi querida vendedora estrella —dijo Nuintn, guiñándole un ojo. Agregó: —Bueno, os dejo, que aún me queda mucho por hacer. Cuento con vuestro total apoyo.

Después de despedirse de sus empleados, Nuintn se dirigió a la fábrica de tapones de corcho –que también era parte de las empresas de su propiedad–, la cual tenía monopolizado el mercado, pues todas las colonias de Pensantes donde se producía vino eran clientes de esta fábrica. Para las botellas de vidrio aún le faltaba adquirir dos empresas más para tener total control de ese producto. Sin embargo, para sus propósitos, los corchos cumplirían su cometido a la perfección. Desde que había regresado a la civilización, después de su aislamiento autoimpuesto, Nuintn se había encargado de irse haciendo de empresas que tenían algún tipo de vínculo comercial con los Conscientes, pero él mismo nunca hizo tratos directos con ellos.

Cuando llegó a la fábrica de tapones, todo el equipo gerencial lo recibió con grandes muestras de afecto. Nuintn les informó que, gracias a su amistad con varios científicos de la Universidad de Eternos de la Gran Ciudad, había logrado obtener un aditivo especial que mejoraría significativamente la hermeticidad de por sí natural del corcho, lo cual ayudaría a preservar mejor el vino y reducir prácticamente a cero los casos de avinagramiento. Y que quería iniciar de inmediato con la producción de varios lotes para Parfaci, que era la colonia que proveía vino a todos los guetos. El vino se consumía en grandes cantidades entre los Conscientes, por lo que el flujo de corchos que se enviaban era continuo. Se le ofrecería a los Pensantes de Parfaci un cambio sin costo de todos los lotes de corchos no mejorados sin utilizar y, de ahí en adelante, se les brindarían corchos mejorados. Los corchos no mejorados que se recogiesen serían impregnados con el aditivo, para ofrecer sólo corchos mejorados en lo sucesivo. El aditivo no alteraría el sabor del vino en lo absoluto, sino que más bien ayudaría a preservar mejor su sabor, en caso de que se quisiera poner a añejar aún más el vino ya embotellado, después de haberlo sacado de las barricas de añejamiento.

Nuintn giró instrucciones al gerente de producción acerca de las proporciones exactas en que debía disolverse el aditivo y cómo debía ser aplicado a los corchos. Todos los pedidos que estaban por salir al día siguiente fueron reingresados a la planta para efectuar la mejora, por lo que esa noche se trabajó a marchas forzadas para tener los pedidos listos a tiempo.

Una semana más tarde, Karmn estaría presentando a Martn un contrato firmado para entregar a la Fábrica de Harina de Kontar la impresionante cantidad de tres millones de empaques mejorados de la Harina de Edición Especial para Fin de Año, los cuales debían comenzar a arribar en lotes de medio millón por semana, iniciando una semana después con el primer envío.

Por otro lado, el intercambio de corchos se había dado en Parfaci hacía algunos días y se habían programado varios envíos adicionales para las semanas siguientes.

El primer día de *Yat* —el último mes del año— la Fábrica de Harina de Kontar comenzó a distribuir la nueva Harina de Edición Especial para Fin de Año entre todos los comercios de Conscientes. Para mediados del mes, prácticamente en cada hogar Consciente del planeta había al menos una bolsa de aquel flamante nuevo producto innovador, que prometía «hacer del primer desayuno de Año Nuevo una experiencia sublime».

Por su parte, las botellas de vino con el tapón mejorado inundaron los mercados, tiendas y licorerías de cada gueto a mediados de la segunda semana de *Yat*, con la promesa de «contar en su cava con un vino que durará una eternidad». Poco a poco, comenzó a correrse la voz acerca de este nuevo producto que los Pensantes de Parfaci estaban ofreciendo a «un precio especial de introducción, que no se garantizaba mantener por mucho tiempo». Para finales del año, todas las botellas se habían agotado.

CAPÍTULO XIII:

Profecía revelada

uieres que te lea otro poema? —preguntó Niza.

—Está bien —dijo Fizz.

—Ah, mira el título de éste: *El vuelo de los dragones* —dijo ella.

—Esa es la profecía que Jantl le recitó a Los Cuatro Gemelos para que supieran qué tenían que hacer para vencer a los dragones —explicó él.

—¿En serio? —dijo Niza, sorprendida. Leyó rápidamente el poema en voz baja. —Es increíble lo atinado que era ese señor —dijo, al terminar de leer. —Acá está otro. Se titula: *El falso consejero* —Niza comenzó a leer en voz alta:

Una altruista y buena intención
tras una amable sonrisa oculta
un sombrío pasado, una traición
que el poder anulado catapulta

En la sede del gobierno central
la salvadora Eterna de Koiné
iniciará una batalla campal
buscando con urgencia el porqué

El Despertar de un joven Forzudo
brindará sabio consejo y aliento
para encarar el horror más cruento
que el consejero traidor urdir pudo

La muerte sin piedad hará caer,
con su indomable abrazo, envenenados
a miles de Conscientes engañados
ignorando del traidor su proceder

Al tratar de detener la masacre
la Eterna y el Forzudo han de entender
que el ataque frontal no podrá ser
lo que ponga fin a esta debacle

Correrán riesgo de perder la vida
pues el falso consejero es astuto
jugador sagaz de una partida
que de amargo sabor dará su fruto

Cuando Niza lo terminó de leer, miró a Fizz con los ojos muy abiertos.

—¡Jantl… Lino! —exclamó, cuando pudo articular palabra. —¡Hay que avisarles!

Fizz cesó el contacto con Jantl, cuando le hubo transmitido este recuerdo.

—Muchas gracias —dijo Jantl, mientras algo en lo que le había transmitido Fizz le evocaba una confusión idiomática.

—Con gusto —dijo Fizz. Inquirió: —¿Hallaste lo que buscabas?

—Creo que sí… —dijo Jantl, dubitativa. —El poema no es específico, pero hay algo en él que me evoca… No lo sé. Lo comentaré con Lino. Muchas gracias, Fizz. Ahora debo regresar a las actividades de celebración del Día de los Eternos.

—Está bien. ¿Cómo haré para saber si necesitas mi ayuda?

—Tengo un cuaderno mágico. Si me urgiera algo, todo lo que escriba en el cuaderno lo recibirá Ulgier. Él puede contactar a Niza fácilmente y, como tú la visitas seguido, ella te pondrá sobre aviso.

—Muy bien. Me voy, entonces. Hasta pronto.

—Hasta pronto, querido amigo.

Fizz abandonó la habitación de Jantl, quien se había quedado repasando el poema en su mente. ¿Niza lo había leído en idioma Consciente? ¿O había sido en idioma Eterno? ¿Cómo Fizz había comprendido si él sólo conocía el lenguaje común? Se quedó pensando en el título del poema en el idioma original: *Lažni savjetnik*. Entre más repetía el nombre mentalmente, con más claridad éste le evocaba las palabras en su lengua nativa: el antiguo idioma Eterno. Las palabras que llegaban a su mente eran: *Nuin tn-von*. *Nuin* se podría traducir al idioma común como *amigo* o *consejero*, mientras que *tn* es un adjetivo que significa *sincero* o *fiel*. La terminación *-von* se usa normalmente para invertir el significado de un adjetivo, aunque por sí sola la palabra se podría traducir como *no* o *falso*, dando a entender uno de los dos posibles estados binarios que podía tener cualquier afirmación: verdadera o falsa. Así que, si traducía esas palabras al lenguaje común, significaría *amigo* (o *consejero*) *infiel* (o *insincero* o *falso*). Sin embargo, si separaba la terminación *-von* del adjetivo *tn* y unía éste al sustantivo *nuin* otra posible traducción menos literal sería *Nuintn falso*. Jantl abrió los ojos de par en par, cuando comprendió el profundo significado oculto que aquel sabio anciano fallecido hacía tantísimo tiempo atrás fue capaz de encerrar en ese poema, para ser descubierto justo cuando era el momento oportuno.

Se acercó a su escritorio, donde estaba el cuaderno mágico que le hubiera enviado Ulgier y, abriéndolo en la primera página, comenzó a escribir lo siguiente:

Querido Ulgier:

Acabo de descubrir un mensaje oculto que Travaldar colocó en una de sus profecías del Libro VI, la titulada "El falso consejero". En realidad, la traducción correcta del título de ese poema es "Nuintn falso".

Estoy muy preocupada porque la profecía advierte que miles de Conscientes comenzarán a morir envenenados debido a un engaño. Y, justo hace siete días, Nuintn partió de viaje para recoger las firmas de los Ancianos Hechiceros de todos los guetos, en aras de abogar por un perdón total para Niza.

Temo que Nuintn esté tramando hacer algo para envenenar a los de tu Raza, mi querido amigo. Te pido por favor que des la señal de alarma entre los tuyos, para que él sea capturado en el gueto donde se encuentre o al próximo que vaya a llegar, para ser cuestionado al respecto.

El último gueto al que pretendía arribar a pedir la firma es el tuyo, así que espero que aún estéis todos con bien. Por favor, en cuanto leas este mensaje, escríbeme para saber que ya estáis al tanto.

Con cariño y consternación,
Jantl

P.D.: Saludos a Mina y al resto de tu familia.

En casa de Mina y Ulgier, en el estudio de este último, el papel del cuaderno "gemelo" emitió un leve brillo, cuando las palabras escritas por Jantl en su cuaderno se replicaron exactamente en el cuaderno de Ulgier. En Kontar apenas había iniciado la mañana y Ulgier solía revisar el cuaderno mágico al inicio y al final del día, por lo que no se enteraría del mensaje sino hasta quince horas más tarde.

Y tampoco era que el angustiante mensaje de Jantl fuese a lograr hacer alguna diferencia, pues Nuintn nunca planeó acercarse a uno solo de los guetos. Sin embargo, cuando Ulgier encontró el mensaje de su querida amiga, se teleportó de inmediato a la casa de Astargon.

—¿Astargon? —dijo, mientras tocaba la puerta insistentemente.

Después de varios minutos que a Ulgier le parecieron horas, el Anciano Hechicero abrió la puerta.

—¡Ulgier! ¿Qué sucede? —preguntó el anciano, preocupado al ver la expresión en la cara de su viejo amigo.

—¡Es Jantl! —dijo Ulgier, sobresaltado. —Mira lo que me escribió en este cuaderno mágico.

—¿Cuaderno mágico…? ¿Cómo funciona? —inquirió el anciano, curioso.

—Con gusto te explicaré cómo diseñé este artefacto y los conjuros con que lo cargué de magia, pero te suplico que te centres en el mensaje por el momento, por favor.

—Claro, claro. Pasa —dijo Astargon. Ambos se sentaron y el anciano leyó el mensaje de Jantl escrito en el cuaderno. Se quedó reflexionando. Después de algunos minutos dijo: —¿Será que de verdad lo ofendió tanto el ataque de los exdiscípulos de Niza? La última vez que lo vi, parecía haberlo tomado con mucho desenfado.

—No lo sé, pero creo que no debemos ignorar esto —dijo Ulgier, con vehemencia. —Es mejor proceder como sugiere Jantl. Ella no indica que Nuintn le haya compartido un itinerario de viaje, por lo que no sabemos a cuál gueto llegará primero. Se podría girar una orden de captura que se ejecute en el primero al que llegue. Luego, se le podría interrogar con ayuda de un Pensante, para determinar sus verdaderos motivos. Si está libre de culpa, le pedimos perdón y no pasó nada. Pero si esto es real, podríamos prevenir que mueran más de los nuestros, que bastante daño nos hemos hecho nosotros mismos —concluyó, con cara de pesar.

Astargon se sintió un poco triste. ¿Es que acaso no iban a cesar los problemas? El Incidente de los Sesenta y Seis lo había dejado extenuado: aún no se reponía del todo. Y bueno, ya estaba muy viejo y cansado. No creía que le quedasen muchos años más de vida y añoraba vivirlos en paz, resolviendo los problemas menores habituales que típicamente atendía un Anciano Hechicero. ¿Un Eterno genocida? Esto era demasiado.

—A esta hora ya todos mis homólogos deben estar durmiendo. Mañana a primera hora les enviaré un comunicado urgente —aseguró Astargon. —Es mejor prevenir que lamentar.

—¡Gracias! —dijo Ulgier, recuperando el cuaderno.

—Nada que agradecer. Aún no he hecho nada —dijo el anciano. Añadió: —Ahora bien… ¿me podrías explicar cómo funciona el cuadernito ése?

Con la sensación de paz recuperada, Ulgier sonrió y procedió a contestar la pregunta del Anciano Hechicero. Como parte de la explicación, Ulgier escribió una respuesta para su amiga:

Querida Jantl:

Muchas gracias por habernos puesto sobre aviso respecto a este tema tan serio.

Te comento que te escribo desde la casa de Astargon, quien ya está al tanto de todo y prometió enviar mañana mismo a primera hora un comunicado urgente a todos los guetos con una orden de captura contra Nuintn.

Apenas tenga noticias adicionales al respecto, te avisaré por este mismo medio.

Se nos ocurre que podríamos apoyarnos en un Pensante para poder interrogar a tu asesor adjunto sin temor a dudas. Por favor, dime qué opinas de esta idea.

Con cariño y agradecimiento,
Ulgier

P.D.: Saludos a Lino.

El papel del cuaderno de Jantl resplandeció cuando recibió el comunicado de su amigo. Ya era muy avanzada la noche en el Castillo, por lo que ella encontró la respuesta hasta el día siguiente, lo cual le dio una sensación de alivio y de esperanza.

En ese momento, todos ignoraban que, aún ocho semanas más tarde, seguirían a ciegas con respecto al tema que los había alarmado tanto, justo cuando cuatro dragones infantes comenzarían a hacer destrozos en el gueto más cercano a la Gran Ciudad.

CAPÍTULO XIV:

El sobreviviente

Rinto se secó el sudor de la frente. Tantas semanas de andar y andar le recordaban su época de vagabundo errante. Sin embargo, ahora su viaje tenía un cometido puntual: dar a su hija la protección máxima, que incrementaría esa sensación de omnipotencia que la llevaría a destruir de una vez por todas el legado de Ulgier. Lamentó, una vez más, el haber sido tan mal estudiante en sus años de pupilo en la Academia, pues si hubiese sido capaz de dominar algunos hechizos más avanzados, ello le habría permitido llevar a cabo ese viaje en un abrir y cerrar de ojos. Maldijo el no haber encontrado antes la referencia que anduvo buscando por años en la biblioteca del Castillo. Una mueca le desfiguró su ya de por sí maltrecho rostro.

La ocasión anterior en que había visitado la última morada de Travaldar, aparte de algunos ingredientes valiosos y el pergamino que daba las instrucciones para construir de nuevo el dispositivo de aprendizaje de idiomas, había encontrado un inmenso tomo lleno de garabatos hechos por el anciano durante sus últimos días. Era evidente que el pobre viejo se había vuelto loco al final. Tal vez por haberse recluido a una terrible soledad en medio de una zona que en aquel distante ayer era desértica. La primera vez que dio con la ubicación de la derruida vivienda, se felicitó a sí mismo por su inteligencia y capacidad de encontrar las pistas ocultas en tantos lugares distintos. Había sido como armar un gigantesco rompecabezas en su mente, a partir de "retazos" de información esparcidos por aquí y por allá.

Niza nunca supo que Rinto pasaba noches enteras despierto en la biblioteca, leyendo diferentes libros que en algún momento ella había ayudado a organizar, cuando tuvo el puesto de asistente del bibliotecario. Ella misma había resultado ser increíblemente buena para hallar pequeñas piezas de información valiosa en aquel océano de papeles con palabras y, gracias a ello, ahora hablaba de manera perfecta el antiguo idioma Consciente.

Sin embargo, no sólo Rinto había logrado armar el rompecabezas. A miles de kilómetros de la Gran Ciudad, en la Academia del gueto Kontar, un perseverante maestro —obsesionado con el legado que había dejado Travaldar— también había trazado el camino, cual si de uno de aquellos juegos infantiles de unir los puntos con rayas se tratase. Porthos era un hombre muy metódico. Nunca se hizo de una compañera, aunque tenía una amiga por correspondencia que era lo más cercano a un amor romántico que pudo existir en su vida. Había sido una estudiante suya particularmente sensible y talentosa, que destacaba entre la multitud de alumnos por ser la única con un Familiar y por su pasión por la medicina. Porthos siempre respetó la distancia que debía existir entre maestro y alumna, aunque un agrado que iba más allá de ese tipo de relación se había despertado en él a lo largo de los años. Cuando ella se graduó, a las pocas semanas llegó a despedirse de él, que había soñado con tenerla de colega en la Academia. Ella le dijo que iba a cumplir su más preciado sueño de ser curandera, y que se quería embarcar en una misión para erradicar sus prejuicios. El brillo en los ojos de ella cuando le dijo esto le dejó claro a Porthos que el amor que él sentía no podría ser correspondido… Al menos no de la forma tradicional.

Los meses que transcurrieron desde que Helga partió de Kontar hasta que logró asentarse en Shuntai le parecieron años al pobre Porthos. Había acordado con ella que, apenas hubiese sentado cabeza en aquella lejana tribu, le enviase una carta usando un pequeño cofrecito de oro que él había encantado con un hechizo de teleportación. El hechizo era muy sencillo y algo "tonto": cuando se activaba, el cofrecito regresaba al último lugar donde había estado la última vez que se teleportó. Así que, cuando Helga arribó a Shuntai y logró establecerse al norte de la tribu, escribió una extensísima carta donde le narraba a Porthos todas sus peripecias durante el viaje y cerró la misiva relatándole el susto que les diera Dunko, que había estado a punto de matarlas a ella y a su Familiar.

Porthos estuvo a punto de tocar el techo de su casa dando saltos de gusto cuando llegó esa noche y vio el cofrecito en el lugar donde lo había "fijado" para esa primera teleportación. Con avidez leyó aquel montón de hojas que Helga había llenado con su letra por ambas caras y que había doblado cuidadosamente para que cupiesen en el cofrecito. Porthos reía y lloraba con las historias de su amiga y, días después, habiéndose aprendido casi de memoria aquella primera amada carta, le escribió una de regreso, contándole lo más relevante que había sucedido en el gueto y en la Academia durante esos meses. Helga encontró el cofrecito en la gaveta de su mesa de noche horas más tarde y leyó con fruición aquel pequeño manuscrito que, de alguna manera, la acercaba a su terruño. Incluso, por años, ambos llegaron a enviarse pequeños obsequios y cosas de comer en virtud de la magia del cofrecito, que resultó ser una herramienta invaluable para ayudar al Iluminado durante la Gran Unificación.

Fue gracias a esas comunicaciones que Porthos terminó de unir las piezas de su rompecabezas, pues Helga le aportó algunas ideas que le permitieron esclarecer ciertos conceptos erróneos que Porthos había mantenido como verdades absolutas por siglos. Y es que la única verdad absoluta es, irónicamente, que no existen las verdades absolutas: hay muchas verdades, y cada una de ellas depende del punto de vista del observador y de cuánta información posea éste. Nuestra historia está plagada de ejemplos clarísimos de personajes que, creyendo ser dueños de la verdad absoluta, han llevado a cabo actos de barbarie y destrucción en aras de defender lo que sólo es un punto de vista, como si los demás puntos de vista no fuesen igual de válidos para el contexto de otros individuos. A lo largo de las eras, los Pensantes hemos hecho esfuerzos más bien "tibios" por ayudar a las demás Razas a comprender este principio. Este escrito que tenéis en vuestras manos, amados lectores, representa el primer esfuerzo de nuestra parte que persigue no sólo dejar de relatar fríamente los hechos acaecidos, sino encontrar el vínculo que existe entre ellos y las personas involucradas, así como la forma en que tales eventos afectaron emocionalmente y de manera tan profunda a tantísima gente, aunque sea sólo uno más de todos los esfuerzos por parte de nuestra Raza que persiguen tan noble objetivo.

Pero, volviendo a la historia de Helga y Porthos, cuando este último recibió de parte de su amiga el cofrecito con un extracto de un libro antiquísimo que ella nunca regresó a la biblioteca de la Academia aun siendo niña, Porthos pudo trazar la línea que conectaba el último par de puntos de su acertijo. Helga había olvidado que tenía ese tomo, pues un día de tantos su madre, desesperada por el desorden que la joven Helga mantenía en su habitación, había vertido todo el contenido de su cama, escritorio, mesa de noche y armarios en una caja a la que etiquetó como "Papeles" y, años más tarde, Helga sólo había metido esa caja con todo el resto de cosas con que cargó a más no poder la carreta en la que abandonó el gueto, cuando estaba recién graduada. No fue sino hasta pocas semanas atrás que había redescubierto el contenido de esa caja, donde halló en el fondo aquel antiguo y valioso libro, del que sólo existían dos ejemplares escritos a mano, encontrándose el otro de ellos en la biblioteca del Castillo, como parte de la colección que Ulgier hizo crecer a lo largo de los años.

Porthos anunció eufórico a varios de sus colegas que había logrado deducir la ubicación exacta de la última morada de Travaldar y lo creyeron loco: ya a nadie le interesaba ese tema y no comprendían por qué para él podía ser tan importante. Al día siguiente de tener esta epifanía, Porthos partió camino al Antiguo Desierto, con la esperanza de que sus deducciones fuesen correctas. Lo fueron. Llegó a aquella sencilla morada, que estaba llena de lo que él consideraba tesoros: todo el legado de uno de los más prominentes sabios de todos los tiempos, un hombre que siempre había sido altruista y sencillo. Un Consciente que podría haber ostentado sin ningún cuestionamiento el título de "Anciano Hechicero" de cualquier gueto, si ése hubiese sido su interés en algún momento.

Porthos comenzó a ordenar y clasificar todos los escritos del antiguo vidente, lo cual resultó ser una tarea apoteósica, dada la gran cantidad de material que había, la diversidad de temas y el inmenso desorden en que se encontraba todo. Daba la impresión de que alguien hubiese revuelto todo el lugar, buscando algo desesperadamente. A las pocas semanas de estar acomodando papeles y pergaminos, Porthos notó un pequeño símbolo con el que Travaldar había marcado la esquina inferior derecha de varias páginas de un tomo cuya caligrafía resultaba prácticamente ininteligible, salvo por algunas palabras sueltas en distintas líneas. Debajo de ese pequeño símbolo, en cada página donde aparecía, había una secuencia de cuatro números. El símbolo parecía ser una especie de rayita inclinada con un punto en uno de sus extremos. Al revisar las páginas que contenían aquel símbolo, dedujo que tales cuadrinomios hacían referencia a cuatro componentes: un número que aumentaba secuencialmente, como indicando un orden; el número de párrafo de la página; el número de línea dentro de ese párrafo, y el número de palabra en esa línea.

Porthos extrajo las palabras a las que hacían referencia aquellos numerales en cada página y las colocó en el orden que sugerían los primeros números de cada cuarteto. Era una larga frase en el antiguo idioma Consciente, que podría haberse traducido como sigue: «*Potente protección deseo hallar / pues a Koiné deseo ayudar / que en este instante aparezca el legado / que con honor usó el Iluminado*». Cuando Porthos la leyó en voz alta, en su mano derecha se materializó un hermosísimo cetro de oro con un enorme rubí incrustado en uno de sus extremos.

—Gracias por ahorrarme el esfuerzo —dijo una voz proveniente de detrás de Porthos. Éste se sobresaltó y volteó a ver de dónde provenía la voz.

—¡¿Tú?! —dijo Porthos, aún con cara de sorprendido. —¡Todos en el gueto te creemos muerto!

—Hola, Porthos —dijo el intruso, añadiendo: —Me lo imaginé. Papá nunca se preocupó por saber qué había sido de mí después de que asesinó a mi mujer y mi hijo, cuando me envió al exilio en los Picos Nevados.

—¡¿Qué dices?! —exclamó Porthos, impresionado. Se quedó observando al intruso y agregó: —¡Tu cara! ¿Qué te ha pasado?

—Es el recuerdo de una visita que hice a una tribu de Forzudos hace mucho. Me encargué de "agradecer" este "obsequio" debidamente.

—Pero… Kontar está entre este punto donde nos encontramos y los Picos Nevados… ¿No pasaste por nuestro gueto?

—No. De hecho, no he querido acercarme a ese maldito lugar desde hace mucho.

—Pero… ¿por qué?

—Tengo mis motivos —dijo secamente. —Y podría explicártelos, pero no lo recordarías mañana. Sólo quisiera estar seguro de que tienes en tus manos el artefacto que vine a buscar —y, extendiendo sus manos hacia Porthos, dijo: —*Prijedlog*.

El rubí del cetro brilló con un inmenso fulgor y una luz roja cubrió por completo a Porthos, quien no resultó afectado por el hechizo de sugestión.

—¿Qué acabas de hacer? —preguntó Porthos, alarmado.

—Una pequeña prueba… —dijo el intruso. —Y fue positiva.

Sin darle tiempo a reaccionar, el intruso le dio un golpe seco a su interlocutor en el brazo derecho, lo que lo hizo soltar el cetro, que era lo único capaz de evitar que su agresor hiciera la maldad que estaba a punto de hacer.

—*Prijedlog* —dijo el intruso de nuevo.

Porthos entró en trance y se quedó con la mirada perdida. El intruso tomó del escritorio el papel donde Porthos había anotado las palabras del acertijo resuelto y le ordenó:

—Devolverás todo lo que acomodaste hoy al *exacto* sitio donde se encontraba. Luego, te irás a dormir y no recordarás nada de esto, ni del acertijo que descifraste. Mañana, repetirás el día y volverás a encontrar el tomo, pero cuando hayas descifrado el acertijo, devolverás todo a su sitio, destruirás la solución y olvidarás el día, te irás a dormir y repetirás todo de nuevo, día tras día… Para siempre.

El pobre maestro comenzó a ejecutar la orden con la mirada perdida, mientras Rinto se marchaba de aquel lugar olvidado, sin intención de volver a poner un pie en él nunca más. Debido al hechizo de sugestión, Porthos nunca envió a Helga el cofrecito con sus hallazgos –lo que había pensado hacer al caer la noche–, pues siguió repitiendo ese fatídico día: se levantaba por la mañana, se bañaba, conseguía algo de comer, se ponía a ordenar los papeles, encontraba el tomo, descifraba el acertijo, destruía el papel con la solución, reacomodaba todo y se iba a dormir... Día tras día tras día.

Meses después, el *Ojo Rojo de Travaldar* caería en las manos de los Sesenta y Seis y bueno, esa historia ya os la he relatado. Lo que aún no os comenté es lo que sucedió luego de que los Sesenta y Seis fracasaron –poco antes del día en que el ciclo de repetición infinita impuesto a Porthos sería anulado–, cuando los dragones infantes estaban a punto de cumplir los cuatro meses de edad. Para ese momento, las criaturas ya medían 44 metros y pesaban 2625 *faldars*, requiriendo 875 *faldars* de ceniza diarios para saciar su hambre, cada vez más voraz.

El vuelo de la hembra dominante hizo que las cuatro crías se encontrasen con Zandar –un poblado de Conscientes relativamente pequeño–, adonde arribaron de noche, justo cuando la vista de los cuatro dragones era aún más aguda y precisa. Las cuatro bestias aladas comenzaron a lanzar su llamarada mortífera sin ninguna contemplación, barriendo el territorio del poblado de sur a norte, con una sincronía que habría resultado maravillosa de observar, de no ser por su terrible efecto: cientos de viviendas, junto con sus moradores, fueron envueltas en llamas. Los alaridos de dolor y de sorpresa despertaron a los que aún no habían sido alcanzados por la despiadada conflagración. Llenos de confusión y temor, todos ellos salieron de sus casas para encontrarse con una traumática escena del más puro espanto.

Contrastadas contra el obscuro firmamento, dos de las criaturas resultaban perfectamente camufladas, mientras que las otras dos resplandecían con el brillo de la luna que despuntaba por el horizonte. Sin embargo, la presencia de las dos bestias aparentemente invisibles era evidenciada por el surco de fuego y muerte que iban dejando al pasar. Los cuatro verdugos descendieron en medio de las llamas y empezaron a saciar su apetito, que siempre era más intenso después de mucho volar. Los pobladores que aún no habían sido afectados por las llamas vieron horrorizados cómo aquellos temibles monstruos devoraban casas, animales y personas carbonizadas aún en llamas. Entre los testigos se encontraba Belgier quien, al igual que el resto de sus vecinos, no lograba salir de su asombro.

En eso, Belgier vio a su lado a Erdal, el Anciano Hechicero del gueto.

—¡Abuelo! ¿Qué clase de bestias son ésas?

—No lo sé. Pero tengo la impresión de que su origen no es natural.

—¿Quieres decir que alguien las creó con magia?

—Así es —dijo el anciano. —Necesito tocar a una de ellas para saber más.

—¡Es muy peligroso! No lo hagas, abuelo, por favor.

—Si desconocemos a nuestro enemigo, jamás seremos capaces de derrotarlo, mi hijito. Ten valor. Es ahora cuando más lo necesitamos. Te amo.

Y, diciendo esto, el Anciano Hechicero desapareció, para reaparecer sobre el lomo de uno de los dragones blancos. Con su mano desnuda, se agachó para tocar la dura piel de aquella bestia temible. A su mente llegaron muchas imágenes y, con claridad absoluta, vio a dos mujeres idénticas de piel muy blanca, pelirrojas y de ojos azules, al lado de dos hombres idénticos de piel muy obscura, cabellos negrísimos con tintes azulados y ojos color naranja. Los cuatro montaban las bestias, como si fuesen *kunitros*. En ese instante, uno de los machos notó que una cosa extraña y pequeña yacía sobre una de las hembras y se acercó a su hermana para olfatearla.

Belgier, que no había perdido de vista la escena ni un solo instante, extendió sus manos hacia su abuelo y, moviendo sus brazos hacia arriba con rapidez, conjuró un hechizo de telekinesis sobre el anciano, quien salió disparado hacia arriba. Erdal, al sentirse lanzado por los aires, abrió los ojos asustado y se vio a varias decenas de metros encima de las criaturas. Se teleportó de nuevo, para reaparecer al lado de su nieto.

—Gracias. Creo que ya sé lo que hay que hacer, Belgier.
—Dime —dijo el joven, con tono de urgencia.
—Los Cuatro Gemelos. Hay que ir a buscarlos.
—¿Dónde?
—Ellos nacieron en Kontar. Regina, madre de los varones, debe saber cómo hallarlos.
—¿Regina...? ¿Como mi...? —sin terminar la frase, Belgier abrió mucho los ojos cuando notó que uno de los dragones negros venía acercándose a ellos con las fauces abiertas.

El anciano, intuyendo lo que estaba sucediendo a sus espaldas, le dijo a su nieto:

—Amortigua tu caída.
—¿Qué? —dijo Belgier.

Erdal hizo un ademán como si estuviese empujando a su nieto, al tiempo que decía: —*Udaljavanje*. El hechizo de distanciamiento lanzó al anciano directamente a las fauces del dragón que se aproximaba mientras pasaba por en medio de una llamarada, proveniente de éste, que lo calcinó antes de alcanzar su destino. Belgier, por su parte, fue lanzado en la dirección opuesta a decenas de kilómetros de ahí, estrellándose con el denso follaje de un árbol muy alto, desde donde se derrumbó estrepitosamente al suelo, quedando lleno de raspones y magulladuras, cuando fue quebrando ramas a su paso, para quedar inconsciente en medio de una vereda. A lo lejos, las llamas que seguían incendiando su gueto, iluminaban la obscuridad de aquella terrible noche, compitiendo con el resplandor de una luna llena que se veía rojiza.

Capítulo XV:

Amigos en las buenas y en las malas

Karkaj estaba terminando de lijar la superficie de una mesa que había construido desde cero. Él, Jalina y Sara habían llegado a Lishtai hacía casi nueve semanas y muy rápidamente habían logrado establecerse en aquella vibrante tribu, que tenía un aire de alegría y fiesta permanente. Karkaj, quien desde joven había dicho que algún día se dedicaría a la ebanistería, había dado rienda suelta a ese oficio ahora que tenía mucho tiempo libre y tanta energía aún. En menos de un mes sería su cumpleaños número cincuenta y siete, pocos días después del cambio de año. Karkaj se sentía tan fuerte, lleno de vida y enamorado de Jalina como el día que la conoció. Y ahora, su generoso pecho estaba dando cabida a un nuevo amor. Las escuchó a ambas conversando en la casa, muertas de risa y se le alegró el corazón.

Jalina se había interesado por aprender a usar la espada, por lo que Sara le había comenzado a dar clases desde que se instalaron en aquella cabaña cercana al mar. La fuerza y agilidad de Jalina eran un muy excelente punto a su favor y, en pocas semanas, Sara tenía una muy aplicada aprendiz que rápidamente ganaba confianza y destreza. Sara se había traído de Shuntai varias armas y escudos hechos por ella, los cuales nunca habían conocido el fragor de la batalla. Bueno, hubo una realidad alterna que dejó de existir en la cual su espada y escudo predilectos sí se habían manchado de sangre, pero es mejor dejar ese *no pasado* atrás.

Conforme avanzaba la mañana, la mesa que estaba creando Karkaj iba adquiriendo una textura suave y perfectamente lisa, revelando vetas en la madera que le daban un aspecto cada vez más bonito. El olor de aserrín al lijar la madera le gustaba tanto a Karkaj, que él pensaba que esa parte del proceso era su favorita. Por otro lado, Sara y Jalina estaban enfrascadas en una muy activa lección de combate, donde las espadas de ambas resonaban con tintes metálicos y su acero brillaba reflejando el ardiente sol costero. Sus cuerpos estaban empapados en sudor y las camisetas de ambas se pegaban a ellos, resaltando los pezones de sus pechos amplios y turgentes. Karkaj las volteó a ver y sintió un leve cosquilleo en sus genitales, que comenzaron a agrandarse, cuando vio a sus dos mujeres forcejeando con tanta pasión. Puso la lija sobre la mesa y se acercó a ellas, enjugándose el sudor de la frente. Les dijo:

—Voy por un poco de agua. ¿Queréis que os traiga?

Ambas detuvieron el combate, respirando agitadamente y voltearon a ver a Karkaj. Las dos notaron que él tenía abultado el pantalón en la zona de la entrepierna y ambas sonrieron recordando la noche anterior. Desde que lo conoció, Jalina había pensado que el amor de su vida tenía demasiada energía sexual y, aunque ella siempre había dado abasto a los encendidos avances de su compañero, se sentía contenta de que hubiesen encontrado a alguien más que les ayudase a consumir toda esa energía –cuyas acciones para lograrlo lo dejaban siempre con una sonrisa de oreja a oreja, exhausto y satisfecho–, energía que parecía haberse incrementado desde que habían llegado a esa tribu. Sara, por su parte, nunca antes había experimentado la sexualidad con un varón y encontró en Karkaj un amante maduro, paciente y comprensivo que la ayudó a descartar las dudas, temores y mitos que albergaba al respecto.

—Está bien, amor —dijeron ambas, al unísono. Se voltearon a ver, sorprendidas, y soltaron una carcajada.

El hombre entró a la cabaña y llenó tres jarras de un agua que se mantenía fresca dentro de una vasija de barro que colocaban sobre el dosel de un pequeño mueble que él había construido para almacenar víveres de larga duración. Un guisado que Sara había dejado en la lumbre ya despedía un delicioso aroma, que invitaba a robar una cucharada, sólo para paladear la mezcla de especias y mariscos, que abundaban en aquella tribu. Karkaj aguantó la tentación y salió de la cabaña sosteniendo las tres jarras con sus enormes manos y les entregó a las dos mujeres sus respectivas jarras. Los tres bebieron corcor aquella agua, mientras sentían que recuperaban las fuerzas y les bajaba la temperatura corporal.

—Lo que estás guisando huele delicioso —dijo él, cuando los tres bajaron las jarras.

Sara sonrió complacida. Se llevó de nuevo la jarra a la boca para beber el último trago. En ese instante, lo que vieron sus ojos la hizo escupir ese último sorbo, llena de estupor. Jalina y Karkaj voltearon a ver hacia donde Sara tenía fija la mirada. Llenos de incredulidad y asombro, divisaron cuatro enormes criaturas aladas que venían sobrevolando el océano, acercándose desde el oeste. Los cuatro dragones habían cruzado volando el golfo que separa Zandar de Lishtai y, después de reposar sobre un islote rocoso que está en medio de ambas poblaciones –donde no encontraron nada que comer– prosiguieron su vuelo, dejándose guiar por la hembra dominante del grupo. Los dragones, al ver el poblado cercano, comenzaron a rugir con impaciencia, pues hacía varias horas que no ingerían nada y habían volado demasiado tiempo. Los habitantes de la tribu comenzaron a gritar y dar la señal de alarma. El caos se desató entre ellos.

La hembra dominante, marcando la pauta, abrió sus fauces y su bocanada de fuego inundó la plaza de la tribu, que a esa hora ya hervía con comerciantes y compradores. Los otros tres dragones se dirigieron hacia otros tres puntos de la tribu y asestaron su flamígero golpe en otras tres secciones. Alaridos y gritos. Muerte y confusión. Incendios por doquier. Sara, Jalina y Karkaj presenciaron el horrendo espectáculo, sin saber qué hacer. Los cuatro animales descendieron en medio de las llamas y empezaron a comer, con desesperación famélica. Entonces, Sara dijo:

—¡No nos podemos quedar así! ¡Hay que hacer algo!

Jalina y Karkaj la miraron y asintieron. Él dijo:

—Entro a la casa por una espada y un escudo y vamos a combatir esos monstruos.

Rasgando su sudada camisa que tenía partículas de aserrín por todas partes, entró corriendo a la cabaña y tomó el escudo más grueso que colgaba en una de las paredes y la espada más pesada que encontró. Al salir de la cabaña, sus potentes músculos tensaban su morena piel y las venas de sus brazos velludos denotaban la fuerza con que empuñaba su escudo y su arma. Sara dijo:

—¡Vamos!

Se adentraron en dirección a la plaza central, donde el fuego estaba consumiendo todo. Decenas de Forzudos estaban arrojándole objetos a la blanca bestia que se había asentado en la plaza, al tiempo que ésta desplazaba su larga cola y arrastraba con ella a varios, mientras giraba sobre sí misma. Cuando Sara, Jalina y Karkaj llegaron a la plaza, el enorme rabo apuntaba en dirección a ellos, mientras la hembra dragón rugía amenazante, ante una multitud de Forzudos que no cesaban de acercarse, armados con lanzas, hachas y espadas. Sara, sin dudarlo un instante, corrió hasta la punta de aquel enorme apéndice y, con toda la fuerza de sus músculos, asestó un fortísimo golpe con el filo de su espada predilecta. El impacto quebró las escamas del punto donde la bien templada espada hizo contacto y penetró la carne de la bestia. Su blanca piel se tiñó de rojo y la dragona comenzó a rugir con más fuerza, volteándose instintivamente para ver qué había causado ese súbito dolor. Sara, que aún no retiraba la espada del punto de impacto, fue arrastrada con la fuerza de la voltereta, pues su espada se había hundido tan adentro, que casi había llegado al centro de la cola y ella, por supuesto, no iba a soltar su arma por nada del mundo.

Jalina y Karkaj, al ver a Sara volar por los aires cuando la fuerza del giro desprendió a espada y guerrera de la herida al mismo tiempo, se acercaron corriendo al animal, encaminados hacia sus cuartos delanteros, pensando que tendrían que inutilizarla a punta de golpes de espada. La dragona, cuando los vio acercarse, levantó su garra izquierda, cual si de una mano se tratase, para darles un empujón que los lanzara a un lado.

Karkaj, quien previó la intención del movimiento, empuñó su espada con fuerza, apuntando hacia la garra que venía hacia él y su amada. La espada del Forzudo se clavó hasta el fondo y atravesó la garra, antes de lanzarlos a él y a Jalina a varios metros de distancia, donde estuvieron a punto de caer en medio de un local comercial que estaba en llamas. La dragona, aullando de dolor con la garra izquierda herida, comenzó a cojear, presa de furia. Entre tanto, Sara se había incorporado después del impacto y vio que el rabo con el corte que ella había efectuado volvía a estar cerca de ella. Corrió hacia él de nuevo, con la espada en el aire y volvió a hundir su arma en el mismo punto, lo que logró cercenar la tercera parte de la cola, que cayó al piso, mientras un torrente de sangre brotaba de la herida abierta.

En ese momento, uno de los dragones negros proyectó su sombra sobre la plaza, acudiendo a los rugidos de la dragona y miró con furia a la diminuta criatura que le estaba haciendo daño a su hermana. Sara miró hacia el cielo, alarmada por aquella extraña sombra que no daba la impresión de ser de una nube. En ese momento, Jalina y Karkaj, que ya se habían levantado desde donde habían sido lanzados por el manotazo de la dragona, se estaban aproximando a toda velocidad a Sara y, entre ambos, la tomaron en brazos y la alejaron de la zona que, pocos segundos después, fue inundada por las llamas que escupía el dragón macho.

El fuego cauterizó la herida de la dragona, que dejó de sangrar, tras un terrible rugido de dolor que emitió cuando la quemadura selló su rabo maltrecho y lo dejó truncado permanentemente. El dragón acercó su hocico a la garra de la dragona que aún tenía ensartada la espada de Karkaj y, prensando la empuñadura con sus labios, logró extraerla. La dragón hembra dominante, que por primera vez se enfrentaba a una presa que le daba tantos problemas, decidió que mejor buscaban su alimento en otra parte y alzó el vuelo. Los otros tres, siguiendo a su hermana, que había sido herida por aquellas diminutas criaturas problemáticas, también se enrumbaron tierra adentro, hacia el norte.

Sara, convencida de que podrían herir de muerte a aquellos engendros, les dijo a sus dos amantes:

—¡Vamos tras ellos! En algún momento tendrán que descender a descansar. Es ahí cuando los atacaremos.

Jalina y Karkaj, junto con Sara y otro montón de Forzudos, elevaron sus puños al cielo, emitiendo con júbilo un clamor de guerra. ¡Habían logrado ahuyentar al enemigo! En los establos, los *kunitros* habían estado bufando y relinchando llenos de espanto al escuchar el griterío y la conmoción, pero por fortuna las llamas no los habían alcanzado, pues ninguno de los dragones había atacado esa sección de la tribu. En una sencilla cabaña a unos cuantos pasos del establo, Nadine, la curandera, había asentado su consultorio y vivienda. Ella había estado presenciando todos los eventos cuando comenzó a escuchar los rugidos de las bestias y los gritos de la gente. Notó que una multitud se acercaba a los establos y se acercó a ellos, alarmada.

—¡Por mis ancestros! ¿Estáis bien? —exclamó Nadine, al ver el aspecto tiznado y desgarbado de todos, muchos con heridas abiertas y raspones por todas partes. Agregó —¿Queréis asistencia de primeros auxilios?

Sara miró a la curandera con un dejo de incomodidad al notar que era una Pensante. Uno de los habitantes más antiguos de la tribu, dijo:

—¡Nadine! ¡Qué bueno que no fuiste atacada! Hay muchos heridos que *realmente* necesitan tu ayuda. Nosotros vamos a ir a perseguir a esos demonios alados. Estamos bien.

—Dejadme daros al menos un antiséptico, para que no se os infecten las heridas —dijo ella, mientras entraba corriendo a su casa.

A los pocos minutos, Nadine salió con varios saquitos de cuero, donde había colocado una pomada amarillenta, que era multipropósito. En ese lapso, los Forzudos ya habían logrado ensillar casi todos los *kunitros*.

—Os pasaréis esta pomada en cada herida, raspón o quemadura que tengáis —aconsejó Nadine. —Eso acelerará la cicatrización y evitará que se agraven.

—Gracias, curandera —dijo Sara, tomando uno de los saquitos.

El resto de los Forzudos tomaron uno, también. Mientras preparaba los saquitos, Nadine había emitido una señal de alerta a la Red de Pensantes, la cual transmitió el mensaje a todos los rincones del planeta. Entre los que lo recibieron, estaba Plubont, el Tesorero del Castillo, quien de inmediato se dirigió al Salón Principal, donde Jantl estaba comentando con Lino su consternación, pues Ulgier le había enviado a decir por medio del cuaderno mágico que la dueña de una fonda muy visitada en el gueto había fallecido el día anterior, mientras preparaba la comida del día. No se sabía qué había causado su muerte y su hijo Urso, que visitaba esa fonda con frecuencia, había sido el que la había hallado tirada en el piso, en medio de los hervores de sus ollas. Nadie había querido tocar nada y las autoridades del gueto habían clausurado la fonda, para prevenir más decesos, en lo que se investigaban las causas de su muerte.

—Jantl, Lino —dijo Plubont. —Disculpad que os interrumpa, pero acabo de recibir un comunicado urgente de parte de la Red de Pensantes.

—¿Qué sucede? —inquirió Jantl, alarmada. No era común que su Tesorero se comportara de esa forma y, además, el tono de su voz denotaba una gran angustia.

—Hay cuatro dragones que atacaron Lishtai. Nadine presenció todo y está asistiendo a un grupo de pobladores que quieren irse detrás de los dragones, para intentar acabar con ellos.

Jantl abrió mucho los ojos, sin poder dar crédito a lo que le decía Plubont.

—Pero… ¿Cuatro? ¿Cómo es posible? —dijo, cuando logró articular palabra.

—No lo sabemos. Aunque ya varios de nosotros hemos teorizado que deben ser crías de los dragones que exterminaron Los

Cuatro Gemelos, porque son criaturas mucho más pequeñas. Parece ser que son dos machos y dos hembras.

—Hay que avisarle a Los Cuatro Gemelos lo antes posible —dijo Lino, manteniendo la calma. —Creo que lo más eficiente es utilizar el cuaderno mágico, para que Ulgier se entere. En Kontar ya casi amanece, por lo que es probable que él encuentre tu mensaje dentro de pocas horas. Él determinará qué hacer.

—De acuerdo —accedió Jantl. Y, corriendo, se dirigió a su habitación. Lino se fue detrás de ella, siguiéndole el paso.

Lo que nadie había logrado dilucidar hasta ese momento, es que la propietaria de la fonda de Kontar había comenzado a tener violentos espasmos pocos minutos después de que había probado una salsa hecha a base de vino, a la que había incorporado un poco de harina para espesarla.

Entre tanto, un grupo de veinte valientes, liderados por un trío de recién llegados a la tribu –constituido por dos ex acróbatas y una voluntariosa herrera que se autodenominaba *guerrera*–, partieron rumbo al norte, en una cruzada que auguraba un por demás desigual enfrentamiento a muerte.

Capítulo XVI:

Justo a tiempo

Con un leve destello, el papel del cuaderno mágico que Ulgier tenía en su escritorio, anunció que algo nuevo había sido escrito en su "gemelo" a miles de kilómetros de distancia. Aún faltaban algunas horas para el amanecer, aunque Ulgier solía despertarse al menos una hora antes –cuando, decía él jocosamente, se le habían "pegado las cobijas"– o incluso hasta dos horas previo al alba, cuando su siempre hiperactiva mente no lo dejaba seguir durmiendo. Así que, dos horas después de que Jantl hubiese hecho aquellas desesperadas anotaciones en el cuaderno que estaba en su poder, Ulgier estaría leyendo la réplica exacta, para compartir el mismo sentimiento de sorpresa y horror que su vieja amiga y antigua líder estaba teniendo a la distancia. Entró a la habitación donde su amada Mina aún seguía disfrutando de la tibieza de las sábanas en ese delicioso estado intermedio entre el sueño y la vigilia. Suavemente, se recostó a su lado y, abrazándola con ternura, le dijo:

—Amor, despierta. Tengo algo importante que decirte.

Mina abrió los ojos y comenzó a desperezarse. Aspiró profundamente y dijo:

—¿Qué ocurre?

—Jantl me acaba de avisar que la curandera de Lishtai alertó a las Red de Pensantes… —hizo una pausa. —Cuatro dragones atacaron esa tribu.

—¡¿Qué?! —exclamó Mina, incorporándose de golpe. La invadió una leve sensación de vértigo. —¿Y qué ha pasado?

—Parece ser que, aunque los dragones hicieron mucho daño y sí mataron a varios de los pobladores, la respuesta de éstos fue tan violenta que logró espantar a las criaturas y se alejaron de la tribu. Un grupo de Forzudos se ha ido tras ellos a galope, hacia el norte.

—¿Cuál tribu es la más cercana de allá en esa dirección? —inquirió ella.

—Hulutai, que está en la orilla este de un lago, aunque, si los dragones evitan sobrevolar el agua, la siguiente tribu con la que se toparían sería Bontai… Donde nació Lino y se crio Niza.

—¡Oh, no! —dijo Mina, con un grito. —¿Qué piensas hacer?

—Pedirle a Fizz, por medio de Niza, que vaya al castillo flotante de Los Cuatro Gemelos a solicitarles su ayuda de nuevo. Los Pensantes opinan que estas nuevas criaturas descienden de los dragones originales que creó Mantikor.

—¿Tan rápido se reprodujeron? —dijo ella, sorprendida.

—En parte descienden de la Serpiente Marina —explicó Ulgier—, que tiene un ciclo de reproducción muy acelerado, debido a la alta tasa de mortalidad de sus crías. Mientras estuvieron bajo el control de Eleazar, habían suprimido ese instinto —concluyó.

—Ya veo… ¿Quieres que te acompañe a la prisión? Me gustaría ver a mi nieta.

—¿Por qué crees que te desperté? —dijo él, sonriendo dulcemente.

Una hora más tarde, después de haber ingerido un frugal desayuno, Ulgier y Mina estarían llegando a la Prisión de Kontar a visitar a Niza. Tras los abrazos de rigor, los dos ancianos y su nieta se sentaron en una de las mesas designadas para que los prisioneros recibiesen visitas.

—¡Qué temprano habéis venido! —dijo Niza, contenta. —Apenas me disteis tiempo de desayunar.

Mina estaba sosteniendo entre sus manos una de las manos de su nieta. Se la quedó mirando con detenimiento. Tenía el mismo color de ojos de Ulgier. Desde que estaba en la prisión, Niza había dejado de cortarse el pelo a la usanza Forzuda y le había crecido bastante en esos pocos meses. «Es mejor recibir malas noticias con el estómago lleno», pensó Mina. Volteó a ver a su esposo y se quedó esperando que éste dirigiera la conversación. No tenía corazón para ser la portadora de tan ominoso anuncio.

—¿Sabes cuándo vendrá Fizz? —inició diciendo Ulgier, finalmente.

Niza se extrañó de la pregunta y frunció el entrecejo, mientras su mirada iba de uno a otro de sus abuelos. Ambos guardaron silencio, esperando su respuesta.

—Normalmente, me llega a ver todas las tardes. ¿Por qué, abuelo?

—Es que a él le resulta muy sencillo llegar al castillo flotante. Y es *urgente* que Los Cuatro Gemelos nos ayuden.

—¿Qué sucede? —preguntó Niza, asustada.

—Hay cuatro crías de los dragones que están haciendo desastres y en estos momentos creemos que se dirigen a Bontai.

Niza se puso a llorar. Pero no eran lágrimas de tristeza, eran de rabia. Tenía una sensación de impotencia tan aplastante que sintió que le faltaba el aire. Cuando recuperó un poco la compostura, le dijo a Ulgier:

—¿No puedes al menos poner a los habitantes de Bontai sobre aviso, abuelo? Aún faltan muchas horas para que Fizz me visite. La ayuda podría llegar demasiado tarde.

—Está bien, mi hijita —dijo él. —Tu abuela y yo iremos a Bontai. Les diré a tus tíos que nos acompañen, también.

—Gracias —dijo ella, mientras le besaba las manos.

Ulgier y Mina se despidieron de Niza y se dirigieron a la Academia, donde el mayor de sus hijos estaba en esos momentos impartiendo una clase. Urso vio a sus progenitores parados en la puerta del aula donde estaba explicando diferentes tipos de hechizos que podían empotrarse en el oro sin preocuparse del problema de resonancia infinita. Se excusó con sus alumnos y se acercó a la puerta.

—Papá, mamá. ¿Pasa algo?

—Sí, hijo. Necesitamos que tú y tus hermanos nos acompañéis a tu madre y a mí a hacer lo posible por contener el desastre que está por suceder en Bontai, en lo que llega la ayuda adecuada.

—¿Bontai? ¿Esa no es la tribu de…?

—La misma —confirmó Ulgier.

—Pero… ¿de qué desastre hablas? ¿Qué está pasando?

—Preferiría no discutir el tema delante de tus alumnos —dijo Ulgier, mientras volteaba a ver a todo el alumnado, que se había quedado en silencio absoluto prestando atención a toda la conversación.

—Eso sería todo por hoy —dijo Urso, volteando a ver a sus pupilos. Todos se levantaron de sus asientos y comenzaron a retirarse, muchos con cara de decepción por no haberse podido enterar de qué "desastre" estaba hablando el papá del *profe*.

Cuando se quedaron a solas, Ulgier puso en autos a su primogénito acerca del asunto de los dragones. Urso, quien a raíz de todos los eventos recientes había ideado un mecanismo de comunicación rápida con sus hermanos, frotó tres veces la esmeralda de un anillo que traía en su mano izquierda. Lasko y Giendo traían consigo anillos similares. Las esmeraldas de los anillos de ambos emitieron un destello verde.

—¿Qué sucede, hermano? —dijeron ambos, casi simultáneamente. La voz de los dos salía de la esmeralda del anillo de Urso.

«Los jóvenes y sus mecanismos de comunicación rápida», pensó Ulgier, sonriendo. Alabó la idea de sus hijos e hizo una nota mental para preguntarle a sus retoños acerca de esos anillos tan curiosos, que podrían usar todos. Luego, se imaginó el caos de comunicación si todos hablasen al mismo tiempo. La idea le dio escalofríos. Seguía considerando que su cuaderno era una mejor idea. Mientras Ulgier estaba en estas cavilaciones, Urso ya había puesto al tanto a sus hermanos, quienes arribaron a la Academia poco menos de una hora después. Cuando estuvieron juntos los cinco, se tomaron de las manos y el patriarca de la familia invocó su hechizo de teleportación. Todos desaparecieron, para reaparecer a unos cien metros encima de la plaza central de la tribu Bontai. El cielo estaba cargado de nubes y, desde el aire, no lograron divisar nada extraño proviniendo de ninguno de los cuatro puntos cardinales.

Comenzó la caída libre de los cinco y, unos diez metros antes de estrellarse contra el suelo, Ulgier invocó su hechizo de amortiguación, de modo que él y su familia descendieron suavemente al piso, donde toda la concurrencia de la plaza se quedó mirándolos estupefacta. Aún faltaban tres horas para el anochecer, por lo que la plaza era un mar de actividad. Ulgier le preguntó a una comerciante si sabía dónde podría encontrar a Kira. La comerciante —que no era otra que Chanka— le contestó de mal modo que ella no era mensajera ni recadera de nadie. El comerciante de al lado, regañando a Chanka por sus malos modales, le dijo a Ulgier que Kira vendía sus productos en la esquina noreste de la plaza. Sin embargo, no fue necesario que se desplazaran a ese punto, porque Kira se había acercado corriendo, apenas reconoció en el aire al anciano que los había ayudado a combatir a los Inquisidores que era, ni más ni menos, el abuelo de Niza.

—Qué honor teneros de visita —dijo Kira, besando la mano de Ulgier.

—Kira, qué gusto —dijo Ulgier, amablemente. —¿Te acuerdas de mi esposa y mis hijos?

—Sí, claro —afirmó Kira, que había estado hospedada en casa de Mina y Ulgier cuando tuvo que presentarse a declarar para el juicio de Niza. Ahí tuvo oportunidad de conocer a toda la familia de Niza por parte de su padre, cuyas facciones deformes no había podido olvidar. Agregó: —Bienvenidos a Bontai. Es un honor.

Mina y sus hijos saludaron a Kira afectuosamente.

—No veo al menor de vuestros hijos. ¿Cómo está él? —inquirió Kira, queriendo ser cortés.

La cara de todos se puso seria y Kira intuyó que había cometido una indiscreción o, cuando menos, una imprudencia.

—Lo siento —dijo casi de inmediato. —No es de mi incumbencia.

—No, no es eso —dijo Mina, con ternura. —Lo que pasa es que el padre de Niza fue ejecutado hace poco —sus ojos se pusieron brillosos cuando se llenaron de lágrimas.

—Lo siento muchísimo —dio Kira, genuinamente apenada.

—Gracias —dijo Mina sentidamente, al tiempo que se pasaba la manga de su blusa por los ojos.

—¿Hay un lugar más privado donde podamos conversar? —preguntó Ulgier.

—Claro —contestó Kira. —Venid a mi casa, por favor.

Todos se dirigieron a la casa que había visto crecer a Niza y a Lino. Poco a poco se fueron alejando del bullicio de la plaza. Kira había dejado encargado su puesto con un amigo de ella. Cuando estuvieron en casa de Kira, Ulgier le reveló la razón de su visita a la tribu y que habían venido a llevársela a su gueto, en lo que pasaba la amenaza.

—Os lo agradezco enormemente —contestó Kira. —Pero no puedo abandonar a mi gente, menos ahora que estoy al tanto de este peligro, que está por llegar en cualquier momento. Deberíamos avisarle a Sandor —sugirió—: él decidirá qué hacer. Tenemos al menos dos ventajas con respecto a Lishtai: los dragones no nos tomarán por sorpresa y, si no es abusar de vuestra bondad, vosotros cinco podríais brindarnos asistencia en lo que sea posible.

Ulgier consideró que esa era una buena idea y los seis se dirigieron a la Casa de Gobierno para conversar con Sandor.

Una hora antes y poco más de trescientos kilómetros al sur, se había gestado una afrenta entre los dragones y sus perseguidores, que dio como resultado numerosas bajas entre estos últimos, así como una importante extensión de bosque destruida debido a las llamas. Sara, Jalina y Karkaj se habían salvado de puro milagro cuando él alzó en el aire a ambas mujeres y, corriendo con toda la velocidad que le permitían sus musculosas piernas, se lanzó con ellas de cabeza en un lago cercano, lo que evitó que fueran alcanzados por las llamas. Casi todos los *kunitros* habían perecido o huido.

Cuando los dragones retomaron el rumbo hacia el norte, los tres aventureros salieron del lago. Lograron recuperar sus armas y rescatar a tres de los *kunitros*, que relinchaban con desesperación rodeados por árboles en llamas. Antes de que los alcanzase el fuego, Karkaj los liberó justo a tiempo de su encendido encierro, gracias a unos gruesos guantes de cuero que halló en los establos, que había traído consigo previendo tener que enfrentarse a este tipo de situaciones. Esto permitió a los tres retomar su frenética persecución.

Si hay algo que se puede decir de los Forzudos es que son una Raza que enfrenta los problemas, en vez de esquivarlos. Sin embargo, la mayoría de las veces esta impulsiva Raza no mide todas las consecuencias de sus precipitadas decisiones y terminan causando más problemas de los que pretendían solucionar. Ese había sido el caso del fallido intento de invadir la Gran Ciudad, organizado por Sara. La perseverancia con que los tres, de manera incansable, estaban persiguiendo su objetivo, estaría a punto de ser un ejemplo más en ese sentido.

Entretanto, en Bontai, después de que Ulgier le explicó a Sandor acerca de la amenaza que se cernía sobre la tribu y de que la ayuda llegaría en cualquier momento, este último —con ayuda de la magia de aquél y su familia— propagó su voz a toda la tribu como si les estuviese hablando a unos metros de distancia. Sandor organizó una movilización que involucró a más de un millón doscientos mil habitantes, que evacuaron la tribu. Siguiendo el arroyo que cruzaba ésta, en la dirección opuesta a su corriente, todos se fueron alejando de Bontai en una caravana que temía lo peor, pero esperaba lo mejor. Viajaban ligeros, pues sólo tendrían que esperar que pase el peligro. El arroyo ofrecería una protección adicional contra las llamas, si fuese el caso que llegara a requerirse.

Varias horas después, siendo ya medianoche en Bontai, la tarde aún caía en Kontar cuando Fizz hizo su acostumbrada aparición en la celda de Niza. Ésta, omitiendo los formalismos y las cortesías, le transmitió a Fizz la urgencia de avisarle a Los Cuatro Gemelos acerca de las criaturas.

Fizz, sin despedirse ni esperar segundas razones, salió disparado hacia el castillo flotante llegando segundos más tarde –donde apenas era una hora pasado el mediodía– para informarle a Los Cuatro Gemelos que cuatro nuevos dragones andaban sueltos haciendo de las suyas.

En ese preciso momento, los cuatro dragones estaban arribando a Bontai, casi al mismo tiempo que Sara, Jalina y Karkaj, pues cuando comenzó a anochecer las bestias aladas habían descendido a reposar un rato ya que, por alguna extraña razón, su capacidad visual disminuía considerablemente justo cuando se daba el cambio de iluminación. Esto permitió al trío alcanzarlos, momento en que alzaron el vuelo de nuevo, cuando hubo obscurecido por completo.

En Bontai, la larguísima caravana a ambos costados del arroyo ya casi terminaba de abandonar la tribu. Kira se había quedado de última, junto con Sandor y Huinta, para asegurarse de que todas las personas hubiesen sido evacuadas. Alarmados, escucharon los rugidos de las bestias aproximándose en la obscuridad de la noche.

Ulgier, Mina y sus tres hijos se habían quedado dentro de la tribu, en el centro de la plaza. Urso, Lasko y Giendo, subiendo sus brazos, habían elevado a su padre a una altura considerable y, entre los tres, lo mantenían perfectamente estabilizado en medio del aire. Mina estaba conjurando su hechizo de protección sobre su esposo. Por instrucción de Ulgier, los cuatro tenían los ojos cerrados. Cuando se escucharon los rugidos de los dragones, Ulgier flexionó ambos brazos en ángulo recto, apuntando hacia arriba, al tiempo que las puntas de los dedos de ambas manos se tocaban y dijo: —*Svjetlosni štit*. De ambas manos surgió una potente luz que formó una especie de esfera alrededor de él. La esfera comenzó a expandirse, deslumbrando a las cuatro bestias aladas, que se vieron obligadas a descender a ciegas. Kira, Sandor, Huinta y los rezagados de la caravana de evacuación tuvieron que cubrirse los ojos cuando aquel deslumbrante brillo lo invadió todo.

Entre tanto, en el salón principal del castillo flotante, Fizz observaba cómo Falkon, Maya, Ulkan y Kayla se habían colocado en círculo y, abrazándose, acercaron sus frentes para integrar como uno solo el poder ancestral que residía dividido en cuatro dentro de cada uno de ellos. Los ojos de Los Cuatro Gemelos comenzaron a emanar luz, la cual cubrió todo su cuerpo. Cuando los varones quedaron convertidos en seres de luz naranja y las hembras en seres de luz azul, desaparecieron.

En medio de la plaza de Bontai, al lado de Mina y sus hijos —que seguían con sus ojos cerrados—, aparecieron cuatro seres de luz tomados de la mano. Ulgier, que aún estaba en medio del aire, miró hacia abajo, cuando el espacio que estaba siendo cubierto por la luz que emanaban Los Cuatro Gemelos se empezó a extender.

—¡Deteneos! —gritó Ulgier.

Asustados, Mina y sus tres hijos abrieron los ojos, para encontrarse con una impresionante visión. Los Cuatro Gemelos voltearon a ver hacia arriba y soltaron sus manos. La luz que los envolvía se apagó. Urso, Lasko y Giendo hicieron descender a su padre al suelo.

—¿Quiénes sois? —preguntó Falkon.

—Mi nombre es Ulgier y ésta es mi esposa Mina y mis hijos Urso, Lasko y Giendo.

—¿Qué hacíais? —inquirió Kayla.

—Acabo de conjurar un hechizo de deslumbramiento, cuando escuché que los dragones estaban acercándose. Los obligué a descender antes de que iniciaran su ataque.

—¡Excelente! —exclamó Ulkan.

—Escuchad —dijo Maya.

Con las voces de la conversación, los cuatro dragones habían comenzado a rugir de nuevo. La hembra dominante del grupo se había recuperado del encandilamiento y alzó el vuelo de primera. Todos voltearon a ver hacia donde aquella pálida figura alada se elevaba. Cuando la dragona hizo contacto visual con Kayla, el cuerpo de ésta volvió a llenarse de luz azul. Las pupilas de la dragona se contrajeron y se quedó viendo fijamente a Kayla, mientras se mantenía volando en el mismo punto. Los demás notaron que algo inusual estaba ocurriendo y que la dragona parecía estar fascinada o ensimismada con aquella Kayla de luz. Kayla extendió su mano y la dragona se comenzó a acercar. Todos se pusieron en guardia.

—Esperad —dijo Kayla. —Algo es diferente.

Los otros tres dragones también se habían recuperado del hechizo que conjurara Ulgier y, al ver a su hermana volando de nuevo, se elevaron también. Entonces, Falkon, Ulkan y Maya se tornaron seres de luz y los otros tres dragones fijaron su mirada en cada uno de ellos.

—Tienes razón —dijo Falkon. —Me siento conectado con uno de ellos. Casi podría jurar que estoy volando.
—Fascinante —dijo Maya.
—¡Genial! —exclamó Ulkan.

Para ese instante, la dragona conectada a Kayla volaba encima de ésta tranquilamente. Kayla hizo un ademán como llamándola y la dragona descendió suavemente y, cerrando sus alas, se sentó frente a Kayla y comenzó a olerla. Los otros tres dragones se habían quedado volando en el mismo sitio, mientras sus respectivas contrapartes los observaban, extasiados.

Ulgier y su familia no podían creer lo que estaban viendo. Era como si Los Cuatro Gemelos hubiesen "domado" a los dragones con sólo verlos.

—Yo sabía que esto tenía que ser culpa de hechiceros —dijo una voz femenina al borde de la plaza.

Todos voltearon a ver al lugar del que provenía la voz y vieron a tres Forzudos armados –un varón y dos hembras– descendiendo de sus *kunitros*. Ulgier, alarmado al ver que los tres Forzudos comenzaron a correr con sus espadas en alto hacia donde estaba la dragona echada pacíficamente, gritó:

—¡Deteneos! No es lo que parece.

Kayla, aun refulgiendo envuelta en luz azul, miró hacia donde venían los tres Forzudos y, extendiendo los brazos dijo: —*Čarobna rupa*. Un portal se abrió frente a los Forzudos quienes, debido a la velocidad con que venían corriendo, no pudieron evitar atravesarlo, reapareciendo en el otro extremo de la plaza, momento en que el agujero se cerró. Sara, Jalina y Karkaj, sorprendidos de notar que la dragona y el grupo de Conscientes ahora estaban a sus espaldas, se voltearon, asustados.

—¡Por favor, escuchadme! —exclamó Ulgier. —Estas cuatro personas que veis envueltas en luz han logrado controlar a los dragones. Ya no hay peligro.

—¿*Dragones*? —preguntó Sara, llena de extrañeza.

—Sí, ese es el nombre de las criaturas. ¿Vosotros venís de Lishtai?

—Así es, anciano —contestó Karkaj.

—Mi nombre es Ulgier y ella es mi esposa Mina y ellos son mis hijos Urso, Lasko y Giendo. Y ellos son Los Cuatro Gemelos.

Jalina y Karkaj abrieron mucho los ojos.

—¡¿Los Cuatro Gemelos?! —exclamó Jalina, emocionada. —¡Por supuesto! Ya decía yo que esas cuatro figuras de luz me parecían conocidas. ¡Nosotros estuvimos en vuestra casa!

—¡Así es! —secundó Karkaj —Jamás podré olvidar ese increíble castillo flotante… Ah, ¡qué escalada!

Sara, confundida, bajó su arma, al ver que sus amantes tiraban las espadas al piso y se acercaban al grupo.

—Encantado de conoceros, Ulgier. Mi nombre es Karkaj y ésta es Jalina… —y, señalando hacia donde Sara se había quedado inmóvil agregó: —Y aquélla es Sara —y extendió su mano para estrechar la mano de Ulgier.

En ese momento, los otros tres dragones descendieron en la plaza y se echaron plácidamente. La luz que envolvía a Los Cuatro Gemelos se apagó. Kayla fue la primera en hablar.

—Ahora os recuerdo… ¿Vos sois parte del elenco de *Los Voladores sin Alas*?

—Éramos —corrigió Karkaj. —Qué orgullo que nos recuerdes.

—¡Cómo olvidaros! —dijo Ulkan, emocionado. —Vuestra llegada a nuestro castillo fue toda una hazaña.

Todos se saludaron con mucha alegría y comenzaron a intercambiar recuerdos, como grandes amigos. Sara aceptó a regañadientes acercarse al grupo, mientras observaba desconfiada a la dragona cuya cola ella misma había cercenado, reposando muy tranquilamente. La actitud de los dragones ahora evocaba la de unas gigantescas mascotas, gracias a la impronta que Los Cuatro Gemelos habían hecho en ellos. Ulgier le pidió a Kayla si le podía ayudar a llegar al otro extremo de la tribu, donde el último grupo de personas estaban terminando de ser evacuadas. Kira, Sandor y Huinta vieron con asombro cómo un agujero se abría cerca de ellos en medio del aire, desde el cual se veía la plaza central como si la tuviesen al frente. Vieron a Ulgier y su familia, cuatro Conscientes y tres Forzudos, así como parte de unas bestias enormes de colores negro y blanco que parecían echadas en actitud tranquila. Ulgier, dando las gracias a Kayla, cruzó el portal y se acercó a Kira. El portal se cerró.

—Todo está bajo control —anunció Ulgier, sonriendo.

Los pobladores que estaban cerca emitieron gritos de júbilo y avisaron a los que estaban más adelante, corriendo la voz, hasta que la caravana completa detuvo su marcha y la gente comenzó a regresarse. Kira tomó las manos de aquel anciano tan bondadoso y las besó, mientras las humedecía con sus lágrimas. Ulgier la abrazó cariñosamente y se regresó caminando con ella y varios de los pobladores, hasta que llegaron a la plaza. Mina y sus hijos estaban felices de haber ayudado a prevenir un desastre.

Kayla abrió un inmenso portal a través del cual se podía observar un lago en medio de un hermoso valle. En el lago caía una catarata. En ese lugar brillaba el sol y se veían algunas montañas en el fondo. Los Cuatro Gemelos cruzaron el portal caminando y los dragones se fueron tras ellos. El portal se cerró y la plaza quedó a obscuras, mientras la luna comenzaba a asomarse por entre las nubes. Ulgier retomó entonces la conversación con Sara, Jalina y Karkaj:

—Gracias por haber detenido vuestro ataque.

—Discúlpame por haber malinterpretado todo —dijo Sara, bajando la mirada.

—Es comprensible —dijo el anciano. —Habéis debido pasar momentos muy tensos estos últimos días.

—Terribles —dijo Jalina. —Sinceramente, yo pensé que no íbamos a salir de ésta con vida.

—Lo lamento tanto —dijo Ulgier. —¿Qué tan dañada quedó vuestra tribu?

—Mucho —dijo Sara —Yo misma vi morir a muchos quemados y devorados por esas bestias. ¿Qué piensan hacer Los Cuatro Gemelos con esas criaturas?

—Lo ignoro —contestó Ulgier. —Pero ten la seguridad de que los dragones no volverán a atacar a nadie.

—¿Vuestra Raza no podría hacer de nuevo las *Reparaciones Milagrosas* en Lishtai? —aventuró Sara.

—¿Reparaciones Milagrosas? —preguntó Ulgier, extrañado. En eso, comprendiendo lo que Sara quería decir, corrigió: —Ahhh… El Ritual de Reparación.

—Eso —dijo Sara.

—La ejecución de ese Ritual fue posible gracias a mi nieta, que logró poner de acuerdo a todos los Conscientes y que estableció una alianza con los Pensantes para poder sincronizar las mentes de todos nosotros… Pero plantearé tu idea al Anciano Hechicero de mi gueto.

—¿Tu nieta? —inquirió Sara. —Niza me hizo creer que había sido ella quien había logrado eso. Mira dónde me vengo a enterar que estaba alardeando.

En ese momento, Ulgier y su familia reconocieron a la líder de las tropas Forzudas que le había lanzado a Niza un flechazo por la espalda.

—Niza es mi nieta —dijo Ulgier, con un dejo de orgullo. —Y tienes suerte de que la curandera de nuestro gueto logró salvarle la vida a pesar de tu cobarde ataque por la espalda.

Sara abrió los ojos de par en par, comprendiendo en ese momento que los giros del destino son verdaderamente inesperados y que las vidas de todos los que habitamos este mundo se encuentran conectadas de una forma u otra, para bien o para mal o —como decimos los Pensantes— para aprender y crecer. Kira, que había escuchado toda la conversación, se acercó a aquel trío de forasteros y les dijo:

—Debéis estar agotados. Os ofrezco mi humilde morada para reponer vuestras fuerzas —hizo una pausa. —Así conoceréis donde vivió y creció Niza.

La lección de humildad y perdón que Sara había estado necesitando apenas comenzaba. Ella y sus compañeros aceptaron la invitación, agradecidos. En eso, un ser de luz descendió en medio de la plaza, acercándose a Ulgier y a Mina. Todos, con excepción de la pareja y sus hijos, se quedaron boquiabiertos.

—Hola, Fizz —dijo Ulgier. —Gracias por tu ayuda.
—Con gusto —dijo el Lumínico. —¿Fue oportuna la intervención de Los Cuatro Gemelos?
—Llegaron justo a tiempo —dijo Ulgier, satisfecho.
—Me alegro —dijo Fizz y, dirigiéndose a Kira, agregó: —Niza me ha pedido que te acompañe.
—Qué amable eres. Muchas gracias —dijo Kira, sorprendida.

Fizz comenzó a brillar con mayor intensidad. Para ese momento, mientras en Kontar otro habitante fallecía de manera inexplicable, Nuintn regresaba a la Gran Ciudad de su gira y el cielo de Bontai estaba siendo decorado por una luna bellísima y miles de estrellas.

Capítulo XVII:

Desobedeciendo una profecía

*S*ólo faltaba una semana para que terminase el año. Jantl y Lino se habían quedado a la espera de tener noticias por parte de Ulgier acerca de lo que acaecía en Bontai y recibieron con gran alegría la visita de Fizz, quien hizo una breve escala en el Castillo para informarles que Los Cuatro Gemelos recién habían regresado a su castillo flotante con cuatro dragones muy mansos y que él se dirigía a Bontai a cumplir con un encargo que le había pedido Niza. Con el corazón ya más tranquilo, Jantl y Lino cenaron algo ligero que les preparó Tanko y los tres se fueron a dormir, ya muy avanzada la noche.

Un par de horas más tarde, Nuintn estaba regresando de la supuesta gira a los guetos y habíase dirigido a sus aposentos después de dejar el *kunitro* en el establo del Castillo. Traía en su poder la petitoria firmada por Jantl con diecisiete firmas más, todas falsas. En pocos días, su tan esperada venganza en contra de la Raza de los Conscientes sería una realidad y no quedaría nadie vivo que refutase su versión… Incluyendo la supuesta beneficiaria de la petitoria a quien, estaba seguro, incluirían en la celebración de Año Nuevo, al igual que al resto de los prisioneros, entre los que estarían aquellos infames que casi acabaron con su vida. Sólo era cuestión de esperar.

Así que, con actitud desenfadada, Nuintn ingresó esa mañana al comedor principal, donde ya varios miembros del gabinete habían comenzado a ingerir sus alimentos. Lo recibieron con alegría y él les relató acerca de sus ficticias visitas a los guetos, haciendo alarde de su gran capacidad de convencer a los Ancianos Hechiceros para que firmaran la petitoria y de lo feliz que estaba de haber concluido con tanto éxito su misión que, estaba seguro, causaría la pronta liberación de Niza.

—Como una manera de darle la solemnidad requerida al asunto —dijo Nuintn—, creo que Jantl misma podría ir a la Prisión de Kontar con la petitoria, para que les resulte imposible negarse a concederle a Niza el perdón total.

Todos los presentes le aplaudieron esa disertación final.

—Me alegra saber que te fue tan bien —dijo una melodiosa voz desde la entrada al comedor. Todos voltearon a ver hacia ese punto para encontrarse con la Regente Suprema y su Asesor Principal.

—Jantl, Lino —dijo Nuintn, sonriendo. —Qué gusto veros de nuevo.

—Lo mismo digo —respondió Jantl. —¿Entonces pudiste visitar los diecisiete guetos en estas nueve semanas y cinco días que estuviste ausente?

—Así es —dijo él, con fingido orgullo. —Ese *kunitro* de veras que es veloz.

—Me da gusto —dijo Jantl. —¿Qué planes tienes para hoy?

—Pensaba darme el día libre, si no te molesta —respondió el Eterno. —Los días pasados fueron realmente intensos.

—Claro —replicó ella. —Sin embargo, hay un tema importante que quisiera tocar contigo. ¿Te busco en tu despacho dentro de dos horas?

—Por supuesto —dijo él, sonriendo.

Jantl se sirvió un plato de fruta. Por su parte, Lino tomó un par de huevos con salsa picante –que a Tanko le quedaba buenísima– y dos panecillos recién horneados. Ambos se sentaron a la mesa y la conversación con los demás fluyó de forma normal. En cierto momento, el bibliotecario dijo, dirigiéndose a Jantl:

—Por cierto, ayer casi al final de la tarde, Delor me envió un ejemplar del libro aquél que me pediste hace un mes, cuatro semanas y dos días. Lo encontraron hace poco debajo de un estante en la cocina del monasterio cuando el encargado estaba reacomodando los muebles. Es probable que el libro se haya mojado y maltratado con la inundación, pero el Ritual de Reparación que ejecutaron en el edificio afectó el libro y lo restauró como si acabase de ser publicado: el libro está como nuevo, salvo un poco de polvo que acumuló sobre su portada. Hace semanas yo le había preguntado a Delor si en la biblioteca del monasterio tenían un ejemplar, pero me dijo que no, que se les había extraviado, por lo que fue una excelente noticia cuando lo reencontraron. Me mandó decir que se los regresemos cuando lo desocupemos.

—Excelente noticia, Baldr. Muchas gracias.

—Para servirte.

Lino observó discretamente la reacción de Nuintn a esta conversación y notó que se puso inquieto. Levantándose de su asiento, Nuintn dijo:

—Debo ir a hacer una pequeña diligencia. Con permiso —y, viendo a Jantl, añadió: —Entonces nos vemos en mi despacho a la hora acordada.

—De acuerdo —accedió ella.

Apenas Nuintn salió del recinto, Lino se puso de pie y dijo:

—Con permiso. Buen provecho a todos.

Todos le agradecieron con un movimiento de cabeza y siguieron comiendo. Minutos más tarde, Nuintn estaría llegando a la biblioteca donde, parado frente a la vigésimo sexta posición de la cuarta fila del estante seis del apartado Poesía, en la subsección Ficción de la sección de Documentos Antiguos, estaba tomando un libro mientras decía:

—Aquí estás, bandido. Ese día ya no supe qué fue de ti, pequeña alimaña escurridiza.

—¿Qué haces, Nuintn? —dijo una voz ronca, proveniente de una garganta ancha, con un tono calmo, pero firme. El consejero se sobresaltó.

—¡Lino…! —dijo el Eterno, dubitativo. —Es que me urgía consultar un dato para la reunión con Jantl y no quise interrumpir el desayuno de Baldr.

—Ya veo. ¿Cómo sabes el tema de la reunión? Jantl no lo mencionó hace un rato.

—Es algo que habíamos comentado antes de irme, cuando le pedí en su habitación que me firmara la petitoria. Seguramente olvidó comentártelo.

—En mi corta vida y poquísima experiencia relacionándome con Eternos, Nuintn, jamás he sabido que uno de vosotros olvide algo —aseveró Lino, contundentemente.

—No entiendo a dónde quieres llegar —dijo Nuintn, visiblemente incómodo. —Yo tenía la impresión de que los Forzudos no os andabais por las ramas.

—Bueno, si necesitas que sea asertivo y directo, te lo diré de frente —inició diciendo Lino—: sé que ese libro que tienes en tus manos es el Libro VI de *Los Cantos de Travaldar*. He deducido que apareció en el monasterio que dirige Delor porque tú lo llevabas contigo cuando se dio el Incidente de los Sesenta y Seis, cuando probablemente la correntada te lo arrebató de las manos y, debido a que perdiste el conocimiento, ya no supiste qué fue de él hasta ahora. Adicionalmente, pocos días después de que te fuiste, Jantl difundió entre todos los guetos una orden de captura en tu contra, la cual jamás fue ejecutada, lo que evidencia que nunca te acercaste a uno solo de ellos y, lo más importante de todo: acabo de explorar tu mente y sé cuál es tu plan para eliminar a todos los Conscientes.

—Lamento tanto que me digas esto —dijo Nuintn, colocando el libro de vuelta en el lugar del que lo había tomado. Se acercó a Lino y añadió: —Me caes bien. En serio. Y admiro tu serenidad, tu entereza y tu lealtad —extendió su mano derecha hacia Lino, y éste le reciprocó el gesto, momento en que Nuintn concluyó diciendo: —Pero el secreto morirá contigo.

Al pronunciar esta última frase, el Eterno volcó un diminuto vial que había traído escondido en su mano derecha sobre la mano de Lino. Una gotita transparente se desprendió del vial y cayó en la mano del Forzudo.

En ese instante, Jantl entró a la biblioteca y vio que Lino caía al piso y comenzaba a convulsionar.

—¡Nuintn! ¡¿Qué has hecho?! —gritó ella.

—Lo que tenía que hacer —dijo él, fríamente, acercándose a Jantl. —Qué pena que tuviste que presenciar esto. Frinjl te admiraba tanto. Y yo también, a mi manera.

En ese momento, Nuintn hizo un rápido movimiento con su mano izquierda y, desenfundando una daga que traía siempre colgando de su cinturón a manera de adorno, le asestó a su líder una puñalada directamente en el abdomen, a la altura del diafragma. Jantl abrió mucho los ojos, sorprendida por la violencia con que el *falso consejero* estaba queriendo deshacerse de la evidencia. El súbito golpe la dejó sin aire y cayó al piso. Lamentó el haber guardado el tema en confidencia entre ella y Lino, pero pensó en ese instante que los Conscientes ya sabían que Nuintn era sospechoso de algo y que las muertes de ella y Lino al menos servirían a un propósito. Con ese pensamiento en su mente, sonrió, al tiempo que sus labios se comenzaron a llenar de sangre.

—¿Por qué te ríes? —preguntó el psicópata, irritado y confundido. Relajando la expresión facial, dijo: —Qué más da. Hasta nunca, Jantl.

Y, dirigiéndose al gran mapa de Koiné que estaba en una de las paredes de la biblioteca, activó el mecanismo que se encontraba detrás de aquél, el cual daba acceso al pasaje secreto que conducía a los túneles debajo del Castillo. Introduciéndose en el pasaje, activó el mecanismo de la compuerta que yacía del otro lado, para que ésta se cerrase de nuevo.

Plubont, que se había retirado del comedor pocos minutos después de Jantl, percibió el dolor que ella estaba sintiendo con la daga clavada en el plexo solar. Sintió también la agonía de Lino y la presencia de Nuintn, alejándose velozmente. Usando la misma técnica que Lino hubo aprendido de nosotros hacía mucho, Plubont estableció de inmediato un vínculo mental con Nuintn, deduciendo que podría ser necesario conocer su paradero más adelante.

En ese momento, Tanko, que venía del comedor con varias de las bandejas camino a la cocina, escuchó la voz de Plubont salir de la biblioteca, diciendo:

—Resiste, Jantl. Ya pedí ayuda a nuestra Red Mental.

Alarmado por aquel comentario, Tanko entró a la biblioteca, para encontrarse a Lino tirado en el piso en medio de un pasillo y, a unos metros, a Plubont de cuclillas, con la cabeza de Jantl en sus regazos, mientras ella, con un puñal clavado en el abdomen, sostenía la mano del Pensante, mientras lágrimas corrían por sus sienes y un hilo de sangre salía de la comisura derecha de su boca.

Varios de nosotros, entre ellos Nadine, habíamos sugerido que no se removiera la daga hasta no poder aplicarle asistencia médica adecuada, pues podría provocar una hemorragia interna. Tres de los nuestros –con avanzados conocimientos de medicina y ubicados en ese instante cerca del Castillo– ya habían dejado todo lo que estaban haciendo para dirigirse de emergencia a atender a Jantl.

Tanko dejó caer todo lo que traía en las manos con gran estruendo y se acercó corriendo a la Eterna.

—¡Jantl! ¡Jantl! —dijo, mientras lloraba. —¿Qué te han hecho? No te me mueras. Te lo suplico.

Jantl lo miró de reojo y sonrió con dolor. Con una voz que apenas lograba escucharse, le dijo a su fiel amigo y cocinero:

—Saca la daga y llévame a mi habitación. Ahí te diré qué hacer.

De inmediato, Tanko removió la filosísima hoja hecha de *Aoduntn* –que tenía una elegante pero sencilla empuñadura– y, alzando a aquella Eterna tan amada, se dirigió con ella en brazos hacia los aposentos de ésta a toda prisa. Plubont se fue tras él, al constatar que Lino ya había fallecido, sin haber podido revelar la fatídica verdad que había descubierto de su despiadado asesino.

Capítulo XVIII:

El profesor loco

ebo decidirlo ahora? —preguntó Maya, incómoda.

—Pues… sería lo ideal, hermana —contestó Kayla.

—Tú siempre tan obsesiva con el orden. Me chocas.

—Cuando mi "obsesión" te funciona, no te choca, ¿verdad?

Maya arrugó la boca y, bajando la mirada, arqueó las cejas.

—Bueno, bueno, bueno… La llamaré "Kayla", entonces.

—¡Oye! ¡Ése es mi nombre! No puedes llamar a tu dragona así —reclamó la gemela.

Maya esbozó una sonrisilla traviesa y se tapó la boca… Era tan fácil sacar de quicio a su hermana.

La impronta que se había establecido entre Los Cuatro Gemelos y los dragones –cuyo efecto había dejado fascinados a aquéllos inicialmente– ahora les estaba comenzando a representar una carga. No había transcurrido ni un día y el hambre que sentían los dragones por no haber ingerido comida en todo ese tiempo hacía a Los Cuatro Gemelos sentir que no les sustentaba lo que comían.

Cuando estaban terminando de desayunar, Ulkan le había propuesto al resto ponerles nombre a las criaturas, en lo que decidían el destino de sus nuevas "mascotas" gigantes. Kayla apoyó esa moción. Falkon, por su parte, había comentado que le preocupaba un poco qué tanto seguirían aumentando de tamaño los dragones y, sobre todo, sus hábitos alimentarios. En medio de la conversación, Maya había puesto a calentar en la lumbre dos panecillos sobre una bandeja, cuando percibió un olor a quemado. Retirando la bandeja de la lumbre, con cara de agobio, tomó uno de los panecillos y vio que estaba negro por debajo. Le dio un pequeño mordisco, para ver si era aceptable el sabor. Sus azules ojos se abrieron de par en par.

—Pero... ¡¿Qué es esta delicia?! —exclamó, sorprendida. Los otros tres la voltearon a ver con cara de extrañeza.

—¡Eso está carbonizado! —dijo Falkon. —No te lo comas así, amor.

—Es en serio —insistió Maya—: *tienes* que probar esto —dijo, mientras le daba otro bocado al panecillo y cerraba los ojos haciendo un gesto de auténtico placer.

Falkon, a regañadientes, le dio un levísimo mordisquillo al pan, sólo por seguirle la corriente a su amada. Las pupilas de sus ojos naranja se contrajeron cuando el negro trocito de pan tocó su lengua. Sus glándulas salivales se activaron y sus papilas gustativas enviaron un leve chispazo eléctrico a la región de su cerebro que procesaba los sabores, desencadenando una intensa reacción de placer. Antes de que Maya pudiese decir nada, le arrebató el resto del panecillo y se lo echó a la boca, paladeando aquel maravilloso descubrimiento.

En ese instante, Plugo –el dragón de Falkon– y Najiri –la dragona de Maya, que fue el nombre que finalmente decidió ponerle– sintieron que su hambre mermaba y el alivio que sentían posterior a la ingesta de ceniza retroalimentó a Falkon y a Maya, que compartieron el otro panecillo quemado, sólo para experimentar cómo sus dragones descansaban complacidos allá abajo, en el suelo del valle.

—Chicos: tenéis que probarlo —dijo Falkon, totalmente convencido.

Su hermano, que siempre gustaba de seguir a su gemelo y hacer lo que él hacía, puso otros dos panecillos en la lumbre sobre la misma bandeja y los dejó calentar hasta que empezaron a despedir humo. Los apartó y le zampó un decidido mordisco a uno de ellos. Puso los ojos en blanco, y se llevó un puño cerrado a la boca, como conteniendo un grito.

—¡Mi vida! Prueba esto... No, no, no... ¡Qué exquisitez!

Kayla, aún reticente porque sabía lo histriónico que podía ser su pareja a veces, se acercó el pedazo de pan carbonizado a la lengua y le dio un chupetazo, sólo para terminar engullendo aquel alimento que le pareció el manjar más delicioso que hubiese probado jamás, mientras Borno y Lusky –el dragón de Ulkan y la dragona con la cola mocha vinculada a Kayla, respectivamente– sentían una indescriptible sensación de alivio a varios metros por debajo del castillo flotante.

El vínculo que se había establecido entre cada uno de Los Cuatro Gemelos y los dragones era muy parecido al que se establece entre un Consciente y su Familiar, con cuatro diferencias importantes: primero, las vidas entre ambos componentes del vínculo no dependían una de la otra; segundo, si una de las partes se alimentaba, la energía obtenida se distribuía entre ambas partes equitativamente y en forma proporcional al volumen de cada parte; tercero, la magia del Consciente no se veía duplicada a causa del vínculo, y cuarto, la longevidad del animal no se veía afectada debido al vínculo. Otras características del vínculo con Familiares que sí eran parecidas fueron: empatía por lo que siente el otro, tanto física como emocionalmente, así como una sensación de comunión y pertenencia entre ambas partes.

—¿Sabéis que acabo de recordar? —dijo Maya.

—¿Qué? —preguntaron los otros tres a una voz.

—El curso electivo aquel que tomamos casi al final de nuestro paso por la Academia. El de Familiares. ¿Lo recordáis? Fue el que impartió nuestro tío bisabuelo.

—Porthos —dijo Falkon y, reflexionando un momento, agregó: —Sí, tienes razón. Mucho de lo que he estado sintiendo desde que me vinculé a Plugo me evoca algunas de las cosas que ese profesor mencionaba. Recuerdo que, con frecuencia, usaba de ejemplo a una amiga suya que tenía un Familiar. ¿Recordáis el nombre de ella?

—Helga —contestó Kayla— y su familiar se llamaba Tiglia, una especie de felino de los bosques.

—¡Qué buena memoria tenéis! —acotó Ulkan, asombrado. — Yo ya no recordaba nada de eso… Sólo sé que *amo* a Borno.

Todos se rieron con ese comentario.

—Ay, amor… —dijo Kayla mientras le acariciaba a Ulkan su tupida barba. —¿Qué harías sin nosotros?

—Ir por la vida sin rumbo, seguramente —dijo él, fingiendo tristeza, mientras hacía un puchero. Los cuatro rieron de nuevo.

—Bueno, os propongo una cosa —prosiguió Maya—: ¿por qué no vamos a la Academia a visitar a Porthos? Creo que necesitamos *urgentemente* consejos para lidiar con nuestros… Ejem. Con nuestra nueva situación.

—¿Creéis que siga vivo? —dijo Ulkan. —Ya recordé a ese tal Porthos y era bastante viejo cuando nos daba clases. Yo le calculaba más de 1600 años en aquel entonces.

—¡Qué exagerado eres! —dijo Kayla. —Por supuesto que sigue vivo. Si no fue hace tanto que nos graduamos. Nuestro tío bisabuelo acaso tendrá ahora alrededor de unos 1800 años… —caviló un instante. —Pensándolo bien, ya debe estar bastante anciano. Bueno, dejemos de elucubrar y vamos, ¿sí? —todos asintieron.

—Pero antes… —dijo Maya con mirada pícara, mientras ponía a calentar cuatro panecillos más.

Minutos más tarde, un portal se abría al frente de la casa donde vivían Linda y Grent, padres de las gemelas. Aunque en el territorio de las Montañas Impasables apenas habían transcurrido un par horas desde el alba, en Kontar faltaban poco menos de dos horas para que fuese mediodía. El olor de la comida que estaba preparando Linda hizo a las gemelas recordar su infancia y se voltearon a ver, tomándose de las manos. Se acercaron a la puerta y las dos dieron varios toques, siguiendo una secuencia que usaban de niñas para indicar que eran ellas. Linda abrió la puerta, emocionada.

—¡Mis bellas! —exclamó. Se le humedecieron los ojos.

Las tres se abrazaron. Linda abrió los ojos y vio a sus yernos ahí de pie, observando enternecidos la escena. Levantó ambas manos y las agitó, como pidiendo que se acercasen. Ambos lo hicieron y aquel abrazo grupal les hizo mucho bien a todos.

—En todo el gueto se habla de vosotros cuatro —dijo Linda, cuando hubieron pasado al interior de la vivienda. —El Anciano

Hechicero envió un comunicado ayer, donde relataba con lujo de detalles vuestra hazaña. Estoy tan orgullosa de vosotros.

—En realidad, no hicimos gran cosa —dijo Falkon, bajando la mirada. —No entendemos realmente por qué pasó lo que pasó…

—… y por eso estamos acá, suegrita —completó Ulkan.

—No seáis modestos —dijo Linda. —Es evidente que vuestro poder es inmenso y que tenéis la capacidad de dominar con la mirada a cualquier criatura. Yo sigo sintiendo mucho orgullo.

Los Cuatro Gemelos sonrieron agradecidos por ese comentario. Linda les ofreció de comer y conversaron muy a gusto. Cuando Falkon les propuso que dirigieran sus pasos hacia la Academia, Linda les dijo:

—¿Qué planes tenéis para recibir el Año Nuevo?

—Aún ninguno, mamá —contestó Kayla. —¿Por qué?

—Es que me encantaría que lo recibiésemos juntos: vosotros cuatro y nosotros cuatro. ¿Qué opináis?

—Me encanta la idea —dijo Maya.

—¿Queréis que lo hagamos en nuestro castillo? —dijo Ulkan, emocionado. —Así podríais conocer a Plugo, Borno, Najiri y Lusky.

—¿Quiénes son esos? —inquirió Linda, asustada, pensando que sus hijas habrían ya tenido hijos sin haberle dicho nada.

—Los dragones, mamá —dijo Kayla.

—Ah… ¡Los dragones! —dijo Linda, aliviada, soltando una carcajada. Agregó: —Me parece buena idea. Ya compré varias cositas para ese día… —dijo, mientras arqueaba las cejas.

—¿Qué? —inquirió Maya. —Cuenta, cuenta.

—Hay una harina nueva que tiene un ingrediente especial para mejorar el sabor del *Novogo Kruh*. Yo pensaba que era pura propaganda y compré una bolsa sólo para probar, pero es verdad… Queda muchísimo más esponjoso y el sabor mejora un montón.

—¡Ay qué rico! —dijo Maya, aplaudiendo y dando saltitos de gusto. —¿No nos guardaste una porción?

—Esperaba que me lo preguntarais —dijo Linda. —No es el momento del año aún, pero…

De una panera que tenía en la cocina, Linda sacó cuatro rebanadas de aquel pan de celebración y se las entregó a Los Cuatro Gemelos, quienes reconocieron que estaba mucho más rico que de costumbre.

—Ahora imaginaos cuando lo estemos acompañando con un vinito de edición especial, que compré para la ocasión —dijo Linda, sonriendo.

Las gemelas se despidieron dando un sonoro beso a su madre en la mejilla. Los gemelos le agradecieron la comida y el inesperado postre. Kayla abrió un portal que conectaba con la entrada principal de la Academia. Un vetusto edificio, casi tan antiguo como el gueto mismo, apareció frente a ellos. En sus pasillos se respiraba un aire de solemnidad y se veían estudiantes en varias de las zonas verdes, discutiendo algún tema, leyendo algún libro en forma conjunta, o simplemente echándose una siesta después de la comida. Grupos de profesores se veían por aquí y por allá, caminando mientras filosofaban acerca de algún asunto, o llamando la atención a algún estudiante. Todos voltearon a ver hacia donde apareció el portal en medio del aire y vieron pasar a través de él a cuatro figuras que ya se habían vuelto tema de conversación recurrente entre los eruditos. Cuando el portal se cerró, varios de los estudiantes más entusiastas, se aproximaron a ellos para saludarlos y estrechar sus manos, llenos de admiración.

Minutos más tarde, Los Cuatro Gemelos estarían llegando a la puerta del despacho de Porthos, pero la encontraron cerrada con llave. Serfek, el director académico, quien ya se había enterado de la presencia de tan distinguidos visitantes, llegó a donde se encontraban los cuatro, que estaban pensando dónde andaría su viejo profesor. Serfek pertenecía a una generación de profesores mucho más joven que la de Porthos: su edad rondaba la de los hijos de Mina y Ulgier. A pesar de ello, tanto Serfek como Urso, el mayor de los hijos de la pareja, habían tenido oportunidad de ser profesores de Los Cuatro Gemelos, mucho más jóvenes, pues contaban apenas con cuatrocientos cuarenta y cuatro años de edad en ese momento.

Después de un muy efusivo saludo, Serfek les preguntó a qué debían el honor de su visita. Falkon habló por los cuatro:

—Vinimos a hablar con el maestro Porthos —dijo. —Tenemos que hacerle algunas consultas.

—Nadie ha visto a Porthos por estos rumbos desde hace más de un año ya —comentó Serfek.

—¡Oh! —exclamó Falkon. —¿Dónde está?

—La última vez que hablé con él, me dijo que había dado con el paradero de la última morada de Travaldar y que iría a confirmar sus hallazgos. Tal vez haya fallecido durante el viaje. Ya estaba muy mayor.

Los Cuatro Gemelos bajaron la mirada, con tristeza.

—¿No nos dejaría revisar su oficina? —inquirió Maya. —Tal vez ahí haya una pista. Él es nuestro tío bisabuelo, ¿sabe?

—No puedo creer que ninguno de vosotros se haya interesado en todo este tiempo por saber qué fue de él —dijo Kayla, indignada.

—Lo siento, no puedo permitiros que toquéis sus cosas —sentenció Serfek y, mirando a Kayla, añadió: —Nosotros pasamos muy ocupados, señorita. Si nos pusiéramos a ir detrás de cada persona que decide perseguir sueños locos, desatenderíamos nuestras obligaciones acá.

—Pues un "sueño loco" fue lo que nos hizo ser lo que somos —dijo Ulkan, con orgullo.

—Qué bueno por vosotros —dijo Serfek, secamente. —Si no hay otro asunto que quisierais tratar, me retiro.

El director se despidió de Los Cuatro Gemelos y se dirigió a su oficina. Maya miró a su hermana a los ojos y le dijo:

—¿Estás pensando lo mismo que yo…?

Kayla levantó una ceja y, apuntando ambas manos hacia la puerta del despacho de Porthos, dijo: —*Čarobna rupa*. Los Cuatro Gemelos pasaron por el portal al interior de la oficina de su antiguo profesor. Todo estaba acomodado de manera impecable, tal como lo recordaban los cuatro: estantes llenos de frascos con especímenes de plantas, varias gemas en una vitrina, todo rotulado y etiquetado minuciosamente, un enorme librero con varios volúmenes que se veían viejísimos, pergaminos cuidadosamente enrollados y atados, colocados en una vasija muy bonita y, sobre el escritorio del viejo profesor, un mapa de Koiné con una gran 'X' de color rojo en un punto al norte del Antiguo Desierto.

—Cuánta desidia la de estos académicos —susurró Falkon, con pesar. —Parece como si hubiesen querido no volver a verlo. Acá estaba la pista, esperando ser encontrada.

Kayla creó un nuevo portal, enfocando su intención en aquel punto del planeta y ante los cuatro se mostró un tupido bosque. Se escuchaban los sonidos de varios animales y un olor a selva joven inundó la oficina de Porthos. Parecía que acababa de terminar de llover, pero el sol iluminaba todo y una tibieza húmeda llenaba el aire. Los Cuatro Gemelos cruzaron el portal y, al cerrarlo, se vieron en medio de aquel lugar donde abundaba la vida. Árboles por doquier y cientos de sonidos extraños. Miraron hacia arriba y se dejaron sentir ese caudal de Naturaleza en su más puro y primitivo estado. Kayla les dijo a los varones:

—Creo que vamos a tener que hacer parte de nuestra pequeña rutina, queridos. Necesitamos tener una perspectiva de hacia dónde dirigir nuestros pasos dentro de esta selva.

Falkon y Ulkan, comprendiendo perfectamente a qué se refería Kayla, apuntaron sus brazos hacia ella y su hermana al tiempo que decían: —*Letjeti*. Ambas comenzaron a elevarse en el aire, hasta que alcanzaron una altura de casi cien metros. Desde ese punto, las gemelas comenzaron a inspeccionar el área, hasta que Maya exclamó:

—¡Mira! Aquello parece una casa abandonada.

Los hermanos bajaron los brazos y ellas comenzaron a caer a toda velocidad. Cuando estaban a unos cuatro metros del suelo, ambas extendieron los brazos y gritaron al unísono: —*¡Pjena!* La caída fue amortiguada y las dos gemelas colocaron sus pies muy delicadamente en el suelo. Los cuatro se dirigieron hacia el punto que señaló

Maya. Pocos minutos más tarde, llegaron a la última morada de Travaldar.

—La cuarta palabra de la quinta fila del segundo párrafo… Listo —dijo Porthos mientras observaba un grueso volumen y anotaba algo en un papel. Pasó la página. —La décima palabra de la tercera fila del sexto párrafo… Listo —pasó la página. —La octava palabra de la novena fila del cuarto párrafo… Listo.

—Buenas tardes, tío —dijo Maya, con suavidad, para no asustar al anciano, que se veía muy concentrado en lo que estaba haciendo. A pesar de ello, el maestro se sobresaltó.

—¿Maya? —dijo Porthos, sorprendido. Notó la presencia de los otros tres y dijo: —¿Qué hacéis aquí?

—Hemos venido a saber si te encontrabas bien —explicó Kayla. —En la Academia no han tenido noticias tuyas hace más de un año.

—Eso es absurdo, muchacha —dijo Porthos, extrañado. —Yo llegué aquí hace apenas cuatro semanas. Y el viaje desde el gueto no me tomó más de tres.

—Creo que ha perdido la noción del tiempo, profesor —dijo Falkon, seriamente. —¿Qué estaba haciendo antes de que lo interrumpiéramos?

—Descubrí que Travaldar dejó unas pistas en este volumen. Creo que llevan a algo importante. Ya casi acababa de anotar las palabras. Permitidme un momento, por favor.

—Claro —dijo Falkon. —Lo esperamos.

—Gracias —dijo el anciano y prosiguió con sus anotaciones.

Maya se acercó, curiosa, a ver qué era lo que Porthos anotaba con tanto interés en aquel papel. Cuando éste hubo terminado de escribir la última palabra del acertijo, la mirada del anciano se tornó vidriosa y sus facciones se volvieron totalmente inexpresivas. Extendiendo la mano derecha hacia el papel donde acababa de anotar todo, dijo: —*Uništiti*. Las palabras desaparecieron del papel. Luego de eso, se levantó y comenzó a colocar unos libros en ciertos lugares, dejándolos descuidadamente mal puestos. Los Cuatro Gemelos, extrañados por este comportamiento, se quedaron observando a su antiguo maestro colocar cosas en diferentes lugares. Parecía como si no notase que ellos estuvieran ahí.

—¿Profesor? ¿Está todo bien? —dijo Falkon, preocupado.

Porthos simplemente ignoró a su antiguo estudiante y siguió colocando cosas en diferentes puntos del lugar. En cierto momento, se acercó al lecho que estaba en una de las habitaciones de aquella desvencijada vivienda y, acostándose, se quedó profundamente dormido. Incluso roncaba.

—Qué raro —dijo Ulkan. —Os lo dije: ya está muy viejito.

—Pobrecito —dijo Maya. —Bueno, dejémoslo descansar. Aún es temprano. Qué aburrido —volteó a ver a los varones y dijo: —¿No os apetece ir a conseguir algo de comer? Najiri y yo tenemos hambre.

—Sí, Lusky también está hambrienta —dijo Kayla.

—Está bien, está bien —dijo Falkon sonriendo. —Todos tenemos hambre —él y su gemelo salieron.

Entre tanto, Maya se puso a curiosear las cosas que había en el lugar. Ingresó a la habitación donde estaba roncando Porthos y vio un cofrecito dorado sobre la mesa de noche que estaba al lado, encima de un grupo de hojas en blanco. Se acercó sin hacer ruido hasta la mesa de noche y tomó el cofrecito. Era de una manufactura finísima. Parecía una especie de reliquia y estaba lleno de inscripciones en el antiguo idioma Consciente labradas en el metal. Salió de la habitación con el cofrecito y se lo mostró a su hermana:

—Mira qué cosa tan hermosa.

—¡Maya! ¡Eso no es tuyo! Devuélvelo al lugar donde lo encontraste.

—No seas tan rígida, hermanita —dijo Maya. —Tampoco es que me lo estoy robando. Y nuestro tío está dormido. ¿Qué daño podría causar?

Maya abrió el cofrecito. Estaba vacío. Por dentro estaba forrado de una tela color bermellón, muy suave. La tersura parecía indicar que fuese seda. Despedía un suave olor que era una mezcla de especias, papel y otras cosas que no supo identificar. Maya cerró el cofrecito y comenzó a ver las inscripciones que tenía por fuera. Las leyó en voz alta: «*Cofre: regresa a donde estabas, te lo ruego*» (en antiguo idioma Consciente). En ese instante, el cofrecito desapareció de sus manos.

—¿Qué has hecho? —espetó Kayla.

—¡Nada! Sólo leí la inscripción que tenía el cofrecito…

A miles de kilómetros de ahí, al filo de la medianoche, en una choza ubicada al norte de la tribu Shuntai, la curandera despertó al escuchar un suave ruido muy conocido proviniendo de la gaveta de su mesita de noche. «¡Porthos!» pensó de inmediato. Se sentó en su lecho. Su Familiar seguía dormida en la habitación contigua, roncando suavemente. Con un toque de su mano, encendió una lámpara de aceite que había sobre la mesa de noche y abrió con impaciencia la gaveta, para encontrarse aquel amadísimo cofrecito. Tomándolo en sus manos, lo abrió para descubrir, extrañada, que estaba vacío. «¡Qué raro! ¿Por qué me habrá enviado el cofre sin nada?» pensó la curandera. Tomó un papel de la gaveta y escribió una breve nota: «*¿Qué pasa, Porthos? ¿Estás bien? Tenía mucho de no tener noticias tuyas. ¿Por qué me has enviado el cofre vacío? Por favor, no me asustes. Con cariño, Helga*». Colocó la nota dentro del cofre y éste dentro de la gaveta de la mesa de noche. Cerró la gaveta y pronunció el conjuro que activaba la magia de teleportación del artefacto. El cofre se materializó en medio del aire, en el punto donde lo había estado sosteniendo Maya justo antes de desaparecer. Cayó al piso. Las gemelas se sobresaltaron. Maya se acercó al cofre y, alzándolo, lo abrió para encontrar dentro la nota que acababa de escribir Helga.

—¡Kayla! Mira esto.

Maya le pasó a su hermana el papel. Después de leerlo, Kayla dijo:

—¿Helga…? —abrió mucho los ojos y exclamó: —¡La Familiar de Tiglia!

Kayla buscó un trozo de papel y un carboncillo. Rápidamente escribió otra nota: «*Porthos está dormido, pero parece que ha perdido el juicio. Mi hermana, junto con nuestros compañeros, estamos en la última morada de Travaldar ¿Dónde estás? Puedo conjurar un portal mágico para que vengas acá y nos ayudes a determinar qué le pasa a tu amigo, que es tío abuelo nuestro. Saludos, Kayla*».

Al terminar de escribir la nota, la gemela colocó el trozo de papel dentro del cofre y lo puso en una mesa, donde recitó el conjuro de nuevo. El cofre desapareció. Minutos más tarde, el cofre estaría reapareciendo en el mismo punto. Kayla encontró dentro otra nota que decía: «*Soy la curandera de la tribu Shuntai. Mi choza está en la ribera oeste del río que atraviesa la tribu, a un costado de la muralla norte*».

En ese momento, los varones estaban regresando de su búsqueda de alimento. Traían consigo dos roedores peludos y orejones, de muy buen tamaño.

—¡Cariño…! Ya estoy en casa —dijo Ulkan, jocosamente.

—¡Shhh! —musitó Kayla, al tiempo que creaba un "agujero mágico". Del otro lado era de noche y se escuchaba un río correr caudaloso. Se veía la fachada de una sencilla choza. —Vamos —les dijo a todos.

Maya y Kayla cruzaron el portal, seguidas por los varones que, un poco azorados, dejaron sus presas en el piso de la vivienda del vidente. El portal se cerró. Kayla se acercó a la puerta y tocó suavemente. Pocos minutos más tarde, una Forzuda abrió la puerta.

—Buscábamos a Helga —dijo Kayla. —Creo que me equivoqué de casa. Disculpa.

—Soy yo —dijo la aparente Forzuda. Detrás de ella, vieron a otra Forzuda más joven, con cara de susto. —Es que me "disfrazo" de Forzuda con un hechizo de fascinación para que mis pacientes no se sientan incómodos. Ella es Tiglia, mi Familiar. Pasad.

Los Cuatro Gemelos entraron a casa de la curandera y, después de las debidas presentaciones, le contaron lo que habían visto hacer a su antiguo profesor.

—Era como si no estuviésemos ahí —concluyó Falkon.

—Quisiera verlo. ¿Podemos ir allá? —preguntó Helga, mientras desactivaba el hechizo de fascinación para recuperar su aspecto real. Tiglia hizo lo mismo y un hermoso felino de pelaje amarillo con manchas café se mostró ante ellos.

—Claro —respondió Kayla, abriendo un portal directamente a la estancia que habían abandonado hacía unos minutos.

Todos regresaron a la humilde vivienda. Porthos seguía roncando plácidamente. Helga se acercó a su viejo y querido amigo y le tocó la frente.

—¿Porthos? ¿Porthos? Soy Helga. Despierta.

El anciano se removió un poco en el lecho, pero no despertó.

—Qué raro —dijo Helga. —No se ve enfermo. Pero el sueño parece ser inducido. Y, extendiendo las manos hacia su amigo, dijo: —*Probudi*.

El hechizo de despertar no surtió efecto.

—No entiendo qué ocurre —dijo la curandera—: ese hechizo debió despertarlo de inmediato —se quedó pensando. Tras unos minutos su cara dio señales de que había tenido una gran idea y añadió: —¡Sugestión! Claro. Qué tonta. Como en la tribu no lidio con problemas causados por el uso incorrecto de la magia, lo había pasado por alto.

Los Cuatro Gemelos se la quedaron mirando, con cara de pregunta. Helga sonrió. Dirigiendo sus manos de nuevo hacia su amigo, dijo: —*Prstenast prijedlog*. Porthos abrió los ojos, sintiendo que despertaba de un largo sueño que se repetía una y otra vez.

El anciano profesor se encontró con su amada amiga, mucho más viejita de lo que la había visto por última vez, siglos atrás y comenzó a llorar de alegría. Sentada a la orilla de la cama, Helga abrazó a su amigo y lloró con él. Tiglia rozaba la pierna de su Familiar y ronroneaba. Los Cuatro Gemelos observaban en silencio, maravillados y conmovidos.

Una hora más tarde, mientras los gemelos preparaban de comer, las gemelas le relataron a Porthos lo que lo habían visto hacer cuando llegaron. Le mostraron el tomo del que estaba extrayendo palabras para anotarlas y lo que sucedió cuando anotó la última palabra. Maya —que tenía una excelente memoria— había visto de reojo el papel justo antes de que Porthos borrase su contenido y le repitió la frase que había logrado leer: «*Potente protección deseo hallar / pues a Koiné deseo ayudar / que en este instante aparezca el legado / que con honor usó el Iluminado*».

Los Sesenta y Seis prendedores incautados después del Incidente —y que estaban aún guardados en un saco en casa de Astargon— desaparecieron de casa del Anciano Hechicero. Un bellísimo cetro de oro con un enorme rubí incrustado en uno de sus extremos se materializó en manos de Maya, en todo su esplendor, sin la menor señal de que el metal hubiese sido fundido o su rubí partido en pedazos.

—*¡El Ojo Rojo de Travaldar!* —exclamaron Helga y Porthos, emocionados.

Después de que Porthos les explicó a Los Cuatro Gemelos el propósito de este artilugio, los varones avisaron que la cena estaba lista. Mientras estaban comiendo, Falkon les comentó al profesor y la curandera el motivo por el que habían ido a buscar a Porthos a la Academia en primer lugar. Ambos se sorprendieron mucho al saber de los dragones y la historia de su creación. Helga dijo, reflexiva:

—Todavía la maldad de Mantikor nos está haciendo daño.

Falkon se apresuró a explicar que ahora los dragones eran muy mansos y que estaban de alguna manera ligados a ellos. Que querían saber si podían convertirse en sus Familiares. Helga les aclaró que el tiempo para lograr algo así había pasado hacía mucho, pues ese vínculo se debió haber establecido durante su Rito de Iniciación. Kayla entonces relató el curioso descubrimiento que habían hecho temprano ese día con el pan quemado. Ulkan luego comentó que les preocupaba que los dragones siguiesen aumentando de tamaño, pues sus progenitores habían sido criaturas enormes. Mientras conversaban esto, Porthos se puso a buscar en unos papeles y pergaminos de un grupo que había ordenado y clasificado los primeros días de su estancia en aquel lugar, antes de que Rinto le hubiese sugestionado.

—¡Lo sabía! —dijo, eufórico. Todos lo volvieron a ver, intrigados.

—¿Qué sucede? —preguntó Helga.

—Mirad —dijo Porthos, al tiempo que le entregaba a Falkon un pergamino desenrollado que mostraba lo que parecía ser un detallado árbol genealógico.

En la parte inferior del diagrama, a la izquierda, bajo un gran título que decía *Línea Obscura*, la última descendiente en el sexto nivel del árbol era "Alma". Al mismo nivel, del lado derecho, bajo el título de *Línea Clara*, el último descendiente era "Rosco", mientras que en el segundo nivel se veían, bajo la misma sección, los nombres "Travaldar" y "Auriga". Poco más abajo, en el cuarto nivel, al centro y bajo el título de *Línea Gris*, estaba aquel nombre tan odiado por todos: "Mantikor".

—No comprendo —dijo Falkon.

—¿No es acaso "Alma" el nombre de vuestra abuela paterna? —dijo Porthos. Y, mirando a las gemelas, inquirió: —¿Y no es "Rosco" el nombre de vuestro abuelo paterno?

—Sí —contestaron los cuatro al mismo tiempo.

—Bueno, os informo que mi tío bisabuelo Travaldar era el tío tatarabuelo de vuestro abuelo paterno —dijo, dirigiéndose a las gemelas—, así como el tío abuelo de Mantikor, quien fue tío tatarabuelo de vosotros cuatro —concluyó, recorriendo con la mirada a Los Cuatro Gemelos.

Dos pares de ojos naranja y dos pares de ojos azules se quedaron mirando, muy abiertos, al anciano profesor. Éste le explicó al sorprendido cuarteto que, al parecer, Mortimer –trastatarabuelo de los gemelos– y Larissa –trastatarabuela de las gemelas– habían tenido un amorío del que había nacido Mantikor. Travaldar, tío de Larissa, se había enterado de la verdad muchos siglos más tarde, y fue cuando comenzó a armar aquel árbol que ahora tenían en sus manos. Ese vínculo de sangre que Los Cuatro Gemelos tenían con el creador de los dragones había permitido que se estableciese la impronta de manera natural entre ellos y las criaturas. Sólo ellos tenían el poder para controlar esas temibles bestias. Aquel antiguo documento elaborado por Travaldar revelaría otras sorpresas, no relevantes para la historia que nos ocupa, por lo que eso será tema de otro volumen, si os llegase a interesar conocer más acerca de la historia antigua de Koiné, amados lectores.

Al día siguiente, Helga les explicó a Los Cuatro Gemelos cómo llevar a cabo un Ritual de Restricción, que detendría el crecimiento de los dragones, que para entonces ya medían 45 metros cada uno y pesaban 2700 *faldars*. Después de esto, Kayla ayudó a Helga y a Tiglia a regresar a Shuntai y a Porthos a regresar a Kontar. Maya le había entregado a su tío bisabuelo *El Ojo Rojo de Travaldar*, que era considerado por él una reliquia invaluable.

Los Cuatro Gemelos regresaron a su morada, felices de haber ayudado a lograr que su antiguo profesor recuperase la cordura, tan sólo cinco días antes de que finalizara el año, justo a tiempo para la celebración que se llevaría a cabo con sus padres en aquel bellísimo castillo flotante, al que invitaron muy cordialmente tanto al anciano profesor como a la sabia curandera de Shuntai y a su Familiar, por supuesto.

Capítulo XIX:

¿Pesadilla o verdad?

—¡Oh! ¡Qué lugar tan hermoso! —exclamó ella. —¿Dónde estamos, hijo?

—Acá vivo ahora, mamá.

—Te noto algo distinto —dijo ella, observándolo con detenimiento. —¡La cicatriz de tu ceja! ¡Ha desaparecido! ¡Y tu pelo! ¿Por qué ya no parece que te estás quedando calvo?

Él sonrió, con ternura.

—Te amo tanto —le dijo. —Me alegro de haber podido ser yo mismo quien te avisara esto.

—Que me avisara… ¿qué? —contestó ella, intrigada.

—Mi esencia abandonó el plano físico, mamá. Jantl y yo fuimos traicionados por el asesor en el que más confianza teníamos.

—¿Tu esencia…? ¿De qué hablas, hijo?

—Por favor, escucha —dijo él, seriamente. —Lo que te voy a decir es muy importante.

Kira guardó silencio y se quedó mirando a su hijo, expectante. Lino entonces dijo:

—Nuintn, el asesor adjunto, ha logrado diseminar, entre todos los guetos de Conscientes, harina y vino contaminados con dos componentes que, al combinarse, producen un potente veneno que matará a toda esa Raza, aprovechando una costumbre que ellos tienen para celebrar el inicio de año. Ya algunos de ellos han muerto a raíz de esto. Los demás, ignoran que en sus alacenas y cavas está la Muerte esperándolos.

—¡Por mis ancestros! —exclamó Kira, horrorizada. —¿Por qué haría algo tan terrible ese señor?

—Es una larga historia y nos queda poco tiempo —aseveró Lino. —Lo importante es dar la voz de alarma, pues quedan cuatro días. Busca a Jantl. Ella sabrá qué hacer. Ten valor. Te amo.

Kira despertó sintiendo un susto inexplicable y una inmensa tristeza. Olvidando que tenía huéspedes, se puso a llorar en voz alta.

—¿Qué te pasa, madrecita? —preguntó Jalina, con ternura.

Kira la miró, con los ojos llenos de lágrimas. Abrió los brazos. Jalina se acercó y la abrazó. Kira no podía parar de llorar. En la entrada de su cuarto, estaban Sara y Karkaj, observando desconcertados. Jalina los vio de reojo, con mirada de consternación.

—Tranquila, tranquila —decía Jalina, acariciándole la cabeza. —¿Tuviste un mal sueño?

—Fue más que eso —dijo Kira, entre sollozos. —Necesito ir a confirmar algo al Castillo.

—¿Al Castillo? —preguntó Jalina —¿A la Gran Ciudad, quieres decir?

—Sí —dijo Kira.

—¿Cuándo quieres que partamos? —dijo Karkaj, decidido.

—No, cómo os causaría esa molestia —dijo Kira, sonándose la nariz con un pañuelo.

—No es molestia, madrecita —dijo Sara. —Viajarás más acompañada y estaremos ahí para apoyarte en lo que necesites.

—Gracias, sois muy amables —dijo Kira, agradecida.

Pocos minutos más tarde, los cuatro salían de casa de Kira. Aún no había comenzado a clarear. Fizz, como todos los días anteriores, se había retirado durante la noche, momento que le permitía visitar a Niza y mantenerla al tanto del devenir de la tribu, que se había habituado a la presencia del Lumínico. Llegaron al establo, donde Muntej ya había aireado el heno y estaba cambiando el agua de los bebederos.

—¡Qué madrugadores! —dijo el encargado del establo, animadamente. En eso, notó la expresión de Kira y se puso serio. Inquirió: —¿Qué pasa?

—Nos urge llegar a la Gran Ciudad, Muntej. Tengo que confirmar que mi hijo está bien —dijo Kira, con firmeza.

Muntej, impresionado por aquel comentario tan contundente, preparó rápidamente los *kunitros* que habían traído los tres forasteros, así como el que le había prestado al hijo de Kira hacía meses, cuando fue de emergencia a la Gran Ciudad a pedir por la vida de varios Forzudos.

—Llévala con bien —le dijo Muntej al hermoso animal.

Cuatro jinetes salieron a todo galope de la tribu en dirección al oeste. Dos horas más tarde, cuando el sol ya estaba comenzando a entibiar con sus rayos todos los rincones de la tribu, un ser de luz encontró vacía la choza de la mamá de Lino, quien se dirigía rauda a la Gran Ciudad, con la esperanza de que su sueño hubiese sido sólo una pesadilla y no una terrible verdad.

CAPÍTULO XX:

Recuperación forzada

*J*antl había logrado orientar a Tanko con éxito para que le ayudase a recibir primeros auxilios, en lo que tres médicos Pensantes llegaron a asistirla. Con manos temblorosas, el Forzudo había aplicado en la herida que sangraba profusamente un ungüento que Jantl le indicó dónde encontrar. La cama de la Regente Suprema y las manos del cocinero del Castillo se habían empapado con la sangre de la Eterna, que mantenía los ojos cerrados, soportando el intenso dolor en su abdomen.

Cuando los médicos Pensantes arribaron a los aposentos de Jantl, ella ya había perdido el conocimiento debido a la hemorragia. Le pidieron a Tanko que los dejase hacer su trabajo y él, a regañadientes, salió de la habitación. Regresó a la biblioteca, donde Baldr y los demás miembros del gabinete rodeaban a Lino, llenos de espanto, mientras observaban un charco de sangre que se estaba secando rápidamente. Prácticamente todo el personal de apoyo y los guardas estaban en las afueras de la biblioteca, murmurando y preguntando qué había pasado. Cuando Tanko se aproximó al grupo, todos voltearon a verlo y notaron que sus manos aún estaban llenas de la sangre de su líder. Él estaba llorando.

—¡Tanko! —le preguntó uno de los guardas —¿Qué ha pasado?
—Fue Nuintn —dijo Tanko entre sollozos. —Atacó a Lino e intentó matar a Jantl. Yo le brindé asistencia, siguiendo sus instrucciones. Tres médicos ya la están atendiendo en su recámara.

Todos notaron en ese momento que el Asesor Adjunto no estaba entre ellos.

—Nosotros te ayudamos a recoger todo —le dijo Chela, una de las misceláneas. —Anda, lávate las manos.

Tanko asintió, apesadumbrado. Las horas siguientes estuvieron cargadas de tensión y tristeza. Los guardas se organizaron para levantar el cuerpo de Lino y conseguir un féretro que colocaron en el Salón Principal del Castillo. El personal de apoyo limpió el piso, recogió las bandejas que Tanko había dejado tiradas en la biblioteca, retiró el servicio de alimentos que había quedado abandonado en el comedor, entre el sinfín de actividades que solían llevar a cabo todos los días, para mantener el Castillo operando impecablemente.

Por su parte, los médicos habían logrado contener la hemorragia y, al examinar el daño en los órganos internos de Jantl, habían concluido que, si la daga hubiese sido unos milímetros más larga, la herida le habría causado a Jantl la muerte mientras Tanko la llevaba en brazos a sus aposentos. El ungüento del Árbol del Fruto Único que Tanko le aplicó de forma tan oportuna había ayudado a acelerar el proceso de regeneración de los tejidos. La fisiología Eterna tiene varias particularidades que, hasta ese momento, no eran del conocimiento de los Pensantes. Como los Eternos prácticamente nunca enferman y, cuando requieren atención médica, prefieren remitirse a curanderos de su propia Raza, el conocimiento que nuestros médicos habían adquirido era limitado y muchos de los vacíos de información se llenaban con extrapolaciones de lo que se conocía de las otras Razas. Esa emergencia médica resultó una gran escuela para nuestra Raza. Adicionalmente, el ungüento que el cocinero del Castillo había aplicado a la Regente Suprema en aquellos instantes críticos había despertado gran interés entre los médicos Pensantes que atendieron el caso.

A la mañana siguiente, tras obtener el visto bueno de los médicos para mover a la conyaleciente, Tanko estaba alzando a Jantl, mientras dos misceláneas cambiaban la ropa de cama manchada de sangre seca. La cama quedó "vestida" con nuevos y suntuosos "ropajes" perfectamente limpios y el Forzudo colocó a su amiga con toda delicadeza de vuelta en aquel mullido colchón. El sedante que habían aplicado los médicos comenzó a perder efecto y Jantl abrió los ojos, para encontrarse con la muy querida y conocida cara de un

Forzudo pelón, barbudo y bonachón, con gesto compungido y los ojos húmedos.

—Hola, mi amor —dijo ella, sonriendo. —Gracias por tus primeros auxilios. Deberías ser enfermero.

Tanko sonrió, mientras se le salían las lágrimas. Se quedó mirando aquellos bellísimos ojos violeta y dijo, con ternura infinita:

—Con todo gusto, Señora bonita.

En eso, Jantl cayó en la cuenta de algo:

—¡Lino! ¿Qué pasó con él?
—Lino está muerto —dijo Tanko, lleno de pesar. —Lo siento mucho.
—¿Cómo murió? —preguntó ella, conteniendo las lágrimas.
—No lo sabemos —contestó él. —No tiene herida alguna.

Jantl recordó en ese momento una de las estrofas de la profecía de Travaldar: «*La muerte sin piedad hará caer / con su indomable abrazo envenenados / a miles de Conscientes engañados / ignorando del traidor su proceder*». Entonces, le dijo a Tanko:

—Murió envenenado. Nuintn lo envenenó justo cuando yo estaba entrando a la biblioteca. Hasta que no comprendamos el tipo de toxina que utilizó, es mejor no manipular su cuerpo.
—Los guardas ya lo colocaron en un ataúd en el Recinto Principal —dijo Tanko, con angustia.
—Bueno, mantened el ataúd cerrado, por favor.
—Por supuesto —dijo él.

El resto del día, Jantl se mantuvo en reposo. Casi al final de la tarde, y después de un sinfín de recomendaciones de los médicos, se puso de pie y participó de las honras fúnebres de Lino. Esa noche, en la soledad de su habitación, Jantl lloró mucho, pensando llena de rabia y arrepentimiento en la poca prioridad con que habían atendido la advertencia tan oportuna que les hubiese dado Niza varios meses atrás. Nuintn había probado ser un despiadado asesino y era evidente que su plan para envenenar a los Conscientes aún no había sido revelado. Llena de consternación pensó que, ahora que Nuintn había quedado expuesto, aceleraría lo que fuera que pensaba hacer, ignorando que en realidad el plan tenía meses de estar en marcha y estaba a punto de llegar a su clímax. «Si tan sólo pudiésemos dar con él» pensó. Después de varias horas, se quedó dormida.

A la mañana siguiente, Jantl amaneció totalmente repuesta y pensó que era su deber darle personalmente a Kira la noticia del deceso de su hijo. Tanko se ofreció a acompañarla. Mientras les ensillaban dos *kunitros*, Plubont se aproximó a ellos. Apenas estaba amaneciendo.

—Buenos días, Jantl —dijo el Pensante. —Quería comentarte algo antes de que te marches.

—Buenos días, Plubont. ¿Qué sucede?

—El día que Nuintn os atacó, yo establecí un vínculo mental con él. Te puedo decir *exactamente* dónde se encuentra.

Jantl se alegró muchísimo con esta noticia.

—Dime —solicitó con ansias.

—Desde ese día no ha cesado de estar en movimiento. Se dirige al este. En estos momentos está cruzando el Istmo. Ya consulté a nuestra Red Mental y varios de nosotros tenemos una teoría.

—¿Cuál es esa teoría?

—Creemos que Nuintn se dirige a Lishtai. Allá fue visto hace años por Nadine. En aquel entonces fue simplemente un Eterno más que visitaba la tribu, pero ahora comprendemos que la toxina con que mató a Lino seguramente la extrajo de la Isla de los Jardines. Ha de ir en busca de más.

—Excelente. Muchísimas gracias por esto, Plubont.

—Fue un placer. Que tengáis buen viaje.

Jantl le giró instrucciones al jefe de los guardas, para que organizara un grupo de aprehensión rumbo a Lishtai, insistiéndoles que extremasen precauciones al lidiar con el Eterno. Por su parte, ella y Tanko salieron a galope de la Gran Ciudad con rumbo a Bontai.

Capítulo XXI:

Ayuda humanitaria

Temblando debido a la fiebre, Belgier se acurrucó en la base del árbol que había, de algún modo, amortiguado su caída. Tenía ambas piernas fracturadas, así como varias costillas astilladas. Le dolía respirar. Su cara y cuerpo estaban llenos de moretones y raspones cubiertos de sangre seca. Habían transcurrido siete días desde que su abuelo lo había lanzado lejos del gueto, queriendo salvar su vida. Cuando recuperó la consciencia, Belgier lloró, lleno de impotencia, pensando en los destrozos que esas malditas bestias podrían estar haciendo y en el encargo que le hubiese hecho su abuelo de ir a Kontar a buscar a Regina, la mamá de los varones que eran parte de Los Cuatro Gemelos.

Gracias a una de sus habilidades, Belgier había logrado mantenerse hidratado, extrayendo pequeñas cantidades de agua del árbol donde yacía recostado, cada vez que sentía sed. El hambre ya era una sensación continua que no le permitía concentrarse y lo debilitaba cada vez más. A los cinco días de estar sufriendo, un jinete pasó galopando a toda velocidad por la vereda, ignorando por completo los gritos de auxilio del pobre Belgier. Sintiendo que las fuerzas y la voluntad de vivir lo abandonaban, elevó una plegaria al Universo, pidiendo ayuda. Sus ruegos fueron atendidos dos días más tarde.

—¡Señor! ¿Está bien? —dijo una voz femenina.

Belgier abrió los ojos con dificultad, sintiéndose tan débil y enfermo como estaba. Cuando logró enfocar la vista, se encontró con cuatro Forzudos –un varón y tres hembras– viéndolo fijamente.

—Ayudadme, por favor —fue todo lo que pudo decir.

Kira sacó de su morral una ración de viaje y la cantimplora que acababa de llenar con agua hacía algunas horas. Le dio de beber pequeños sorbos al joven y partió la ración de viaje en pequeñas porciones que le fue dando para que las ingiriese despacio. El joven, profundamente conmovido por aquel gesto altruista, miró a los ojos a la Forzuda y le dijo:

—Muchas gracias.

—Con gusto —respondió ella. —¿Cómo te llamas?

—Belgier. ¿Vosotros quiénes sois?

—Yo me llamo Kira y ellos son: Sara, Jalina y Karkaj.

—Encantado —dijo el Consciente, cortésmente. Lanzó un gemido de dolor.

—¿Qué te pasó? —preguntó Kira, intrigada.

—Unas feroces bestias aladas que lanzan fuego por la boca atacaron mi gueto hace días. Mi abuelo conjuró un hechizo que me lanzó a varios kilómetros del gueto, pero no pude amortiguar mi caída y me estrellé contra este árbol.

—Sabemos de qué bestias hablas —dijo Kira. —Llegaron a nuestra tribu, pero un grupo de cuatro miembros de tu Raza en extremo poderosos lograron controlarlas. Se llaman *dragones*.

Belgier suspiró aliviado y se puso a llorar.

—¿Por qué lloras, muchacho? —preguntó Kira, con ternura.

—Porque, antes de lanzarme lejos, mi abuelo me dijo que debía ir a buscar la ayuda de Los Cuatro Gemelos. Tenía razón. Yo pensé que todo este tiempo esas bestias habían seguido causando daño.

—Así fue —intervino Sara. —Nuestra tribu fue atacada por ellos y se perdieron muchas vidas.

—Lo siento mucho —dijo Belgier.

El sonido de dos *kunitros* a galope se escuchó cada vez más cercano proviniendo del oeste. Todos voltearon a ver en esa dirección. Eran una Eterna y un Forzudo. La cara de Kira se iluminó cuando reconoció a la jinete Eterna: era Jantl. Ambos detuvieron el galope de sus bestias y descendieron de ellas. Jalina y Karkaj saludaron muy efusivamente a Tanko, el hermano de aquélla, y a Jantl, la Eterna que había escalado junto con ellos dos y el resto de la tropa la ladera de una de las Montañas Impasables.

En ese momento, los ex acróbatas presentaron a Sara, quien se quedó mirando estupefacta a aquel Forzudo, que tenía un fuerte parecido con su padre y se llamaba como él. Cuando Jantl le dijo a Tanko que Kira era la mamá de Lino, éste no pudo evitar hacer un gesto sombrío y, estrechando la mano de la Forzuda, le dijo:

—Lo lamento mucho, Señora. Lino era una persona increíble.

Kira comprendió, con ese sencillo gesto, que el sueño que había tenido era real y prorrumpió en llanto. Tanko la abrazó con fuerza. Los demás testigos se quedaron enmudecidos con la triste escena, sin saber qué decir. Cuando Kira recuperó un poco la compostura, le dijo a Jantl:

—Hace dos días soñé con él. Tenía la leve esperanza de que sólo hubiese sido un sueño, pero mi corazón me decía que era verdad. Durante su "visita", Lino me reveló algo terrible.

—¿Qué te dijo? —inquirió Jantl, preocupada.

—Que un hombre llamado Nuintn ha difundido, entre todos los guetos, vino y harina contaminados. Cuando estos dos ingredientes se unan, producirán un potente veneno que matará a toda esa Raza, durante la celebración del inicio de año, debido a una costumbre que ellos tienen para esa fecha.

—El *Novogo Kruh* y el vino —dijo Jantl, que conocía perfectamente esa tradición gracias a Ulgier. Al darse cuenta de que faltaban sólo dos días para que cambiase el año, exclamó: —¡Debemos avisarles!

Frente a todo este intercambio tan intenso de ideas, Belgier se había quedado callado. Sin querer, dejó escapar un gemido de dolor, cuando una de sus piernas fracturadas le dio una fuerte punzada. Todos lo volvieron a ver. Jantl le dijo:

—Discúlpanos por no atenderte… Belgier, ¿cierto?

—¿La conozco? —dijo el Consciente, extrañado.

—Cuando eras adolescente, visité Zandar. Supe de tu habilidad innata por una reunión que sostuve con tu abuelo. Nos conocimos, pero seguramente no lo recuerdas.

—No lo recuerdo —dijo Belgier sorprendido, abriendo mucho los ojos.

—Por cierto… ¿Cómo está tu abuelo? —inquirió ella.

Belgier bajó la mirada y se puso muy triste. Jantl comprendió en ese momento que las heridas del joven tendrían alguna explicación que involucraba a su abuelo. Cuando Belgier le hubo contado su historia, Jantl valoró el estado de salud del joven y concluyó que éste necesitaba asistencia médica urgente que incluyese magia, pues ya habían transcurrido demasiados días desde su accidente y esas fracturas sin atender podrían gangrenarse. Justo estaba en esas reflexiones cuando una caravana de guardas del Castillo pasó galopando. Ella les hizo señas para que prosiguieran sin detenerse. Era el grupo que iba rumbo a Lishtai, tras la pista de Nuintn.

—Hay que entablillarte para poder trasladarte —dijo Jantl, agregando: —En el Castillo tengo forma de pedirle ayuda a un amigo mío que vive en Kontar. Te trasladaremos a casa de la curandera del gueto y, de paso, les avisaremos a todos acerca de la harina y el vino envenenados. No hay tiempo que perder —miró a Karkaj y le dijo: —¿Tú sabes partir madera a manos limpias?

—Sí, claro —dijo él, orgulloso. —A eso me dedicaba de joven, antes de ser acróbata.

—Excelente. ¿Ves aquellas ramas de allá? Necesito cuatro trozos que tengan más o menos esta longitud —dijo Jantl, al tiempo que señalaba las pantorrillas de Belgier, que eran la sección fracturada en ambas piernas.

En pocos minutos, Karkaj trajo consigo cuatro ramas del grosor y largo adecuados para el entablillado de emergencia. Antes de iniciar el procedimiento, Jantl le pidió ayuda a Tanko para montar a Belgier en su *kunitro*. Una vez ahí, le entablilló ambas piernas al joven y, montando el animal, quedó detrás del muchacho.

—¿Vamos? —le dijo a Tanko. Y, viendo a la mamá de Lino, dijo:
—Comprendo el dolor que estás pasando, de madre a madre te lo
digo. Ya tendré tiempo de acompañarte en tu dolor, mi querida
Kira. Pero ahora nos apremian temas más críticos.

—Lo comprendo perfectamente, Jantl. Muchas gracias. Espero
que su muerte no haya sido en vano.

—No lo será —aseveró la Eterna. Y partió a galope, seguida por
Tanko.

Sara, Jalina, Karkaj y Kira se quedaron viendo los dos *kunitros*
alejarse. Esta última ignoraba en ese momento que aquella profunda
tristeza y sensación de haberlo perdido todo le duraría sólo cinco
días más, pues esa ayuda humanitaria que había ofrecido desinteresadamente le daría a cambio la más valiosa de las recompensas.

Capítulo XXII:

Muertes misteriosas

—*I*gnoro la causa —dijo Nidia perpleja. —Hace ocho días examiné a la primera víctima y no logro entender qué relación hay entre todas las muertes, pues viven en diversas partes del gueto, se dedican a distintas profesiones, son de diferentes edades… Es todo un misterio.

Hacía una semana y dos días que habían comenzado a morir Conscientes por todas partes. Muchas semanas antes del primer deceso, Nidia había sido puesta sobre aviso por Astargon acerca del potencial peligro que representaba Nuintn –a quien nunca llegaron a ver en ninguno de los guetos– debido a su supuesto plan de envenenar a los Conscientes. A raíz de esto, la curandera había desarrollado una prueba que detectaba la presencia de prácticamente cualquier veneno *conocido*. Nidia comenzó a aplicar dicha prueba a los fallecidos, sin lograr detectar que las víctimas tuviesen residuos en su organismo de alguno de los cientos de componentes tóxicos que ella había logrado descubrir y estudiar a lo largo de su extensa vida, dedicada a ayudar a los demás. Entonces la causa de muerte que quedaba registrada en el acta de defunción terminaba siendo: "paro cardíaco", porque esa era la única explicación posible. Incluso, en varios de los casos la persona había muerto mientras estaba comiendo y Nidia había hecho pruebas en los alimentos, sin encontrar rastros de ninguna substancia tóxica, tampoco. Así que, cuando el Anciano Hechicero del gueto le preguntó a Nidia –por enésima vez– si ya había logrado identificar la causa de muerte en la última persona que había examinado, ella le contestó cerrando con esa sencilla y enigmática frase: «Es todo un misterio».

Porthos había regresado al gueto hacía cuatro días y se había puesto a las órdenes del Anciano Hechicero, a quien llegó con la muy grata noticia de que había logrado reintegrar *El Ojo Rojo de Travaldar* en una sola pieza, gracias al hechizo que había descubierto en la última morada del vidente. Astargon, al igual que el resto de sus homólogos, estaba muy consternado por estas muertes misteriosas, que no eran muchas, pero eran totalmente inusuales en una Raza cuya expectativa de vida promedio rondaba los 2000 años y le compartió a Porthos su inquietud, diciéndole que, si se le llegaba a ocurrir alguna idea para apoyar en la resolución de esta situación, que le avisara, por favor. La misma consigna había sido transmitida a todos los habitantes del gueto y, en particular, a los profesores de la Academia. Se sentía una especie de temor en el ambiente, como una cautela que había "apagado" un poco el aire de festividad que normalmente acompañaba esas fechas.

En casa de Ulgier y Mina, no era la excepción. La alegría que había traído de manera temporal el fruto mágico de casa de Nidia se había disipado a raíz de todos los acontecimientos recientes: el Incidente de los Sesenta y Seis, los ataques de los dragones bebé y ahora estas muertes misteriosas, que venían a añadir tristezas adicionales a las que ya la familia estaba teniendo, por causa de la ejecución de Rinto y el encarcelamiento de Niza. Julie, una niña de escasos 29 años, era la única bisnieta que por el momento tenía la pareja. Julie era la hija única de Vince, el primogénito de Lasko. Al regresar Ulgier al gueto tras sus treinta años de exilio, fue motivo de gran alegría para él enterarse de que tenía una bisnieta. Y es que ese día en casa del patriarca se sentía un aire de fiesta. Su familia había comprendido más a fondo quién era él, sus virtudes, sus fallos y cómo tales errores desencadenaron eventos tan terribles, que escaparon por completo de su conocimiento y control.

Y es que cada persona debe responsabilizarse de sus propios actos, mas no de los actos de los demás. Ni siquiera alguien que considere que su opinión "influenció" a otro puede responsabilizarse de lo que ese otro haga, pues el libre albedrío siempre está presente. Vivir es, en realidad, un proceso continuo de toma de decisiones. Las consecuencias de esas decisiones son parte de las cosas con las que tenemos que aprender a lidiar y ese aprendizaje lleva inmersa siempre una decisión. Normalmente, no podemos elegir lo que nos sucede, pero siempre podemos elegir lo que hacemos al respecto.

Pero volviendo al tema de la bisnieta de Mina y Ulgier, el caso es que, en los últimos meses, Julie se había vuelto sumamente apegada a sus bisabuelos y, al menos una vez por semana, pedía permiso a sus padres para quedarse a dormir en casa de ellos. Julie había empezado a interesarse por la cocina ese año y ya le había dicho a su bisabuela, en confidencia, que cuando fuera grande ella quería ser cocinera y tener una fonda donde ofrecer muchos de los platillos que Mina preparaba pues, de acuerdo con su punto de vista, su bisabuela era la mejor cocinera del mundo. A Julie le encantaba aprender secretos nuevos para que el sabor de la comida mejorase y descubrir el sabor de exóticas especias era un mundo de fascinación para la pequeña. A diferencia de los jóvenes de su edad, Julie había mostrado gran interés por aprender el antiguo idioma Consciente. Eso había cautivado a su bisabuelo, que era férreo defensor de las tradiciones y de que los jóvenes dominaran esa lengua, en vez de simplemente aprender conjuros y repetirlos mecánicamente. Los mejores hechizos habían surgido gracias a la creatividad de innumerables Conscientes que, ideando combinar las palabras en determinada forma, habían inventado nuevos rituales o conjuros. Según Ulgier, esa fabulosa creatividad se estaba perdiendo, bajo la absurda idea de que "todo estaba ya inventado".

La prueba más reciente de que había aún mucho que inventar estaba en el Ritual de Reparación que él y su nieta habían diseñado, con la colaboración de sus cuatro hijos, profesores de la Academia y hasta la curandera de la tribu Shuntai. Todos habían aportado ideas valiosas para lograr uno de los milagros más impresionantes y de afectación más amplia en toda la historia de Koiné. Ese mismo ritual había sido replicado por los acólitos y el profesorado de los monasterios en menor escala, con los mismos excelentes resultados. Sí, el ritual ya estaba inventado y era maravilloso que se pudiese reutilizar. Pero Ulgier estaba convencido de que aún se podían idear infinidad de otros conjuros y rituales. Y Julie estaba de acuerdo con él, por lo que se había interesado en que su bisabuelo le enseñara lo más posible. Y así Julie encontró temas de afinidad con sus dos bisabuelos, que la consentían y amaban en gran medida.

A Julie le parecía interesantísimo todo lo que se había revelado en aquella reunión familiar previa a que Urso les propusiera a todos otorgarle a su patriarca el perdón para que regresara de su exilio. Sentía que era heredera de un patrimonio familiar intangible muy valioso y, todas las noches, antes de dormirse, se imaginaba de qué forma ese inmenso poder de sus ancestros se manifestaría en ella misma cuando llegara el momento. Por otro lado, el haber entrado en contacto con los Lumínicos a una edad tan temprana había logrado que la niña abriese su mente a otras formas de pensar y de ver el mundo, con menos apego por las cosas materiales y con una expresión del amor más libre y pura. Y así fue como, una de tales noches, la joven Consciente dejó divagar su mente, imaginando cómo se sentiría no tener cuerpo y ser una criatura de luz. Justo antes de quedarse dormida, de sus labios salió una antiquísima palabra en el antiguo idioma Consciente que había aprendido de su bisabuelo ese día, la cual –decía él– era la que se utilizaba para referirse a los Lumínicos hacía muchos milenios, cuando aún no se ocultaban de los seres físicos: —*Duhovi*.

En sus sueños, Julie se sintió flotando en medio del aire, encima de sí misma, que seguía dormida en su cama. Al mirar sus manos, notó que eran semi translúcidas y emanaban una tenue luz. Observó todo el derredor de su habitación y pensó que quería ver su casa desde arriba. De inmediato se vio flotando a varias decenas de metros encima del techo de su casa. Desde esa altura, observó el cielo estrellado y el gueto iluminado por la pálida luz de la luna, que estaba menguando hacía varios días. Se preguntó si desde esa altura podría divisar la Prisión de Kontar y eso la hizo recordar a su prima que era mitad Forzuda y mitad Consciente. En un instante, se vio flotando dentro de una pequeña habitación, donde no había adorno alguno en las paredes y sólo una pequeña puerta cerrada de un lado y una abertura con rejas del otro. Niza estaba dormida en un sencillo lecho, cubierta por una frazada. Pensó en el Lumínico amigo de Niza, Fizz. Se vio en una zona llena de altas montañas cubiertas de nieve, donde Fizz y otros Lumínicos estaban comunicándose y flotando de un lado a otro. La escena le evocó la historia que su tío abuelo Rinto había relatado acerca del día en que su bisabuelo lo había enviado a los Picos Nevados con un hechizo de distanciamiento. Al enfocarse en Rinto, de inmediato se vio en un lugar donde no había nada, sólo luz en todas direcciones. Y ahí encontró a su tío abuelo Rinto, sonriéndole, con su cara en perfecto estado y no como ella lo recordaba.

—Hola, Julie —le dijo Rinto.

—¿Tú sí me puedes ver? —dijo la niña, curiosa.

—Claro —replicó él. —Se ha manifestado tu habilidad: puedes viajar a los planos astrales sin que tu esencia abandone tu cuerpo físico. Eres la primera Consciente que logra eso.

—¿Es en serio? —dijo ella, con gran alegría.

—Es en serio —dijo él. Agregó: —Hay un mensaje importante que debes llevarte contigo, Julie. Es en relación con las muertes misteriosas que están sucediendo en el gueto.

—Dime.

En ese momento, Julie despertó con sobresalto, cuando el viento empujó una cortina de su cuarto, tirando al piso la lámpara de su mesa de noche. Otra vez, se había quedado dormida sin cerrar la ventana. Julie se quedó repasando las imágenes tan vívidas de la ensoñación que acababa de tener. «¡Qué sueño tan raro!» pensó. Cerró la ventana, recogió la lámpara del piso y limpió el reguero de aceite.

—¿Julie? —dijo Layla, su madre, desde una habitación cercana. —¿Todo bien?

—Sí, mamá. Perdón. Me dormí con la ventana abierta de nuevo y el viento botó la lámpara.

—Bueno, ten más cuidado, hija. Buenas noches.

—Buenas noches, mamá.

La niña se volvió a quedar –ahora sí– dormida, ignorando que el viaje astral que acababa de efectuar había sido real y sin haber recibido el mensaje importante que su difunto tío abuelo había intentado darle.

Capítulo XXIII:

Llamado de auxilio

¡Andar...! ¡No!

El último tramo del trayecto sobre el *kunitro* de Jantl, Belgier lo había recorrido en estado inconsciente. Su fiebre era altísima y parecía estar alucinando o soñando con lo que había pasado en su gueto días atrás. Jantl lo traía prensado con sus brazos, mientras sostenía con firmeza las riendas. Tanko venía tras ella, al pendiente de cualquier eventualidad.

Faltaba una hora para el mediodía cuando llegaron a la entrada del Castillo que llevaba directo al establo. Los guardas abrieron sin demora la compuerta. Una vez en el establo, Tanko bajó presuroso de su *kunitro* y recibió al joven Consciente, que se dejó caer cuando Jantl aflojó uno de sus brazos. La Eterna bajó de su bestia y ambos se dirigieron raudos a los aposentos de aquélla, quien conservaba aún el sobrante de un medicamento para prevenir infecciones y bajar la fiebre que le hubieran prescrito los médicos Pensantes cuando había estado al borde de la muerte. El medicamento, que era una especie de polvo blanquecino, se colocaba debajo de la lengua del paciente, desde donde el ingrediente activo era llevado rápidamente al torrente sanguíneo, para su distribución a todo el organismo. Su efecto era de amplio espectro y resultaba ideal para atender infecciones masivas que estuviesen ocurriendo en múltiples partes del cuerpo simultáneamente. Después de administrarle a Belgier el medicamento, Jantl se acercó a su escritorio, donde tenía el cuaderno mágico, y se puso a escribir en él la siguiente nota:

Querido Ulgier:

Prepárate, mi amado amigo, porque esta carta te revelará noticias terribles.

Lino ha muerto envenenado a manos de Nuintn, quien estuvo a punto de acabar con mi vida también, de no ser por la oportuna asistencia que me brindó mi fiel Tanko. Yo fui atacada con una daga, no con veneno: por eso logré sobrevivir.

Después de que me repuse del ataque, iba camino a Bontai para avisarle personalmente a Kira acerca de la muerte de su hijo, cuando la encontré a ella junto con otros tres, asistiendo al joven Belgier de Zandar, que fue el único sobreviviente de su gueto tras el ataque de los dragones, antes de que fuesen controlados.

No sé si recordarás a Belgier: es aquel muchacho que te comenté hace mucho que puede deshabilitar y rehabilitar el poder de los vuestros con sólo tocarlos. Bueno, él está gravemente herido a raíz de un hechizo de distanciamiento cuya caída no fue capaz de amortiguar y requiere recibir asistencia de Nidia urgentemente, pues creo que está a punto de perder ambas piernas.

Ahora bien, el tema <u>más crítico</u> de todos es éste: Lino visitó a su madre en sueños, para revelarle el secreto que logró extraer de la mente de Nuintn antes de morir. Nuintn ha logrado distribuir harina y vino adulterados <u>en todos los guetos del planeta</u>, pues sabe que vosotros soléis comer el Novogo Kruh *acompañado de vino el primer día del año. Cuando ambos se combinen, se reconstruirá la toxina que reside en las flores de la Isla de los Jardines, la cual es en extremo potente y para la que no existe antídoto conocido, causando la muerte en cuestión de minutos con la mínima dosis.*

Ulgier: <u>el año termina</u> HOY. *Espero que veas esta nota antes de irte a dormir, o mañana antes de que iniciéis vuestro desayuno de Año Nuevo y puedas difundir la alarma entre los tuyos. Por favor, confírmame apenas leas esto.*

Con extrema preocupación,
Jantl

P.D.: Alertaría a los Conscientes de la Gran Ciudad, pero, como sabes, para estas fechas prácticamente todos vuelven a sus guetos de origen. Los monasterios están desiertos, salvo por el personal Forzudo de apoyo, que está fuera de peligro.

En Kontar, en el despacho de Ulgier, el papel del cuaderno mágico "gemelo" resplandeció cuando se replicó en sus páginas aquel desesperado mensaje. Hacía poco más de dos horas había amanecido en el gueto y, desde temprano, Ulgier y Mina habían salido a hacer varios mandados de último minuto, para recibir a toda su descendencia en casa, a mediados de la tarde. Los acompañaba Julie, quien tan sólo dos noches atrás había tenido un extraño sueño.

Los tres estaban en el Mercado Central del gueto, en un puesto de frutas y verduras. A diferencia del Mercado de la Gran Ciudad –que no estaba abierto el último día del año– el Mercado Central de Kontar bullía en actividad ese día, pues muchos de los habitantes del gueto solían dejar para última hora sus compras, en espera del último salario del año, que lo recibían temprano, el 36 de *Yat*. Al ser éste un día festivo, les daba oportunidad de hacer sus compras con calma. Ulgier estaba conversando con el dueño del puesto muy animadamente, pues este último le estaba comentando a aquél que justo el día anterior acababa de llegar de la Gran Ciudad su hijo menor. Mina estaba seleccionando algunas frutas que quería preparar en conserva como uno de los postres para después de cenar.

—Abuelita… —dijo la niña, dirigiéndose a Mina.

—Dime, mi amor —contestó ella, agregando: —Huele qué suave perfume tiene este *ručica*. Este es el punto exacto en que debe estar para que no se pase de dulce la compota.

—Ummm, sí… —dijo Julie. —Qué rico —se quedó pensando si le decía o no a su bisabuela lo que le quería decir. Decidió que sí. Insistió: —Abuelita…

—Dime, mi hijita.

—Es que antenoche soñé con tío.

—¿Con cuál tío?

—Con tío Rinto.

A Mina se le estrujó el corazón cuando escuchó ese nombre. No queriendo alterar a su bisnieta, fingió que todo estaba bien y dijo, con una sonrisa forzada que pretendía ocultar su tristeza:

—Ah, ¿sí? Qué bueno, mi amor. ¿Qué soñaste?

—Fue un sueño raro… Pero bonito. Primero, me veía a mí misma durmiendo en mi cama. Luego, estaba arriba de mi casa, viendo el gueto. Después, veía a mi prima Niza durmiendo en un catre, dentro de un cuartito muy pequeño, con una ventana llena de barrotes. Al rato, veía unas montañas lindísimas, todas blancas. Y, al final, veía a mi tío Rinto, en un lugar lleno de luz. Era muy guapo, no tenía la cara como cuando lo conocí.

Ulgier, que había comenzado a poner atención al relato de su bisnieta cuando escuchó la descripción de la celda de Niza, se acercó a donde ella y su mujer estaban conversando. Le dijo:

—¿Me podrías describir en detalle el cuarto donde viste a tu prima Niza, corazón?

—Claro, abuelito —dijo la niña, dulcemente. —Era un espacio muy pequeño, de paredes lisas, sin adornos. De un lado, había una puerta, frente a ella, esa ventana con barrotes. El catre donde estaba durmiendo Niza estaba del lado izquierdo, teniendo la ventana esa de frente. Había una mesita bajo la ventana, con un libro y, frente al catre, un retrete —la niña se rio avergonzada cuando dijo esto último.

Ulgier miró a Mina con cara de asombro. «¿Cómo puede saber tanto detalle respecto a la celda, si nunca ha estado en ella?» pensó. El anciano se puso de cuclillas y, viendo a su bisnieta a los ojos, le preguntó:

—Cuando viste a tu tío Rinto, ¿te dijo algo?

—Sí… Lo recuerdo claramente —dijo Julie. —Como si lo estuviera viendo en este momento. Mi tío me dijo: «Se ha manifestado tu habilidad: puedes viajar a los planos astrales sin que tu esencia abandone tu cuerpo físico. Eres la primera Consciente que logra eso». La verdad, no entendí muy bien qué me estaba queriendo decir, pero me sentí contenta.

Ulgier casi da un grito. Pero hubiera sido un grito de alegría y de asombro. ¡La primera habilidad innata de su bisnieta de había manifestado! ¡Y era una habilidad única, no conocida hasta el momento! Contuvo el impulso y, con mucha tranquilidad, le preguntó a su bisnieta:

—¿Qué más te dijo?
—Bueno, yo le pregunté que si era en serio. Él me dijo que sí. Y luego me dijo algo muy raro: «Hay un mensaje importante que debes llevarte contigo. Es en relación con las muertes misteriosas que están sucediendo en el gueto». Y ahí desperté.

Ulgier se enderezó y miró a su esposa a los ojos. Ella estaba tan emocionada como él, y alarmada a la vez, porque aquello era definitivamente un mensaje del más allá. Desde que había recibido la "visita" de su hijo, meses atrás, no había vuelto a suceder. Su bisnieta parecía tener control del proceso gracias a su habilidad innata. Y había un *mensaje importante* que no había podido recibir en relación con las muertes misteriosas.

—¿Recuerdas qué estabas haciendo antes de comenzar a soñar eso, mi amor? —inquirió Mina.
—Pues… estaba pensando en Fizz. Me imaginaba qué bonito sería poder volar como él.
—¿Recuerdas si dijiste algo? —preguntó Ulgier.
—Creo que sí… Me acordé de esa palabra antigua que me enseñaste. Pero no estoy segura si la dije o la pensé.
—¿Palabra antigua…? —caviló el anciano. —¡Ah! ¿*Duhovi*?
—¡Esa! —dijo la niña, emocionada.
—Eso significa *espíritu*, mi amor —aclaró Mina. Y viendo a su esposo, preguntó: —¿Por qué le enseñaste esa palabra?
—La niña quiere aprender, mujer —dijo Ulgier, con acento paternal. —Y bueno, ella quería saber cómo se decía *Lumínico* en el antiguo idioma Consciente. Yo le dije esa palabra, que es la más aproximada a lo que me evoca verlos, porque no existe una palabra *exacta* para nombrar a esa Raza en nuestra lengua.
—Muy bien —dijo Mina sonriendo, mientras veía a su bisnieta. Viendo a su esposo, agregó: —Amor, aún nos falta comprar varias cosas y yo todavía tengo que llegar a casa a cocinar. Ya me puse de

acuerdo con Fara, Tania y Rushka, porque si no se me habría cargado a mí todo. Ellas van a traer un postre, una entrada y una ensalada, cada una. Aparte, le pedí a cada uno de mis nietos un bocadillo distinto, algo sencillo de picar, en lo que cenamos.

—Está bien, amor —dijo Ulgier, cariñosamente. —Más tarde yo sigo hablando con Julie del tema.

Mina pagó por las frutas que había seleccionado. La pareja se despidió del dependiente y se marcharon.

Varias horas más tarde, la casa de la pareja era un mar de actividad, cuando toda la familia comenzó a llegar, con gran bullicio. Es maravillosa la capacidad de sanar que tienen los jóvenes. Tal vez sea porque su corazón aún no ha recibido tantos embates de la vida, o quizás se deba a que su mente está más abierta a recibir nuevas experiencias, que tienden a dejar el pasado atrás con mayor facilidad. Sea la razón que fuere, ese aire festivo de toda su descendencia era en extremo contagioso y, por unas cuantas horas, la pareja dejó totalmente a un lado sus tribulaciones. Las horas transcurrieron velozmente y llegó la hora de cenar. La sobremesa estuvo muy animada y, de entre todos los postres, el que más halagos recibió fue la compota de *ručica* que había preparado Mina, mientras le enseñaba su secreto a Julie para que tuviera ese leve picorcillo que estimulaba el paladar tan placenteramente.

En el resto de los hogares de ese gueto y de los demás guetos, las celebraciones de Fin de Año se estaban dando con mucha algarabía y felicidad. Algunas familias acostumbraban a encender juegos pirotécnicos justo cuando cambiaba el año, lo cual inundaba el obscuro cielo nocturno de luces multicolor y estallidos por todas partes. Esa noche había luna nueva, por lo que el cielo estaba perfectamente negro: el lienzo ideal para aquella pintura en movimiento de luces saltarinas por doquier, compitiendo con el tímido fulgor de las estrellas, que palidecían ante aquel magno espectáculo que duraba unos pocos minutos.

En el castillo flotante, se había armado una reunión muy bonita: Los Cuatro Gemelos invitaron no sólo a sus padres, sino a todos los ancestros que aún seguían con vida (una gran parte del árbol genealógico que les había mostrado Porthos había perecido en las Batallas contra Eternos, hacía siglos). Así mismo, incluyeron en su lista de invitados a algunos amigos cercanos y excompañeros de la Academia con quienes aún conservaban algún vínculo de amistad, así como a Porthos, Helga y Tiglia. Wesko y Regina, así como Linda y Grent no cesaban de recibir elogios y felicitaciones por sus cuatro retoños, que no podían hacerlos sentir más orgullosos.

En honor a sus invitados, Los Cuatro Gemelos organizaron un espectáculo en el que los dragones volaban alrededor del castillo flotante, debajo del inmenso peñón donde se había construido éste, sobre las cimas de las montañas que rodeaban el valle, cruzándose con aparente riesgo de colisionar unos contra otros –sin hacerlo– mientras lanzaban llamaradas por sus hocicos de cuando en cuando, para el deleite y efusivos aplausos de los espectadores.

En casa de Mina y Ulgier, todos se fueron a dormir ya bastante avanzada la madrugada. Con el trajín de las celebraciones, Ulgier olvidó por completo retomar el tema que había quedado pendiente con su bisnieta. Además, el patriarca seguía sin darse cuenta de que un mensaje esperaba pacientemente ser leído en el cuaderno mágico que yacía sobre el escritorio de su despacho.

Un mensaje de vida o muerte… Literalmente.

Capítulo XXIV:

Un año nuevo ajetreado

—*Y*a no queda mucho tiempo, pequeña.

    —Perdón, el otro día me fui sin despedirme.

    —No importa. Pon mucha atención, por favor.

—Está bien. Te escucho.

—Dile a tu bisabuelo que tiene un *mensaje urgente* en el cuaderno.

—¿Eso es todo?

—Hay algo más: Niza. Ella *debe vivir*. Ella es *muy importante*.

—De acuerdo. Hasta pronto, tío.

—Hasta pronto, Julie. Te amo.

—Yo también, tío. Gracias.

Julie abrió los ojos. Sus padres la habían mandado a dormir mucho antes que los demás, cuando hubieron terminado los juegos pirotécnicos, apenas la vieron que comenzó a entrecerrar los ojos debido al sueño. La pequeña se había quedado profundamente dormida casi de inmediato y se despertó con el excesivo ruido que sus tíos y primos hicieron antes de acostarse a dormir, varias horas más tarde. De mal humor, estuvo dando vueltas en la cama, tratando de conciliar el sueño de nuevo, sin lograrlo. Bajó a la sala de casa de sus bisabuelos y se quedó ahí sentada, mirando por la ventana el cielo estrellado. Ya casi todas las estrellas habían partido y el cielo comenzaba a tener tonos más claros. Recordó la conversación que había tenido con sus bisabuelos en el Mercado y le picó la curiosidad por intentar volver a ver a su tío abuelo fallecido.

Cerrando los ojos, se concentró en el mismo pensamiento que había tenido la última vez: en lo que se sentiría no tener cuerpo y poder flotar libremente como Fizz. Cuando la inundó el sentimiento de libertad que sintió la vez anterior que hizo el viaje astral, pronunció aquella antigua palabra: —*Duhovi*. De inmediato se sintió flotando frente a sí misma y se vio ahí, sentada en el sillón, con los ojos cerrados. Lo siguiente que hizo fue concentrarse en Rinto.

Los viajes astrales son tema conocido y estudiado por nuestra Raza desde hace siglos. Sin embargo, en nuestro caso, la habilidad de desprender la conciencia del cuerpo físico es algo que hemos desarrollado gracias a nuestra estructura mental, que evolucionó a lo largo de milenios para permitirnos emitir ondas de pensamiento en diferentes frecuencias. No os preocupéis: no os agobiaré con una disertación teórico – filosófica al respecto. Lo único que os quiero decir es que la mente de los Conscientes no estaba preparada para lograr un viaje astral, a menos que lo hiciesen a través de la manipulación de la Energía del Universo, gracias al poder inherente en la genética de su Raza —que había evolucionado, también por milenios. Julie era capaz de canalizar dicha energía a voluntad por medio de su cuerpo físico que, evidentemente, mantenía una conexión con sus cuerpos sutiles: etéreo, emocional, mental, astral, intuitivo, celestial y causal. La habilidad innata de Julie le permitía elevar la frecuencia vibracional de los primeros tres para usar el cuarto como vehículo que le permitiera entrar en contacto con dimensiones que trascienden el plano físico. Y eso era un logro totalmente nuevo para esa Raza.

Cuando Julie abrió los ojos, notó que ya había amanecido. Recordaba con total claridad lo que acababa de hablar con su tío abuelo. Subió a la recámara de sus bisabuelos y, acercándose a Ulgier, lo movió suavemente.

—Abuelito. Despierta.

Ulgier, que tenía apenas cuatro horas de haberse dormido, se remeció en la cama, sin despertarse siquiera. Julie insistió:

—Abuelito. Es importante. Acabo de hablar con Rinto.

Mina abrió los ojos y se incorporó.

—¿Julie? ¿Qué acabas de decir?
—Abuelita. Acabo de hablar con Rinto de nuevo. Dice que hay un mensaje urgente para abuelito en el cuaderno.

—¡Ulgier! ¡Despierta, por favor! —dijo Mina, alzando un poco la voz.

Ulgier abrió los ojos, totalmente adormilado aún. En la penumbra, logró distinguir a duras penas a su bisnieta, sin comprender lo que estaba pasando.

—¿Qué? —dijo.

—Julie acaba de hablar con Rinto. Le dijo que tienes un mensaje urgente en el cuaderno.

Al escuchar esto, Ulgier se puso alerta de inmediato. Se sentó en la orilla de la cama y, apoyándose en el hombro de su bisnieta, se puso de pie.

—Vamos a ver qué es la cosa —dijo, mientras arrastraba los pies para salir de la habitación. Mina se fue tras él.

Al llegar al estudio, el anciano corrió las cortinas del ventanal para que entrara la luz que, a esa hora, ingresaba atrevida a lo largo del recinto, intentando cubrir con su tibio manto la puerta que, indiscreta, la dejaba adentrarse al pasillo. Ulgier se sentó en la silla de su escritorio, acercó el cuaderno mágico hacia sí y lo abrió. Comenzó a pasar las hojas, hasta que llegó a la última anotación, escrita con la letra de Jantl. La leyó detenidamente. Con cada línea, abría más sus verdes ojos. Casi al final de la carta, se llevó la mano derecha a la boca, lleno de estupor. Mina y Julie lo observaban, en silencio. La ansiedad de Mina iba en aumento. Cuando Ulgier levantó la mirada del escrito, se quedó viendo a Mina, mientras procesaba lo que acababa de leer.

—¿Y bien…? —inquirió Mina, con impaciencia.

—El *Novogo Kruh* y el vino… Por toda la Energía del Universo —dijo él, casi en susurros. —Y ya ha amanecido… ¡Niza!

—Por lo más bello y puro que existe, mi vida. No me dejes así, dime qué está pasando —suplicó Mina.

—No debéis tocar el *Novogo Kruh* ni el vino —ordenó el patriarca.

—¿Por qué? ¿Y la tradición? —dijo ella, con tristeza.

—Si seguimos la tradición, moriremos todos —sentenció él.

—¿De qué hablas? —cuestionó ella, alarmada.

—De alguna manera, Nuintn logró adulterar toda la harina y el vino de los guetos. Si ambos se combinan, se reconstruirá una toxina tan potente que nos mataría en cuestión de minutos.

Su esposa y su bisnieta abrieron mucho los ojos y la boca. Se quedaron mudas, sin poder decir palabra. Ulgier se levantó de su escritorio y, corriendo, regresó a su habitación, para cambiarse la túnica de dormir por una capucha. Mina y Julie se fueron tras él, que ingresó al armario para mudarse. Cuando salió, miró a su esposa a los ojos y le dijo:

—En tus manos queda que nuestra familia esté a salvo. Te amo.

—Primero me muero antes de permitir que alguien más de los nuestros perezca por culpa de ese malnacido —dijo Mina, con firmeza. Julie la miró con cara sorprendida: jamás había escuchado a su bisabuela hablar de ese modo. Mina añadió: —Apúrate. Yo también te amo.

—¡*Duk skok!* —exclamó Ulgier. Desapareció.

Varias horas antes, en el Castillo, el tiempo había pasado con dolorosa lentitud: diez horas sin tener noticias de Ulgier. La fiebre de Belgier había bajado –gracias al medicamento de aplicación sublingual que le hubiere administrado Jantl– pero el color de sus piernas indicaba que una gangrena era inminente. Después de que habían llegado al Castillo y ella hubo escrito la nota, la Eterna había permanecido en sus aposentos el resto del día a la expectativa y cuidando del joven Consciente. Tanko, reincorporado a sus actividades de rutina, le había estado trayendo cosas de comer a su amiga. Cuando vio al enfermo despierto al inicio de la noche, después de que su delirio febril hubo pasado, también trajo algo de comer para éste y para él mismo.

En el resto de la Gran Ciudad, sus habitantes celebraban el cambio de año y había un aire festivo muy propio de la época. Los Eternos suelen organizar fiestas apoteósicas, donde no escatiman en costos y suelen caer en excesos muy propios de su Raza. Ese año no había sido la excepción. Los Forzudos, por su parte, organizan reuniones grupales donde amigos, compinches, familiares, conocidos y no tan conocidos, por una vez al año dejan a un lado sus diferencias para celebrar que aún la Muerte no vino a llevárselos. Para nosotros los Pensantes, esas fechas suelen ser de reflexión y recogimiento, por lo que usualmente cada familia se reúne en casa a cenar y estar juntos, recordando los momentos más importantes del año que termina, mientras elevamos una plegaria de agradecimiento al Universo por permitirnos seguir aprendiendo y creciendo.

Horas más tarde, cuando el año hubo cambiado en las dos zonas horarias del Valle de la Gran Ciudad, Tanko se fue a dormir, tras la insistencia de Jantl. Ella se quedó en vela, mientras que Belgier sí logró dormirse. «Ulgier, por favor, revisa tu cuaderno…» suplicaba ella en su mente, con aquella angustiante sensación de impotencia e indefensión. Jantl no solía quedarse esperando a que las cosas sucedieran: era una mujer de pasar a la acción cuando era necesario. Pero ahora no tenía otra opción. Su memoria eidética se puso a repasar con detalle todos los acontecimientos recientes y pensó que todo había iniciado con su dimisión. Se corrigió a sí misma. No. No podía culparse de ello. Cada quien había tomado sus propias decisiones. Y la intención de ella siempre había sido lograr el bien mayor. Además, presentía que las acciones de Nuintn tenían una explicación que iba más allá de los acontecimientos recientes. Un plan tan macabro no podía haberse organizado en pocos meses. Cuando pensó en la metodicidad y paciencia que se había requerido para lograr algo así le dio un escalofrío. Y la hipocresía, el engaño, la labia… El crimen de ese hombre era imperdonable. No había un motivo, fuese cual fuese, que resultara suficientemente poderoso como para justificar sus actos.

—Buenos días. ¿No dormiste nada? —dijo Tanko, sacándola de sus reflexiones.

—Hola, corazón —contestó ella. —No, estuve despierta toda la noche.

—¿Cómo sigue Belgier? —inquirió él.

—La fiebre no ha regresado, pero sus piernas cada vez lucen peor —dijo ella, en susurros. —Si no recibe asistencia especializada pronto, perderá sus extremidades y, si la gangrena se esparce, es probable que le dé un choque séptico y muera.

Tanko miró al Consciente, sintiendo pena por él. Veintiocho horas sin tener noticias de Ulgier. Ya era Año Nuevo, pero la situación actual no daba cabida a felicitaciones.

—Voy a preparar el desayuno —dijo, finalmente.

—Está bien, hermoso. Gracias.

El Forzudo se marchó.

—Buenos días —dijo Belgier.

—Hola, dormilón —contestó ella, tratando de animarlo.

—Escuché lo que le dijiste a Tanko. ¿Cuánto tiempo tengo antes de que me dé ese choque séptico del que hablas?

—No lo sé, mi amor —replicó ella. —No soy médico.

—Pase lo que pase, quiero que sepas que estoy muy agradecido por tu ayuda. Y el saber que la amenaza que destruyó mi gueto está controlada, me ayudará a morir en paz, si eso es lo que debe pasar. Mi abuelo me debe estar esperando en el más allá —sonrió.

—Es muy pronto aún para sacar conclusiones —dijo ella, con dulzura. —Y lo que hice por ti, lo habría hecho por cualquiera en tu condición.

—Lo sé. Y eso es lo que te hace ser una persona increíble. Le agradezco al Universo que haya permitido que nuestros destinos se cruzaran de nuevo. Ahora sí que jamás te olvidaré —dijo sonriendo, antes de que una punzada de su pierna izquierda le hiciera dar un pequeño grito.

—Reposa, querido. No te esfuerces. Tengo fe de que mi amigo verá la nota que le envié pronto.

La mañana avanzó con lentitud. Seis horas más tarde, cuando ya habían desayunado y estaban conversando tranquilamente, se escuchó un sonido característico, como si una bolsa de aire soplase en todas direcciones, proviniendo del balcón de la habitación de Jantl. Ella reconoció de inmediato ese sonido y sus ojos color violeta, impregnados de júbilo, se encontraron con unos ojos verdes que destilaban bondad.

—¡Ulgier! —exclamó Jantl, poniéndose de pie.

—Perdóname por haber leído tu mensaje hasta ahora —dijo él, con cara de angustia. —Ya mi familia está sobre aviso, con excepción de Niza —miró al joven que estaba tendido en el lecho de su amiga y dijo: —Tú debes ser Belgier.

—Sí señor —replicó el enfermo. —Gracias por haber venido.

—Ni lo menciones —dijo él, acercándose al lecho. Colocó su mano derecha sobre el hombro de Belgier y, mirando a Jantl mientras extendía su brazo izquierdo, le dijo: —¿Vamos?

Jantl se acercó a él y lo tomó de la mano. Ulgier conjuró su hechizo de teleportación y los tres desaparecieron.

—¡Nidia…! ¡Nidia! —exclamó Ulgier, mientras tocaba repetidamente la puerta de la casa de la curandera.

Nidia abrió la puerta, asustada por aquel frenesí con que el anciano la llamaba. Siglos de que le ocurriesen situaciones parecidas y aún no se acostumbraba a que la gente llegase a su casa a cualquier hora del día con alguna emergencia. Prefería cuando sacaban cita.

—¡Ulgier! —dijo, notando a su lado a una Eterna bellísima y un joven Consciente sentado en el piso, con sus piernas entablilladas, mostrando signos evidentes de toxemia.

—La harina y el vino están adulterados —dijo Ulgier, pasando por alto los formalismos. —Cuando se combinan, se reconstruye la toxina que hay en las flores de la Isla de los Jardines. Eso es lo que ha estado causando las muertes en el gueto.

—¡Por mis pacientes! —exclamó Nidia. —¡Nuestra tradición de Año Nuevo…!

—Ya lo sé —dijo él. —No hay tiempo que perder. Por cierto, él es Belgier. Te lo encargo mucho —y, diciendo esto último, tomó de nuevo la mano de Jantl y ambos desaparecieron.

En la Prisión de Kontar, todos los prisioneros ya estaban en el comedor. La mayoría de ellos se encontraban sentados y tenían en sus bandejas una porción del *Novogo Kruh*, junto con media copa de vino. A Niza, como de costumbre, la habían dejado de última en la fila: ninguno de los prisioneros se sentía cómodo de que una Forzuda estuviese entre ellos. Sus exdiscípulos, contenidos por el Ritual de Vinculación, eran los únicos que la trataban con algo de respeto aún, pero siempre estaban de primeros en la fila del comedor, para evitar tener que cederle el paso a su antigua líder. Cuando Niza apenas se estaba sentando, todos levantaron la copa de vino y exclamaron:

—¡Que este Año Nuevo sea mejor que el anterior! —y le dieron un mordisco al pastel de celebración. Niza hizo lo mismo.

Todos se acercaron la copa de vino a la boca, incluida Niza. En eso, la copa de ella se zafó de su mano y salió disparada estrellándose contra una pared. Comenzaron a sonar copas quebrándose, cayendo al piso. Notó espantada que, a su alrededor, todos los prisioneros y el personal de servicio, estaban en el piso, convulsionando. Cuando levantó la vista, vio en la puerta del comedor a Jantl y a Ulgier, que tenía el brazo derecho extendido: había conjurado el hechizo de telekinesis sobre la copa de su nieta apenas a tiempo.

—¡Abuelo! —exclamó Niza, engullendo el bocado de pastel que tenía en la boca. —¿Qué está pasando?

Ulgier se acercó a ella corriendo y la abrazó.

—No tomes vino, mi hijita —dijo él, llorando, mientras el resto de los habitantes del gueto, incluidos Astargon y su hijo Delor, estaban cayendo muertos por todas partes.

Capítulo XXV:

Recuperación tardía

—**X**antha —dijo Mina—, qué bueno que ya despertaste. Ven, ayúdame, por favor.

—Sí, abuela —dijo la hija menor de Lasko y Tania.

Después de que Mina le hubo explicado a Xantha lo que estaba pasando, ambas comenzaron a llevar los pasteles de celebración de Año Nuevo al patio trasero de la casa, mientras Julie iba vaciando el contenido de varias botellas de vino en el fregadero. Cuando todos los pasteles estuvieron apilados en un solo punto, Xantha extendió sus manos hacia éstos diciendo: —*Požar*. Los pasteles quedaron reducidos a cenizas. Mina abrazó a su nieta. Julie se acercó a ellas y dijo:

—Qué buen hechizo, tía Xantha. Quisiera aprender a hacerlo algún día.

—Sé que lo harás —dijo ella, mientras le tocaba la nariz a su sobrina con ternura.

Mina notó que, afuera de su casa, no se escuchaba el sonido de gente conversando como solía suceder a esa hora del día. Su hijo mayor fue el primero en bajar a la sala.

—Buenos días, mamá —dijo. —¿Por qué huele a quemado?

—Tu sobrina me acaba de ayudar a destruir todo el *Novogo Kruh*.

—¿Qué? ¿Por qué?

—Y no sólo eso —agregó Mina—: Julie ya se deshizo de todo el vino.

—¿Qué está pasando? —preguntó Urso, preocupado. —¿Dónde está papá? ¿Discutisteis?

Mina sonrió con esa pregunta. Le dijo:

—No, mi amor. Ve y apresura a tus hermanos y al resto de la familia. Tengo algo importante que deciros.

Urso subió a zancadas las gradas que conducían a la planta alta. Pocos minutos más tarde, toda la descendencia de Mina y Ulgier estaba en la sala de la casa, expectante y mirando en silencio a la anciana, que tenía una expresión serena.

—Xantha, Julie y yo tuvimos que deshacernos de todo el vino y el *Novogo Kruh* porque estaban adulterados y, si los hubiésemos ingerido al mismo tiempo, habríamos muerto envenenados.

Todos comenzaron a hablar a la vez, alzando la voz, preguntando que cómo era posible, que qué estaba pasando, que dónde estaba su abuelo… Etcétera, etcétera, etcétera. Mina los dejó despotricar un rato y, cuando se hubieron callado, les dijo, con gesto grave:

—Creo que no dio tiempo de salvar a muchos más. Somos los últimos sobrevivientes de nuestra Raza.

En ese momento, Jantl, Niza y Ulgier se materializaron en las afueras de la casa de este último. Cuando entraron, toda la familia se abalanzó sobre ellos, a abrazarlos, llorando. Julie respiró aliviada cuando vio a Niza, pues en medio de todo el ajetreo, había olvidado mencionarle a su bisabuelo la segunda parte del mensaje de Rinto.

—Tranquilizaos, por favor… —decía Ulgier.

Niza tenía aún cara de espanto: no lograba reponerse de la impresión de haber visto morir envenenados a todos en la prisión. Pensar que dentro suyo rondaba la "mitad del veneno" que podía liquidarla en cuestión de minutos la tenía sumamente consternada. Ulgier le había explicado esto cuando habían dejado de abrazarse en el comedor de la prisión. Por su parte, Jantl se sentía totalmente abatida: ¡millones habían muerto! No lo podía creer. Nuintn se había salido con la suya. Recordó la persecución loca a la que envió a sus guardas y temió que ese ser vil y despiadado fuese a acabar con la vida de todos, con tal de huir del castigo que cada vez se ganaba con más méritos. Ni podía comenzar a imaginarse lo que estaban sintiendo Ulgier y su familia, que estaban a punto de convertirse en una Raza en peligro de extinción.

Todos salieron de la casa. Las calles del gueto estaban desiertas y sólo se escuchaba el sonido del viento y de los pájaros que, ignorando por completo que la Muerte había segado con su infalible caricia cientos de miles de vidas de aquel lugar, cantaban alegremente entre las copas de los árboles. En eso, Ulgier cayó en la cuenta de algo.

—¡Kontar va horas adelante de varios guetos! —exclamó.

—¿Qué quieres decir? —preguntó su esposa.

—¡En algunos de esos guetos aún no inicia el desayuno de Año Nuevo! ¡Todavía se puede hacer algo por ellos! —concluyó.

En ese momento, todos los habitantes de Mondotar, Paskfar, Galkar, Tronkar y Laykodar estaban muriendo envenenados. Descontando a Zandar –que había sido arrasado por los dragones– en otros ocho guetos, aparte de Kontar, ya todos habían perecido. Sólo faltaban tres guetos más… Y el Valle de las Montañas Impasables. La luz del sol, que normalmente era señal de renovación, así como fuente de energía y nuevos bríos para enfrentar la vida, estaba marcando la pauta de aquella muerte masiva, perfectamente sincronizada con precisión siniestra y genocida.

Julie recordó lo que le había dicho su tío abuelo hacía unas horas.

—¡Niza! —exclamó la niña. Todos la voltearon a ver, sobresaltados.

—¿Qué ocurre? —preguntó Niza, con cara de susto.

—¡Tu papá…! Vi a tu papá —comenzó diciendo Julie. —Me dijo que tú eras *muy importante*, que *debías vivir*.

—¿De qué hablas? —preguntó Niza, frunciendo el entrecejo.

—Es su habilidad innata —explicó Ulgier, al tiempo que Vince y Layla abrían mucho los ojos, entre sorprendidos y –dentro de lo que cabía– felices de saber que su hija había manifestado su poder.

—Julie puede hacer viajes astrales, lo cual le permite, entre otras cosas, comunicarse con el más allá —terminó de explicar Mina.

—¡Oh! —exclamó Niza. —¿Y qué más te dijo papá? —inquirió, sintiéndose feliz de tener noticias de él, aunque fuese de ese modo y bajo tan terribles circunstancias.

—Sólo eso… Bueno, y lo del mensaje en el cuaderno de abuelito —aclaró Julie.

Todos voltearon a ver a Ulgier con cara de pregunta.

—Yo hechicé una pareja de cuadernos —explicó el anciano. —Uno de ellos lo tiene Jantl. Ella fue quien me avisó desde ayer acerca de esto, pero con las festividades, olvidé por completo revisar el cuaderno anoche —concluyó, avergonzado.

—No es culpa tuya que esté pasando esto, amigo querido —aseveró Jantl. —Desgraciadamente nos dimos cuenta demasiado tarde. Más bien, estoy agradecida de que hayáis podido salvaros.

—Pero… ¡los otros guetos! —insistió Ulgier. Reflexionó lo que su bisnieta acababa de decir y, viendo a Niza, ató los cabos. —¡Belgier…! —gritó eufórico. —¡Él puede regresarte tu poder!

—¿Crees que yo pueda hacer algo para detener esto, abuelo? —preguntó Niza, dudosa.

—No lo digo yo, lo ha dicho tu papá, desde el más allá —dijo el anciano, mientras le acariciaba tiernamente la cabeza a su nieta. Agregó: —Por lo pronto, vamos a casa de Nidia, a ver cómo le va ayudando a su paciente —y, viendo a Jantl, dijo: —Te necesito a mi lado, tú nos ayudarás a decidir qué hacer.

Jantl sólo asintió levemente y tomó el brazo izquierdo de su amigo. Él apoyó su mano derecha en el hombro de Niza y, conjurando su hechizo de teleportación, desapareció junto con ellas para reaparecer frente a la casa de la curandera, una vez más. Cuando la curandera abrió la puerta y los invitó a pasar, anunció:

—Logré salvarle ambas piernas a Belgier. La gangrena ha retrocedido completamente y el peligro de choque séptico ya no existe.

Jantl respiró aliviada con esta noticia. Tanto esfuerzo no había sido en vano. Mirando a Nidia a los ojos, le preguntó:

—¿Podemos verlo?
—Claro. Venid conmigo.

Los cuatro pasaron a la habitación donde Nidia había colocado a Belgier para que reposara después del tratamiento. Su cara tenía una expresión mucho más animada y sus piernas mostraban una mejoría notable.

—¡Jantl! —exclamó el muchacho, agradecido.
—Hola, corazón —dijo ella, esbozando una leve sonrisa.
—Salvaste mi vida. Muchas gracias.
—Yo sólo te ayudé a llegar con tu verdadera salvadora —dijo la Eterna, mientras miraba a la curandera de reojo.
—Tú sabes a qué me refiero —dijo él, con los ojos llenos de lágrimas. —Gracias.
—Nidia, tengo una pregunta… —inició diciendo Ulgier.
—Dime —replicó la curandera.
—¿Es posible que Belgier haga uso de la magia en estos momentos?
—No lo recomiendo —sentenció la curandera. —Preferiría esperar al menos treinta y seis horas antes de que se someta a cualquier esfuerzo extenuante. Su organismo aún se está reponiendo.
—¿Qué necesitas? —preguntó Belgier, solícito.
—Ella es mi nieta, Niza —dijo Ulgier
—Hola —dijo Belgier, saludando a Niza, mientras pensaba que parecía una Forzuda, más que una Consciente.
—Soy mestiza —aclaró Niza, que había adivinado los pensamientos del joven por la forma en que se la quedó mirando.
—¡Ahhh…! —dijo Belgier, añadiendo: —No sabía que eso fuese posible.
—El caso, mi estimado Belgier —dijo Ulgier, retomando el rumbo de la conversación—, es que ella perdió sus poderes. Pero ahora es *urgente* para nuestra Raza que los recupere.

—Ya entiendo por qué le hiciste esa consulta a la curandera —dijo el muchacho. —Ven, acércate y toma mis manos —dijo, viendo a Niza.

Niza se acercó a Belgier, quien extendió las manos. Ella las tomó entre las suyas. Belgier cerró los ojos. Niza puso los ojos en blanco y una especie de remolino se generó alrededor de ella. Niza comenzó a emanar una brillante luz por cada poro de su piel. Ulgier, Jantl y Nidia se cubrieron los ojos. Un leve estallido proveniente de Niza los tiró al suelo. Los ojos de Niza recuperaron el aspecto normal y su cuerpo dejó de brillar. Belgier se veía extenuado. Jantl se incorporó rápidamente y ayudó a Nidia a levantarse. Después, ayudó a Ulgier.

—Te dije que no era recomendable usar tu poder —dijo Nidia, con tono de regaño.

—El poder de Niza es inmenso. Esto jamás me había sucedido antes —dijo Belgier, cuando hubo salido de su asombro. —Estoy agotado, pero estoy bien.

—Muchas gracias —dijo Niza, sinceramente conmovida.

—Con gusto —dijo él. —Ahora ve y haz con tu poder todo el bien que puedas.

Los cuatro salieron de la habitación, mientras Belgier se quedaba profundamente dormido. Ya en la sala de la casa de Nidia, Ulgier se paró frente a su nieta y, posando sus manos en los hombros de ella, le dijo, mientras la miraba a los ojos:

—Hay algo que no te he contado aún, mi hijita.

—¿Qué ocurre? —preguntó ella, alarmada.

—Es Lino.

—¿Qué pasa con él?

—Ha muerto.

—¡¿Cómo?! —dijo ella, con un grito, sin poderlo creer.

En el cielo, encima del gueto Kontar, comenzaron a formarse a velocidad imposible nubarrones grises de tormenta, mientras Niza, abrazada a su abuelo, lloraba desconsoladamente.

CAPÍTULO XXVI:

Exterminio

*W*esko había terminado de partir el *Novogo Kruh* en rebanadas. Lo había ido colocando en platos que su esposa Regina fue entregando a cada uno de los invitados. Entre tanto, Grent había ido sirviendo el vino en copas, que Linda había repartido entre todos. Los Cuatro Gemelos, con sus copas en alto en una mano y su plato de pastel en la otra, observaban complacidos al grupo. Falkon tomó la palabra:

—Estimados amigos y familiares: de parte de nosotros cuatro, pedir al Universo más prosperidad y abundancia de la que ya nos ha concedido sería como no estar agradecidos con todas las bendiciones que ha traído a nuestras vidas. Sin embargo, el Universo es tan generoso, que el año que terminó hace pocas horas fue un año de crecimiento y aprendizaje más allá de cualquier expectativa para nosotros cuatro. Hemos encontrado un sentido de propósito y de cumplimiento del deber para con los demás que nos obliga a reciprocar todo ese caudal de energía positiva dedicando lo que nos queda de vida a servir a otros. Muchas gracias por estar hoy aquí y ayudarnos a mantener los pies en la tierra…

—¡… aunque ésta se encuentre flotando a cientos de metros en medio del aire! —completó Ulkan. Todos se rieron. Falkon lo miró de reojo, serio. Ulkan hizo un gesto como de sustillo.

—Que este año que inicia, nos permita siempre estar a disposición de nuestros semejantes y que el Universo nos oriente siempre hacia el camino correcto —dijo Kayla.

—… y que, a pesar de todos los sinsabores, siempre nos dé motivos para estar felices —concluyó Maya. —¡Salud!

—¡Salud! —contestaron los invitados, alzando sus copas.

Para ese momento, eran las seis del día en Kontar. Cuatro horas habían transcurrido desde que Niza había recuperado su poder y se había enterado de la muerte de Lino.

Ulgier, en su afán de hacer siempre lo correcto, había querido poner al tanto a su nieta acerca de la muerte de su hermano, sin tomar en cuenta que Niza, al no haber pasado nunca por un Rito de Iniciación, manifestaba su poder de formas impredecibles cuando experimentaba emociones intensas. Y no podía haber emoción más intensa que la de haber perdido a una de las personas que más amaba en el mundo, a su cómplice, su compañero de juegos de la infancia, su confidente, ese que la había recibido en su corazón sin miramientos cuando era apenas una chiquilla asustadiza y vulnerable que creía que lo había perdido todo. Y ahora, sentía de nuevo que lo había perdido todo. Sus lamentos eran tan desgarradores, que Nidia y Jantl no pudieron evitar conmoverse hasta las lágrimas. Ulgier la abrazaba y le acariciaba la cabeza, sin saber qué hacer o decir, arrepentido de haber sido tan inoportunamente sincero.

—Lo he perdido todo, abuelo —dijo Niza entre sollozos, cuando pudo pronunciar palabra.

—No digas eso, mi amor —le dijo Ulgier, sintiendo un gran dolor en su alma. —Todavía tienes a muchas personas que te llevamos en nuestros corazones, empezando por tu madre y Fizz, y siguiendo con tu abuela y yo, que te amamos incondicionalmente —al decir esto último, sus ojos se llenaron de lágrimas. —Por favor, serénate. Koiné te necesita. Tu Raza te necesita. Necesitamos de tu valor, mi amor.

—No sé qué hacer, abuelo. Me siento perdida. Me duele demasiado. Me quiero morir.

—No permitas que su muerte haya sido en vano —dijo Jantl, con dulzura, pero firmeza a la vez. —Te lo suplico. Ya habrá tiempo para llorar su muerte, pero ahora es el momento de darle a nuestro dolor un sentido de propósito. De hacer una diferencia, cuando aún se puede hacer algo.

Niza levantó la mirada y se quedó viendo a aquella Eterna tan sabia, que había sido capaz de perdonarle el más atroz de los crímenes, a pesar de haberla afectado de manera directa y personal. Pensó que tenía razón y se avergonzó de haber dicho en voz alta —o siquiera haber pensado— que lo había perdido todo.

«Esta impulsividad e intensidad Forzudas siempre me han traído problemas» pensó. Y luego, se dio cuenta que no podía renegar de quien ella era, toda completa. La parte Forzuda de su genética le había permitido alcanzar logros que sólo eran imaginables para los Conscientes después de siglos de práctica. Y ahora iba a usar eso a su favor, a favor de su mundo. Su mirada se llenó de determinación y, enderezándose, vio a Jantl a los ojos y dijo:

—Vamos a salvar a los que aún no han muerto. ¿Qué sugieres que hagamos?

Ulgier se llenó de orgullo, al escuchar a su nieta decir esto. «Ella es una mujer fuerte, la más fuerte que he conocido» pensó, mientras se maravillaba de la capacidad de reacción que Niza tenía ante la adversidad. En ese instante, Ulgier supo con certeza absoluta que Niza iba a sublimar todo ese dolor que estaba sintiendo para lograr algo maravilloso gracias a su inmenso poder. Jantl, que se había quedado reflexionando tras la interrogante de Niza, dijo:

—¿Por qué no usas el hechizo de teleportación con el que Salmerion nos rescató a todos del Castillo?

—¿La *teleportación cuidadosa*? —replicó Niza, dubitativa. —No sé cómo hacer ese hechizo. Vi a Astargon conjurarlo, pero no recuerdo los movimientos exactos, ni las palabras.

—Yo observé a Salmerion hacerlo y lo recuerdo *todo*, segundo a segundo —dijo Jantl, levantando una ceja.

—Para conjurar un hechizo, no es suficiente con colocar las manos en la posición adecuada y pronunciar las palabras correctas —aclaró Ulgier—: también hay que tener la intención debidamente enfocada.

—Lo sé, abuelo —dijo Niza, con ternura. —Hablamos mucho al respecto cuando estábamos diseñando el Ritual de Reparación. ¿Te acuerdas?

—¡Cierto…! ¡Cierto! —dijo Ulgier.

—¿Lo intentamos? —dijo Jantl.

—Está bien —dijo Niza, decidida. —Enséñame a hacer magia.

Jantl sonrió con ese comentario. Acto seguido, colocó los brazos y los dedos en la posición exacta que había visto a Salmerion hacerlo. Luego, dijo, viendo a Ulgier:

—Salmerion pronunció una frase, pero me da la impresión de que es una de muchas formas de conjurar el hechizo. Ya en esa parte, requeriremos de tu conocimiento y sabiduría, mi querido amigo.

—Por favor, repite la frase que pronunció Salmerion —pidió él.

—La frase que pronunció Salmerion fue: «*Paskfar središnji trg pažljiv prijenos*» —dijo Jantl.

—«Traslado cuidadoso a la plaza central de Paskfar» —dijo Niza, en voz alta, al pensar en la traducción de la frase al lenguaje común.

—Las palabras clave del hechizo son *pažljiv prijenos*, evidentemente, que son las que manifiestan la intención de llevar a cabo una "teleportación cuidadosa" —explicó Ulgier, usando el mismo tono que solía usar al impartir clases en la Academia. —Los modificadores establecen el destino. *Qué o a quién* te llevas contigo es en lo que te debes enfocar al pronunciar el conjuro.

—¿Por qué tú no lo usas, abuelo?

—Porque eso es magia muy avanzada, mi amor. Aún no soy lo suficientemente viejo para haber acumulado en mi esencia esa cantidad de poder.

—¿Y crees que yo lo pueda hacer? —dijo Niza, asustada.

—Ya escuchaste a Belgier —dijo el anciano, completamente seguro. —Y, por si necesitas más reafirmación: causaste erupciones volcánicas y sostuviste una tormenta sobre la Gran Ciudad y tribus Forzudas *por meses* sin siquiera pretenderlo… *Imagina* de lo que eres capaz si te lo propones, mi amor.

—Aún me siento triste —dijo ella. —Espero que eso no afecte.

—Canaliza ese dolor, usa esa pasión que siempre has tenido dentro tuyo para *hacer milagros* —concluyó él. En su voz había un temblor causado por la emoción.

—Está bien —dijo Niza. —¿Puedo hacer una prueba?

—Por supuesto —contestó Ulgier. —Adelante.

Niza colocó los brazos y las manos en la posición exacta que le había mostrado Jantl y, enfocándose en ella misma, su abuelo, la Eterna y la curandera, dijo: —*Izvan iscjeliteljske kuće pažljiv prijenos.* Una suave luz envolvió a los cuatro y desaparecieron, para reaparecer en las afueras de la casa de Nidia quien, sin tiempo ni de decir: «¡A mí no!», se vio a sí misma fuera de su casa, parada al lado del Árbol de la Felicidad que estaba en su jardín. Notando el firmamento cubierto de nubes grises y una leve lluvia que estaba comenzando a caer, tuvo una idea.

—Niza —dijo la curandera. —Quiero darte algo para que lo uses cuando creas que es el momento.

—¿Qué cosa? —inquirió ella.

—El fruto de este árbol —dijo Nidia, mientras cortaba uno de los más maduros que estaba al alcance de su mano— es muy especial. Te ayudará a reconectarte con la energía más poderosa que existe en el Universo: el Amor. Si llegas a sentir que tu dolor te desenfoca y te desmotiva, cómete un bocado —concluyó, mientras le entregaba el fruto, de suave y delicado perfume.

Niza le agradeció el obsequio y lo guardó en un pliegue de su vestido. Despidiéndose de ella, conjuró de nuevo el hechizo de teleportación cuidadosa, trasladándose a ella misma, junto con Jantl y Ulgier, a la sala de la casa de este último, donde aparecieron en medio del resto de la familia, que se sorprendió al verlos materializarse sin colisionar con nadie. Niza le pidió a su abuelo que le mostrase en el mapa de Koiné dónde estaban los guetos cuya zona horaria iba "atrasada" con respecto a Kontar. Para ese momento, tres horas y media habían transcurrido desde que el alba había impregnado con sus cálidos matices el gueto.

—Alankar. Acá hace media hora amaneció. No hay tiempo que perder —dijo el patriarca, señalando un punto del mapa, ubicado 960 kilómetros al oeste y 800 kilómetros al sur de Kontar.

En aquel entonces, el gueto Alankar contaba con una población aproximada de 112,478 individuos, según el censo efectuado por nuestra Raza dos años antes. «La ignorancia es la mayor fuente de valentía» dice un antiguo adagio Pensante. Y tal vez este refrán haga referencia a que no se teme lo que se desconoce. Niza ignoraba en ese momento que intentar enfocar su intención en 112,478 almas iba a requerir un esfuerzo de su parte que iba más allá de sus capacidades y, sobre todo, "trasladar cuidadosamente" a esa cantidad de individuos iba a requerir que el hechizo encontrase ubicaciones suficientes para todos, quienes necesitarían una explicación de lo que estaba pasando y por qué, repentinamente, se encontraban tan lejos de su hogar. Niza le pidió a su abuelo que él y Jantl fuesen a la plaza central de Kontar, para guiar y orientar a todas las personas que ella estaba a punto de teleportar. Cuando Ulgier hubo confirmado que estaba de acuerdo, Niza se despidió y desapareció.

La plaza central de Alankar es más bien pequeña. Cuando Niza se materializó en el centro de ésta, notó que podría tener un área ligeramente inferior a la quinta parte de la plaza de Kontar, que medía casi 160,000 metros cuadrados. En el centro de las plazas de los guetos de Conscientes, suele haber un obelisco en cuyo extremo superior yace una campana. Dicha campana suele estar en silencio, salvo cuando ocurre un deceso en el gueto, momento en que se activa un hechizo que la pone a tañer cada cierta cantidad de minutos, como una forma de honrar a la persona fallecida y recordarle al resto de los habitantes del gueto que su Raza no está exenta de morir, por más poderosos que puedan llegar a ser. En días recientes, esas campanas habían estado sonando demasiado a menudo por todas partes. Alankar no había sido la excepción. Justo la noche anterior, había perecido una mujer que vivía sola hacía mucho, cuando su exesposo se separó de ella para irse a buscar una nueva vida a Zandar. Nunca había vuelto a tener noticias de él y, justo el último día del año, había amanecido muy nostálgica, recordándolo. Se puso a preparar, en su honor, un platillo al horno que él amaba, el cual se decoraba con una salsa que usaba parte del jugo de la carne y vino, espesados con harina, para resaltar el sabor del rostizado. Una amiga la halló muerta, horas más tarde. Por ese motivo, la campana de Alankar estaba tañendo cuando llegó Niza.

La tristeza que estaba sintiendo Niza comenzó a aglomerar nubes de tormenta sobre Alankar. La campana emitió un grave y sonoro tono metálico, lo cual sobresaltó a Niza, añadiendo languidez a la escena. Colocando sus brazos, manos y dedos en la posición requerida, Niza enfocó toda su intención en cualquier persona viva que estuviese en el gueto y conjuró su hechizo de "teleportación cuidadosa", una vez más. Niza sintió que sus sienes comenzaban a palpitar y cada poro de su cuerpo comenzó a sudar. El corazón le empezó a latir al doble de su velocidad habitual y una punzada de dolor le recorrió ambos lados de la cabeza, como una oleada que iniciaba en los lóbulos frontales, pasaba por los temporales y parietales, terminando en los occipitales. Varios de sus cabellos se tornaron blancos. Todos los habitantes del gueto, sorprendidos, se vieron envueltos en una tenue luz. El gueto entero quedó despoblado en una fracción de segundo.

Decenas de miles de personas se materializaron en la plaza central de Kontar y sus bocacalles al tiempo que Niza, en medio de todos ellos, caía al suelo desmayada debido al esfuerzo. Estaba empapada en sudor y su cara se veía enrojecida, al tiempo que las venas de su cuello saltaban con la vertiginosa palpitación de su músculo cardíaco, que ya había sido expuesto a una gran tensión hacía pocos meses.

Ulgier y Jantl, que estaban cerca del campanario donde Niza había reaparecido, se acercaron a ella rápidamente, para asistirla. Fondir –que fungía como Anciano Hechicero de Alankar y que estaba tan azorado como el resto de sus vecinos– reconoció de inmediato la plaza de Kontar y comenzó a desplazarse rumbo al campanario central entre aquel mar de gente que, confundida y asustada, conversaban unos con otros, tratando de dilucidar qué estaba pasando. La alegría de Fondir fue mayúscula cuando se encontró con su querida amiga en medio de aquel gentío.

—¡Jantl! —exclamó Fondir. —¿Qué está pasando?

—¡Fondir! —dijo ella, alzando la voz. El barullo de la gente era tal que hacía casi imposible comunicarse. —¡Niza acaba de interrumpir vuestro desayuno para evitar que todos murieseis envenenados!

Los que estaban cerca de ella, enmudecieron al escuchar esto y, rápidamente, la voz corrió entre todos, lo que les permitió comprender lo que acababa de suceder. Ulgier, entre tanto, se había llevado a su nieta a casa de Nidia. Ésta, previendo que el esfuerzo sería demasiado para la mestiza, había preparado una camilla para recibir a la corpulenta mujer cuya vida ya había salvado en una ocasión anterior. Nidia colocó sus manos sobre Niza y comenzó a conjurar un hechizo de sanación sobre ella. Ulgier miraba a su nieta lleno de angustia, mientras se acariciaba las barbas. Descubrió, sorprendido que el cabello de Niza estaba lleno de canas que hacía unos minutos no estaban ahí.

—Quema esas hierbas, por favor —le solicitó Nidia a Ulgier, mientras ella mantenía ambas manos sobre su paciente. —Y, después, coloca un poco de aquel aceite cerca de sus fosas nasales.

Saliendo de su estupor, Ulgier siguió al pie de la letra las instrucciones que le girara la curandera y empezó a notar que la piel de su nieta retomaba su color habitual. Cuando le había pasado el aceite, sintió que la temperatura de la piel de Niza estaba excesivamente elevada. Al notar el cambio en la coloración, acercó su mano a la frente de su nieta para constatar, aliviado, que la temperatura había regresado a lo normal. Nidia sabía lo que hacía, definitivamente. Una hora más tarde, Niza estaría abriendo los ojos para encontrarse con los de su abuelo, que estaba conteniendo las ganas de llorar, sin conseguirlo.

—¿Lo logré, abuelo? —dijo ella.

—Lo lograste, mi hijita —contestó él, llorando. Le dio un tierno beso en la frente. —¿Cómo te sientes?

—Muy cansada y un poco mareada. La cabeza me da vueltas —hizo el intento de sentarse, pero una intensa sensación de vértigo la forzó a recostarse de nuevo. —¡Los otros dos guetos! Aún hay que ayudarles.

—Usted no se va a levantar de aquí en varios días, jovencita —sentenció Nidia con seriedad. —Otro esfuerzo de ese tamaño y no vivirás para contarlo.

—Es sólo una vida, para salvar miles —dijo ella.

—Dudo que seas capaz de finalizar el hechizo —aseveró la curandera. —Tu muerte sería en vano.

Entre tanto, la Muerte llegaba a los habitantes de Finjogar y Erenjar: 168,717 personas más fallecieron en cuestión de minutos, sin tener tiempo de reaccionar o siquiera comprender lo que estaba pasando. Y por fin, el sol alumbró las cúspides de las torres que engalanaban el fastuoso castillo flotante, donde un emotivo brindis acababa de ser pronunciado por Los Cuatro Gemelos.

Los cuatro dragones, que estaban en el suelo de valle, comenzaron a retorcerse de dolor cuando el veneno que habían ingerido sus respectivos *asociados* empezó a surtir efecto. Externando cuatro rugidos que hicieron estremecer las montañas de aquel pequeño valle, los dragones vieron, espantados, cómo el inmenso peñón que flotaba en medio del aire –y las cadenas que lo sostenían– se desplomaban en el lago que yacía debajo, levantando un caudal de agua que empapó a las cuatro criaturas e inundó aquel hermoso valle, mientras las paredes del castillo se cuarteaban debido al impacto.

La impronta que mantuvo controlados a Plugo, Najiri, Borno y Lusky, se había extinguido. Eran libres de nuevo.

Capítulo XXVII:

Consecuencias devastadoras

—¡Niquiñaque!

—¡No me llames así! No me gusta esa palabra —dijo la niña, llorando, mientras su primo se reía de que algo tan tonto le hiciese daño.

—¡Wilsn! —exclamó la madre del niño. —Deja de molestar a tu prima.

—Es sólo una palabra, mamá —dijo el niño. —No entiendo por qué le da tanta importancia.

—Es una palabra muy fea. No se le debe llamar así a la gente que uno quiere.

—¿Qué significa? —preguntó el niño, curioso, que había escuchado la palabra de alguien más en la plaza central y la había repetido sin comprender su significado.

—Una cosa o persona muy despreciable —replicó la madre.

—¡Oh! —exclamó Wilsn. Y, mirando a su primita a los ojos, le dijo: —Perdóname.

La niña asintió, aún resentida, mientras se rascaba una de sus puntiagudas orejas. El niño se acercó a ella y la abrazó, dándole un beso en la mejilla. En ese instante, la casa donde estaban, junto con ambos pequeños y la mujer que les acababa de servir el desayuno, estallaron en llamas, al igual que decenas de viviendas más de la congregación Mundl, que fue el primer poblado que se encontraron los cuatro dragones en su famélica búsqueda de alimento. Mundl era la segunda más próspera y habitada población de Eternos después de Lendl y en ella residían algunas de las empresas de Nuintn quien, sin saber que sus actos estaban pagándole con la misma moneda en contra de los de su propia Raza, yacía oculto cobardemente en alguna ubicación del Territorio Oriental, desconocida para todos excepto para nuestra Raza –gracias al vínculo mental que Plubont aún mantenía con el asesino– quienes estábamos muy al pendiente del pulso de los acontecimientos recientes.

A poco más de 1280 kilómetros al noreste de Mundl, en el gueto Kontar, los trasladados apenas estaban reponiéndose de la impresión de comprender que eran los únicos sobrevivientes de la masacre que acababa de exterminar al 95% de la población de Conscientes del planeta. Fondir, con habilidades de organización inauditas, logró coordinar aquel mar de personas para que colaborasen con la recolección y destrucción de los cientos de miles de cadáveres que yacían esparcidos por el piso de todas las casas del gueto. En el proceso, fueron descubriendo niños e infantes que, no habiendo ingerido el veneno, habían quedado huérfanos. Tristemente, algunos de los niños, sí habían perecido al curiosear qué era lo que estaban comiendo y tomando sus padres cuando habían caído al piso.

Los Conscientes viven una larga vida, por lo que los vínculos entre ellos permanecen por siglos. Así que los sobrevivientes fueron encontrando entre los fallecidos a muchos allegados que habían sucumbido al engaño perpetrado por Nuintn. Pero la necesidad de atender y rescatar a los infantes sobrevivientes les dio un nuevo sentido de propósito, que parecía haberse perdido por completo. El lamento conjunto de los sobrevivientes se escuchaba a varios kilómetros de distancia.

Después de atravesar una gruesa capa de nubes, Fizz había llegado a la hora habitual a visitar a Niza a prisión. Descubrió que un inusual movimiento de personas estaba ocurriendo por todas partes y sintió que la tristeza se había depositado en aquel lugar, cual un indeseable visitante que, a pesar de no ser bienvenido, se resiste a marcharse. Desde lo alto, se escuchaban lamentos por todas partes y se notaban hogueras en distintos puntos del gueto, que contaminaban el aire con un humo negro que olía muy mal. Por fortuna para el Lumínico, éste no era capaz de percibir los olores, aunque sí percibía los sonidos. El tono de su luz cambió a un azul obscuro y el brillo disminuyó considerablemente, a pesar de haberse cargado de energía al pasar por las nubes. Cuando Fizz ingresó a la celda de Niza la halló vacía, por lo que se dirigió a casa de Ulgier y Mina, para preguntar por su amiga.

Mina se había quedado en casa acompañada por Julie, pues el resto de su familia se había ido a apoyar el procesamiento de los fallecidos. Todos coincidieron en que Julie ya había experimentado suficiente tensión con todo lo que estaba sucediendo como para exponerla al horror de ver la Muerte cara a cara… Al fin y al cabo, era aún sólo una niña.

—Hola, Mina —dijo el Lumínico.

—¿Fizz? —respondió ella, emocionada. Su bisnieta estaba observando al ser de luz fascinada.

—Así es —contestó él. —¿Dónde está Niza?

—Ulgier la llevó a casa de Nidia —replicó la anciana.

—No sé quién es Nidia —dijo él, con su reverberante voz y su típico tono plano, carente de emoción.

—Nidia es la curandera del gueto —explicó Mina.

—"Curandera"… No conozco esa palabra —dijo Fizz. —Lino la usó la vez que Niza fue herida y no le pregunté qué significaba.

Mina sonrió, enternecida por el candor del Lumínico y le dijo:

—Una curandera es una persona que se dedica a ayudar a otros a sanar, cuando están enfermos o heridos.

—¿Niza está herida? —inquirió Fizz. El tono de su voz había variado y ahora denotaba preocupación.

—¿Herida…? No exactamente —dijo Mina. —Pero sí está recuperándose de un gran esfuerzo.

—¿Qué fue lo que le pasó?

—Ella salvó la vida de *miles de personas*, Fizz —dijo Mina, sin poder disimular un dejo de orgullo en sus palabras.

—Qué bien —dijo él, secamente, aunque el tono y brillo de su luz reflejó que se había puesto feliz, pues ahora se veía más resplandeciente y el tono azul había cambiado por uno celeste pálido, casi blanco. Agregó: —¿Me puedes mostrar cómo llegar a casa de Nidia?

—Claro —respondió ella.

—¡Abuelita, yo quiero hacerlo! —dijo Julie, que se había mantenido callada todo ese rato.

—¿Tú sabes dónde vive Nidia? —preguntó Mina, dulcemente.

—Claro —contestó la niña con alegría. —Papi me llevó hace tiempo, cuando me estaba doliendo una muela.

—Muy bien —dijo Mina. —Cuando lo toques, vas a sentir un leve cosquilleo. No te asustes, es normal.

—Está bien, abuelita —contestó Julie, acercándose a Fizz.

Fizz entró en contacto con Julie. Todas las conversaciones que había escuchado la niña, los acontecimientos recientes, sus viajes astrales, donde había estado, lo que había hecho –además de la ubicación de la casa de la curandera– fluyó sin filtros a la mente del Lumínico.

Es impresionante cómo las demás Razas van aprendiendo a guardar secretos conforme sus mentes maduran. Los Pensantes opinamos que ese estado de sinceridad que tienen los niños es muy similar a la forma en que nosotros nos comunicamos siempre. Si esa transparencia de revelar sin tapujos lo que se piensa fuese el común denominador de todas las Razas, la mayoría de los problemas que suceden en el mundo no habrían ocurrido nunca. Pero no vale la pena obsesionarse con el "debió ser" o "pudo ser" o "habría sido", pues el pasado no se puede cambiar… Bueno, al menos ninguna de las Razas físicas tenemos esa habilidad.

Por su parte, Julie recibió imágenes de lugares recónditos, paisajes hermosísimos, masas de agua que se perdían en el horizonte, lagos, ríos, montañas, volcanes; encuentros con otros seres de luz y desplazamientos a toda velocidad de un lugar a otro; bosques, selvas, flores, animalitos, insectos: un caudal de vida brotando por doquier en este maravilloso mundo. Y las puestas de sol… ¿o eran amaneceres? eran impresionantes, no había una sola idéntica a las demás. En eso, vio a Niza en su celda. En ese instante, Julie se sintió envuelta por el más puro e intenso amor que había sentido jamás. Sin darse cuenta, una lágrima brotó de su ojo derecho.

Fizz se separó de la niña y dijo:

—¿Lino ha muerto?

—Así es —confirmó Mina.

—Niza debe estar muy triste —dijo Fizz, quien, a raíz de las conversaciones con Niza en prisión, ya comenzaba a comprender qué era lo que causaba el dolor de la pérdida, la cual aún consideraba inaceptable.

—Lo está —dijo la anciana. —¿Viste las nubes de tormenta y la llovizna? Es Niza quien lo está causando.

—Vi que puedes hablar con el papá de Niza —dijo él, dirigiéndose a Julie.

—Sí —afirmó ella, orgullosamente.

—Pero entonces… No lo habéis perdido —concluyó Fizz.

—Es complicado de explicar —dijo Mina. —Bajo circunstancias "normales", no es posible hablar con alguien que ha muerto. Cuando alguien se va de esa forma, sabes que no vas a volverlo a ver en mucho tiempo, por eso te pones triste.

—Pero… Rinto se veía feliz —dijo el Lumínico. —¿No te hace feliz saberlo feliz?

—Pues… Claro, eso me hace feliz —explicó ella. —Pero mi sufrimiento es porque yo lo extraño. Es un poco egoísta, quizás.

—Yo quisiera poder decirle a Niza que Lino es feliz, para que ella no esté triste —dijo él.

—Estoy segura de que lo es —aseveró Mina.

—¿Ya hablaste con él?

—No.

—Entonces… ¿cómo lo sabes?

—Tengo fe.

—No comprendo —dijo él.

—Con la poquísima experiencia que he tenido comunicándome con los que ya han partido, la impresión con la que me he quedado es que se está muy bien "del otro lado" —dijo ella, sonriendo.

Fizz se quedó procesando todo lo que le estaba diciendo la abuela de su amiga. En la información que le había compartido la niña, parecía en extremo fácil hablar con Rinto. Tal vez él podría hablar con Lino, para asegurarse de que era feliz.

—Voy a ver a Niza. Hasta pronto —dijo. Y se fue.

Nidia estaba apartando de la lumbre una infusión de hierbas que había preparado para acelerar la recuperación de Niza, cuando el rabillo de su ojo derecho captó una inusual iluminación proviniendo del cuarto donde se encontraba reposando su segunda paciente del día. La curandera había decidido preparar la infusión porque sospechaba que esa "paciente" no le hacía honor al adjetivo en lo absoluto y en cualquier momento querría "escaparse" de su consultorio. Si lo iba a hacer, que por lo menos se fuera más repuesta. Se acercó a la entrada del cuarto de Niza y vio una impactante escena: un magnífico ser de luz flotaba al lado de la mestiza, aparentemente haciendo contacto con ella, quien estaba con los ojos cerrados, llorando suavemente. Nidia se quedó paralizada pensando: «¿Le estará haciendo daño? ¿Le estará haciendo bien? ¡¿Qué le estará haciendo?!» A punto estuvo de extender sus manos hacia la criatura de luz para intentar conjurar algún hechizo que pudiera alejarlo de Niza, cuando ésta abrió los ojos mientras el ser de luz se distanciaba un poco de ella.

—Gracias, mi amado amigo —dijo Niza.

—Con gusto —dijo Fizz. —Y gracias a ti por ponerme al tanto de todo lo que ha pasado.

Nidia respiró aliviada. Interrumpiendo el momento, preguntó:

—¿Qué clase de criatura es ésa?

—Hola, Nidia. Él es Fizz, un Lumínico. Ellos son la quinta Raza que habita Koiné.

Nidia se quedó mirando al Lumínico, embobada, mientras éste levantaba su mano derecha, a manera de saludo. Dos mil treinta y ocho años y aún existían cosas que podían sorprenderla.

—Encantada, Fizz —dijo finalmente.

—Gracias por ayudar a Niza a estar mejor —dijo él.

—Es un placer —replicó. Viendo a Niza, dijo: —Te preparé una infusión de hierbas que acelerará tu recuperación. Ya te la traigo.

—Con razón olía tan rico —dijo Niza, sonriendo.

Cuando se hubo terminado de beber la infusión, Niza le dijo a la curandera:

—¿Sabes a qué hora vendrá mi abuelo?

—Me dijo que intentaría visitarte a inicios de la noche —respondió Nidia. —Él y el resto de tu familia han pasado muy ocupados todo el día, colaborando junto con los que rescataste para acoger a los huérfanos e incinerar a los fallecidos, y así evitar que se desate la peste —al terminar de decir esto, tomó la taza donde estuviera la infusión y salió de la habitación.

Niza se puso seria y bajó la mirada. ¿Huérfanos? Hasta ese momento no se le había ocurrido pensar que muchos Conscientes menores de edad habían quedado desamparados tras la muerte de sus padres. A la tristeza que estaba sintiendo se añadió un odio ciego en contra del perpetrador de una atrocidad tan despiadada y, sin ella saberlo, su ira alcanzó a Nuintn en su escondite secreto. En un instante, el cuerpo del Eterno explotó, quedando reducido a un montón de cenizas.

Niza se quedó reflexionando acerca de lo que habría sucedido si hubiesen actuado antes... «Si tan sólo hubiéramos tenido *más tiempo*...» pensó. Abrió los ojos de par en par. Mirando a Fizz, le dijo:

—Quiero proponerte algo.

CAPÍTULO XXVIII:

Conversaciones a otro nivel

ada vez que un ser vivo "muere", lo que en realidad sucede es que su cuerpo físico pierde la capacidad de sostener la conexión que mantuvo con sus cuerpos sutiles, los cuales se desprenden de aquél, usando el cuerpo astral como vehículo para llevar consigo de regreso al plano espiritual todas las experiencias vividas por el cuerpo físico, junto con los cuerpos etéreo, emocional y mental, donde dan la última retroalimentación a los cuerpos intuitivo y celestial, cuya energía completa regresa al cuerpo causal, que integra dichas vivencias a EL TODO, uno de cuyos componentes es, a nivel físico, lo que llamamos "Universo". EL TODO es incomprensible para una mente mientras ésta se encuentre atada a un cuerpo físico, pero cobra sentido cuando aquélla se desprende de éste, momento en que la plenitud e infinitud de EL TODO son comprendidas de nuevo.

Lo que llamamos "alma" engloba, en realidad, el conjunto de los siete cuerpos sutiles de cada uno de los infinitos seres que integran *La Gran Conciencia*, la cual posee una inteligencia propia, así como la inteligencia individual de cada una de tales almas. Las analogías nos permiten comprender conceptos al extrapolar algo conocido hacia otra cosa desconocida o no comprendida para hallar similitudes. Haciendo una analogía que hipersimplifica un concepto que no está al alcance de ser descrito con el lenguaje, podría decirse que La Gran Conciencia es la mente de EL TODO y es poseedora de una sabiduría infinita y omnisciente. Esto hemos podido comprenderlo los Pensantes a lo largo de milenios de evolución de nuestra Raza y han sido nuestros Ancianos, durante incontables generaciones, quienes han logrado desentrañar este misterio, que resulta insondable para las demás Razas, gracias a nuestra habilidad de consultar lo que en el habla popular se conoce como *Los Libros Eternos del Universo*.

He utilizado en repetidas ocasiones el término *cuerpos sutiles*, haciendo referencia a cada uno de ellos sin realmente explicar qué son. Procedo a detallar estos conceptos, para que comprendáis la profundidad de lo que os será revelado más adelante.

El *cuerpo etéreo* es el que "sostiene" al cuerpo físico, rodeándolo cual si de una fina capa de energía se tratase; cada célula de un organismo vivo está envuelta en este conglomerado energético, que es el que recibe de primera mano retroalimentación del cuerpo físico, del estado de salud, enfermedad, energía o fatiga de sus células, junto con los tejidos y órganos que integran. La resonancia energética del cuerpo etéreo asociado a los millones de células que componen el cuerpo físico de un organismo vivo puede ser percibido por algunos de nosotros como un leve halo unido al cuerpo físico de entre 6 a 15 centímetros de grosor, lo que nos permite diagnosticar el estado de salud de un individuo con sólo verlo. Esa habilidad la tienen, por ejemplo, los tres médicos que atendieron a Jantl durante su emergencia después de haber sido atacada por Nuintn.

El *cuerpo emocional* es el segundo cuerpo sutil, responsable de registrar y procesar las emociones y sentimientos que experimenta el ser vivo. Para evitar ambigüedad de conceptos, vale la pena hacer la distinción cntrc "emoción" y "sentimiento"; una emoción nunca se experimenta con relación al momento presente, pues está más bien relacionada con la evocación de personas o eventos. Las emociones pueden —de alguna manera— asociarse con el fuego y son percibidas en el cuerpo físico en la zona del plexo solar. Por su parte, un sentimiento es impersonal y siempre ocurre en presente, provocando en el cuerpo físico una especie de estremecimiento. El cuerpo emocional revela —a aquellos que podemos percibirlo— los sentimientos y emociones que se consideran más "ocultos". El halo que este cuerpo sutil emana alrededor del cuerpo físico puede alcanzar 15 centímetros o más de espesor, y su color varía continuamente, reflejando el estado emocional de la persona. La suma de los cuerpos etéreo y emocional también es denominada por algunos estudiosos del tema como *el aura*, para propósitos de manejar una nomenclatura simplificada.

El *cuerpo mental* se centra principalmente en la zona de la cabeza, perdiendo fuerza y grosor a medida que desciende por el cuerpo físico. En el caso de las demás Razas, su espesor puede oscilar entre 15 y 30 centímetros. En el caso de nuestra Raza, este cuerpo sutil se extiende varios metros en los niños y cientos de kilómetros en el caso de los más ancianos. A diferencia del cuerpo emocional, el cuerpo mental no es visible a simple vista, más sí puede ser percibido mentalmente por aquellos con la habilidad adecuada. Obviamente, este cuerpo sutil está ligado a los pensamientos. Sin embargo, vale acá también la pena destacar que mente y pensamiento son dos cosas distintas, aunque parezca que están unidos. Los pensamientos son ideas que fluyen de manera continua a raíz de procesos cerebrales inherentes al cuerpo físico. Estas ideas "alimentan", por así decirlo, la mente. La energía mental, enriquecida por el nuevo pensamiento, retroalimenta al cerebro en un proceso continuo que es el que permite la generación de nuevas ideas. Como el cuerpo mental es capaz de conectarse con otros planos de existencia gracias al cuerpo astral, ese proceso permite tener acceso a información que nuestro cerebro no sería capaz de generar por sí mismo. Esto es lo que se conoce comúnmente como "intuición" o "inspiración".

El *cuerpo astral* sirve de "puente" entre el plano físico y el espiritual y, durante el estado de vigilia, se encuentra "fundido" al cuerpo físico. Durante el sueño o la meditación –incluso, en ciertos estados de inconciencia o intoxicación debida a las drogas o el alcohol– este cuerpo sutil se "desprende" del cuerpo físico, asumiendo una forma idéntica a éste, siendo capaz de desplazarse en el plano físico con la velocidad del pensamiento y de entrar al plano espiritual con igual rapidez y facilidad. En el caso de los Lumínicos, el cuerpo físico y el cuerpo astral son prácticamente uno mismo y éstos sólo se separan cuando aquéllos causan disrupciones temporales.

El *cuerpo intuitivo* es donde queda grabado cada sonido, cada imagen, cada emoción y cada sensación de lo que se experimentó en el plano físico. En el caso de los Lumínicos, su genética tan particular les permite acceder a este cuerpo sutil a voluntad y transmitir a otros parte de lo registrado en él, cuando entran en contacto con el cuerpo físico del otro. Los Eternos, gracias a la fusión que Whuzz hizo con Nuintn, manifiestan esta habilidad como lo que ahora se denomina *memoria eidética*. En el cuerpo intuitivo es donde se almacena todo aquello que no está resuelto a nivel físico, emocional y mental. Cuando una persona fallece con apegos y asuntos no resueltos, en el plano espiritual tales "enganches" se perciben como líneas obscuras, más densas entre más haya por resolver o como finos haces de luz cuando se tiene la conciencia en equilibrio, estado que favorece la intuición, llenándose el cuerpo emocional de paz y serenidad.

El *cuerpo celestial* es la conexión del ser con la sabiduría universal, el que permite la expresión de EL TODO o lo que antiguamente se denominaba la *presencia divina*. Este cuerpo sutil puede ser percibido sólo en el plano espiritual y es una capa muy brillante pero más difusa que la del cuerpo intuitivo, siendo la que emite la fuerza de la aspiración espiritual. Este cuerpo sutil es el que permite integrar las experiencias registradas por el cuerpo intuitivo al cuerpo causal, posterior al fallecimiento del cuerpo físico.

El *cuerpo causal* contiene en su interior al resto de los cuerpos sutiles y es percibido en el plano espiritual como un óvalo que envuelve a los demás. Sirve de enlace entre todos los cuerpos y EL TODO. El cuerpo causal es el que alberga la manifestación más perfecta del alma, es eterno y acompaña al ser siempre en todas sus vidas, volviéndose cada vez más brillante y luminoso conforme evoluciona el ser individual. Es el más importante de todos los cuerpos sutiles a nivel espiritual y puede ser destruido por un cuerpo celestial que se encuentre excesivamente corrupto al momento de morir, al eliminar toda la voluntad del cuerpo causal. Por lo mismo, el cuerpo causal se considera el cuerpo de la voluntad y «sin voluntad no se puede alcanzar EL TODO», como dice un antiguo adagio Pensante, por cuanto este cuerpo sutil sostiene la energía de alta frecuencia de nuestra chispa divina y es el receptor / transmisor de la fuente de luz cristalina. Como su nombre lo indica, es el depósito de nuestras causas, hechos y obras acumulados en todas nuestras vidas.

En nuestro proceso evolutivo, los Pensantes hemos logrado desarrollar la habilidad de percibir con toda naturalidad, desde que nacemos, los primeros tres cuerpos sutiles de cualquier ser vivo, además del cuerpo físico, claro está, que puede ser percibido por todas las Razas. Eso nos hace intrínsecamente empáticos y muy sensibles a lo que sienten los demás. Conforme envejecemos, esa sensibilidad va en aumento, lo que permite a nuestros Ancianos "conectarse" con la Red Mental –que se ha mantenido desde tiempos inmemoriales entre los nuestros– cuando se encuentran separados por una gran distancia física del resto de nosotros.

Típicamente, un cuerpo causal puede integrar las experiencias de las múltiples instancias de cuerpos físicos a los que el resto de sus cuerpos sutiles se han vinculado o "encarnado" –para usar un término más comprensible y de conocimiento popular, aunque no sea del todo correcto en el caso de los Lumínicos, carentes de "carne". De manera habitual, el proceso ocurre secuencialmente. Es decir, un alma encarna en un cuerpo físico, recopila experiencias, el cuerpo físico muere. Tiempo después –de acuerdo con el fenómeno de "paso del tiempo" del plano físico– el alma encarna en un nuevo cuerpo físico (o *reencarna*, como se dice después de que ya ocurrió por primera vez), recopila experiencias hasta que este nuevo cuerpo físico muere, y así sucesivamente. Koiné ha resultado ser un punto de inflexión para EL TODO debido a las características tan particulares de sus Cinco Razas. Para empezar, sólo en Koiné ha ocurrido que una misma alma esté encarnada en cinco cuerpos físicos al mismo tiempo. Esa alma ha sido llamada por todos *El Iluminado* y su historia amerita un volumen completo, por lo que no dedicaré más que este breve comentario al respecto.

Adicionalmente, las disrupciones temporales causadas por los Lumínicos han provocado que almas que ya habían efectuado su proceso de desvinculación o "desencarnación" se vean forzadas a regresar al plano físico para tomar una nueva ruta de vida en la realidad alterna creada por la disrupción. El cuerpo causal –que asimila todas las experiencias de cada realidad vivida por los demás cuerpos sutiles y la miríada de cuerpos físicos por los que aquéllos han pasado– en realidad no tiene problema alguno en incorporar estas experiencias de distintas realidades alternas, aunque a nuestras mentes atadas al limitado plano físico sí les cueste trabajo comprenderlo.

Para propósitos de facilitar la lectura y comprensión de las historias narradas en este escrito y los otros volúmenes relacionados con él, siempre me he referido y me referiré a las almas desencarnadas usando el último nombre que tuvieron en el plano físico, aunque no sea esa la forma en que se identifiquen a sí mismas en el plano espiritual. Un alma tiene muchos nombres y experimenta muchas "vidas" en un ciclo de evolución de EL TODO que ha ocurrido por siempre: su infinitud no tiene principio, ni final. Entre el plano físico y el espiritual, se encuentra el plano astral, que es la dimensión a la que los Lumínicos se refieren como ese lugar donde *todo ya sucedió y aún no sucede nada*, dando a entender que el fenómeno de paso del tiempo –que resulta tan común y natural para cualquier ser vivo– tiene una connotación distinta en ese plano de existencia. El tiempo tampoco transcurre de la misma forma en el plano espiritual. Si os interesa ahondar más en estos temas, os recomiendo buscar los libros que consolidan la Teoría de Gormant, específicamente el tomo titulado *El Continuo Espacio – Tiempo y la Quinta Dimensión*.

Todo este preámbulo os lo he presentado porque me interesa que tengáis el contexto necesario para comprender lo que sucedió después de la primera muerte de Nuintn. Cuando el cuerpo físico del Eterno fue obliterado por la ira concentrada de Niza sobre éste, el alma de Whuzz, junto con la de Nuintn, fueron liberadas de aquello que las mantenía vinculadas al plano físico. El cuerpo causal de Whuzz –que había quedado en una especie de estado suspendido cuando éste cedió todo su ser a Nuintn– pudo finalmente recibir todas las experiencias vividas por el Lumínico antes de la fusión y retroalimentar a La Gran Conciencia. En el caso de Nuintn, sin embargo, cuando sus primeros cinco cuerpos sutiles intentaron integrarse al sexto para transmitir al séptimo las experiencias vividas, se dio un estremecimiento de tal magnitud en La Gran Conciencia que un alma muy evolucionada se interesó por ese atribulado ser y quiso comprender lo que había sido de su paso por el plano físico.

La siguiente, podría ser una interpretación en lenguaje común de aquella comunicación:

—¿Qué ha pasado? ¿Dónde estoy?

—Millones de almas se han desprendido del plano físico, debido a tus acciones. Esta última reencarnación tuya ha interrumpido anticipadamente el proceso de aprendizaje de todos esos seres y siguen ocurriendo decesos prematuros como consecuencia de tus actos. Hay ciertas obras que causan que el cuerpo intuitivo se corrompa y el tuyo está totalmente corrupto: hay demasiados asuntos no resueltos que dejaste pendientes. Si lo integras a tu cuerpo celestial en ese estado, eliminarás toda su voluntad y dejarás de existir.

—¿No hay nada que se pueda hacer?

—Bajo circunstancias menos complicadas, tu cuerpo astral, junto con los otros tres cuerpos del plano físico, quedarían atrapados allá, donde podrías aprender a comunicarte con las almas encarnadas para que alguno de los seres físicos te ayudase a resolver los asuntos pendientes.

—¿Quieres decir que me volvería un *fantasma*?

—Así es. Sin embargo, en tu caso, tus acciones son de tal magnitud que han vuelto imposible resolver esos asuntos pendientes. Aunque existe aún una posibilidad.

—Dímela, por favor.

—Esa posibilidad no depende de ti, sino del libre albedrío de un alma cuyo cuerpo físico tiene la habilidad requerida para que tus cuerpos sutiles regresen a tu último cuerpo físico.

—¿Es eso posible?

—En muy pocos lugares del Universo. El lugar donde habitó tu último cuerpo físico es uno de ellos.

—¿Podré recordar esto, cuando eso suceda?

—No. A menos que sucedan otros eventos que están fuera de tu control, tu última reencarnación tenderá a repetir y andar los mismos pasos, lo cual sólo corromperá aún más tu cuerpo intuitivo.

—¿No me podéis ayudar?

—Hay un alma cuya última reencarnación tuvo un proceso de evolución tan elevado que, si regresase a su último cuerpo físico, sería la única que podría recordarlo todo.

—¿Cuál alma es ésa?

—Mi última reencarnación estableció un fuerte vínculo afectivo con la última reencarnación de esa alma. Es todo lo que te puedo decir.

—Ayudadme, os lo suplico.

—No depende de mí. La Gran Conciencia tiene voluntad propia, ya lo sabes.

—¿Sirve de algo el que ahora comprenda lo equivocado que estuve? ¿Es posible, al menos, contactar con las almas de aquellos a quienes amé en mi última reencarnación?

—El amor es lo único que te puede salvar. Ese amor es el que ha evitado que destruyas tu cuerpo celestial. Si se puede llamar de alguna manera, estás en un *limbo*: si avanzas, dejas de existir y no puedes retroceder.

—¿Cuánto tiempo puedo permanecer en este limbo?

—El tiempo acá no tiene sentido… Eternamente.

—Si pienso que voy a dejar de existir siento miedo.

—El miedo anula el amor. Si sigues por ese camino, dejarás de existir antes de que lo sepas.

—Entonces me concentraré en el amor que sentí por aquellas almas a las que tanto amé… Gracias.

Silencio total. Obscuridad total. «¿Es esto lo que se siente dejar de existir? Bueno, si aún estoy pensando, seguramente aún existo. La nada… Eso sí me da miedo. Mirnl, Lotgn, Tiernr, Welgl, Frinjl… Os amo. ¿Qué es aquella luz? ¡No os vayáis!»

CAPÍTULO XXIX:

Desandando lo andado

«*D*evolver el tiempo» no describe exactamente lo que puedo hacer —explicó él.

—Tú sabes a qué me refiero —dijo ella.

—Manipular el tiempo externo relativo es muy delicado —dijo él, parafraseando lo que le hubiera dicho su padre la primera vez que logró hacerlo.

—¿Recuerdas lo que me dijiste cuando te pregunté que por qué sí habías intervenido para salvar Cosdl y la Gran Ciudad?

—Sí lo recuerdo.

—Me dijiste que había sido porque en ambos casos sólo hubo una pérdida sin propósito de vidas, sin ningún aprendizaje ni crecimiento para nadie.

—Sí lo recuerdo —insistió él.

—Me alegro de que lo recuerdes. Porque estamos ante una situación muy parecida.

Fizz se quedó mirando a Niza, pensativo.

—Si hiciera eso, dejarías de estar triste —dijo, finalmente.

—Así es, mi amado amigo —dijo, al tiempo que un trueno retumbaba segundos después de que un relámpago había iluminado la habitación donde estaban hablando.

—Pero… Perderías tus poderes de nuevo.

—Es un precio mínimo, si consideramos que millones de vidas estarían a salvo, los niños recuperarían a sus padres, Zandar y Lishtai no serían atacadas por los dragones… Y Lino volvería a vivir. Todo eso me haría inmensamente feliz, así como a muchas otras personas. ¿Qué aprendizaje hubo en todos estos eventos? Ni siquiera sabemos dónde está ese asesino, que merece recibir el castigo acorde a sus crímenes.

—Pero… Él no habría cometido aún crimen alguno si regreso mi conciencia al momento en el tiempo que propones.

—El plan de envenenar a todos los Conscientes ya estaría en marcha. Sería cosa de que lo confiese, para poder atraparlo.

—¿Me das oportunidad de que lo consulte con mis padres? —dijo él. —Quisiera tener su opinión.

—Está bien —dijo Niza, resignada. Se recostó de nuevo en la cama.

Fizz salió por la misma ventana por la que había llegado. La tormenta había empeorado y los sobrevivientes estaban teniendo serios inconvenientes para lograr mantener vivas las hogueras donde se estaban incinerando los muertos. Aún se escuchaban los lamentos de muchos y el panorama era desgarrador.

Fizz se dirigió a los Picos Nevados. A esa hora, la luz del sol los iluminaba hermosamente y muchos Lumínicos gustaban de acercarse a ese punto, incluidos sus padres. Sin embargo, obscureció y no los vio llegar, a pesar de que rodeó el lugar varias veces. Se desplazó siguiendo el atardecer hasta otros puntos del planeta, mientras reflexionaba en lo que había hablado con su amiga. ¡La amaba tanto! No quería que estuviese triste. Pero consideraba que sus progenitores eran muy sabios y tenían mucho más experiencia en el tema de manipular el tiempo externo relativo. No tenía nada que perder hablando del tema con ellos. Por el contrario: tenía mucho que aprender.

El tiempo se pasó volando, literalmente, y Fizz siguió recorriendo el globo, pensando en dónde se habrían metido sus padres. Hacía días que no los veía a ellos ni a su hermana Lizz. Ella le había dicho que le gustaba mucho observar unas criaturas marinas que habitaban en una gruta al sur del Continente, en el Territorio Occidental. Se dirigió hacia ese punto. Cuando llegó a la gruta, notó que ninguna criatura hacía el ruido acostumbrado y, entrando a ella, descubrió sólo algunos restos carbonizados entre las rocas. Se quedó viendo aquella escena, curioso. Cuando salió de la gruta, se encontró con Lizz.

—Hola, hermano —dijo ella.

—Hola —contestó él.

—Hace días que vengo a verlos, pero ya no están —dijo ella. —Se han ido.

—¿Entraste a su gruta? —inquirió Fizz. —Creo que sé lo que les ha sucedido.

—No, porque la única vez que lo hice, algunos de ellos se asustaron con mi luz —contestó ella. —No me gusta asustarlos. ¿Qué crees que les sucedió?

—Los dragones acabaron con ellos —aseveró él.

—¿Dragones? ¿No habían desaparecido?

—Estos son sus hijos.

—¡Oh! —exclamó Lizz —¿Y no deberían los seres físicos hacer algo al respecto? Me entristece saber que esos dragones mataron a las criaturas que yo tanto amaba.

—Los dragones ya están bajo control.

—Qué bueno. ¿También fue necesario matarlos esta vez?

—No. Los Cuatro Gemelos pudieron controlarlos. Yo los vi llegar con ellos de regreso al castillo flotante. Son criaturas bellísimas. ¿Quieres que vayamos a verlos?

—¡Sí! —dijo Lizz, emocionada.

Ambos Lumínicos se dirigieron al Valle de las Montañas Impasables. La escena que encontraron dejó a Fizz perplejo y alarmado: el peñón yacía en el suelo del valle, el agua del lago lo inundaba todo y el castillo se veía semi destruido… Y ninguna señal de los dragones por ninguna parte.

—¿Qué sucede, Fizz? —inquirió la pequeña al notar que el color de la luz de su hermano fluctuaba.

—Presiento algo malo —dijo él, al tiempo que una gran consternación invadía todo su ser. —Sígueme.

Fizz y su hermana comenzaron a volar en los alrededores del valle, trazando una espiral que cada vez se hacía más amplia, hasta que llegaron a Mundl. De la congregación –que otrora fuese un ejemplo de prosperidad, lujo y belleza– ya no quedaban más que escombros ennegrecidos.

Recordando las hogueras donde estaban incinerando los cadáveres en Kontar, Fizz temió lo peor. Su brillo disminuyó hasta volverse casi invisible.

—¡Fizz! —exclamó su hermanita. —¿Qué te ocurre?

Sin decirle nada, Fizz salió disparado hacia Kontar, para encontrarse con el mismo caótico escenario que acababa de dejar atrás,
sólo que acá aún había incendios por todas partes y las nubes de
tormenta se habían comenzado a despejar. Desesperado, llegó a la
casa de la curandera. Ya no quedaba nada, excepto la base de aquél
mágico Árbol de la Felicidad, en llamas.

El tiempo se detuvo. Silencio total.

—Hola, hijo —dijo Kazz. —Supuse que algo así pasaría cuando
descubrí que el castillo flotante había caído.

—¿Tú lo sabías? —preguntó Fizz, indignado.

—Sí.

—¿Y por qué no me dijiste? ¿Por qué no me buscaste? Sé que
no comprendes el amor que siento por Niza, pero podrías haberme
advertido.

—Ya te había dicho que, tarde o temprano, dejar ir a Niza sería
una lección que tendrías que aprender, hijo.

—¡¿Y tenía que ser "temprano"?! —dijo Fizz, enojado. Su luz se
veía enrojecida con tintes naranja. —Si tenemos el poder de hacer
algo al respecto, no entiendo por qué no lo hacemos.

—Tu amor por esa mujer te ha hecho olvidar quién eres y la
Raza a la que perteneces —aseveró Kazz.

—No es sólo por ella, papá. Los dragones no pertenecen a este
mundo. Si nadie los detiene, destruirán el planeta entero. Lo único
que veremos dentro de poco es un mundo carbonizado por esos
monstruos. Si puedo evitar que mueran millones y poner a esos dragones bajo control, lo voy a hacer. Y yo no he olvidado quién soy:
¡MI NOMBRE ES FIZZ Y SOY UN LUMÍNICO!

Fizz se concentró en el instante en que estaba llegando a visitar
a Niza, exactamente cuatrocientas sesenta y ocho horas atrás.

—Hola, Fizz —dijo Niza, sonriente. Su cabello, cada día más largo, aún no mostraba una sola cana. El sol vespertino se colaba por la ventana enrejada, iluminando alegremente la celda. —Hoy encontré un libro de cuentos muy bueno en la biblioteca. ¿Quieres que te lea un cuento?

—Yo tengo un cuento que contarte primero —dijo él.

—¡Tu luz! Estás muy brillante —acotó ella.

—Es porque estoy muy feliz.

—Me alegro mucho —dijo ella, gustosa. —¿Qué es lo que me tienes que contar?

Fizz se acercó a su amada amiga y la tocó suavemente. Al conectarse con ella, le relató la vorágine de situaciones que habían sucedido en los últimos trece fatídicos días: los dragones arrasando Zandar, el ataque a Lishtai, el aviso que Niza había recibido de Ulgier, con base en la alarma que emitió Jantl gracias a Nadine y Plubont, la evacuación de Bontai, la llegada de Los Cuatro Gemelos justo a tiempo, la muerte de Lino y el ataque a Jantl, el rescate de Belgier, la Masacre de Año Nuevo, la recuperación de su poder, el traslado masivo desde Alankar, su convalecencia, el descubrir que habían niños huérfanos por todas partes, su conversación con Fizz, el castillo flotante derrumbado, Mundl destruida, Kontar en llamas.

—Tenemos que evitar esto —dijo Niza, cuando logró reponerse del impacto que le causó la visión que le compartiera su amigo.

—Así es —dijo él. —Dime qué debo hacer.

—Bueno, primero que todo, hay que detener a los dragones. Ve al castillo flotante y avísale a Los Cuatro Gemelos. Luego, hay que avisarle a Astargon acerca de la harina y el vino adulterados. Por último, hay que poner sobre aviso a Lino y a Jantl… ¡Yo sabía que esa profecía no se equivocaba!

—¿Algo más?

—Hay que hacer que ese asesino confiese su plan. Ya pensaremos eso más en detalle. Tenemos tiempo.

—De acuerdo. Me voy, entonces. Te amo.

—Y yo a ti. Con toda el alma, mi bello y noble amigo.

Fizz se dirigió raudo hacia el castillo flotante, encontrándolo en su sitio, con sus torres bellamente iluminadas por el sol vespertino. La tarde apenas iniciaba y Los Cuatro Gemelos estaban haciendo aún la sobremesa después de comer, conversando muy tranquilamente.

—¡Fizz! —exclamó Ulkan, que fue el primero que lo vio. —¡Qué gusto verte!

—Hola, Ulkan —contestó el Lumínico. Y viendo al resto, los saludó también. —Kayla, Maya, Falkon.

—¡Hola! —contestaron todos, muy animadamente.

—¿Qué te trae por acá? —inquirió Kayla.

—Los dragones. Hay otros cuatro dragones.

—¡¿Qué?! —gritaron los cuatro al unísono.

—Esperad —dijo Fizz. —Os quiero explicar bien todo. Aún podéis detener todo el daño que causarán mañana en el gueto Zandar y pasado mañana en la tribu Lishtai. Vosotros lograréis detenerlos y controlarlos con vuestro poder antes de que hagan daño en Bontai. Os volveréis muy unidos a ellos. ¿Queréis ver cómo lo lograsteis?

—Pero… ¡Por supuesto! —exclamó Maya.

Los Cuatro Gemelos se pusieron de pie y se aproximaron al Lumínico, acercando sus manos a él. Fizz les mostró cómo, en la realidad alterna que había dejado de existir, ellos unían sus frentes en el orden correcto y desaparecían, para regresar tiempo después a través de un portal con los cuatro dragones "domados", momento en que Falkon le compartía a Fizz la visión donde le mostraba lo que había ocurrido en Bontai, cuando crearon la impronta con las criaturas.

—Excelente —dijo Ulkan. —¡Tu dragona tiene la cola cortada! —exclamó, mientras se reía señalando a Kayla.

—Los dragones aún no se enfrentan a los Forzudos, que son los que los atacarán, causándoles daño —aclaró Fizz. Añadió: —Y aún tampoco atacan Zandar. La catástrofe se puede prevenir. Sin embargo, pocos días después ocurrirá un evento terrible que aún debo evitar que suceda. Os quiero avisar, pues vosotros no mantenéis contacto con los vuestros y es posible que no os enteréis a tiempo.

Los Cuatro Gemelos abrieron los ojos de par en par, asustados.

—¿Qué va a pasar? —inquirió Falkon, inquieto.

—Nuintn, el Asesor Adjunto de Jantl, adulteró la harina y el vino que se consume en todos los guetos. Cuando los consumáis juntos, se producirá un veneno que os matará en cuestión de minutos. Esto ocurrirá la mañana de Año Nuevo. La mayoría de los Conscientes del planeta morirán y, los que sobrevivan, serán aniquilados por vuestros dragones, cuando vosotros perezcáis envenenados.

—Pero... ¡Eso es terrible! —exclamaron Ulkan y Maya. Se voltearon a ver, impresionados por su sincronicidad.

—Ya informaré a Astargon, no os preocupéis. Aún no ocurre nada de esto. ¿Podríais detener a los dragones, por favor?

—Está bien —dijo Falkon. —Muchas gracias, de nuevo, Fizz. Me alegro de tenerte de amigo, mi querido vidente.

Tras despedirse, Fizz se marchó. Kayla miró a sus compañeros de vida y les dijo:

—Manos a la obra, muchachos. Tenemos unos dragones que *domesticar*.

Mientras Los Cuatro Gemelos activaban su poder elemental y tomaban control de los dragones, Fizz ya había regresado a Kontar. Zandar y Lishtai estaban incólumes y en paz. Llegando a casa de Astargon, Fizz ingresó por una ventana de la sala. Encontró al Anciano Hechicero reunido con dos personas en su estudio. Las visitas se quedaron mirando al Lumínico entre maravillados y asustados. Astargon lo saludó muy efusivamente:

—¡Fizz! —exclamó. —¡Tanto tiempo sin verte! ¿Podrías esperar a que termine mi reunión? Ya te atiendo.

—Lo que te vengo a decir no puede esperar. Es de vida o muerte —dijo el Lumínico, con su reverberante voz. El Anciano Hechicero y las visitas abrieron mucho los ojos.

—Acércate, acércate, pues —dijo Astargon, haciendo un gesto con la mano, sin ponerse de pie.

Fizz entró en contacto con el anciano, quien aún recordaba lo energizante que era ese toque del Lumínico. Su mente se inundó con toda la tragedia que estaba por venir: los hallazgos que había hecho Jantl —un poco demasiado tarde– acerca del macabro plan de Nuintn, la muerte de Lino, los millones de Conscientes envenenados, la curación de Belgier, el rescate por parte de Niza de los habitantes de Alankar, la tormenta, los niños huérfanos, las hogueras, los lamentos que se escuchaban a kilómetros de distancia. Astargon agradeció haberse quedado sentado, porque de otro modo, se habría desplomado al piso debido a la impresión. Cuando Fizz se apartó de él, dijo:

—Avisaré de inmediato a todos los guetos —y, viendo a sus visitas, les indicó: —Os pido que me excuséis, pero esto es urgentísimo. Id a vuestra casa, ya os enteraréis de qué se trata en breve.

Astargon escribió una nota donde detallaba el peligro que representaban la harina y el vino que tuviesen almacenados. Les pedía que lo apartasen y que ya se decidiría el destino de éstos. Que en ese momento eran la evidencia del intento de genocidio que había querido perpetrar Nuintn. Colocando la nota sobre su escritorio, puso su mano derecha sobre aquélla y dijo: —*Pošalji kopiju sva ara.* Una copia de la nota apareció de manera instantánea en cada casa de cada gueto del planeta, incluyendo las casas de los Ancianos Hechiceros de cada gueto. Horas más tarde, la dueña de la fonda preferida de Urso estaría trasladando al sótano toda la harina que tenía almacenada en su bodega y cerraría la puerta de la cava con llave. La primera de todas las muertes misteriosas se había evitado, al igual que las demás. Todos los habitantes de los guetos pusieron "en cuarentena" la harina y el vino, esperando instrucciones de lo que iba a suceder después. La masacre había sido detenida.

Entre tanto, Fizz ya se había trasladado al Castillo. Era de noche y encontró a Jantl y a Lino, junto con el resto del gabinete –excepto

Nuintn, quien regresaría en tres días de su supuesta gira por los guetos— terminando de cenar en el comedor principal. Tanko fue el primero en saludar al Lumínico con mucha alegría:

—¡Fizz! —dijo, con aquella sonrisa suya tan característica. —¿Cómo has estado?

—Muy ocupado —contestó el Lumínico, con su tono inexpresivo de siempre.

—¡Por acá también! —contestó el cocinero, con una risotada.

—Jantl, Lino —dijo Fizz mirando a ambos. —¿Os puedo comentar algo? Es importante.

—Por supuesto —dijo Jantl. —¿Quieres que sea en privado?

—Yo os tocaré y os lo explicaré a mi manera —contestó él. —Vosotros decidiréis cómo se lo decís a los demás.

—Está bien —dijo Jantl. Fizz miró a Lino y se quedó dudando.

—¿Qué pasa Fizz? —dijo Lino, sonriendo.

—Nada —dijo el Lumínico. —Sólo que te vas a enterar de algo que puede que te afecte un poco.

—¿Le pasó algo a Niza? —preguntó Lino, alarmado.

—No. Niza está bien. Vas a entenderlo en un momento más.

Fizz se acercó a Jantl y a Lino y ambos cerraron los ojos, extendiendo sus manos para tocar al Lumínico. Impactados, se enteraron de que los dragones bebé existían y el daño que habían causado en la realidad que había dejado de existir, casi al mismo tiempo que comprendieron que ya Los Cuatro Gemelos se estaban encargando de ellos. Luego se enteraron del macabro plan de Nuintn y cómo había reaccionado al saberse descubierto, al tiempo que descubrían, aliviados, que ya Astargon había enviado el comunicado a todos los guetos. Lino supo que, en esa realidad alterna, él había muerto. Sólo él sabía que eso no era una "visión del futuro" como creía Jantl, sino el recuerdo de algo que ya había sucedido, desde la perspectiva de Fizz. Cuando se separó de ellos, Jantl abrió los ojos. Sus ojos violeta, usualmente de mirada serena, estaban llenos de furia. Dijo:

—No permitiré que se salga con la suya, ese traidor asesino.

Capítulo XXX:

Soliloquio revelador

*K*ayla estaba observando con detenimiento el árbol genealógico hecho por Travaldar que les había obsequiado Porthos, mientras recordaba, enternecida, cuando el anciano profesor fue liberado del hechizo de sugestión gracias a Helga, la curandera. Esta última se encontraba en el laboratorio del castillo flotante terminando de preparar los ingredientes y materiales que se necesitarían para ejecutar el Ritual de Restricción sobre los dragones. Sin poder evitarlo, Kayla sintió un antojo irresistible por un trozo de carne quemada. La noche anterior, después de haber regresado del Antiguo Desierto, Los Cuatro Gemelos habían experimentado comer un trozo de carne pasada de cocción –muy pasada– y hallaron que la sensación de éxtasis que les provocaba su sabor era mucho mayor que la del pan quemado que habían descubierto durante el desayuno del día anterior.

Gracias a la habilidad de Fizz, la historia se estaba repitiendo, con matices un poco distintos, obviamente, pero sin las tristes consecuencias de la realidad alterna que había dejado de existir. Por ejemplo, en esta ocasión, cuando Los Cuatro Gemelos habían llegado a casa de Grent y Linda, ésta no les ofreció una prueba del *Novogo Kruh* (toda la harina la había sacado de la alacena, almacenándola en una pequeña bodega, tras recibir la nota urgente de Astargon) y se enteró de que ellos habían controlado a los dragones de boca de ellos mismos, pues Ulgier ya no se había involucrado en lo absoluto y, en la realidad alterna desaparecida, había sido él quien le había relatado a Astargon la aventura de Bontai, lo que motivó al Anciano Hechicero a enviar la noticia a todos. Por esa misma razón, cuando Los Cuatro Gemelos arribaron a la Academia, ya no recibieron una bienvenida tan calurosa como en la otra línea de tiempo. Por lo demás, todo había sucedido de manera casi idéntica, pero tres días antes.

Por otro lado, en Lishtai, la feliz trieja había disfrutado de una deliciosa sopa de mariscos después de que las mujeres habían concluido su entrenamiento y Karkaj terminó de pulir su mesa. Más tarde en la noche, los tres tuvieron uno de sus apasionados e intensos encuentros amorosos, exacerbado —según se rumora entre los Forzudos— por los mariscos, que tienen un efecto afrodisíaco. ¿Sería por ello por lo que en Lishtai la tasa de nacimientos era mayor que el promedio de las demás tribus?

En Bontai, por otro lado, la vida transcurría tranquila. Kira seguía ofreciendo aves y huevos en la plaza central de la tribu y pensaba, nostálgica, en que tenía mucho de no ver a su amado hijo. Deseaba con ansias estar con él para el cambio de año, pero no le había enviado una carta diciéndoselo. Pensaba que los asuntos de gobierno lo habrían de tener muy ocupado y no quería que se sintiese comprometido a complacerla, máxime que el traslado desde la Gran Ciudad hasta Bontai tomaba varios días. Independientemente de ello, siempre lo tenía en sus oraciones y le deseaba el mayor bienestar y felicidad.

En el Castillo, la noche del día posterior a la visita de Fizz, Lino estaba en su habitación, después de haber cenado. Ese día, él y Jantl habían estado plancando de qué manera confrontarían a Nuintn para evitar "desobedecer" la profecía de Travaldar. La vez anterior, en la realidad que había dejado de existir, ninguno de los dos había salido muy bien parado de su interacción con Nuintn, quien regresaría dentro de dos días, cuando aún era de noche. Lino cavilaba acerca de lo maravillosos que eran los Lumínicos y, en particular Fizz, a quien consideraba una persona muy especial y amorosa.

En la posición acostumbrada, Lino se puso a meditar acerca de su fallecimiento en la otra línea de tiempo y en las implicaciones que eso tendría en el plano espiritual. Recordó las enseñanzas que le hubiera impartido su querido mentor, Quince, a quien siempre remembraba con cariño, y se sintió agradecido de que hubiese sido capaz de ayudarle tanto ese año, a pesar de haber muerto. La imagen de Quince llegó con total claridad a su mente, tal y como lo recordaba cuando recién se conocieron. Lino apenas tenía cinco añitos recién cumplidos y Quince cumpliría los cincuenta y tres pocos meses después. «Qué tiempos aquellos, tan pacíficos. Mi vida era sencilla y feliz» pensó, nostálgico. Una tibieza muy familiar inundó cada fibra de su ser y la nostalgia dio paso a una sensación de felicidad plena y una paz inmensa.

—Hola, mi querido amigo —dijo la ronca voz de Quince.

—Gracias por recibirme de nuevo —dijo Lino.

—Siempre es un placer recibir tu visita.

—Qué amable. Supongo que estás al tanto de lo que ha pasado recientemente.

—Por supuesto. Tu Ser Espiritual y yo lo discutimos a profundidad. Desde tu perspectiva, eso habría ocurrido dentro de tres días en la línea de tiempo que Fizz anuló. Pero, como ya te expliqué alguna vez, desde el punto de vista del "lugar" en el que me encuentro, acá *todo sucedió y aún no sucede nada.*

—¿Tú puedes saber lo que ocurrió en esa otra realidad alterna?

—La Gran Conciencia lo sabe todo. Cada alma es parte de ella y, por ende, también tiene acceso a ese conocimiento.

—Yo no recuerdo nada.

—Es parte del Gran Diseño. Cuando un alma reencarna, al cuerpo físico se le libera de la carga que representaría para una mente, en ese plano de existencia, arrastrar todo el recuerdo de las vidas pasadas.

—Presiento que me quieres dar a entender que, por alguna particular razón, mi mente sí sería capaz de recordarlo.

—Tu mente fue entrenada para comprender muchos conceptos y realidades que están vedadas para la mayoría de la gente. Pero no sólo para comprender tales conceptos y realidades, sino para *experimentarlos*, también.

—Hay algo que aun no entiendo.

—Dime.

—¿Cómo es que has podido hablar conmigo allá donde estás si aún no he muerto?

—¿Recuerdas lo que alguna vez estudiamos acerca de los cuerpos sutiles?

—Sí, claro.

—Bueno, tu cuerpo causal reside en el plano espiritual y trasciende las vivencias que tus múltiples reencarnaciones hayan experimentado. Con quien me comunico es con esa parte de ti, que contiene el registro completo de todo lo que has vivido en tus múltiples vidas y que siempre ha estado en este plano de existencia. ¿Me comprendes?

—Te comprendo. ¿Significa eso que yo podría hablar con esa parte de mí mismo que reside en el plano espiritual?

—Acabas de formular la pregunta correcta, mi querido amigo.

—Hola, Lino —dijo una voz que "sonaba" idéntica a la de Lino mismo.

—¡Hola! Ahora sí que estoy sorprendido —dijo Lino, divertido.

—Me encanta la personalidad que tenemos en esta reencarnación —dijo la voz. —Hemos crecido tanto. Gracias por ello.

—¡Con gusto! —dijo Lino, animado. —Hay algo que me tiene inquieto desde que supe que en otra línea de tiempo ya morí.

—Te escucho.

—En esa otra realidad alterna, ¿logran capturar a Nuintn? ¿Sigue haciendo más daño? ¿Qué fue de él?

—En esa realidad alterna, Niza lo destruye sin saberlo al enfocar en él todo el odio que siente, cuando se entera de que miles de niños Conscientes han quedado huérfanos a raíz de sus crímenes. De su cuerpo físico sólo quedó un montón de ceniza.

—¡Oh! —exclamó Lino en su mente. —Pero ahora él vive de nuevo. ¿Significa eso que también él trascendió en la realidad alterna que dejó de existir?

—El alma de Nuintn se quedó "atrapada", por decirlo así, cuando él murió —explicó Quince, tomando la palabra. —Sí hay un alma que trascendió al morir Nuintn. Esa alma reside entre nosotros, libre de la atadura que la contuvo por milenios.

—Vamos por partes, por favor —solicitó Lino. —Necesito comprender bien esto que me acabas de decir.

—Por supuesto —dijo Quince. —Pregunta, con confianza.

—Bueno. Lo primero es: ¿qué significa que el alma de Nuintn haya quedado "atrapada"?

—Nuintn acumuló un inmenso rencor por muchísimo tiempo y sublimó ese sentimiento de la forma que causa el mayor disturbio en el Gran Plan de EL TODO: cometiendo asesinato. Pero no fue un asesinato, fueron *millones*. Su cuerpo intuitivo se corrompió tanto, que, si intentaba trascender, su cuerpo causal se habría destruido. Ahora, gracias a tu amigo Fizz, EL TODO le ha dado una segunda oportunidad para "limpiar" ese cuerpo sutil corrupto.

—¿Quieres decir que, a pesar de todo el daño que ya hizo, aún hay esperanza para él?

—Hablas como si, en tu plano de existencia, ya hubiese ocurrido algo que aún no sucede. La disrupción temporal que causó el Lumínico ha deshecho todo el daño. Incluso, hay otros decesos que las acciones de Fizz ayudaron a prevenir. Si vieras su cuerpo causal… Es el más resplandeciente y lleno de la luz más cristalina que haya visto.

—Tienes razón —corroboró Lino. —Tal vez me está afectando un poco el tener acceso a saber lo que ocurrió en la realidad alterna. Debo centrarme en el presente.

—Exacto —confirmó Quince. —Y, para contestar tu pregunta, en este nuevo presente, Nuintn aún tiene esperanza de salvar su alma. ¿Cuál era tu otra pregunta?

—Cierto, cierto —dijo Lino. —¿De qué alma hablas cuando dices que esa alma sí trascendió liberándose de sus ataduras al morir Nuintn?

—Es el alma de Whuzz, un Lumínico que amó profundamente a Nuintn. Cuando éste estaba a punto de morir de viejo, aquél le cedió todo su ser, lo que alteró la genética del cuerpo físico de Nuintn, dando inicio a la Raza de los Eternos.

—¡Oh! —dijo Lino, sorprendido. —¿Y qué pasó con el cuerpo de Nuintn en esta nueva realidad al ya no contener el alma de Whuzz?

—Nada, la genética de Nuintn fue modificada en forma permanente hace milenios. Pero puede ser que algo que Whuzz le comentó a tu Ser Espiritual sí sea relevante para esta nueva línea de tiempo.

—¿Qué te dijo Whuzz? —inquirió Lino a sí mismo.

—Whuzz es el primer hijo de Kazz y Dezz —inició diciendo el Lino espiritual. —Whuzz fue concebido cuando Kazz y Dezz se acababan de conocer. Whuzz vivió durante mil años antes de que sucediera lo que sucedió con Nuintn. Cuando ellos se dieron cuenta que él había cedido todo de sí a un ser físico, estuvieron a punto de morir de tristeza. Pasaron más de once siglos antes de que decidieran concebir a Fizz. Ahí fue cuando los Lumínicos dejaron de interactuar con las demás Razas.

—Comprendo —dijo Lino. —¿Y cómo es relevante esto ahora?

—Whuzz y Fizz tienen algo en común: ambos crearon una impronta con un ser físico y, en ambos casos, han amado a esos seres físicos más allá de lo que Kazz y Dezz puedan comprender. Ellos temen que Fizz "cometa el mismo error" que su primogénito –al menos así lo interpretan ellos– y desean evitar a toda costa tener que pasar por el mismo dolor que vivieron con la pérdida de Whuzz. Después de esta última disrupción temporal, Kazz y Dezz ya no están dispuestos a permitir que Fizz siga manipulando el tiempo. Gracias al vínculo de paternidad que los une a él, ambos han "atado" esta habilidad de su hijo… *Ya no habrá una tercera oportunidad de corregir lo que salga mal.*

—Está bien. Muchas gracias por la advertencia.

—Con gusto. Acá hay alguien que quiere saludarte.

—Hola, Lino.

—¿Rinto? ¡Qué gusto verte!

—Igualmente. Gracias por cuidar de mi hija y amarla tanto.

—Nada que agradecer. Es mi hermana.

—Así es. Vuestro vínculo va más allá de la sangre —aseveró Rinto. Agregó: —Yo sólo vine a darte un nombre que quiero que recuerdes en el momento oportuno.

—¿Qué nombre es ése?

—Belgier de Zandar.

Lino abrió los ojos cuando hubo recibido esta última revelación.

Capítulo XXXI:

Intervención oportuna

*V*antr, Fildn y el resto de los miembros del gabinete estaban escuchando con admiración y alegría lo que les relataba su colega. Había regresado apenas la noche anterior, ya avanzada la madrugada, después de un exhaustivo peregrinar por todos los guetos, y de utilizar —según él— sus más especializadas artes de persuasión para conseguir diecisiete firmas.

—Como una manera de darle la solemnidad requerida al asunto —cerró diciendo—, creo que Jantl misma podría ir a la Prisión de Kontar con la petitoria, para que les resulte imposible negarse a concederle a Niza el perdón total.

Todos los presentes le aplaudieron esa disertación final.

—Me alegra saber que te fue tan bien —dijo una melodiosa voz desde la entrada al comedor. Todos voltearon a ver hacia ese punto para encontrarse con la Regente Suprema y su Asesor Principal.

—Jantl, Lino —dijo Nuintn, sonriendo. —Qué gusto veros de nuevo.

—Lo mismo digo —respondió Jantl. —¿Podemos conversar en la biblioteca un momento? Es muy importante.

—Por supuesto —dijo él, sonriendo.

Nuintn, Jantl y Lino se dirigieron a la biblioteca. Cuando ingresaron, se veía el sol matinal colándose por un hermoso vitral circular que estaba en la pared del fondo. Sus rayos, teñidos con el diseño multicolor del vitral, inundaban varios pasillos de la estancia. Cuando estaban en medio del recinto, Jantl le pidió a Nuintn que esperara ahí un momento. Lino se había quedado cerca de la puerta. La Eterna se dirigió a la sección de Documentos Antiguos. Adentrándose en la subsección Ficción, se acercó al estante seis del apartado Poesía y, alzando su mano en la vigésimo sexta posición de la cuarta fila, tomó el libro que ahí estaba. Lo abrió en una página específica y leyó lo siguiente:

—«*La muerte sin piedad hará caer, / con su indomable abrazo, envenenados / a miles de Conscientes engañados / ignorando del traidor su proceder*».

—¿Qué es eso? —dijo el Eterno, acomodándose el cuello de la camisa, mientras volteaba la cabeza hacia atrás, para ver dónde estaba parado Lino. Lo vio lejano.

—Es un poema —contestó ella. —¿Te gusta?

—La métrica y la rima están bien —dijo él, un poco confundido, añadiendo: —Un poco macabro el tema, pero está bonito.

—Sí, ¿verdad? A mí también me parece macabro.

—No entiendo a dónde quieres llegar —dijo Nuintn, visiblemente incómodo. —¿Eso era lo "muy importante"? ¿Leerme un poema macabro escrito por un viejo loco que murió hace siglos?

—Ah, ¿conoces al autor? —dijo ella, levantando una ceja.

—No. ¿Quién lo escribió? —corrigió él, dándose cuenta de que se estaba delatando solo.

—Un vidente de la Raza de los Conscientes —explicó ella, retóricamente. —Su nombre era Travaldar. Cuando estuvo vivo, fue muy amigo mío.

—Qué bueno —dijo el Eterno, secamente. —¿A qué viene todo esto?

—Pues… te quería contar una historia acerca de este pequeño volumen en particular —dijo ella. —Apareció debajo de un mueble en la cocina del Monasterio que dirige Delor. Al parecer, logró recuperar su estado intacto gracias al Ritual de Reparación que se ejecutó después del Incidente de los Sesenta y Seis, a pesar de haberse mojado, cuando la correntada te lo arrebató de las manos.

—¿De qué hablas? —inquirió Nuintn con un respingo. —Es la primera vez que veo ese librillo viejo.

—Once exdiscípulos de Niza te vieron con él en la mano, justo antes de iniciar el ataque. Ya sabes, el día ese cuando Baldr me indicó la ubicación exacta del libro, y que tú te retiraste antes de la mesa para reunirte con Delor, ¿te acuerdas? —inquirió ella, sin esperar una respuesta por demás obvia a su pregunta.

—¿Quién te dijo eso? ¿Hablaste tú misma con ellos?

—Pues… Me puse un poco inquieta cuando no tuve noticias tuyas en todo este tiempo —dijo Jantl. —Y justo ayer Ulgier, mi antiguo asesor, me hizo el favor de trasladarme allá a Kontar, donde aproveché el viaje para pasar a saludar a Niza. Pude conversar con varios de ellos.

—Esos niños dirían lo que sea para confundirte. Están desesperados. ¿Y por qué te inquietaste con mi larga ausencia? Tú sabías que la recolección de firmas iba a tomar mucho tiempo.

—Sí, claro, eso lo sabía. Sin embargo, yo le había pedido a los Ancianos Hechiceros que me avisaran cuando llegaras, y en todo este tiempo, *ninguno me dijo nada.*

—Son gente muy ocupada. Si supieras lo que me costó que me abrieran un espacio dentro de sus apretadas agendas —insistió aún el Eterno, cínicamente.

—Sí, eso supuse. Sin embargo, mi visita de ayer a Kontar tenía como objetivo hablar con Astargon. Me comentó que no te ha visto en todo este tiempo. ¿De quién es la firma que traes en el documento, entonces?

—Lamento tanto que me digas esto —dijo Nuintn, sabiéndose evidenciado, mientras acercaba su mano izquierda a la daga que traía en el cinturón. —Frinjl te admiraba muchísimo. Y yo también, a mi manera… Pero ya no hay nada que puedas hacer.

Haciendo un rápido movimiento con su mano izquierda, Nuintn desenfundó la daga y la levantó en el aire, dispuesto a lanzársela a Jantl directo a un ojo. Fizz, que había permanecido oculto en uno de los haces de luz que caían desde el vitral, se abalanzó sobre la daga, convertido en un rayo. Nuintn cayó al piso, convulsionando y se desmayó. La daga quedó a su lado, sin hacerle daño a Jantl.

—Te equivocas. Ya hemos hecho lo que había que hacer —dijo ella, con auténtica sensación de triunfo.

Nuintn fue llevado a la Prisión de Kontar por Astargon, donde despertó varias horas después, sintiendo que todo el cuerpo le temblaba y le dolía. Notó que le habían cambiado su vestimenta. Su mano izquierda estaba vendada, pues una quemadura de segundo grado se le había hecho en la palma de la mano cuando la electricidad del rayo de Fizz pasó por la daga, calentándola al rojo vivo en una fracción de segundo. Los zapatos que traía se habían reventado cuando el rayo salió por sus pies para difundirse en el piso. Su fisiología Eterna le permitiría recuperarse en poco tiempo. Le informaron que estaba en prisión por el delito de intento de magnicidio y por sospecha del delito de intento de genocidio.

Los días que siguieron, una exhaustiva investigación inició sobre las empresas de Nuintn, centrándose en las dos que producían envoltorios para harina y corchos para botellas de vino. Nidia, usando muestras del vino y la harina adulterados, ya había desarrollado hacía días un método para detectar los dos componentes inocuos de la toxina y logró demostrar que el veneno se reintegraba con toda su potencia al combinar ambos, lo cual fue cotejado por el toxicólogo de la Universidad de Eternos de la Gran Ciudad. Nidia guardó las muestras analizadas en unos frascos de vidrio sellados en su laboratorio, donde un líquido color negro evidenciaba la presencia de la toxina, que era la forma en que el reactivo respondía a aquélla, cuando tocaba el vino mezclado con harina.

Con la ayuda de miembros de nuestra Raza, se determinó que los empleados de Nuintn estaban totalmente exentos de culpa y que realmente ignoraban el macabro plan de su patrón, quien también fue confesado con el apoyo de un Pensante, lo que reveló con lujo de detalles todo el accionar del Eterno y la psicótica metodicidad con que de forma sistemática había elaborado su plan a lo largo de varios años.

Gracias a la investigación, se logró determinar cuáles eran las bolsas de harina contaminadas (las de Edición de Fin de Año) y cuáles botellas de vino tenían los corchos espurios (las de la Oferta Especial de Fin de Año). El descubrir esto reforzó entre los

Conscientes y los Pensantes, a partir de entonces, los controles de calidad y revisión de materias primas adquiridas de terceros –en particular de Eternos– que, hasta ese momento, habían sido bastante laxos.

El tribunal que analizó las pruebas arrojadas por la investigación concluyó que el rencor de Nuintn no iba a desaparecer nunca, lo que lo convertía en un riesgo permanente para la sociedad y, en especial, para la Raza de los Conscientes, por lo que lo condenaron a Cadena Perpetua, pena que, en el caso de un Eterno como él, sería literal. No se le condenó a la Pena de Muerte debido a que sus crímenes habían quedado en *intento*, sin realmente hacerle daño a nadie y, en tales casos, la legislación Consciente no contemplaba que el culpable perdiese la vida.

Cuando Nuintn recibió el veredicto, Lino y Jantl estuvieron presentes. Esta última, mirando al acusado a los ojos, le dijo:

—Lo lamento mucho. Yo te admiraba, a mi manera. Gracias a tu hija Frinjl, entre muchos otros valientes, logramos hacer realidad la Gran Unificación y alcanzamos la paz en Koiné. Fueron demasiados sacrificios para que hayan sido en vano. Tendrás el resto de tus días para meditar al respecto. Hasta nunca, Nuintn.

Y se volteó, saliendo del recinto sin mirar hacia atrás, mientras el Eterno era llevado de regreso a prisión.

Jantl le solicitó a su antiguo consejero que si podía hacerle el favor de trasladarla a ella y a Tanko a Cosdl, para poder pasar el cambio de año con Virtr, a lo que Ulgier accedió gustoso. Por si las dudas, Jantl se llevó el cuaderno mágico consigo. La suave brisa marina de Cosdl corría juguetona sobre los verolises. El aire se sentía tibio y un flautista tocaba muy inspirado a lo lejos una melodía bellísima. Jantl se quedó observando la cabaña donde hubiera convivido ciento cuarenta y cinco años con su amado compañero.

Tanko, escuchando aquella dulce tonada de flauta, se conmovió hasta las lágrimas. La Eterna invitó al Forzudo a ingresar a la vivienda, mientras ella iba a buscar a Virtr a los sembradíos. Lo encontró entre un grupo de plantas, aplicando su remedio antihongos. Se lo quedó mirando con ternura.

—Hola, agricultor —le dijo.

Un par de trozos de cielo, voltearon a ver al lugar del que había provenido aquella dulce voz, tan conocida y amada. Un abrazo, lleno de palabras que no era necesario pronunciar, los unió largo rato. Cuando se separaron, él le dijo, con su espectacular sonrisa:

—Hola, ojos bellos.

En los guetos seguía existiendo un grave inconveniente: había millones de bolsas de harina adulterada y millones de botellas de vino contaminado. No podían desecharlos así nada más, pues existía el riesgo de que se combinaran por accidente, envenenando los mantos acuíferos, como había sucedido en Lendl durante la Gran Unificación, antes de que el Iluminado descubriese y eliminase la causa. Tampoco iban a almacenar esos productos para siempre. ¿Qué se podía hacer? Lino había decidido permanecer en Kontar para la celebración del cambio de año. Quería darle un abrazo a su hermana el primer día del año antes de regresar a la Gran Ciudad.

Esa noche, Julie tendría –de nuevo– su primer viaje astral, estando en su habitación. Después de los lugares iniciales que visitó (su cuarto, el techo de su casa, la celda de Niza, los Picos Nevados), estableció la "conexión" con Rinto. Esta fue la nueva conversación que ocurrió entre ellos:

—Hola, Julie —le dijo Rinto.
—¿Tú sí me puedes ver? —dijo la niña, curiosa.
—Claro —replicó él. —Se ha manifestado tu habilidad: puedes viajar a los planos astrales sin que tu esencia abandone tu cuerpo físico. Eres la primera Consciente que logra eso.
—¿Es en serio? —dijo ella, con gran alegría.

—Es en serio —dijo él. Agregó: —Hay un mensaje importante que debes llevarte contigo, Julie. Niza debe recuperar su poder. Ella es capaz de destruir el veneno de la harina y el vino.

—¿Cómo?

En ese momento, Julie despertó con sobresalto, cuando el viento empujó –de nuevo– una cortina de su cuarto, tirando al piso la lámpara de su mesa de noche. Julie se quedó repasando las imágenes tan vívidas de la ensoñación que acababa de tener. «¡Qué sueño tan raro!» pensó. Después de cerrar la ventana, recoger la lámpara del piso, limpiar el reguero de aceite, e intercambiar algunas palabras con su madre, se durmió.

Dos días más tarde, en el Mercado, la conversación con su bisabuela inició de manera similar a la de la línea del tiempo que había dejado de existir y llamó la atención de su bisabuelo en el mismo punto: cuando Julie describió la celda de Niza. Sin embargo, en esta ocasión, Lino estaba escuchando todo, pues se había ofrecido a ir con ellos a hacer el mandado, para ayudarles a cargar la compra. Después de que Ulgier comprendió que la primera habilidad innata de su bisnieta se había manifestado, le preguntó:

—¿Qué más te dijo Rinto?

—Bueno, yo le pregunté que si era en serio —inició diciendo Julie. —Él me dijo que sí. Y luego me dijo algo muy raro: «Hay un mensaje importante que debes llevarte contigo. Niza debe recuperar su poder. Ella es capaz de destruir el veneno de la harina y el vino». Y ahí desperté.

Ulgier se enderezó y miró a su esposa a los ojos. Ella estaba tan emocionada como él, y alarmada a la vez, porque Julie no se había enterado del asunto de la harina y el vino adulterados, por lo que aquello era definitivamente un mensaje del más allá. Posterior a esto, prosiguió la indagación por parte de los ancianos, acerca de cómo Julie había logrado "provocar" ese sueño, que fue cuando reveló el uso de la palabra *espíritu* en el antiguo idioma Consciente. Lino, experto en tales menesteres, explicó:

—No fue un sueño, Julie. Tuviste un viaje astral y sí visitaste a tu tío abuelo —miró a Ulgier y le dijo: —¿Te dice algo el nombre "Belgier de Zandar"?

Ulgier comenzó a explorar los recovecos de su memoria. El nombre le sonaba conocido, pero no lograba recordar de dónde.

—Bueno… —comenzó diciendo el anciano. —Zandar es un gueto que está al este de la Gran Ciudad, cerca del Istmo —hizo una pausa. En eso… ahí estaba, clarísimo en su mente: —¡Por supuesto! Belgier es la persona que le devolvió su poder a los Sesenta y Seis. Me lo dijo Niza hace meses, después de que fueron puestos en prisión.

—Entonces creo que debemos ir a conversar con Astargon al respecto.

—¿Hoy? Es el último día del año. No creo que seamos muy bienvenidos que digamos en su casa.

—¿Deseas erradicar el veneno de una vez por todas? —dijo Lino, levantando una ceja.

Una hora más tarde, mientras Mina y su bisnieta comenzaban a hacer los preparativos para la cena, un joven Forzudo y un anciano Consciente de ojos verdes estaban tocando la puerta de la casa del Anciano Hechicero de Kontar.

Capítulo XXXII:

El amor todo lo puede

—*T*ania —dijo Mina—: prueba esto.

—Ummm… Qué rico. Está con el grado de dulzor perfecto y ese picorcillo que sólo tú sabes ponerle, suegrita.

—Lo hizo tu nieta —dijo Mina, orgullosa, mientras Julie sonreía complacida.

—¿Qué…? —dijo Tania, asombrada, viendo a la niña. Le dijo:

—Te felicito. Vas a ser una excelente cocinera, mi amor.

—Gracias, abuela —dijo la chiquilla.

La longevidad de la Raza de los Conscientes permite que muchas generaciones se conozcan e interactúen entre sí: es común que los trastatarabuelos lleguen a conocer a sus bichoznos y se establezcan vínculos afectivos muy fuertes entre personas separadas por seis generaciones de diferencia. Ni Mina ni Ulgier se habían querido poner a pensar en cuántos años podría llegar a vivir Niza, aunque era lógico suponer que su fisiología Forzuda tendería a hacerla envejecer con rapidez. Sería algo rarísimo y muy trágico que una nieta llegase a morir siglos antes que sus abuelos. Esos tristes casos se vieron a menudo durante el Periodo Obscuro de Koiné, cuando el conflicto entre los Eternos y los Conscientes parecía que no iba a tener fin. Y, hablando de los Eternos, entre ellos también es posible –y muy frecuente– que estén vivas al mismo tiempo una gran cantidad de generaciones. Sin embargo, el carácter más desapegado de esta Raza, y la fuerte tendencia de muchos de ellos a no quedarse en un solo lugar, ha hecho que estas familias intergeneracionales no se relacionen entre sí con el mismo grado de intensidad y afectividad con que lo hacen los Conscientes.

En el caso de Los Cuatro Gemelos, sin embargo, no llegaron a conocer a sus trastatarabuelos, pues hubo muchos años de separación entre la generación de éstos y sus bichoznos: dos mil doscientos veinte años, para ser exactos. Fue una muy curiosa coincidencia que se repitió por cinco generaciones, el hecho de que los trastatarabuelos Mortimer (de los varones) y Larissa (de las hembras), que tuvieron una numerosa descendencia, procrearan cada quien a su primer hijo cuando habían cumplido los cuatrocientos cuarenta y cuatro años, al igual que Samantha (hija de Mortimer) y Welton (hijo de Larissa), que tuvieron su primogénito respectivo a esa edad. Esos retoños, por su parte, llamados Farlir (hijo de Samantha) y Leska (hija de Welton) tuvieron su primer descendiente a esa misma exacta edad: Alma y Rosco, respectivamente, quienes recibieron a su vez a Wesko y Grent cuando ya contaban la misma enigmática y simbólica edad, la cual también tenían ambos varones cuando nacieron Los Cuatro Gemelos en cada familia. ¿Coincidencia… o destino? Después de conectar todas estas historias, es la muy humilde –y, si vosotros lo consideráis, cuestionable– opinión de este cronista que las casualidades en realidad no existen: lo que existen son *causalidades*, es decir situaciones que tienen un efecto, perfectamente conectado a su origen.

Una acalorada discusión filosófica con un tema muy similar se estaba llevando a cabo en casa de Astargon, cuando Ulgier llegó con Lino a contarle al Anciano Hechicero que era necesario regresarle a Niza su poder para deshacerse de todo el veneno. Delor –que había llegado a pasar la fecha con su padre, entre varios otros invitados– cuestionó muy fervientemente esta idea y les recordó que, de todos modos, el Ritual de Anulación que se había ejecutado sobre Niza era irreversible.

—En realidad, hay un Consciente que le puede regresar a Niza su poder —dijo Lino. —Esa es la habilidad innata de Belgier de Zandar. Fue él quien le ayudó a los exdiscípulos de Niza a recuperar su poder, después de que Ulgier se los hubo anulado.

—¿Cómo sabes esto, muchacho? —inquirió Astargon, curioso.

—El nombre me lo dio Rinto, durante una meditación que hice días atrás, antes de que Nuintn fuese capturado.

—¿Rinto…? ¿Te refieres al hijo menor de Ulgier y Mina?

—El mismo.

—¡Es verdad! —dijo el anciano, emocionado. —¡Tú puedes comunicarte con los muertos! —caviló un instante y añadió: —Eso me recuerda que tenemos una conversación pendiente al respecto.

—Cuando gustes, noble anciano —dijo Lino, amablemente. Agregó: —Sin embargo, para regresar al tema que estábamos comentando, el nombre me lo dio Rinto, pero el mensaje acerca de qué hacer con esa persona se lo dio a Julie, la bisnieta de Ulgier y Mina, durante un viaje astral que la niña tuvo antenoche, cuando se manifestó por primera vez su habilidad innata.

—¡Qué maravilloso rompecabezas! —dijo el anciano, aplaudiendo, cual si fuera un niño. —¿Qué fue exactamente lo que le dijo Rinto a Julie?

—Le dijo que Niza debía recuperar su poder, pues ella es capaz de destruir el veneno en la harina y el vino.

—Papá, Lino es el hermano de Niza y Ulgier su abuelo… —dijo Delor entre dientes. —¿No te parece muy *conveniente* que sean ellos quienes reciban este mensaje?

—Conveniente es la palabra correcta en este caso —dijo Lino seriamente—: el sentimiento que me une a Niza me permite conectarme fácilmente con su progenitor fallecido, pues el común denominador entre ambos es el amor que sentimos por Niza, lo cual facilita el establecimiento del vínculo. Y Julie… Bueno, ella tiene un lazo de consanguinidad con Rinto, lo cual abre el canal de comunicación con él de manera natural, casi automática.

—Está bien, lo autorizo —dijo Astargon.

—Pero… ¡papá! —reclamó Delor.

—Yo soy el Anciano Hechicero de este gueto. No se te olvide, jovencito —dijo el anciano a su hijo, con tono de sermón.

Delor bajó la mirada y guardó silencio. Ulgier, besando la mano del Anciano Hechicero, se despidió de él y, tomando a Lino de una mano, conjuró su hechizo de teleportación, lo que causó una pequeña distorsión cuando ambos desaparecieron.

—¡Novatos…! —dijo Astargon, para quien ya era impensable teleportarse sin usar el "traslado cuidadoso".

En Zandar, Ulgier y Lino se materializaron en medio del aire, a unos cincuenta metros encima de la plaza central del gueto, sobre la cual posaron suavemente los pies tras el hechizo de amortiguación que invocara el anciano. Debido a la fecha, el gueto bullía en actividad, al igual que el resto de los poblados de Conscientes del planeta. Preguntaron por la casa del Anciano Hechicero, posterior a lo cual se dirigieron a una zona al sur del gueto que les hubieron indicado. Cuando llegaron, hacía poco más de una hora que Erdal había terminado de almorzar. Su nuera Unga había enviudado hacía mucho, cuando Belgier, el hijo único de Unga, era aún un niño de apenas treinta años, por lo que Erdal se había hecho cargo de apoyar a su nuera con la crianza del niño y era muy unido a él, cuyos ojos le recordaban a su amado hijo Falkon.

Regina, la segunda hija de Erdal y Ofelia, había quedado huérfana al nacer, debido a complicaciones que Ofelia tuvo durante el parto. Cuando Unga conoció a Falkon, ya Regina se había trasladado al gueto Kontar hacía casi medio siglo, para estudiar en la Academia, población donde se estableció en forma permanente cuando conoció a Wesko, quien llegó a ser su esposo. Regina había nombrado a uno de sus dos hijos gemelos en honor a su hermano mayor, a quien veía de alguna forma como a su segundo padre, además de Erdal. Gracias a esto, podemos inferir dos cosas: primero, que Belgier era primo de los gemelos varones, y segundo, que Erdal, el Anciano Hechicero de Zandar, estaba muy al tanto de quién era la persona por la que preguntó aquel anciano de ojos verdes, sospechosamente acompañado de un joven Forzudo.

—¿Para qué lo buscáis? —preguntó Erdal.

—Tenemos entendido que Belgier puede regresarle su poder a un Consciente —respondió Ulgier.

—¿Quién ha perdido su poder? —inquirió Erdal, curioso.

—Mi nieta —contestó Ulgier.

—¿Cómo sucedió eso? —preguntó Erdal. Sin darle tiempo a Ulgier de responder, se contestó a sí mismo: —¡Por medio de un Ritual de Anulación…! Su crimen debe haber sido muy grave —sentenció el Anciano Hechicero, mirando a Ulgier de soslayo.

—Mi nieta es Niza, la antigua Regente Suprema —dijo Ulgier.

—¿Niza…? Hace mucho ella vino a verme… ¡Ahora te recuerdo! —exclamó Erdal, viendo a Lino. —¡Tú la acompañabas!

—Sí, señor —dijo Lino. —Niza es mi hermana. Como usted sabe, ella fue la principal gestora de las *Reparaciones Milagrosas*, digo, del Ritual de Reparación y de proteger la Gran Ciudad del intento de Invasión por parte de los Forzudos.

—Sí, es una mestiza poderosa, en verdad —aseveró Erdal. —Pero por algo le fue removido su poder. Está descontando su sentencia en la Prisión de Kontar, ¿no?

—Así es —dijo Ulgier. —Sin embargo, Astargon autorizó que le fuese devuelto su poder –en el caso de que Belgier pueda y quiera hacerlo, claro está– debido a que recibimos un mensaje del más allá que nos indica que ella es capaz de destruir el veneno de la harina y el vino.

—¿Del *más allá*? —preguntó Erdal, incrédulo.

—Así es. Lino puede comunicarse con los muertos —dijo Ulgier, viendo a Erdal fijamente a los ojos.

—¿Un Forzudo…? Quién lo diría. Yo habría considerado más *natural* que un Pensante desarrollase tal habilidad.

—Parte de mi formación de niño y adolescente incluyó relacionarme con Pensantes, noble anciano —explicó Lino, respetuosamente. —De hecho, mi mentor me enseñó a comunicarme telepáticamente con ellos, habilidad que logré extender para conectarme con las mentes de otras Razas.

—¡Vaya! ¿Qué estoy pensando en este momento? —dijo con sorna el anciano.

Ante una invitación tan explícita, Lino se concentró y comenzó a hurgar la mente de Erdal. Segundos después, sonrió y, mirando a Ulgier, dijo:

—Belgier es su nieto. Ya sé cómo dar con la casa de él —y, viendo a Erdal, dijo: —Muy amable. Gracias por la información.

Erdal abrió los ojos de par en par.

—¡Oye! ¡Qué atrevido! —exclamó furioso.

Ulgier y Lino se dirigieron a unas cuantas casas de ahí, hasta una humilde casita con la puerta hecha de madera que el sol había decolorado. Al llamar, les abrió un hombre de unos doscientos sesenta y cinco años, alto y delgado, de tez morena con bigote, barba y cabello color café obscuro y ojos castaños levemente rasgados.

—Buenas tardes —dijo el hombre, con respeto.

—Buenas tardes, Belgier —dijo Ulgier. —Éste es mi amigo Lino. Ambos hemos venido desde Kontar para pedirte un favor muy especial. ¿Podemos pasar?

Belgier se hizo a un lado y, extendiendo su brazo en señal de bienvenida, les dijo:

—Pasad.

—Gracias —dijo Ulgier.

Ambos pasaron adelante. Belgier los invitó a sentarse a la mesa de un pequeño juego de comedor de cuatro sillas. Cuando estuvieron frente a frente, les dijo:

—Os escucho.

—Asumo que estás al tanto de la harina y el vino adulterados —comenzó diciendo Ulgier.

—Por supuesto —confirmó Belgier. —Astargon envió una nota directo a mi casa. Apareció justo sobre esta mesa.

—Excelente —dijo Ulgier. —Bueno, mi nieta tiene la capacidad de destruir el veneno que contamina esos víveres.

—¡Qué buena noticia! —exclamó Belgier, con júbilo.

—Así es… Sólo hay un pequeño detalle. Ella perdió su poder.

—¿Cómo sucedió eso?

—Es una larga historia —aseveró el anciano. —Pero hemos venido porque sabemos de buena fuente que tú puedes regresarle su poder a mi nieta.

—¿Quién os lo dijo?

—Mi hijo fallecido, padre de ella, por medio de un viaje astral que hizo mi bisnieta y de una meditación de Lino, aquí presente.

Belgier miró sorprendido a Ulgier y luego a Lino.

—¿Estáis hablando en serio?

—No podría hablar más en serio —dijo Ulgier, con su cara totalmente inexpresiva. Prosiguió: —En tus manos está, literalmente, salvar a nuestra Raza, Belgier.

—Qué bien te expresas, anciano —dijo Belgier, sonriendo. Haciendo una pausa, agregó: —Está bien, llévame a donde está tu nieta, por favor.

Ulgier sonrió complacido. Los tres se pusieron de pie y se tomaron de las manos. Tras el hechizo conjurado por el anciano, desaparecieron para reaparecer varios metros arriba de la Prisión de Kontar, frente a cuya entrada descendieron muy suavemente. Después de pasar los tres puntos de control de acceso y efectuar el trámite de solicitud de visita, se encontraron con Niza en la mesa que les asignaron en el salón de visitas, quien se emocionó mucho al ver a Lino. Después de que se hubieron abrazado, Ulgier presentó a Belgier. Niza lo reconoció de inmediato, gracias a las visiones que le hubiera compartido Fizz de la línea de tiempo que había dejado de existir, donde el Lumínico lo había visto por casualidad reposando en una camilla en casa de Nidia, cuando recorrió la morada de la curandera en busca de su amiga.

—Mucho gusto —dijo Niza.
—Hola… —dijo Belgier.
—Soy mestiza —aclaró ella, adivinando duda en su mirada.
—¡Ahhh…! No sabía que eso fuese posible.
—Astargon autorizó que te regresemos tu poder —dijo Ulgier.
—¿Cómo? ¿Por qué? —preguntó ella.
—Tu padre dice que tú puedes destruir el veneno —explicó Lino.
—¿Hablaste con él? —dijo Niza.
—Así es… Y también Julie.

—¿Julie? ¿Cómo…?

—Es su habilidad innata —explicó Ulgier, orgulloso.

—¡Qué bien! Pero… ¿Cómo puedo destruir el veneno?

—En la línea de tiempo que dejó de existir, tú fuiste capaz de concentrar toda tu intención en Nuintn. Lo obliteraste. Sólo un puñado de ceniza quedó de él.

—¡¿Qué?! —exclamó ella. —¿Cómo sabes eso? —preguntó, al tiempo que Ulgier miraba a Lino extrañado.

—Me lo dijo Quince. Por ello, creo que para ti es tan sencillo como pensar en el veneno para que se destruya, si recuperas tu poder.

—¿Y si destruyo más cosas? Tengo miedo.

—No tengas miedo, mi hijita —dijo Ulgier, con ternura. —El miedo bloquea la voluntad y anula el poder, ¿te acuerdas? —inquirió el anciano, haciendo referencia a la vez que había explicado por qué Rinto era incapaz de invocar el hechizo de amortiguación.

—Está bien, abuelo. Ya no tengo miedo —dijo ella, con seguridad, mirándolo a los ojos.

—¿A qué te refieres con eso de "la línea de tiempo que dejó de existir"? —inquirió Ulgier, viendo a Lino.

—El día de mañana habría sido uno de los días más trágicos en toda la historia de Koiné, si no hubiera sido por la disrupción temporal que causó Fizz —contestó el Forzudo. Ulgier se quedó sin poder decir palabra mientras procesaba esto.

—Dame tus manos —le dijo a Niza Belgier, quien no había perdido detalle de toda la conversación y cada vez estaba más convencido de que ésta iba a ser la más noble de sus obras. «¿Disrupción temporal? ¿Quién es esta gente?» pensó, emocionado.

Niza extendió las manos y Belgier las tomó entre las suyas, cerrando los ojos. Niza puso los ojos en blanco y una especie de remolino se generó alrededor de ella. Niza comenzó a emanar una brillante luz por cada poro de su piel. El resto de las personas que estaban en el salón de visita, se levantaron de sus sillas, espantados. Ulgier y Lino se cubrieron los ojos. Un leve estallido proveniente de Niza empujó al anciano y al Forzudo, cuyas sillas se distanciaron junto con la mesa un par de metros. Los ojos de Niza recuperaron el aspecto normal y su cuerpo dejó de brillar. Dos hombres, que eran parte del personal de vigilancia de la prisión, se acercaron al grupo a toda velocidad, al presenciar esto.

—¿Qué está pasando? —preguntó uno de ellos, alzando la voz.

Ulgier se levantó de su silla y, extendiendo su mano hacia ambos, se dirigió al que no había hablado, con una gravedad que dejó a ambos hombres paralizados, diciendo:

—Lo que necesita Koiné en estos momentos, Kopek. Confía en tu abuelo. Esperad.
—Tu poder es inmenso —dijo Belgier, aun viendo a Niza a los ojos. —Esto jamás me había sucedido antes.
—Muchas gracias —dijo Niza.
—Con gusto —dijo él. —Ahora haz con tu poder todo el bien que puedas.

Niza cerró los ojos y pensó en la Isla de los Jardines, que nunca en su vida había visitado, pero que había sido mencionada muy seguido los días recientes. Pensó en toda la harina adulterada por aquel componente originado de la toxina de las flores en ese misterioso paraje y en todo el vino manchado con la otra parte del potente veneno. Se imaginó caminando en la Isla de los Jardines, sin miedo, rodeada de la belleza que sólo podía imaginar, porque no conocía realmente. Se imaginó que toda la harina y el vino se descontaminaban, volviendo a ser consumibles con seguridad. Se conectó con el recuerdo de Fizz, su amado y bondadoso amigo, que había permitido deshacer todo el mal gracias al inmenso amor que sentía por ella y se llenó de agradecimiento. Hacia Fizz, hacia Lino, hacia su abuelo, hacia ella misma y su mágico legado que era el mayor milagro que podría haberle concedido el Universo y que ella ahora quería usar sólo para hacer el bien. La emoción fue tan intensa que la sintió como un campo magnético palpable que la rodeaba. Pronunció una sola palabra: —*Ljubav*. O sea, la palabra usada en el antiguo idioma Consciente para decir *Amor*. El cuerpo emocional de Niza se distendió para envolver el planeta entero, abarcando las flores de la Isla de los Jardines; las muestras almacenadas en la Universidad de los Eternos, en el laboratorio de Nidia y en un escondite de Nuintn donde hacía sus experimentos; el vial que le habían decomisado al Eterno al ser encarcelado y otros viales que mantenía escondidos; así como toda la harina y el vino adulterados por los componentes separados del veneno. Y la toxina y sus componentes se desintegraron de todos ellos, como si nunca hubiesen existido. Cuando Niza abrió los ojos, los tenía llorosos.

—¿Estás bien? —preguntó Ulgier.

—Sí, abuelo. ¿Hay forma de comprobar si la harina y el vino son seguros?

—¿De qué hablas? —preguntó el anciano, extrañado.

—Acabo de desear que desapareciera el veneno. La harina y el vino deberían ser seguros de consumir ahora. Y la Isla de los Jardines… Podría ser un bello destino turístico de hoy en adelante.

Ulgier y el resto se quedaron mudos, sin poder creer lo que estaban escuchando.

—Mi hijita… Nadie en todo Koiné ha tenido nunca esa clase de poder. Ni siquiera el Anciano Hechicero más viejo. Yo pensé que ibas a iniciar con algunas bolsas de harina de la prisión y luego con algunas botellas de vino… No que ibas a afectar *el planeta entero*, incluyendo la Isla de los Jardines. ¿Estás segura de lo que estás diciendo?

—Te digo que ya el veneno no existe —dijo ella, con fe absoluta.

—¿Hay forma de comprobarlo? Yo misma me comería un trozo de pastel con una copa de vino, pero acá la dieta me la tienen muy controlada —dijo, riendo.

—Nidia desarrolló un reactivo para detectar el veneno. Podría pedirle que haga una prueba sobre una muestra.

—Hazlo, por favor —suplicó ella.

—Está bien —dijo el anciano, aún dudoso. —Regresaremos en un rato a contarte cómo nos fue.

Al salir de la prisión, Ulgier, Lino y Belgier se teleportaron a casa de la curandera, quien ese día había estado muy tranquila, sin recibir visitas de sus pacientes, por lo que estaba tomando una siestecita cuando llamaron a su puerta. Pocos minutos más tarde, salió a abrir, aún adormilada.

—¡Ulgier! —dijo, mientras veía a Lino y al otro joven.

—Hola, Nidia —dijo él. —Disculpa que te moleste el último día del año, pero *necesito* comprobar algo.

—¿Qué cosa? —inquirió ella, con curiosidad.

—Este joven que ves acá se llama Belgier.

—Hola —dijo ella, amistosamente.

—Mucho gusto, señora —dijo él, con respeto.

—Belgier tiene la capacidad de devolverle su poder a quien lo haya perdido.

—Bueno… Técnicamente, también lo puedo quitar —dijo el muchacho, un poco avergonzado.

—¡Oh! Entonces, ¡tú eres el muchacho que nos contó Jantl aquella vez…! —exclamó el anciano, atando al fin los cabos de dónde había escuchado ese nombre por primera vez.

Belgier lo miró extrañado, sin comprender a qué se refería.

—No importa —dijo Ulgier, corrigiéndose a sí mismo. Y, viendo a Nidia, añadió: —El caso es que él le regresó su poder a Niza y ella dice que deseó que dejara de existir el veneno y que *ya no existe…* Yo no creo que eso sea posible, pero nada perdemos con hacer una pequeña prueba. ¿Aún conservas parte del reactivo que desarrollaste para comprobar la presencia del veneno?

—Sí, claro —dijo ella, sin poder creer que el anciano estuviese hablando en serio respecto a su nieta. Nadie tenía esa clase de poder. Abriendo la puerta, les dijo: —Pasad y acompañadme al laboratorio, por favor.

Los tres pasaron y se dirigieron junto con la curandera al espacio que ella tenía reservado para sus pruebas y experimentos. Era un lugar amplio, totalmente abarrotado con estantes llenos de substancias en frascos, meticulosamente etiquetados, varias mesas donde había quemadores, pinzas metálicas para sostener objetos calientes, tubos de vidrio y otros recipientes del mismo material, la mayoría vacíos y perfectamente acomodados y algunos con líquidos de diversos colores. En eso, la mirada de la curandera se clavó en varios de aquellos recipientes, que estaban herméticamente sellados, con un líquido color púrpura claro en su interior.

—¿Qué es esto? —dijo, perpleja.

—¿Qué pasa? —preguntó Ulgier, alarmado.

—En aquellos recipientes tenía el vino adulterado con harina contaminada disuelta en él, a los cuales apliqué el reactivo.

—Pues… ahí veo el vino aún —dijo Ulgier, sin comprender.

—No entiendes…—dijo la curandera. —El reactivo hace que el líquido se vuelva negro cuando detecta la presencia del veneno. El contenido de esos frascos era absolutamente mortal. ¿Será que el reactivo perdió su efectividad?

Mientras ellos dos elucubraban al respecto, Lino se había acercado a uno de los recipientes. Los ancianos escucharon el sonido de un vidrio quebrándose. Cuando voltearon a ver, descubrieron a Lino chupándose el dedo que previamente había introducido en la mezcla de vino y harina.

—Tu reactivo funciona perfectamente —dijo, sonriendo.

Capítulo XXXIII:

Una nueva vida

*S*almerion había emitido su voto, al fin. Era el último de los Ancianos Hechiceros de quien Astargon estaba esperando respuesta al comunicado que había enviado hacía varios días. El año nuevo había iniciado sin mayor eventualidad y las celebraciones del primer día del año incluyeron en la mesa de la mayoría de las familias Conscientes un flamante *Novogo Kruh* acompañado de su respectiva copa de vino para cada miembro de la familia. Astargon se había encargado de difundir, después de que Nidia se lo confirmó de viva voz, que la harina y el vino habían sido "limpiados" gracias a la magia de Niza, que había hecho desaparecer el veneno de todas partes. Algunos reticentes esperaron a ver qué sucedía con sus vecinos y se abstuvieron de preparar el pastel.

En casa de Mina y Ulgier, obviamente, sí se celebró el cambio de año con toda la alegría que ameritaba y Mina le guardó a su nieta una rebanada del pastel de celebración –a pesar de que en prisión ella tuvo acceso a su porción, por supuesto–, alegando que «no había nada igual al sabor casero del *Novogo Kruh* hecho con el amor de una abuela». Y Niza estuvo de acuerdo, evidentemente. La madrugada de ese primer día del año, Julie pasó por el mismo desvelo que había tenido en la línea del tiempo que había dejado de existir, cuando su familia se fue a dormir a altas horas de la madrugada, y también tuvo la curiosidad de provocar un viaje astral de nuevo, para visitar a su tío abuelo Rinto. La conversación que tuvieron en esa ocasión fue la siguiente:

—Hola de nuevo, pequeña.
—Perdón, el otro día me fui sin despedirme.
—No importa. Lograste transmitir el mensaje. Muchas gracias.
—Con gusto, tío. Gracias a ti, más bien. Niza es mi héroe. Anoche escuché a mi abuelito decir que le deberían dar el perdón total y que le va a pedir al Anciano Hechicero que interceda por ella.

—Tu bisabuelo es un hombre muy noble y justo. Él conseguirá convencer a Astargon: se ha ganado su respeto.

—¿Sabes algo, tío?

—Dime.

—Al verte así, tan feliz, ya no me da miedo morir.

—No hay que temerle a la muerte, pequeña. Pero tampoco hay que buscarla. Ella llegará a su tiempo. Aprende todo lo que puedas, crece, ama, vive y sé feliz. Te amo, pequeña.

—Yo también, tío. Gracias.

—Ah, y dile a Frida que me perdone, por favor. Que lamento mucho lo que ocurrió… Y que le mande mis cariños a nuestra hija ahora que la vea, por favor.

—Está bien, tío. Hasta pronto.

Cuando Julie abrió los ojos, notó que ya había amanecido. La niña recordaba con total claridad lo que acababa de hablar con su tío abuelo. Notó que la madre de Niza estaba a su lado, observándola. Ulgier había ido a traer a Frida por solicitud expresa de Lino, quien pensaba ir con ella y su madre Kira —a quien también había traído al gueto el anciano— a visitar a Niza a prisión, como una sorpresa de año nuevo.

—¿Estás bien? —preguntó Frida. —Te hablé, pero no me contestabas.

—Sí, estoy bien —dijo ella. —Estaba haciendo un viaje astral.

—¿Qué es eso?

—Es como desprenderte de tu cuerpo para volar libremente y visitar lugares y personas.

—Uy… ¿No te da miedo?

—No, se siente muy bonito.

—Qué bien.

—Sí… Por cierto, acabo de ver a mi tío abuelo. Me pidió que te dijera que lo perdones, por favor. Que lamenta mucho lo que ocurrió.

—¿Quién es tu tío abuelo?

—Se llamaba Rinto.

Frida abrió los ojos de par en par y se llevó la mano a la boca. Se le humedecieron los ojos.

—Hace muchísimo que no escuchaba ese nombre. Si lo vuelves a ver, dile que lo que pasó ya quedó atrás. Que estoy agradecida de haber reencontrado a mi niña y haber podido pasar unos días con ella. Estoy en paz.

—Está bien, yo le digo, cuando lo vea —dijo Julie, sonriendo. Agregó: —Y dice que, por favor, le mandes sus cariños a vuestra hija, ahora que la veas.

Frida se rio cuando escuchó eso. ¿De verdad era tan fácil comunicarse con un muerto? Julie se puso de pie y le dijo:

—Ya vengo —y, al decir esto, subió a la recámara de sus bisabuelos. Viéndolos desde la puerta dijo: —Os amo, abuelitos.

Una hora más tarde, toda la descendencia de Ulgier y Mina estaría en la planta baja, con una rebanada de pastel –que típicamente es la última cosa que se hornea en el año y se deja reposar toda la noche, para que amanezca en la temperatura perfecta para ser ingerido– y una copa de vino. Tres Forzudos muy sonrientes completaban el feliz grupo.

—El año que terminó fue un año muy intenso —inició diciendo Ulgier. —Siento que he vivido más tiempo en un solo año que en muchos años anteriores, que fueron más tranquilos —todos sonrieron. —Pero ha sido el mejor año de mi vida. Gracias a todos vosotros, por amarme tanto y por darme motivos para estar orgulloso de cada uno, con vuestros talentos y habilidades, vuestras personalidades tan distintas y hermosas, así como vuestra bondad. Que este nuevo año nos permita seguir creciendo… ¡Pero que sea más tranquilo, por favor! ¡Salud!

—¡Salud! —respondieron todos, sonriendo.

Después de comerse el trozo de pastel y tomar el vino, comenzaron a abrazarse unos a otros. Viéndose a los ojos, se entablaban pequeñas conversaciones entre ellos, donde establecían secretos acuerdos acerca de cosas que tenían el propósito de hacer mejor en el nuevo año, se pedían perdón por alguna tontería que no hubiese sido resuelta y se expresaban el amor que sentían por el otro, en un emotivo gesto que duró un par de horas. La madre de Niza, muy conmovida al ver esta ceremonia tan bonita, se secó los ojos con un pañuelo. Kira se acercó a Frida cuando la vio así y le dijo:

—Tu hija es una mujer muy fuerte. Debes estar muy orgullosa de ella.

—Lo estoy —dijo Frida. —Ya sé que te lo he dicho antes, pero gracias de nuevo por hacerte cargo de ella todos esos años. Y por amarla como yo no tuve la oportunidad de hacerlo.

—Con todo gusto, querida. A Niza le encantará verte. No se lo espera.

—¡Qué emoción! Si no fuera por su abuelo, a mí se me complicaría mucho venir a verla desde tan lejos. Ya estoy muy vieja para estos trotes.

—No digas eso. Aún estamos fuertes… ¡Y guapas! —y le dio un codazo suave, con una sonrisa cargada de complicidad. Ambas se rieron y se abrazaron.

Horas más tarde, las dos mujeres estarían dirigiéndose con Lino camino a la Prisión de Kontar. Los habitantes del gueto que se los encontraban, los observaban extrañados por unos instantes antes de seguir en lo suyo. En la prisión, el desayuno había transcurrido sin mayor novedad y los prisioneros habían disfrutado de su rebanada de pastel y su copita de vino, que era una muy bienvenida variación a su monótona dieta. Casi todos opinaban que al cocinero de la prisión le faltaba mucha creatividad. El único que no probó ni el pastel ni el vino fue Nuintn, que miraba a todos con ojos de desprecio. Tantos siglos odiando a los Conscientes, para terminar rodeado de ellos. Se rio con una risa triste, pensando en lo irónica que podía ser la vida algunas veces. Al finalizar el desayuno, los prisioneros se dirigieron al patio para tomar un poco de sol matinal. Niza estaba muy en ello, con sus ojos cerrados disfrutando de la tibieza que esparcía el astro rey, cuando escuchó que le decían:

—Buenos días, mestiza.

—Buenos días, psicópata —respondió ella.

—Aún tenía la esperanza de veros a todos caer muertos hoy durante el desayuno —dijo él, sarcásticamente.

—Tendrás que acostumbrarte a vivir decepcionado. Yo, en tu lugar, pediría asesoría de un profesional especializado en salud mental para que me ayudara a lidiar con la frustración.

—Me encanta tu sentido del humor. Desde que te conocí pensé: «esta mestiza es muy lista, aunque su aspecto diga lo contrario».

—Tú, de entre todas las personas, deberías de tener muy claro que lo que hay adentro puede contrastar de formas insospechadas con lo que hay afuera… ¿Así que supiste que era una mestiza con sólo verme la primera vez? Curioso.

—En realidad, lo supe desde mucho tiempo antes. Tu amiguito, ése que me escaldó la mano, me compartió algunas visiones muy interesantes de ti. Incluso, hasta te vi nacer… Tuve que hacer un esfuerzo para no volver el estómago, por cierto.

—Ah, ¿sí? Me alegra que tu memoria eidética te traiga ese recuerdo una y otra vez, entonces. Es un gusto saber que siempre andes con náuseas. Es lo mínimo que te mereces —y, al decir esto último, Niza esbozó una gran sonrisa.

—Un día de estos te voy a apagar esa sonrisa, mocosa.

—Yo que tú, ni lo intentaba —dijo ella, aún sonriente. —Te recuerdo que aún conservo mi poder intacto y ¡puf! De un soplido puedo convertirte en una pila de cenizas.

—¡Niza! —dijo uno de los funcionarios de la prisión saliendo al patio. —Tienes visitas.

—Ah, de veras… Que a mí hay un montón de gente que *sí me quiere*. Hasta pronto, querido —dijo ella, lanzándole un beso al Eterno, que quedó retorciéndose por dentro de rabia.

En la sala de visitas, Niza se quedó parada en la puerta, llevándose ambas manos a la boca cuando vio quiénes la venían a visitar. Se acercó a ellos y, primero abrazó a Frida, que lloraba en silencio mientras le daba besos a su niña en las mejillas. Luego, abrazó a Kira, con mucho sentimiento y de último, a su amado Lino.

—Qué hermosa sorpresa —dijo Niza, mientras sostenía las manos de su madre. —Muchas gracias.

—Con gusto —dijo Lino. —Tu abuelo estaba tan contento que, si le pedía una mansión en Lendl, seguro me la daba —los cuatro se rieron de buena gana con ese comentario.

—¿Cómo están todos en la tribu? —preguntó Niza.

Kira y Frida comenzaron a responder la pregunta al mismo tiempo. Se voltearon a ver y se rieron mucho.

—¿A quién le preguntaste? —inquirió Kira.

—A ambas. Primero tú —contestó Niza, dirigiéndose a Kira.

—Todo está como siempre, ya sabes. Chanka ahora habla maravillas de ti. Dice que sus árboles nunca le habían dado cosechas tan abundantes y de tan buena calidad.

—Qué bueno. ¿Cómo están Huinta y los niños?

—Ahí van, saliendo adelante. Me parece haber visto a Huinta en la plaza hablando muy sonriente con un hombre moreno que llega de vez en cuando a la tribu.

—Tumbat —dijo Lino, mientras sonreía, pensando en las vueltas del destino.

—Qué bueno. Me da gusto —dijo Niza, con la mirada serena. —¿Y Zurtai, mamá? ¿Cómo están todos por allá?

—Muy bien, mi amor. Gracias a las Reparaciones Milagrosas tuvimos más grano que de costumbre. Hemos vendido muchísima más cerveza que en años anteriores. Alek estuvo fuera algunas semanas y parece ser que cerró tratos con los Pensantes al este de la cordillera, cuando probaron el efecto que tenía en ellos la cerveza. Dice él que les encantó el sabor amargo y la espuma.

—¡Qué bueno! —dijo Niza, riendo.

—¿Y tú, Lino? —dijo mirando a su hermano. —¿Cómo te has sentido siendo Asesor Principal de Jantl?

—Muy bien —dijo él. —Aunque sí extraño la vida tranquila de la tribu, la verdad… Tal vez haya sido debido al año tan movido que tuvimos.

—Puede ser… —comentó ella. —Aunque, a decir verdad, en el Castillo siempre hay muchas cosas que atender. Me imagino que habrás notado que el Gobierno Central mantiene comunicación continua con diferentes sectores.

—Sí, lo he notado —confirmó Lino. —A veces es abrumador. No alcanzan los días para ver tanta cosa.

—Pues… Eso no va a variar, hermanito —dijo Niza.

Y así siguieron hablando, por varias horas, hasta que un funcionario de la prisión se acercó para informarles que el tiempo de visita había concluido. Cuando ya se estaban despidiendo, Niza y Lino estaban tomados de los antebrazos, mirándose de frente. Ella le dijo:

—Muchas gracias por esto. Me ha hecho mucho bien. Te amo, hermanito.

—Con mucho gusto. Con mucho amor, hermanita.

Se abrazaron, con ese abrazo del que no quieres soltarte nunca. Como queriendo congelar el tiempo en ese instante de dicha plena. Las visitas se marcharon. Niza regresó a su celda, para continuar leyendo el libro de cuentos que se había encontrado en la biblioteca hacía días. Era un libro muy grueso y tenía decenas de relatos, a cual más interesante y entretenido. Estaba concentrada leyendo una historia acerca de una pareja de jóvenes amantes que habían sido condenados por el padre de la chica a no poder verse nunca, pues puso una maldición en ambos: el chico era ciego de día y la chica era ciega de noche. Niza estaba enjugándose los ojos, conmovida por la tragedia de aquél par de desdichados amantes ficticios cuando su celda se iluminó por completo.

—¿Estás triste? ¿Qué ha pasado? —inquirió Fizz.

Niza sonrió, aún llorosa.

—No, mi amado amigo. Estoy bien. Es sólo que el cuento que estoy leyendo narra una historia muy triste.

—No lo leas si te pone triste —dijo él, seriamente.

—Eres tan inocente… —dijo ella, enternecida. —Las lágrimas a veces no son malas, Fizz. A veces estar triste es bonito, cuando es tan sólo un ratito.

—Vengo del castillo flotante —dijo él. —Los dragones son bellísimos. Los Cuatro Gemelos les han puesto nombres.

—¿Es en serio? —dijo ella, muerta de risa. —¿Cómo se llaman?

—El dragón de Falkon se llama Plugo. El de Ulkan, Borno. La dragona de Kayla se llama Lusky y la de Maya, Najiri.

—Están bonitos. Me gustan —dijo ella.

—¿Te gustaría verlos?

—¡Claro!

Entrando en contacto con su amiga, el Lumínico le compartió aquella visión que hubiera dejado sin aliento a *Los Voladores sin Alas* hacía mucho: el enorme peñón en medio del aire, en aquel valle rodeado de montañas por todas partes; un lujoso castillo encima del peñón, rodeado de bosque en las afueras del castillo; inmensas cadenas atando el peñón al suelo del valle, para que no flotase libremente; una hermosa cascada cayendo por uno de los costados del peñón a un lago que estaba en el suelo del valle, y cuatro criaturas aladas, dos blancas y dos negras, que volaban alrededor del castillo, debajo del peñón, atravesando la cascada, acercándose unos a otros, ejecutando una hermosa danza perfectamente sincronizada, mientras lanzaban fuego por sus hocicos de cuando en cuando.

Luego, se vio en medio de un gran salón, donde había mucha gente. La fiesta de año nuevo estaba en todo su apogeo y la alegría que había en el ambiente era contagiosa. Reconoció a Helga, la curandera de Shuntai que les había ayudado con el Ritual de Reparación en esa tribu y, con fascinación, vio a Tiglia echada lamiéndose su hermoso pelambre moteado. El resto de la concurrencia eran desconocidos. En eso, se vio cerca de dos hombres morenos muy guapos y dos pálidas mujeres pelirrojas bellísimas, que saludaban animadamente. Reconoció a Los Cuatro Gemelos, a quienes nunca había visto en persona, pero a quienes admiraba debido a sus hazañas, que Fizz le había compartido. Evocó la vez que le mostró cómo habían destruido a los dragones adultos.

Niza, quien nunca había tenido oportunidad de ver el castillo flotante, le agradeció a Fizz el haberle compartido tan espectaculares imágenes, pues la primera vez que le había compartido una vista de aquel majestuoso edificio había sido en ruinas, en el fondo del valle, cuando le había avisado que había regresado el tiempo para evitar toda la catástrofe que estaba por ocurrir. Recordando que nunca había visto la Isla de los Jardines y aprovechando que estaba "conectada" con su amigo, le preguntó si él la había visitado alguna vez. Él no sabía qué era la "Isla de los Jardines" y ella le explicó que era un lugar en medio del mar lleno de flores, a lo que él replicó:

—¿Será éste, el lugar?

Niza observó mesmerizada aquel paisaje multicolor, donde una pradera totalmente cubierta de flores se perdía en el horizonte. Unas pocas nubes se veían en el firmamento, teñidas de un color naranja brillante debido al sol del ocaso, mientras un grueso arcoíris decoraba el cielo con gran esplendor.

—¡Qué hermoso…! —dijo, conteniendo la respiración.

Mientras tanto, en Cosdl, faltaba una hora para que el sol alcanzase el zenit y Tanko se había despertado hacía rato. Sus anfitriones aún no daban señales de querer salir de su habitación, por lo que él se había ido a la playa y, viéndola desierta, se introdujo desnudo al mar y se puso a jugar con las olas como cuando era niño. Su fornido cuerpo peludo se llenaba de arena y espuma, mientras se dejaba revolcar por la marea que iba y venía, en ese baile continuo que el océano mantiene con la costa. Para su edad y ser tan comelón, había logrado mantenerse relativamente en forma. Sus macizas nalgas velludas aún estaban firmes, separando con provocativa altivez sus anchos y poderosos muslos de su amplia espalda, forrada de pelos. Sus enormes pies aplastaban el piso marino levantando diminutos remolinos arenosos. Su panza era firme y apenas resaltaba un poco, coronada por un ombligo que parecía el tímido botón de alguna flor que no terminaba de reventar. Sus brazos fornidos terminaban en dos generosas manazas, con aquellos dedos que tenían la fuerza para romper madera y la ternura para brindar una caricia. Cada vez que surgía de una nueva ola que dejaba pasar, el Forzudo deslizaba las manos por su pelona cabeza y su tupida barba negra con blanco, chorreando agua salada que él probaba sin querer cuando algunas de las gotas, traviesas, tocaban su lengua. Cerrando los ojos, lamió sus labios carnosos cuyos besos habían logrado encender incontables veces otros labios, hacía ya algunos años. Salió del mar, mientras las olas golpeaban suavemente sus pantorrillas, al tiempo que la marea intentaba atraerlo de nuevo, como si lamentara su partida. Su nervuda hombría pendía, goteando aquella tibia agua salina. La brisa marina hizo que su escroto resintiese el brusco cambio de temperatura, apretando su gordo y abultado contenido. Era una hermosa vista, para quien la supiera apreciar.

El día anterior, después de haber saludado muy afectuosamente a Virtr, Tanko se había ido al mercado de la congregación para darse gusto oliendo, probando y comprando productos de origen marino que era muy difícil conseguir en la Gran Ciudad, pero que en esta congregación eran de consumo diario y muy comunes. Descubrió frutas y verduras que nunca habían tocado sus labios antes. Se divirtió muchísimo oliendo y saboreando especias que se le antojaban rarísimas y muy exóticas, pero que despertaban en su activa mente de cocinero las más alocadas ideas de nuevos y originales platillos con los que sorprender a todos en el Castillo. Pero esa noche quería sorprender y halagar a sus suegros. Quería expresarles, de la mejor forma que lo sabía hacer, lo agradecido que estaba con ellos por haber concebido a quien hubiera sido el amor de su vida, aquel Eterno de ojos color índigo que jamás iba a olvidar: el guapísimo, amable y siempre sonriente Kempr.

La cena que preparó Tanko para Jantl y Virtr los tuvo haciendo gemidos de gusto y gestos de asombro por cada primer bocado que daban a cada nuevo platillo. Había un tinte casi erótico en ese placentero disfrute que le evocó al sonriente cocinero aquella lejana ocasión en que su amado Kempr probó su *merfn* con ingredientes de origen Eterno.

Cuando estaban en la sobremesa, el Forzudo se quedó viendo a la pareja y, con los ojos más brillantes de lo usual, les dijo:

—Gracias.

—Gracias a ti —dijo Virtr. —Aunque no sé si estar agradecido: ¡me va a costar mucho volver a disfrutar de la comida después de esto!

Tanko se rio mucho con esa salida de su suegro.

—¿Gracias de qué, corazón? —inquirió Jantl.

—Por haber concebido a Kempr. Fui muy feliz con él los años que estuvimos juntos.

Los dos Eternos se volvieron a ver, enternecidos. Era sorprendente cómo los Forzudos eran capaces de "sacarle el jugo" a cada momento de sus vidas y disfrutar tan intensamente el presente, sin arrastrar los dolores añejos del pasado. Era una cualidad muy noble, sin duda, no tener memoria eidética.

—¿No habéis pensado en tener otro hijo y criarlo como una familia? —preguntó Tanko.

La pareja se rio con esa ocurrencia de su invitado. Nunca habían pensado en eso. La sensación perenne de los Eternos era que aún quedaba tiempo. Pero para los Forzudos el tiempo pasaba inexorablemente rápido. Las cosas había que hacerlas hoy, porque no había certeza de que habría un mañana. Para los Eternos, esa certeza era prácticamente absoluta. Jantl se puso a reflexionar en que esos ciento cuarenta y cinco años de vida provincial la hacían ver con cierto nivel de hastío el trajín de la Gran Ciudad y el seguirse haciendo cargo de la responsabilidad que había sido suya casi un milenio. Por algo había dimitido y se había venido a recluir a aquel pequeño paraíso con su amado, quien nunca llegó a conocer al hijo que concibieron juntos.

«Criarlo como una familia», había dicho Tanko. Jantl se había separado del hogar de sus padres desde muy joven y se había ido a explorar el mundo. En aquel ayer ya tan lejano, les había dicho a sus progenitores que quería ser la primera persona que hubiese recorrido el mundo entero. Y ellos la dejaron partir, sin apegos, sin dolor, sin dramas, sin cortar las alas de aquel espíritu libre que quería volar, conocer, aprender, explorar. Su carisma y belleza le ayudaron a abrir muchas puertas y a hacerse de amigos en los cuatro rincones del mundo. Y esa vida nómada y aventurera la había llenado por siglos. Tal vez algún día os relate en detalle las andanzas de esa mujer que para nuestra Raza se ha convertido en una leyenda viviente.

Cuando se fueron a dormir, Tanko comenzó a roncar casi de inmediato. Jantl y Virtr lo escuchaban desde su habitación, riendo como dos adolescentes enamorados. El afrodisíaco efecto de los mariscos que Tanko había incluido en la cena envolvió a los integrantes de la pareja, enfrascándolos en un intenso y duradero juego amoroso que los mantuvo despiertos casi toda la noche. La luna, invisible, tornaba oscurísima la noche, apenas iluminada por un puñado de estrellas. Y, en el calor de la pasión que se desprendía de aquel par de cuerpos atléticos y perfectamente proporcionados, una hermosa danza al ritmo que marcaban sus corazones fraguó una nueva vida, gracias a la complicidad silenciosa de la noche.

Poco más de tres meses después, Astargon estaría recibiendo el voto de Salmerion. Cuando Astargon hubo abierto, con ansias, el sobre sellado mágicamente, no pudo contener una amplia sonrisa: era unánime. Los diecisiete Ancianos Hechiceros habían votado a favor de conceder a Niza el perdón total, justo el día que ésta celebraría su cumpleaños número treinta y ocho.

Capítulo XXXIV:

Descubrimientos tardíos

—¿Aún no lo terminas de considerar? —preguntó Ulgier, con impaciencia.

—No, abuelo. Sinceramente, nunca se me había ocurrido dedicarme a la enseñanza.

—Mira: la capacidad de dirigir un grupo ya la tienes; tu conocimiento del antiguo idioma Consciente es impecable; cuentas no sólo con conocimientos teóricos, sino con experiencia práctica haciendo uso extensivo de la magia; dominas un sinfín de encantamientos; diseñaste un Ritual… Y has logrado conjurar hechizos que tienen repercusiones a nivel de todo el planeta. ¿Qué tanto tienes que pensarlo?

En una semana más se celebraría el Aniversario de la Gran Unificación. Jantl ya tenía treinta semanas de embarazo; sólo restaba un tercio más del periodo de gestación completo y daría a luz. Tras la liberación de Niza, Ulgier había retomado su antiguo interés por la Academia y comenzó a sondear entre sus antiguos colegas –apadrinado por Urso, su hijo mayor– cómo veían la idea de que su nieta se integrase al profesorado de la institución para impartir algunos de los cursos de primer ingreso, que la mayoría de los profesores más antiguos no tenía tanto interés en impartir. Para su sorpresa, encontró mucho más apoyo que rechazo a su idea. Fue entonces cuando decidió plantearle a Niza el asunto, pues quería tener a su nieta cerca y, sobre todo, quería darle un sentido de propósito a lo que, suponía, sería una corta, pero muy productiva vida. Como iban a ser materias de primer ingreso y un estudiante, por lo general, duraba cien años estudiando, era prácticamente imposible que Niza presenciase la graduación de alguno de ellos. Pero él sabía lo gratificante que resultaba el transmitir conocimiento a otros y quería que los múltiples talentos de su nieta tuviesen un destino más noble que el que habían tenido históricamente.

Máxime porque Niza, los primeros meses desde que salió de prisión, se había dedicado a estar viajando entre Bontai, Zurtai, Kontar y la Gran Ciudad, sin aferrarse a nada en concreto. Se pasaba horas sumergida en la lectura, que era lo que le despertaba el mayor interés. Los periodos en que se encontraba de paso por la Gran Ciudad, Niza apoyaba a Jantl, Lino y el resto del gabinete con la atención de algunos de los temas, aunque lo que más disfrutaba hacer era trasladar a sus seres queridos de un lado a otro, después de que volvió a aprender en esta nueva línea del tiempo –gracias a Astargon– el hechizo de "teleportación cuidadosa". Se había vuelto muy unida a Tanko y le encantaba llevarlo en paseos de un día a su amada Lishtai o a la Isla de los Jardines, donde el bondadoso cocinero recogía ramilletes de flores de todos colores que luego traía de vuelta al Castillo para adornar la habitación de Jantl, a quien –ahora que estaba embarazada– consentía el triple de lo que ya de por sí solía hacer.

En una de tales visitas a la tribu costera –por fin– Sara y Tanko lograron determinar que eran hermanos por parte de padre. Jalina y Karkaj celebraron aquel descubrimiento con gran sorpresa y alegría, de que todo "quedara en familia". Tanko se asombró mucho cuando comprendió que sus dos hermanas mantenían una relación romántica entre ellas y con aquel atlético Forzudo que se notaba a kilómetros que las amaba muchísimo. Celebró con gran entusiasmo cuando recibió la noticia de que, finalmente, iba a ser tío: Sara había quedado embarazada, con lo que comprendieron que la razón por la que Jalina y Karkaj no habían concebido nunca era porque aquélla era estéril. Nadine brindó especial atención y cuidado al embarazo de Sara, pues lo consideró de alto riesgo, al rondar la Forzuda ya los cuarenta años. Tal vez por el exceso de hormonas propias del embarazo, o quizás por estar tan enamorada, o incluso debido a que el flechazo a traición que le había disparado a Niza le hizo sentir que habían quedado a mano, Sara finalmente perdonó a la antigua Regente Suprema, aceptando y comprendiendo en pleno la naturaleza mágica de su antigua enemiga.

Niza también visitó varias veces Cosdl y, después de una conversación que duró varias horas, logró convencer a Virtr de que le permitiera trasladarlo al Castillo para que viera a su mujer embarazada. La primera vez que Virtr vio a Jantl con el vientre abultado se quedó mudo, y los ojos se le llenaron de lágrimas.

—Y yo que pensaba que no podías ya verte más hermosa —fue lo primero que le dijo.

Después de ese día, se le hizo "vicio" al Eterno viajar al Castillo y, al menos cada dos semanas, le pedía a Niza que le hiciera el favor de llevarlo a ver a su amada panzoncita, quien estaba llevando su embarazo con el mismo donaire y elegancia con que había cargado a Kempr en su vientre, ciento ochenta y seis años atrás.

Otro lugar que comenzó a frecuentar Niza eran los Picos Nevados. Se abrigaba con ropa de lana y se trasladaba a aquel helado y blanquísimo paraje, para departir con los Lumínicos que solían merodear esos rumbos. Fizz era inmensamente feliz de ver a su amiga tan activa y, siempre que conversaban, ella tenía mil cosas que contarle: adónde había ido, con quién había hablado, qué había hecho, a quién había trasladado y a qué lugar, qué había leído, entre muchas cosas más.

En una de tales ocasiones, le pidió a Fizz que "tramitara" con Los Cuatro Gemelos una especie de salvoconducto mágico para que ella pudiese trasladarse a su hermoso castillo flotante, bajo la firme promesa de que lo haría en horas hábiles y al recinto principal del edificio. Después de un acalorado debate entre los cuatro, Kayla –que era la más reticente– terminó concediendo, bajo la estricta condición de que sólo podría visitarlos un máximo de dos veces al año, para no estar recibiendo invasiones inesperadas a su privacidad a cada rato. Niza accedió gustosa a la condición, con tal de tener la oportunidad de ver el castillo y a los dragones de cerca.

Así que la percepción que Ulgier tenía de que su nieta carecía de un sentido de propósito era en realidad un poco errada, pero ella no quiso darle a entender eso en forma directa, para no ofenderlo. Le dijo que «lo iba a pensar», pero las semanas transcurrían sin una respuesta y en la Academia ya estaba por comenzar la segunda mitad del ciclo lectivo. Había una plaza aún sin cubrir para el curso de *Antiguo idioma Consciente básico*, cuya materia era relativamente sencilla de impartir, pues los libros de texto traían muchos ejercicios y prácticas en clase que le permitirían a Niza "agarrar el hilo" en cuestión de días.

Así que ahí estaba Niza esa noche, cenando en casa de sus abuelos y, cuando Mina fue a la cocina para servir el postre, Ulgier aprovechó para lanzarle la pregunta a quemarropa. Niza pensó que no podía sentirse más presionada. Cuando indagó el horario de clases, comprendió que no iba a tener que pasar metida en la Academia todos los días, pues Serfek había sugerido iniciar con un grupo de estudiantes de nuevo ingreso, solamente, para probar las dotes docentes de la mestiza, sin causar un "daño a gran escala", en caso de que resultasen no ser tan buenas. Eso no se lo externó Serfek a Ulgier, por supuesto. Ulgier lo que quería era ver a su nieta en los salones de clases a como diera lugar. Y así, con esa perseverancia que lo había caracterizado toda su vida, el anciano logró convencer a Niza de que ingresara a dar ese sencillo curso a la Academia, lo cual causó gran expectación cuando "la que había destruido todo el veneno" llegó al salón de clase, el primer día del ciclo lectivo.

Para sorpresa de Serfek, Niza resultó ser una excelente maestra de esa materia y rápidamente comenzó a ganarse el cariño de sus pupilos, cuyas edades rondaban todas alrededor de ciento sesenta años por encima de la edad de su profesora. Niza resultó ser muy entretenida en su método de impartir las clases y explicaba con devoción y cariño a aquellos jovenzuelos Conscientes que estaban comenzando a explorar más en serio sus habilidades y el poder que aquel antiguo idioma tenía imbuido en sus curiosos sonidos. Ulgier se regodeaba con su acertada recomendación y cada día se sentía más orgulloso de su amada nieta.

En la Prisión de Kontar, a raíz de la liberación de Niza, los Sesenta y Cinco se habían vuelto objeto continuo de insultos y acoso con agresión física por parte de los demás prisioneros, pues la maldad de sus actos era cosa conocida y repudiada. La mayoría de los reclusos estaban ahí por haber hecho uso de la magia en beneficio propio, pero no por haber lastimado o asesinado a alguien. Sus delitos eran, más bien, "leves" en comparación: hacerse de dinero en forma fácil transformando otros objetos en monedas, corregir errores en el trabajo por medio de conjuros para evitar enfrentar las consecuencias, sugestionar a otros para que hicieran cosas que ellos no habían querido hacer, entre un sinfín de otros delitos menores. Pero los delitos de los Sesenta y Cinco habían matado a personas indefensas, destruido propiedades, hecho daño físico y psicológico a otros. Eran delitos imperdonables y, sólo debido a su juventud, fue que el tribunal les perdonó la vida, sentenciándolos a Cadena Perpetua.

Por su parte, Nuintn era otro prisionero que era considerado la "escoria" de la prisión y, con frecuencia, otros prisioneros se burlaban de él, diciéndole que, para cuando los bichoznos del personal de la prisión ya hubiesen fallecido, él seguiría ahí encerrado, pudriéndose en vida. Nuintn no se enfrascaba en discusiones con ellos y, más de una ocasión, descubrió enardecido que le habían contaminado la comida con orina o heces, cuando ya había dado el primer bocado a su porción o el primer trago a su bebida. Todos soltaban la carcajada al verlo hacer su cara de asco y salir corriendo para el baño a vomitar. «¿No era que te gustaba la comida contaminada, maldito?» le gritaban, muertos de risa.

En resumen, para los Sesenta y Cinco y el Eterno, cada día en prisión resultaba un verdadero martirio. Tal vez por un sentido de solidaridad o lástima mutua, o quizás por simple cercanía de las celdas, Nuintn y algunos de los exdiscípulos de Niza comenzaron a trabar amistad. Conversaban largo rato en el patio, cuando los dejaban salir a tomar el sol o a estirar las piernas. En el comedor, cuando algún recluso le contaminaba la comida, uno de sus jóvenes nuevos amigos le hacía una seña, para que no se llevara a la boca la inmundicia y todos los que estaban con él en la mesa, le pasaban una parte de su propia porción, para que no se quedara con hambre.

Nuintn mantenía tan vigentes como siempre sus dotes de manipulación y persuasión, las cuales le resultaban inútiles en ese nuevo contexto, donde consideraba, al final de cada jornada, que el día había estado "bueno" si: (1) no había tenido las excrecencias de nadie en su boca; (2) no se había enfrascado en un pleito a golpes con nadie; (3) no había sido insultado por nadie, y (4) nadie había saboteado el trabajo que le tocaba hacer ese día. Nuintn ya había dejado de presentar quejas ante la administración del reclusorio porque notó que, cada vez que lo hacía, el acoso se volvía más brutal. Como la vez que le había tocado lavar la ropa de todos los prisioneros y, cuando ya casi iba a terminar, llegaron tres de sus compañeros. Mientras dos de ellos lo sostenían, el tercero defecó encima de toda la ropa limpia y, al terminar, los otros dos le habían hundido la cara en las heces. Ninguna agresión ponía en riesgo su vida, pero sí atentaban contra su dignidad y calidad de vida de la peor manera. Más de una noche, deseó morir. Sólo lo mantenía vivo la idea de que algún día lograría fugarse para vengarse de esa maldita Raza.

Una mañana de tantas, cuando ya había concluido el desayuno sin ningún incidente desagradable, estaba Nuintn conversando con uno de los Sesenta y Cinco en el patio. Ese día había amanecido nublado y ventoso, por lo que muchos prisioneros preferían quedarse en sus celdas, lo que causó que el patio estuviese relativamente despejado.

—Entonces… ¿tú fuiste el primero? —preguntó el Eterno.

—El primero —dijo el joven, sin poder disimular un dejo de orgullo en sus palabras.

—Vaya, qué orgullo —dijo el Eterno, sabiendo que con eso tocaría una "fibra sensible" del muchacho.

—Sí… —confirmó Sarfondir, mirando el suelo.

—Cuéntame cómo sucedió —pidió Nuintn.

—Mi padre decidió que dejaríamos nuestro gueto de origen y nos mudaríamos a la Gran Ciudad cuando yo tenía apenas ochenta años. Él decía que estaba cansado del paisaje, que Duglar siempre se veía "sucio".

—¿Por qué decía eso?

—Porque la principal actividad de ese gueto es la extracción de carbón. Entonces, siempre verás cómo el polvo de carbón se impregna en todo. Uno se llega a acostumbrar. Recuerdo que mi madre discutió mucho con mi padre antes de que nos fuéramos.

—¿A ella sí le gustaba el paisaje?

—No tanto eso. Lo que pasa es que un antepasado de mi madre fue la que fundó el gueto. Siempre decía que su tatarabuela Larissa había sido una mujer muy luchadora y visionaria y pensaba que abandonar Duglar era como faltar a su memoria y a sus logros.

—¿A qué se dedicaba Larissa para que tu madre la tuviese en tan alta estima?

—Cuenta mi madre que, en aquél lejano entonces, ella se dedicaba a analizar muestras de carbón para valorar su calidad, antes de que se enviasen los lotes de mineral a donde eran requeridos. Dice que Larissa fue la que diseñó la forma de hacer esos análisis con mínimo costo y mayor rapidez.

—Vaya. Debió haber sido una mujer muy inteligente. Tienes buena sangre en tus venas —dijo el Eterno, labiosamente.

—Muchas gracias.

—Y bueno, supongo que tu padre terminó convenciendo a tu madre.

—Así es. Recuerdo que mi padre le dijo: «Tus hermanos se largaron hace mucho a hacer su vida en Kontar. Ellos ya comprendieron lo que tú no has querido ver: que acá no hay futuro».

—Uy, ¡qué fuerte!

—Sí, pero tenía razón mi papá —dijo Sarfondir—: allá pasábamos muchas necesidades. Desde niño, mi papá me dijo que, viviendo en ese gueto, sería imposible para él costear mis estudios en la Academia. Entonces él usó ese argumento para decirle a mi mamá que nos iba a ir mejor en la Gran Ciudad.

—Qué bueno. ¿Y luego?

—Pues, usando el dinero que consiguieron al vender nuestra casa de Duglar, mis padres lograron montar un pequeño negocio en el Mercado de la Gran Ciudad. Les iba más o menos bien. Mi padre había logrado comenzar a ahorrar para mis estudios.

—¿Y qué pasó?

—Había un hombre que a veces llegaba a conversar con mi padre al negocio. Yo lo vi como unas cuatro ocasiones. Siempre que llegaba, coincidía que mi madre ese día no estaba. A mí el tipo me daba mala espina, la verdad.

—¿Por qué?

—Tenía su cara desfigurada, horrible. Y su forma de hablar me paraba los pelos de la nuca.

—Suena como alguien de cuidado.

—Sí… El caso es que mi padre comenzó a confiar en ese hombre y a contarle de nuestra situación económica. En una de las visitas, mi padre le dijo casi llorando que hacía poco había recibido respuesta de parte de la Academia y que los costos de la matrícula y las colegiaturas le resultaban inalcanzables. Que también había indagado en los monasterios y sus costos eran prohibitivos. Mi padre lo dijo en susurros, cuando creyó que yo me había distraído con algo que me pidió hacer, pero yo lo escuché todo.

—¡Qué listo! ¿Y qué pasó entonces?

—Pues este hombre le dijo que él mismo, junto con una Consciente muy poderosa estaban reclutando jóvenes para iniciar una pequeña escuela. Que él había supervisado la formación de la mujer y podía dar fe de su inmenso poder y conocimiento.

—¿Y qué dijo tu papá?

—Mi papá se interesó mucho, pero le comentó a este hombre que le preocupaba cuánto costaría estudiar en esa escuela. El hombre le dijo que, como la escuela se estaba fundando, a los primeros estudiantes no se les iba a cobrar cuota de ingreso, ni colegiaturas, pues querían usarlos de referencia para luego cobrarle a familias más adineradas.

—Tu papá por supuesto aceptó de inmediato.

—Sí, más cuando este hombre le dijo que era un internado, donde todos los costos de alimentación estaban incluidos. Y que ellos estaban reclutando gente mucho menor a la edad mínima que la Academia y los monasterios exigían.

—¿Qué edad tenías entonces?

—Ciento ochenta años.

—¡Muy joven!

—Sí, pero cuando mi papá le dijo eso al hombre, éste dijo que ya estaba demasiado viejo y estuvo a punto de marcharse. Fue la primera y única vez que he visto a mi padre suplicar de rodillas.

—Vaya. Qué intenso.

—Sí. El caso es que, unas semanas más tarde, este hombre regresó por mí, y me llevó a unas ruinas espantosas.

—¡Oh, no!

—Yo pensé que mi padre había sido estafado, cuando escucho que este hombre pronuncia una frase y las ruinas se convirtieron en un palacio como jamás mis ojos habían visto.

—¿Es en serio?

—¡Sí! Era espectacular. Entramos y el lujo del interior era aún mayor. Caminamos hasta un patio interno con una hermosa fuente y había al fondo una puerta doble con un símbolo en color dorado que me intrigó —en ese momento, Sarfondir descubrió una cicatriz que tenía en el pecho, del lado de corazón. Nuintn la observó con detenimiento y preguntó:

—¿Y luego?

—Luego, cuando abrimos aquellas puertas, ahí estaba ella. Detrás de un altar. El símbolo de la puerta estaba replicado en la pared del fondo. Toda la habitación era negra y sin ventanas. Ella tenía una vestimenta lujosa y de su cuello colgaba un pendiente con el mismo símbolo.

—Qué miedo.

—Yo no sentí miedo. Sentía que el corazón me iba a estallar de la emoción. Ella me dijo que estaba iniciando una Secta y que yo iba a ser el primero de sus discípulos, que esperaba llegaran a ser cientos. Que aprendería muchísimo, que ella me aumentaría mi poder al máximo, que la Secta sería famosa en todo el mundo y que no nos faltaría dinero ni a mí ni a mi familia. Pero que la condición para pertenecer a la Secta era mi lealtad incondicional y jurar que dedicaría mi vida a ella.

—¿Qué contestaste a eso?

—¿No es obvio? Le dije que por supuesto, que era suyo.

—¿Y cómo reaccionó ella?

—Sonrió y me dijo: «Muéstrame lo que sabes hacer». Yo, un poco avergonzado, le dije que sólo se me habían manifestado dos habilidades: mover objetos pequeños y causarle asfixia a alguien con sólo tocarlo.

—Bueno… Esas son habilidades que yo desearía tener —dijo el Eterno.

—Ella me dijo que sólo potenciaría la habilidad más fuerte y que la otra la anularía por completo. Y dijo que asfixiar le parecía interesante, pero que no quería que probara esa habilidad en ella. Se rio.

—¿Y entonces?

—Me pidió que la probara en aquel hombre de cara desfigurada. Supuse que él tenía la cara así porque seguramente lo había usado como sujeto de pruebas para quién sabe qué experimentos mágicos.

—Qué impresión. ¿Y le hiciste caso?

—El hombre hizo una cara como de miedo, pero no objetó la orden que dio ella. Me dio la impresión de que era como su esclavo. Entonces, me acerqué a él y lo toqué —al decir esto, el muchacho puso su mano en el hombro de Nuintn, como para hacer más dramática su historia— y dije: *Zagušenje*.

Nuintn se llevó las manos al cuello con desesperación.

—¡Exactamente así reaccionó aquel hombre! —dijo Sarfondir riéndose.

La cara de Nuintn comenzó a ponerse morada y cayó de rodillas con sus ojos muy abiertos: se estaba asfixiando de verdad. Sarfondir, al comprender que su poder había regresado, inmediatamente tocó al Eterno y exclamó: —¡*Disati!*

—¡Muchacho! ¡Casi me matas! —dijo Nuintn, jadeando.

—¡Discúlpame! Yo creía que mi poder había sido anulado permanentemente.

Lo que Sarfondir no había tomado en cuenta era que, justo una semana antes, había ocurrido su cumpleaños número ciento

noventa y dos, momento en que se suele celebrar el Rito de Iniciación de los Conscientes, porque es cuando sus habilidades "despier-
tan" en pleno. El hechizo de anulación de poderes que había usado
Astargon tenía, por así decirlo, fecha de caducidad que no se notaría
con el resto de sus camaradas hasta dentro de muchas décadas más.
Pero Sarfondir era el "viejo" de la Secta.

—No te preocupes, muchacho —dijo Nuintn, levantándose, ya
repuesto. —Creo que podemos sacar ventaja de esto. ¿Te interesa
que nos fuguemos de este maldito lugar? Solos tú y yo. Yo soy inmensamente rico y podríamos vivir con los ingresos de mis empresas muy tranquilos por siglos. ¿Has visitado Lendl?

Los ojos de Sarfondir se iluminaron.

Capítulo XXXV:

Observación metódica

állate! —gritó Sarfondir, mientras aquel pobre funcionario de la prisión caía al piso, a punto de perder la vida por falta de oxígeno.

Desde que había ingresado al reclusorio, Nuintn había estado estudiando las rutinas de los funcionarios, sus cambios de guardia, los nombres de ellos, así como los de las personas de las que hablaban mientras los vigilaban en el patio o en el comedor. Había notado que, cada seis semanas, el tercer día de la semana, entre las dieciséis y las diecisiete horas, había una reducción del personal de guardia, debido a que se combinaban cuatro factores: la licencia por lactancia que estaba tomando una funcionaria, que la hacía llegar tres horas tarde a su turno; el segundo trabajo que tenía otro funcionario para poder costear los estudios de sus dos hijos en la Academia, por lo que había solicitado un permiso para salir una hora antes tres días a la semana; las clases de canto que estaba tomando otro funcionario, que eran cada dos semanas por las tardes, y la "enfermedad" recurrente de una funcionaria que, curiosamente, sucedía una vez al mes en la misma fecha, la cual coincidió con una mejora paulatina que ella había comenzado a mostrar en su aspecto físico, imperceptible para todos, excepto para la memoria eidética de un Eterno.

Así que, cuando Nuintn descubrió, casi a costa de perder su vida, que uno de los Sesenta y Cinco había recuperado su poder en pleno y que la única habilidad que tenía era la de asfixiar a otros con sólo tocarlos, planeó la huida exactamente para ese día y a esa hora, en que se tendrían que enfrentar a tres vigilantes, solamente, en vez de siete, coincidiendo con que les habían asignado a él y a su cómplice una tarea que el resto de los prisioneros odiaba hacer. Aun así, era arriesgado: si no se movían con suficiente rapidez y sin causar un aspaviento, se despertaría la señal de alarma y cualquier funcionario que no hubiese sido aún subyugado podría usar un hechizo para detenerlos a ambos. Pero valía la pena intentarlo.

Evidentemente, los tres vigilantes eran sólo el obstáculo para salir. Porque había más personal en los pasillos, en el patio y en otros recintos de la prisión. Sin embargo, el día para el que estaba planeada la fuga, a Nuintn y Sarfondir les había correspondido limpiar el piso y los retretes usados por el personal en el tercer punto de control de acceso de la prisión, tarea que siempre causaba quejas entre los prisioneros cuando le tocaba a alguno de ellos. Ese día, Nuintn le había dicho a uno de los que más lo acosaban que quería ganarse su amistad y que le dijera qué podía hacer para lograrlo. El recluso, viendo la oportunidad perfecta para humillar una vez más al Eterno, le dijo: «Reemplázame en mi tarea de hoy, yo diré que me siento enfermo y que tú lo harás por mí». Nuintn sabía perfectamente qué era lo que le habían asignado a aquel incauto prisionero y esperaba que se lo cediese a él, dado el odio que le tenían no sólo él sino también los guardas. En la asignación de tareas que se efectuaba al inicio de cada mes, el compinche de Nuintn había pedido hacerse cargo de esa tarea para ese día en particular.

Sarfondir había tratado de convencer a Nuintn de que era mejor apoyarse en los demás camaradas suyos, pero el Eterno en ese punto fue tajante: eran muy jóvenes, sin poderes, y una gran cantidad de presos intentando fugarse causaría un tumulto que despertaría la señal de alarma de inmediato y el intento de fuga no pasaría de ser sólo eso: un intento, al que probablemente seguirían varias semanas de torturas por parte de los otros reclusos y el reforzamiento de la vigilancia, con la muy probable desaparición de la ventana que se abría ese día y a esa hora tan específicos. No. Tenían que ser sólo ellos dos.

Aparte de observar todos esos detalles en los turnos y en los cambios de guardia y de haber logrado hacer coincidir la presencia de ambos en el tercer punto de control, Nuintn había notado ciertas miradas en uno de los funcionarios, que le indicaban que lo consideraba —en alguna medida— atractivo. Ese día, dicho funcionario debía atender el tercer punto de control, precisamente. Nuintn nunca se había interesado por la interacción con personas de su mismo sexo, aunque sí se habían cruzado en su camino muchos hombres que le hicieron propuestas de índole sexual, las cuales él siempre declinaba amablemente. Sin embargo, pensó que, para su plan de fuga, la atracción que ese funcionario demostraba sentir por él podría ser un elemento a su favor con el cual se facilitaría su escapatoria. Mientras Sarfondir se encontraba en el espacio designado a retretes, supuestamente limpiándolos, Nuintn se acercó a su admirador secreto.

—Hola, Kopek.

—Nuintn. No deberías estar aquí. Vuelve a tu tarea.

—Discúlpame. Es que no he podido dejar de pensar en ti.

—¡¿Qué dices?!

—¿Me estoy equivocando? Qué pena.

—No te apenes. Es que me tomaste por sorpresa.

—Yo sé que no hay nada que pueda ocurrir entre un prisionero y su vigilante, más si son de distintas Razas, pero te lo tenía que decir. Disculpa mi atrevimiento.

—No me has ofendido.

—¿No? ¡Qué alivio!

—Pues… Yo he escuchado historias.

—Ah, ¿sí? ¿Qué clase de historias?

—Acerca de vosotros.

—¿Nosotros? ¿Te refieres a los Eternos?

—Sí.

—¿Y qué cuentan esas historias?

—Que os gusta, ejem, *explorar* muchas cosas.

—¿Explorar? ¿En qué sentido?

—Pues, eso, explorar. Ya sabes, con otras Razas cómo… —al decir esto, Kopek se sonrojó violentamente.

—Ahhh… Entiendo —dijo el Eterno, sonriendo con picardía. —Son ciertas esas historias.

—¿En serio…?

Kopek lo miraba con ojos de deseo. Sabía que estaba muy mal, que ése era un ser repudiado por todos, que era de otra Raza… ¡Pero era *tan guapo*! Desde el primer día, cuando había ingresado, a Kopek le había correspondido cambiarle la ropa al Eterno, que había llegado en estado de inconsciencia. El Anciano Hechicero les había explicado a los funcionarios de turno que ese hombre acababa de intentar asesinar a la Regente Suprema y que se sospechaba que estaba tramando un genocidio en contra de los Conscientes. El jefe de Kopek le había encomendado a él y a una compañera suya que se encargaran del desmayado. Su compañera le había atendido la mano izquierda, pues la traía severamente quemada. Cuando lo hubo vendado dijo: «A ti te toca cambiarle la ropa a ese malnacido». Kopek se regocijó en secreto con ese encargo, pues no podía dejar de mirar aquellas facciones tan perfectas que irradiaban juventud y esas orejas levemente puntiagudas, que le despertaban una inexplicable fascinación. De niño, cuando su abuelo tomaba sus periodos de descanso de su trabajo en la Gran Ciudad, en muy contadas ocasiones había llegado al gueto acompañado de una Eterna en extremo dulce y amable. La primera vez que él vio esas curiosas orejas fue en ella y, desde ahí, se quedó con la fijación.

Ya a solas en el vestidor, Kopek desnudó al Eterno para descubrir que la perfección de sus facciones no era nada comparado con la simetría de su cuerpo, atlético y proporcionado, la tersura de su piel, sin una sola mancha o cicatriz. Notó, asombrado, que ese Eterno sí tenía ombligo, a diferencia del resto de miembros de esa Raza, y no pudo evitar quedarse mirando, mientras salivaba, los genitales del desvanecido —que le parecieron hermosos—, tan a su alcance y tan lejanos, al mismo tiempo. Dando un suspiro resignado, Kopek vistió al nuevo prisionero con el atuendo que se entregaba a los reclusos y les avisó a sus compañeros que el nuevo interno ya estaba listo para la celda.

Así que Nuintn no se había equivocado en lo absoluto. Cuando Kopek vio la posibilidad de explorar por fin lo que se sentiría acercar sus manos, sus labios y su sexo a aquel cuerpo que se había vuelto ya una obsesión para él, una ola de deseo nubló su juicio y le propuso al Eterno –que tan abiertamente le estaba correspondiendo su secreto interés– que podían ir a la oficina que estaba desocupada en esos momentos a espaldas de él. Ya dentro del despacho, Nuintn se encargó de colocarse en una posición tal que la puerta quedaba a espaldas de Kopek. De modo que, cuando su cómplice vio que el vigilante y el Eterno ingresaban a la oficina, se acercó sigilosamente y, con cuidado máximo, abrió la puerta. Kopek estaba besando apasionadamente a Nuintn, con los ojos cerrados, mientras éste estaba con los ojos abiertos al pendiente de la puerta. Sarfondir entró y se acercó al funcionario. Colocando su mano en él, el joven invocó su conjuro de asfixia.

El pobre Kopek inmediatamente comenzó a sentir la inminente falta de aire en sus pulmones y, abriendo mucho los ojos, vio a su traicionero amante fallido mirándolo de vuelta mientras sonreía malignamente. Cayó de rodillas y volteó a ver quién lo había tocado en el hombro conjurando aquel ingrato hechizo que le estaba robando la vida en cuestión de segundos. La cara complacida de uno de los Sesenta y Cinco fue lo último que pudieron discernir sus ojos llenos de lágrimas.

—Somos un excelente equipo —dijo Nuintn, mientras tomaba las llaves que Kopek cargaba colgadas en su cinturón, cuando éste hubo quedado inmóvil en el piso. —Con los dos restantes, tendremos que movernos muy rápido —acotó.

Nuintn desvistió al muerto y, quitándose el traje de prisionero, se vistió con la capucha que identificaba a los funcionarios de la prisión. Tras la gruesa puerta metálica que iban a abrir con el manojo de llaves recién incautado, yacía el segundo funcionario que tenían que someter. La puerta abría hacia adentro, por lo que Sarfondir se colocó detrás de ésta a unos centímetros de distancia, cerca del borde. Nuintn usó la llave que había visto de reojo en múltiples ocasiones ser utilizada para abrir esa cerradura y entreabrió apenas la puerta, apartándose de ella.

Del otro lado, estaba Vina, la funcionaria a quien correspondía vigilar el segundo punto de control de acceso a la prisión. Vina se quedó mirando con extrañeza cuando la puerta no se había abierto completamente, después de que escuchó el mecanismo de la cerradura accionándose.

—¿Kopek?

Silencio. Vina se acercó con cautela a la puerta y miró por la abertura hacia el sitio donde debía estar su compañero posteado.

—¿Kopek? —insistió ella.

Súbitamente, Sarfondir se asomó por la abertura, parado frente a Vina y, tocándole la frente, invocó su mortal conjuro de nuevo. La pobre mujer se llevó las manos al cuello, llena de terror al sentir que la vida se le escapaba rápidamente. Cuando no era más que un cuerpo sin vida tirado en el piso, su verdugo dijo:

—Qué curioso. Este hechizo afecta mucho más rápido a los de mi Raza. Aparte del hombre de cara deforme que te conté –a quien no maté, por supuesto– sólo lo he utilizado en Forzudos y duran bastante más tiempo en morirse.

—Pues… Qué suerte —dijo el Eterno, cínicamente.

Nuintn tomó el llavero que portaba Vina en su cintura y comparó rápidamente las llaves con las del llavero de Kopek, detectando cuál era la adicional en el de Vina. Sarfondir miraba nerviosamente hacia atrás, pues en cualquier momento otro de los vigilantes podría querer ingresar a utilizar los retretes y se descubriría todo. Nuintn, adivinando la preocupación de su cómplice, cerró la puerta que acababan de abrir y le puso el cerrojo de nuevo. Se acercaron a la siguiente puerta, que los conduciría al primer punto de control. Habían transcurrido ya veinte minutos de la ventana de sesenta con que contaban.

Nuintn se aproximó a la puerta y usó en la cerradura la llave distinta que había logrado identificar. *Clic.* Intentaron repetir la rutina que les había funcionado tan bien con la segunda vigilante, pero

Kurfo, el funcionario asignado a este punto de control, no se acercó a la puerta. Haciendo un ademán, Kurfo la abrió de par en par, lo que lanzó a Sarfondir hacia una pared. Nuintn, que estaba un poco más distante, quedó expuesto, parado ahí, frente a la puerta abierta. Al fondo, se podía ver el cadáver de Vina, yaciendo en el piso.

—¡Tú…! —dijo el vigilante, fúrico. Se comenzó a acercar a la puerta. —Dame sólo una excusa, maldito, para eliminarte de una vez por todas, pedazo de escoria —en ese momento, notó que su compañera estaba tirada en el piso, inmóvil. Exclamó: —¡¿Qué le has hecho a Vina?!

Sin pensarlo dos veces, Kurfo levantó una mano hacia Nuintn y dijo: —*Bičevi*. Látigos invisibles comenzaron a azotar al Eterno, que aguantó los azotes de pie, sin emitir un solo gemido. El vigilante, se comenzó a acercar a él, con su mano extendida, viéndolo a los ojos.

—Si no te tiras al piso en este instante, te azotaré hasta que te mueras, infeliz —dijo Kurfo.

Del lado izquierdo, con la nariz fracturada, se acercó Sarfondir y tocó a Kurfo, diciendo: —*Zagušenje*. El hechizo de látigos se detuvo de inmediato y Kurfo cayó al piso, agonizante, mientras el joven le gritaba que se callara. Pocos segundos después, había muerto.

—¿Estás bien? —dijo Sarfondir, genuinamente preocupado por su cómplice.
—Nada que no logre sanar en una semana —dijo Nuintn, aun sintiendo como la piel le escocía en varias partes del cuerpo. Al ver la nariz del joven, dijo: —Te fue peor que a mí. Cámbiate la ropa.

Ambos arrastraron el cadáver de regreso al aposento del punto de control del que había provenido y cerraron tras de sí la puerta con cerrojo. Sarfondir reemplazó su capucha de preso por la del vigilante, mientras Nuintn detectaba la llave final en el llavero de su torturador, con la que logró abrir la última puerta. Habían transcurrido treinta y cinco minutos. Salieron caminando con toda tranquilidad, tras asegurar la puerta principal con cerrojo nuevamente.

La sombra de la desgracia se había posado de nuevo sobre la familia de Ulgier y Mina. A inicios de la noche del día en que Nuintn y Sarfondir se fugaron de prisión, Giendo, el tercer hijo de los ancianos llegó a casa de éstos llorando, para contarles que Kopek, su primogénito, había sido asesinado durante la fuga perpetrada por el Eterno y el exdiscípulo de Niza. La pareja de ancianos casi se muere debido a la impresión que tuvieron al recibir la noticia.

En la Prisión de Kontar, no comprendían cómo habían logrado escapar los presos, pues los vigilantes fallecidos no mostraban signos de agresión física. Cuando Nidia examinó los cuerpos, concluyó que habían tenido un paro respiratorio inexplicable, a menos que se utilizara la magia, lo cual era imposible porque a todos los prisioneros se les suprimía su poder al ser admitidos y el Eterno, obviamente, no era un ser mágico.

El día que a Niza le correspondía impartir su curso, llegaron dos funcionarios de la prisión a hablar con ella minutos antes de que iniciara la clase. Una campana se escuchaba a lo lejos tañer. Niza aún no se había enterado de la muerte de su primo, ni de la fuga, pues había estado fuera del gueto, en casa de Kira, dos días, y de Frida, otros tres. Al ver a la pareja de funcionarios a la entrada del salón de clases, Niza se alarmó un poco, pensando que a lo mejor habían revocado su perdón. Uno de ellos inició la conversación.

—Buenos días, Niza.

—Buenos días, señores. ¿Qué os trae por acá?

—Estamos investigando una fuga que ocurrió en la prisión.

—¡¿Qué?! —dijo ella, con un grito.

—Nuintn y uno de tus exdiscípulos han escapado.

—¿Cómo es posible? —dijo ella, aún impactada.

—Vinimos porque queremos preguntarte si sabes cuál era la habilidad que tenía Sarfondir antes de que Astargon removiera su poder.

—¿Sarfondir? ¿Él fue el que se fugó?

—Así es.

—Él tenía la capacidad de provocarle asfixia a alguien, con sólo tocarlo —dijo ella, llena de pesar.

—Hay algo más… —dijo dudoso el funcionario.

—No, por favor —suplicó ella. —¿Qué más pasó?

—Kopek fue uno de los tres guardas asesinados durante la fuga.

Encima de la Academia, el cielo comenzó a llenarse de nubes grises, mientras Niza lloraba con desesperación la muerte de su primo por culpa de uno de aquellos a quienes ella misma había corrompido la mente por años. Los estudiantes de Niza, que ya habían comenzado a llegar al aula, se quedaron mudos al ver a su profesora en ese estado. Cuando mermó la intensidad inicial, Niza les preguntó a los funcionarios:

—¿Cuándo ocurrió esto?

—Hace cinco días.

—Asumiendo que —inició diciendo Niza—, por un motivo que aun no comprendo, Sarfondir hubiese recuperado su poder, ¿sabéis cómo habrían logrado escapar?

Los dos hombres le pidieron a Niza que se retiraran a un lugar más privado para seguir la conversación, cuando notaron que el aula completa estaba prestando atención a cada palabra. Después de cancelar la lección, Niza se fue con sus interlocutores al pequeño despacho que le hubiera asignado Serfek. Cuando estuvieron a puerta cerrada, el funcionario con el que había estado hablando dijo:

—Ambos reclusos se encontraban limpiando los retretes del personal, que están ubicados en el tercer punto de control de acceso, donde hay varias oficinas para funcionarios. Todas las oficinas estaban vacías ese día a esa hora. De alguna forma, lograron someter a Kopek, que era el que estaba en ese puesto. Lo encontramos desnudo en una de las oficinas, con las ropas de uno de los presos a un lado. Luego, usando las llaves que portaba tu primo, abrieron la puerta y lograron acabar con la vida de Vina. Con las llaves de ella, abrieron la segunda puerta, donde mataron a Kurfo, el tercer y último vigilante, a quien también robaron su vestimenta. Ninguno de los tres mostraba signos de violencia o heridas, por lo que lo más lógico es pensar que, en efecto, tu exdiscípulo recuperó su poder y con ello logró asesinar a los guardas. Para evitar el pánico general, no hemos querido difundir la noticia, pero ya la Regente Suprema está al tanto, pues tememos que ella sea el primer objetivo de Nuintn. Astargon nos informó, por medio de su hijo Delor, que, después del Incidente de los Sesenta y Seis, el Banco, los Monasterios y el Castillo fueron cubiertos por un hechizo que impide el uso de la magia en ellos. Los guardas Forzudos del Castillo están trabajando turnos dobles, para asegurarse de que su líder y la criatura estén a salvo.

Niza respiró aliviada al saber esto. Sintiéndose más tranquila, pensó que Fizz podría ayudarle a revertir este daño. Las nubes de tormenta comenzaron a deshacerse tan rápido como se habían formado. Les agradeció a los funcionarios por la información. Ellos le dijeron que lo que ella les había dicho había sido de mucha utilidad y se retiraron. Niza se teletransportó a los Picos Nevados.

—¡Fizz…! ¡Fizz! —gritaba, mientras un viento helado le enfriaba rápidamente los brazos descubiertos y la cara.

Varios Lumínicos, curiosos, se acercaron a Niza. Ninguno sabía dónde andaba su amigo.

—Si lo veis, ¿podríais decirle que me *urge* hablarle, por favor?

Los Lumínicos la miraban, sin decir nada. En eso, uno de ellos se acercó.

—Hola, Niza.
—¿Kazz? —dijo ella, aliviada. —¡Qué gusto verte! Ando buscando a tu hijo.
—Sí, me he enterado. ¿Qué ocurre? ¿Por qué tanta prisa?

—Es mi primo Kopek. Nuintn y uno de mis exdiscípulos lo han asesinado hace cinco días —dijo Niza, al tiempo que sus dientes comenzaban a castañetear y toda ella tiritaba debido al intenso frío.

—Entiendo —dijo Kazz, seriamente. —¿Y eso en qué nos afecta?

—En nada —dijo ella, cada vez más temblorosa, cruzando los brazos. —Pero para mi familia es algo terrible y para Koiné, el hecho de que Nuintn ande libre plantea de nuevo el riesgo de que quiera exterminar la Raza de los Conscientes.

—¿De nuevo? —dijo Kazz, fingiendo ignorancia.

Niza se quedó perpleja con esa pregunta. Entonces pensó, erróneamente, que las disrupciones temporales que causaba su amigo no eran percibidas por el resto de los Lumínicos.

—No me hagas caso —dijo ella. —Sólo dile, cuando lo veas, que me llegue a buscar a casa de mis abuelos, por favor. Ahí estaré esperándolo.

—Muy bien, yo le digo —dijo Kazz.

—Muchas gracias. Hasta luego —y, al decir esto, Niza se teleportó de regreso a Kontar, a la sala de casa de sus abuelos.

La casa estaba en total silencio. Subió a la planta alta y no encontró a nadie en ninguna de las habitaciones. Bajando a la sala, se sentó en uno de los sillones a esperar. Como su ciclo de sueño aún estaba ubicado en el huso horario de Zurtai, se quedó dormida.

❀ ❀ ❀

—Hola, hija.

—¿Papá?

—Cometimos tantos errores juntos… —dijo él, con tristeza. —Aún mis errores le están haciendo daño a mi familia.

—Fizz nos va a ayudar, papá.

—Por eso te vine a buscar, hija mía. Fizz ya no puede causar disrupciones temporales.

—¿Cómo? ¿Por qué?

—Es una larga historia, y tenemos poco tiempo. Te debo decir que tu último acto de bondad parecerá un acto de maldad, pero no lo es. Ten valor. Nos vemos pronto. Te amo.

Niza despertó, cuando su abuela le tocó suavemente el hombro.

—Hola, mi amor —dijo Mina. —¿Hace cuánto llegaste?
—Abuela —dijo Niza, poniéndose de pie. —Lo siento mucho.

Niza abrazó a su abuela, que se puso a llorar con ella. Ulgier las veía, mientras también lloraba. Comenzó a llover. Mina y su esposo habían salido a dejar a Julie a su casa, pues había pasado la noche con ellos. Habían ido y regresado caminando, para hacer ejercicio y despejar la mente, aunque aquella campana de fondo no les dejaba olvidar el motivo de su luto.

—*Zagušenje* —dijo alguien, detrás de Ulgier.

Ulgier sintió que le faltaba el aire tras un leve contacto en su espalda y comenzó a gemir en agonía. Al escuchar esto, Niza y Mina se separaron para descubrir, asustadas, que un joven se abalanzaba sobre ellas. Tocándolas, volvió a decir su conjuro mortal. En ese instante, la sensación de asfixia que estaba sintiendo Ulgier desapareció. El joven yacía tirado en el piso, muerto.

—¿Quién es este muchacho? —preguntó el anciano, azorado.
—Sarfondir, abuelo —explicó Niza. —Uno de mis antiguos discípulos, el que escapó de prisión hace poco.
—¿Y qué le pasó? —inquirió Ulgier.
—Cuando intentó invocar su hechizo para hacerme daño *a mí*, el Ritual de Vinculación que pesaba sobre él *interpretó* que me estaba traicionando y lo mató.
—Pero… Si él está aquí, probablemente su cómplice esté cerca —dijo Mina, preocupada. —¿Cómo sabrían dónde vivíamos?
—Os seguimos, anciana —dijo alguien, desde la puerta de la cocina. Todos se sobresaltaron. —Tengo tu odiosa voz grabada en mi mente de cada visita que le hiciste a tu nieta en prisión.

—Nuintn —dijo Niza. —Qué estúpido eres. ¿Creíste que mis propios exdiscípulos podrían hacerme daño?

—No. De hecho, te quiero agradecer el haberte hecho cargo de uno de ellos —dijo el Eterno, cínicamente.

—¿Y qué crees que puede hacer alguien como tú frente a tres poderosos Conscientes? —dijo ella, mientras observaba el arco que el Eterno traía en su mano izquierda.

—¿Crees que quiero seguir vivo? No seas tonta. Estos meses en prisión han sido los peores de mi vida. Vine acá para que *me mates*.

—No lo voy a hacer. Te equivocas: ya no uso mi poder de esa forma. Si quieres morirte, hazlo tú mismo.

—Supuse que ibas a decirme algo así —dijo el Eterno, tranquilamente.

Haciendo un rápido movimiento, Nuintn sacó tres flechas de la aljaba que traía en la espalda y, apuntándolas hacia sus tres interlocutores, las disparó. Dos de las flechas se estrellaron contra una especie de pared invisible. La tercera sí alcanzó su objetivo.

—¡Abuela! —gritó Niza.

Mina había conjurado su hechizo de protección sobre su esposo y su nieta, pero no le había dado tiempo de conjurarlo sobre ella misma. El Eterno, moviéndose con agilidad inaudita, se agachó a recoger la flecha que había dirigido a Ulgier y, apuntando de nuevo, se la disparó a Niza, dándole en medio del pecho.

—La bondad es de débiles —dijo el Eterno, mientras empujaba a Ulgier y se abalanzaba sobre la tercera flecha.

Niza, arrepentida de no haberle concedido al Eterno lo que le había pedido cuando aún tuvo oportunidad, respiraba agónica con todo el dolor de saber que el asesino había lastimado a aquella mujer que era sólo bondad. Comprendiendo que él no iba a detenerse jamás, lo miró fijamente y le dijo:

—Hasta nunca, Nuintn.

El cuerpo físico del Eterno explotó en una nube de ceniza, y la esencia de quien había sido se disolvió en la nada, totalmente contaminada por el odio y el miedo.

Por su parte, Ulgier se incorporó presuroso para acercarse a su esposa y a su nieta, que yacían heridas de muerte en el piso.

Capítulo XXXVI:
Hasta el final de los tiempos

*P*or cada acción, existe una reacción. Esa es la máxima de la Ley de Causa y Efecto. Dicho en términos más coloquiales: la energía no cesa de fluir nunca. La Energía del Universo es movimiento eterno, siempre ha sido y siempre será. Gracias a la comprensión de esa sencilla verdad, los Pensantes hemos alcanzado la paz entre los nuestros. Y cómo deseamos, amados lectores, que el resto de vosotros, que pertenecéis a las demás Razas, pudieseis haber recibido en vuestras mentes y vuestros corazones el profundo mensaje y valiosas enseñanzas que hay detrás de esta conmovedora historia. Si existe un mensaje principal que los Pensantes deseamos que quede grabado en vosotros es el siguiente: *Todos estamos interconectados y somos parte de EL TODO. Cuando le hacemos daño al prójimo, nos lo estamos haciendo a nosotros mismos.*

Haciendo acopio de todo su poder y motivado por el amor que sentía por su esposa y su nieta, Ulgier invocó, por primera vez en su vida, el hechizo de "traslado cuidadoso", con el cual logró llevarse a las dos mujeres y a él mismo a casa de Nidia. La curandera estaba en su laboratorio haciendo algunos experimentos con el fruto del Árbol de la Felicidad, pues deseaba preservar su efecto preparando una especie de compota, que evitaría que el fruto se echase a perder cuando ya estaba demasiado maduro. Últimamente, había detectado más y más habitantes del gueto que estaban necesitando con frecuencia del apoyo que brindaba aquel maravilloso fruto.

—¡Nidia! —gritó Ulgier. —¿Estás en casa? ¡Es urgente!

Nidia salió de su laboratorio con rapidez al escuchar esto y se encontró con aquel anciano de ojos verdes, llorando como un niño, al lado de su esposa y su nieta, atravesadas por flechas.

—¡¿Otra vez?! —exclamó Nidia, incrédula.

—Atiende a mi abuela primero —dijo Niza, arrugando la cara debido al dolor—: a mí me quedan pocos años, de todos modos.

—¿Estás segura?

—Sí, curandera. Yo soy más fuerte. ¡Apúrate, por favor! —y emitió un gemido de dolor.

Nidia corrió a traer los implementos que necesitaba y regresó con ellos. Extrayendo la flecha del pecho de Mina, siguió el mismo procedimiento que había seguido con Niza meses atrás. Desde entonces, se había asegurado de tener en su farmacopea generosas cantidades del ungüento del Árbol del Fruto Único, que había resultado tan efectivo en aquella ocasión. Mina comenzó a recuperarse de la herida, mas no con la velocidad que lo había hecho su nieta.

—Está bien, papá. Muchas gracias —dijo Niza, con la mirada perdida.

—¡¿Niza?! —exclamó Ulgier. —¿Qué está pasando?

Nidia no había extraído la flecha del cuerpo de Niza para evitar que se desangrase, pero el corazón se estaba cansando de latir con aquel estorbo atravesado de lado a lado.

—¡Nidia! ¡Niza se muere! —dijo el anciano, con desesperación.

Nidia, viendo a Mina ya estabilizada, aunque aún muy débil, se acercó a Niza y le extrajo la flecha.

—Esta vez no fue posible, curandera —dijo Niza, viéndola a los ojos, con sus ojos inundados en lágrimas. —Te amo, abuelo —dijo. Y expiró.

Una intensa luz inundó la casa de Nidia. Fizz, que había llegado a casa de los abuelos de Niza al recibir el recado de ésta, se encontró con un joven Consciente muerto, un puñado de ceniza al lado de un arco y una flecha, así como dos charcos de sangre en el piso. Habiendo aprendido que la sangre era señal de que había heridos, se lanzó a casa de Nidia, donde llegó para presenciar cómo la vida abandonaba el cuerpo de su amada amiga.

Fizz intentó devolver el tiempo externo relativo, sin conseguirlo. Sus padres, Kazz y Dezz, habían seguido a su hijo hasta Kontar y estaban presenciando todo desde la dimensión donde *todo ya sucedió y aún no sucede nada*. Desde el punto de vista de ellos dos, el tiempo externo relativo estaba detenido, lo que incluía a su hijo.

—No estoy segura de esto, Kazz —dijo la madre de Fizz.

—Es por su bien, Dezz.

—¿Estás seguro? ¿No es por *nuestro* bien, en realidad?

—¿Qué quieres decir?

—Por evitar *nuestro* dolor, estamos permitiendo que nuestro hijo sufra.

—Ya sufrimos una vez. ¿Quieres volver a vivir eso?

—Ni siquiera sabemos si él va a ceder todo su ser a esa mujer.

—Si eso sucede, no hay marcha atrás y lo sabes. Ella va a morir tarde o temprano, Dezz. ¿Qué ganamos con extender su tiempo en este mundo? Fizz la amará cada vez más y su dolor al perderla, que es algo inevitable, será aún mayor. ¿Y de verdad estamos dispuestos a arriesgarnos cuando él la vea al borde de la muerte y quiera no dejarla morir, como sucedió con Whuzz y Nuintn? Mira la desgracia que resultó ser. La vida de nuestro primogénito se perdió para que un hombre malvado viviera e hiciera tanto daño.

—Tienes razón —aceptó ella, con tristeza.

El tiempo externo relativo siguió su curso normal, sin que ninguno de los presentes hubiese detectado esa conversación.

—No sé qué ocurre —dijo Fizz.

—¿Qué quieres decir? —inquirió Ulgier.

—El tiempo. No puedo manipular el tiempo.

Nidia, que en esta realidad alterna era la primera vez que veía al Lumínico, le preguntó a Ulgier:

—¿Qué clase de criatura es ésa?

Ulgier, agobiado por todo lo que estaba sucediendo, se sentía incapaz de procesar la muerte de su nieta, al tiempo que aquel ser de luz le confesaba que no podía hacer nada al respecto, mientras su esposa seguía debatiéndose entre la vida y la muerte, cuando sólo cinco días atrás, otro de sus nietos había sido asesinado por culpa de aquel psicópata para el que debió haberse dictado la Pena de Muerte en primer lugar.

—Soy un Lumínico —dijo Fizz, con su reverberante voz. —Somos la quinta Raza de Koiné.

—¿A qué te refieres con que no puedes manipular el tiempo? —inquirió la curandera.

—Estoy intentando devolver el tiempo hasta el momento en que Niza está a salvo y no puedo hacerlo. No entiendo qué pasa.

—Tendrás que aprender a aceptar que la gente que amamos muere, Fizz —dijo Ulgier al fin, mientras veía a su amada Mina respirando con dificultad.

—No lo acepto. No puedo —dijo. En su voz se podía sentir una angustia que conmovió profundamente al anciano.

Fizz aproximó su cuerpo al cuerpo inerte de Niza y lo envolvió por completo. No pasó nada. Su amiga ya no estaba ahí.

—¿Ya no veré tus ojos otra vez? ¿No escucharé tu voz? ¿No sentiré tu amor? ¿Ya nunca más…? ¡Llévame contigo!

La luz de Fizz comenzó a apagarse hasta que sólo quedó un débil punto de luz, el cual finalmente se desvaneció.

La fuga de Sarfondir había dejado en evidencia que recluir a aquellos jóvenes –que ahora eran los Sesenta y Cuatro– no había resuelto nada. Una exhaustiva investigación arrojó las vejaciones de las que ellos y Nuintn habían sido objeto durante su tiempo en prisión, lo cual no ayudaba a lograr la verdadera paz en la sociedad: la prisión sólo se encargaba de reunir almas heridas para que entre ellas se terminasen haciendo más daño. A raíz de estas investigaciones, se inició un programa de rehabilitación, con la ayuda de Lino, quien se abocó a esta tarea para honrar la muerte de su querida hermana y sentir que dicha muerte había tenido un propósito. Así mismo, después de que Astargon analizó la información de fechas de nacimiento de cada uno de los Sesenta y Cuatro, más el fallecido Sarfondir, logró comprender por qué su hechizo de anulación de poder se había deshecho en el caso de este último. Hizo cuentas y concluyó que aún faltaban varias décadas para que el mayor de ellos representase un peligro… Tiempo en el que esperaba que el programa de rehabilitación de Lino hiciese lo suyo. A raíz de esto, Lino se había venido a vivir a Kontar y se volvió muy unido a la familia de Niza, quienes siempre lo incluían en todas las reuniones sociales.

Mina se había logrado recuperar totalmente del ataque de Nuintn. Junto con su esposo y –apoyada por el resto de su descendencia y, en especial por su bisnieta– logró salir adelante con la tristeza que significaban un hijo y dos nietos muertos. Incluso, ella misma ayudó a su hijo Giendo y su nuera Rushka, para que procesaran el duelo de Kopek, apoyándose mutuamente y con el "empujoncito" que daba de vez en cuando el fruto del Árbol de la Felicidad, del que ahora Nidia vendía compota muy sabrosa, la cual conservaba todas las propiedades del fruto recién cortado.

Por su parte, Jantl había concluido su proceso de gestación un mes y medio antes de la fuga de Nuintn, dando a luz a una hermosa y saludable niñita, cuya herida causada por el corte del cordón umbilical sanaría de manera perfecta, sin dejar vestigio de la conexión que le dio la vida, como había ocurrido con el resto de los de su Raza. Jantl y Virtr decidieron llamar a la niña Frinjl, en honor a aquella valiente guerrera Eterna que había dado su vida para alcanzar la paz de Koiné.

Jantl, gracias a una recomendación que le dio Lino antes de iniciar su programa de rehabilitación en Kontar –y tomando la idea ligeramente modificada de la forma en que los Conscientes eligen su dirigente–, planteó la idea de que la Silla Magna fuese ocupada por una persona electa por el pueblo, de manera que el puesto de Regente Supremo fuese reemplazado periódicamente, para dar oportunidad a que nuevas ideas permeasen el Gobierno Central, pero también dando el tiempo suficiente para que los programas de gobierno de los que estuviesen en turno diesen frutos. Ella misma ofreció brindar apoyo y asesoría compartiendo su vasta experiencia al inicio de cada nueva transición de gobierno, por los siglos de los siglos, lo cual la mantendría ocupada algunos meses cada cierta cantidad de años, pero podría dedicarse a su consorte y a su hija para formar la familia que hubiese sugerido Tanko alguna vez.

Y, hablando de Tanko, el Forzudo finalmente decidió jubilarse y regresar a su amada tribu Lishtai, donde se instaló en una pequeña cabaña cerca del mar y cerca de sus hermanas y su cuñado por partida doble —mas no demasiado cerca, para no invadir su privacidad— y así consentir a su hermosa y robusta sobrina, a quien Sara decidió llamar Gurda, en honor al primer amor de su vida. Tanko dedicó el resto de sus días a servir de guía turístico para los visitantes de la tribu que deseaban conocer la Isla de los Jardines y, junto con un amigo suyo que había sido pescador hasta entonces, amasaron una pequeña fortuna gracias a ese negocio.

De cuando en cuando, en virtud de la ayuda que le ofrecían sus amigos Conscientes, Lino visitaba a su madre y a la madre de Niza, a quien él personalmente dio la noticia del fallecimiento de su hija, contándole que había muerto como toda una heroína, destruyendo la fuente del mal que había causado tanto daño a Koiné. Frida, por supuesto, no comprendió la amplitud del comentario de Lino, y pensó que se refería únicamente a la muerte de Kopek y el resto de los guardas de la prisión y de Niza misma. Frida soñaba seguido con su hija y, después de tales sueños, siempre despertaba feliz y relajada. Por su parte, Kira dedicó sus últimos años a viajar y a recorrer el mundo, gracias a todas las personas que había conocido su hijo a lo largo de los años y a sus amigos mágicos, con quienes ella llegó a crear fuertes lazos de amistad.

Por su parte, Porthos finalmente decidió romper de una vez por todas con la rutina que había sido su vida y se trasladó a la tribu Shuntai, para pasar el resto de sus días al lado de su amada Helga y su Familiar, interesándose siempre por estudiar todo aquello que le despertaba curiosidad que, en el caso de los Forzudos, resultó ser un mundo totalmente nuevo y desconocido que le parecía fascinante. Esto motivó a Helga para que decidiese revelar su "verdadero yo" a los moradores de la tribu, quienes se asombraron mucho con la noticia, pero a los pocos años ya estaban acostumbrados a sus dos vecinos Conscientes y un felino parlante, lo cual ayudó finalmente a eliminar en ellos los prejuicios en contra de esa Raza temida por siglos. Helga y Porthos descubrieron, fascinados, que nunca es tarde para enamorarse.

Los Cuatro Gemelos, totalmente conscientes –valga la obvia redundancia– de la herencia que cargaban debido a las acciones de su antepasado, dedicaron su vida a repartir bienestar en todos los rincones del planeta, dando espectáculos públicos con sus cuatro dragones, con el objetivo de recoger fondos para apoyar a los más necesitados, lo cual tuvo el curioso efecto de redistribuir un poco mejor la riqueza de este mundo. Y, también, ayudaban con su poderosa magia cuando lo consideraban necesario. La tradición del *Novogo Kruh* y el vino se expandió a las demás Razas, que comenzaron a apreciar el significado que esa ceremonia simbólica tenía a nivel energético para los involucrados.

Y bueno, como ya os había adelantado, el hechizo de fascinación que ocultaba la Fortaleza fue anulado y ese edificio fue convertido en un museo donde se recordaría el Incidente de los Sesenta y Seis, como una manera de mantener viva la convicción de que tales cosas no deberían volver a suceder jamás. Dicho museo llegó a ser visita obligada para todos los miembros de la Raza de los Conscientes y, en especial, para los miembros del programa de rehabilitación, quienes llegaron a convertirse, varios años después, en guías para otros grupos vulnerables que eran detectados oportunamente por nuestra Raza, que comenzó a involucrarse activamente en la labor de prevención oportuna del crimen. Muchos de nosotros nos trasladamos a residir en diferentes partes del planeta, de manera que la Red de Pensantes estuviera al tanto de lo que ocurría en todo el mundo.

Nuestras colonias se volvieron ejemplo de organización y colaboración a nivel de todo el planeta y muchos Pensantes dedicaron su vida a apoyar a las demás Razas a organizar las comunidades y mantener la armonía y la paz en los distintos poblados, usando como base la sabiduría que Jantl nos había compartido y su profunda comprensión de las más básicas necesidades de los diferentes asentamientos, y un entendimiento esencial de la idiosincrasia que había forjado y establecido cada Raza y su muy particular forma de ver el mundo. El proceso de alfabetización se difundió por todo el planeta y se instauraron escuelas en todas las comunidades de Forzudos, para dar acceso al conocimiento a todos los miembros de esa Raza, no como un privilegio, sino como un derecho.

Los Lumínicos siguieron merodeando todas las zonas de Koiné y creando amistades entre los seres físicos. Kazz y Dezz se vieron forzados a aprender —por medio de una segunda experiencia, mucho más dolorosa que la primera— la lección que tanto quisieron inculcar a su propio hijo, acerca del dejar ir y aceptar la pérdida, volviéndose afamados conferencistas sobre el tema y causando sensación cuando llegaban a un lugar a difundir sus vivencias, que —según comentan los que han asistido— resulta una experiencia emocionalmente catártica.

Cuando Lino cumplió noventa y nueve años, su fisiología Forzuda le avisó que su esencia estaba por regresar a su origen divino. Yaciendo en su lecho, acompañado mentalmente por nuestra Raza, y rodeado por Jantl, Virtr, Frinjl, Ulgier, Mina y su descendencia —incluida la joven Julie, quien ya era una hermosa adolescente— el sabio Forzudo se sintió feliz y en paz. Cada uno de ellos se acercó a darle un tierno beso en la frente. La última en hacerlo fue Jantl quien, clavando esos hermosísimos ojos color violeta en los ojos de su amado y sabio amigo, le dijo:

—Gracias por todo. Puedes partir en paz, mi amor.

La esencia de quien realmente era Lino abandonó por segunda ocasión su cuerpo físico. Cuando se vio en la dimensión espiritual, un grupo de amigos lo estaban esperando muy sonrientes y felices: Quince, Rinto (acompañado de su amada Lirza y su hijo Tito), Fizz (junto con su hermano Whuzz), sus padres Kira y Ponce, Frida (al lado de su fiel amigo Krunt), Tanko (abrazado a su amado Kempr) y, por supuesto, Niza.

—Perdón, amigos, me tardé un poco en llegar —dijo Lino, jocosamente.

—Desde mi punto de vista, parece que fue ayer, hermanito —respondió Niza, con el mismo humor.

—¡Fizz! —exclamó él. —Qué sorpresa y gusto encontrarte acá.

—Yo también estoy muy feliz de verte —contestó él, brillando con la luz más cristalina que pueda ser imaginada. —Mira, te presento a mi hermano Whuzz.

—Encantado —dijo Lino. —¡Kempr! Tanto tiempo.

—¡Bienvenido, Lino! —respondieron él y Tanko, sonriendo.

—Mamá, papá, qué gusto veros juntos de nuevo.

—Hola, hijo —respondieron ambos.

—¡Qué bellos todos! —dijo Lino, lleno de amor. —Siento que aprendí tanto… pero que aún no sé casi nada.

—Es normal, mi querido amigo —dijo Quince, con ternura. —Lo bueno es que se puede seguir aprendiendo.

—¿Hasta cuándo?

—Hasta el final de los tiempos.

Encerrada en una prisión
la que controla al grupo más cruel
deberá ingeniar una ilusión
para atar el daño sin cuartel

Justo cuando las heridas estén sanando
un añejo rencor será revivido
y el plan perverso de un resentido
abusará que del comercio él tiene el mando

Cual si fuera poco tanto pesar
cuatro crías huérfanas han de nacer
y, diezmando especies, han de aprender
a incendiar, comer y el cielo surcar

Caos y muerte azotarán a Koiné
cuando las criaturas, siguiendo su instinto,
encuentren poblados donde posar el pie
hasta que los héroes toquen un requinto

Ignorando una advertencia
un reclamo, lleno de impaciencia,
desatará una lucha injusta
contra el odio de un alma vetusta

Pero el amor incondicional
de un ser de luz que no tendrá igual
permitirá desandar el camino
que conduciría a terrible destino

Y con valentía, amor y fuerza
se recorrerá una nueva ruta
dando al traidor muerte absoluta
cuando la mestiza el poder ejerza

Los Cantos de Travaldar, Libro VII
(año 9615)

ÍNDICE

CRÓNICAS DE KOINÉ

La saga de fantasía épica **Crónicas de Koiné** está compuesta actualmente por una primera trilogía auto conclusiva a la que el autor denominó: "La Trilogía de Fuego".

El autor sigue escribiendo acerca de Koiné, un mundo fantástico habitado por cinco razas humanoides: *Forzudos, Pensantes, Conscientes, Eternos* y *Lumínicos*. Se espera que la saga conste de, al menos, siete libros en total.

Las Cinco Razas

Portada del libro impreso   Portada del libro electrónico

En esta primera entrega de la épica saga **Crónicas de Koiné**, se describe un mundo donde coexisten hombres y mujeres de fuerza descomunal, junto con hechiceros, telépatas, inmortales y seres de luz.

En una antigua y honorable familia, una venganza personal afectará el planeta entero, cuando la líder de una Secta secreta inicie una era obscura de destrucción y genocidio, al tiempo que un resentido estratega organiza una conspiración para derrocar al Regente Supremo. Una inocente niña con un poder mágico inmenso se convertirá en la pieza clave para salvar su mundo.

¿Podrá encontrar su verdadero destino antes de que sea demasiado tarde? Soñador e imaginativo, el autor ha tenido la inquietud desde hace años de plasmar en varios libros un mundo fantástico llamado Koiné.

Con un estilo de narración a veces profundo, a veces divertido, a veces obscuro, un miembro de la raza de *Pensantes* de este complejo e intrincado mundo nos presenta un vistazo de su historia milenaria, donde la lucha entre la sed de venganza y el perdón unirán a una *Eterna*, un *Forzudo*, un *Lumínico* y un *Consciente* para salvar su planeta.

El Cisma

Portada del libro impreso

Portada del libro electrónico

En esta segunda entrega de la épica saga **Crónicas de Koiné**, se relatan las terribles consecuencias que desencadenaron los eventos descritos en el volumen uno.

La actividad volcánica ha liberado un terror que estuvo oculto y contenido por siglos. ¿Será posible acceder al poder ancestral que podría contrarrestar esta amenaza, a pesar de encontrarse aislado en el Valle de las Montañas Impasables?

Los abusos cometidos por el Ejército de *Conscientes* dejaron tras de sí una estela de destrucción y muerte entre los *Forzudos*. ¿Qué desencadenará el rencor que anida la Raza más numerosa del planeta en contra de la responsable directa de tales abusos?

Los *Pensantes* y los *Lumínicos*, que históricamente no se han involucrado en los asuntos de las demás Razas, se verán afectados directamente. ¿Seguirán siendo observadores impasibles, o intervendrán para recuperar la paz, antes de llegar a un punto de no retorno?

Una conexión con el más allá ha revelado a un *Forzudo* una visión del futuro. ¿Podrá usar este conocimiento para que una *Eterna* cambie lo que aún no sucede y salve a los que ama?

El narrador *Pensante* del primer volumen nos sigue relatando una parte de la extensa historia de este mundo complejo y fascinante. Este segundo volumen es aún más épico, intenso, lleno de suspenso y sorpresas que el primero y se profundiza aún más en detalles de Koiné y sus Cinco Razas. Lectura obligada para los amantes del género.

Salvación

Portada del libro impreso *Portada del libro electrónico*

En esta tercera entrega de la épica saga **Crónicas de Koiné**, se relata el desenlace de las situaciones que quedaron pendientes en el volumen dos.

Los Sesenta y Seis sobrevivientes del antiguo Ejército de *Conscientes* fueron abandonados por el Gobierno Central y los de su propia Raza. ¿Qué sucedería si llegasen a sentirse invencibles?

Cuatro crías huérfanas están comenzando a descubrir el mundo y cómo alimentarse. ¿Hasta dónde llegará su capacidad de destrucción antes de que alguien haga algo al respecto?

Un añejo rencor por parte de un antiquísimo *Eterno* en contra de la Raza de los *Conscientes* desencadenará una venganza inimaginable. ¿Será posible detener su psicópata plan de exterminio a tiempo?

La maldad que se cierne sobre el planeta no permite a las almas de los que han partido encontrar verdadero descanso. ¿Podrán intervenir de alguna forma?

Con un estilo de narración dinámico, profundo, reflexivo, descriptivo y muy entretenido, el narrador *Pensante* del volumen anterior nos sigue relatando una parte de la extensa historia de este mundo complejo y fascinante. Este tercer volumen presenta el clímax perfecto para la historia iniciada por sus dos predecesores. Imprescindible para quienes deseen cerrar el círculo de la primera trilogía de la saga.

OTRAS OBRAS DEL AUTOR

Perdóname, Te Amo (Poemario)

Portada del libro impreso

Portada del libro electrónico

Mantener estable una relación de pareja resulta, en la mayoría de los casos, todo un reto.

El autor nos presenta en la forma de diez intensos y cercanos poemas las etapas del ciclo de reconciliación por el que puede pasar cualquier pareja después de un altercado.

Como el mismo autor lo indica, los sentimientos que evoca su poesía, más que las palabras mismas, pueden hacer al lector identificarse con la expresión más genuina y personal de un amante que desea reconciliarse con su pareja.

El poemario está diseñado de manera que estimule no sólo el oído, sino la vista, al estar cada poema acompañado de una hermosa imagen que, según el autor, le evoca la emoción central del poema.

Este sencillo libro puede resultar un regalo idóneo para aquel miembro de la pareja que, de manera amorosa e íntima, le quiera decir a su "media naranja" que todo está bien, que la relación sigue tan viva y vigente como siempre.

Fugaz amor eterno

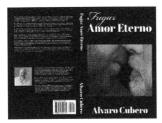

Portada del libro impreso   *Portada del libro electrónico*

Una noche de sábado, dos parejas se reúnen para conocerse, buscando entablar amistad: Mauro y Valdemar han invitado a Pascal y Lucas a su casa a cenar. Tras una noche de muchas risas, excelente química entre los anfitriones y sus invitados, y el descubrimiento de múltiples intereses en común, Lucas y Valdemar comienzan a desarrollar una cercana amistad.

Sin embargo, hay muchas cosas del pasado de Lucas que Valdemar ignora. A raíz de una tarde de confesiones y acercamiento, los cimientos de las relaciones de pareja que ambos han tenido por años con sus respectivos consortes comienzan a cuartearse.

¿Podrán dos parejas estables —de catorce y cinco años— resistir los embates de una pasión que se ha comenzado a gestar entre dos de sus respectivos integrantes? ¿Qué sucede cuando una serie de factores se alinean para conspirar en contra de tal estabilidad?

Basada en hechos reales vividos por gente que el autor conoce personalmente, **Fugaz amor eterno** narra la intensa y entrañable historia —ocurrida en México entre los años de 2007 y 2010— de dos hombres, un costarricense y un mexicano, que experimentaron el más profundo, intenso y desbocado frenesí amoroso que puedan compartir dos almas enamoradas.

La historia de Lucas y Valdemar está llena de risas, música, sexo, complicidad, encuentros y desencuentros, amistad sincera, hechos inexplicables y la más intensa de las pasiones que puedan llegar a sentir dos personas cuando deciden amarse, a pesar de tener un mundo de circunstancias en su contra.

Narrada por sus dos protagonistas, a partir de sus diarios personales, **Fugaz amor eterno** es una historia que explora los más intrincados vericuetos del alma humana, con profundas reflexiones y situaciones extremas que no dejarán al lector indiferente. Es, sin duda alguna, un libro que dará de qué hablar por generaciones.

Made in the USA
Columbia, SC
12 September 2022

66731462R00198